自思想的方法言，方法是手段而非目的，自治学研究言，方法是明道的工具，所以道固然应重，而方法亦不可或忽。

——杜松柏

Long-Long Book House

北京朗朗书房出版顾问有限公司
荣誉出品

国学基础文库

国学治学方法

杜松柏 著

中国人民大学出版社
·北京·

图书在版编目(CIP)数据

国学治学方法/杜松柏著. —北京:中国人民大学出版社,2011.5
(国学基础文库)
ISBN 978-7-300-13762-9

Ⅰ.①国… Ⅱ.①杜… Ⅲ.①国学—治学方法 Ⅳ.①Z126.27

中国版本图书馆 CIP 数据核字(2011)第 088323 号

本书为(台湾)五南图书出版股份有限公司授权
中国人民大学出版社在大陆地区出版发行简体字版本

※※ 朗朗書房

国学基础文库

国学治学方法

杜松柏 著

Guoxue Zhixue Fangfa

出版发行	中国人民大学出版社	
社 址	北京中关村大街 31 号	**邮政编码** 100080
电 话	发行热线:010 - 51502011	
	编辑热线:010 - 51502017	
网 址	http://www.longlongbook.com(朗朗书房网)	
	http://www.crup.com.cn(人大出版社网)	
	http://www.ttrnet.com(人大教研网)	
经 销	新华书店	
印 刷	北京兴湘印务有限公司	
规 格	160 mm×230 mm 16 开本	**版 次** 2011 年 6 月第 1 版
印 张	26.5 插页 2	**印 次** 2011 年 6 月第 1 次印刷
字 数	330 000	**定 价** 39.80 元

陈　序

　　中国文化之大经大脉，实大成于孔孟，绍述于先哲；中华文化之内涵，则包罗于国学，所谓四部之书，其所讲求者固可以义理、词章、考据、经济分，综其内容，则不外道与术、文与艺，而近世之科技，亦系其中之一，诚可谓之海纳渊藏矣。夫涵容广博者，则探测为难；积累深厚者，则负荷匪易，故孟子云："观于海者难为水，游于圣人之门者难为言。"良有以也。然为学之道，固不在难易深浅，而在贵有方法，繁者宜使之简，虚者宜导之实，散漫者使成系统，陈旧者更予更新。余秉此原则，教授上庠，诸生皆默识心通，古人谓教亦多术，诚属至论。

　　西人治学，有所谓方法论，而国学治学方法，则鲜有重视。章太炎、胡适之诸氏，虽略有论及，究属无多。兹者，杜松柏，既获文学博士，任教于中兴大学，讲授治学方法凡三年，撰为《国学治学方法》一书，分国学治学为十大范畴，皆详加探讨，得其要领。至于资料之搜集、考证、运用，亦纲举目张。而国学工具书之介绍，辄逾三百余种。论思维术及治学方法，尤能予人以思维之法式，启示建立思维术之方法，及思维术之运用，融知书、读

1

书、治学及治学后之心得表达为一体，诚足供研究国学者之一助。又其附录之中，有干支、检字法、有图书分类及方法、古书校勘法，此皆常人所忽略者。又有由查访工具书至注释文章，作一书之提要，及考辨伪书之作业，于是治学方法乃不致落空，有裨学林，实非浅鲜。

杜生少年失学，先后游于国内宿学名家之门，博士班时，方从余学，卒业后，邀其入孔孟学会任事，余每年主持暑期国学研究会，皆聘其为执行秘书，三载以还，多资臂助，而杜生亦得与并世师儒，朝夕接席，受其陶镕启沃之功。然则是书之成，固亦渊源有自矣。余既嘉其苦学，喜其有成，励其志而勖其行，故乐为之序。

　　　　　　　　　　　　吴兴　陈立夫　序于台北
　　　　　　　　　　　　一九八〇年三月四日

自　序

　　学术的讲求，可分两部分：一部分是道，是体；一部分是术，是用。孔子云："下学而上达。"下学乃治学的方法，即"三人行，必有我师焉"，"子入太庙，每事问"，"发愤忘食"等是也。上达乃达于道，"志于道"，"朝闻道，夕死可矣"，"从心所欲不逾矩"等是也。孔子是至圣，是中国学术集大成的伟人，故能道与术兼尽，体与用均备。颜子以后，则不能无偏，是以有德行、政事、言语、文学之分，颜渊、闵子骞等应是偏于道，而季路、子贡等应是偏于术的，再后的孟子、荀子，宋代的朱、陆，于尊德行与道问学，均有所偏。影响所至，其上焉者，道已得而术未善，故至道不行；次焉者，术虽善而道未明，故行不合于道；下焉者无道无术，粗疏莽撞。学术难期转精转密，故术之不善——方法的欠周密——影响于治学甚大，乃是不争的事实。然则由下学的有术，达于上达的明道，自系治学的必由途径，又自不待争论而明矣。故本书之作，在以国学为范围，提供治学方法，期能由术得道，由用显体。

　　吾国学术，传流既久，积累日深，四部之书，曾国藩已苦其"丛杂猥多"。至于现代，西方的学术著作传入，更形复杂，非兼收并蓄，分门别类不可。故本书的第一章，首在讲明治学的一般概念，由个人志向的立定，到才性的审明；治学态度的认识，进到学术的范围与分类；分析国学的内涵，以明治学的根本问题；治学有得，在于功夫、智悟、学、问、思，并深切述说其要诀；又明确划分治学的十大要目，于前人治学的方向和着手的途径，更为明白；再究论治学的程序，分为学习、明理、怀疑、搜证、思辨、创获、表达等七个阶程，使治学的基本概念，得以贯通。治学必由读书开始，第二章所论的是"读书与治学"：读书必先知书，知书必先知中国典籍的亡佚情况，因而导致亡、残、伪、误的结果；则进一步探论知书、藏书的要诀，读书的程序，方不致茫然无着手的途径。然后综合古人的读书方法，得出十三种有效的法则，可供读书时的抉择和应用，并进一步说明如何发挥官能的功用，加强读书的效果，以发挥每个人的统合智力。又国学以经史子集分部，这四大类的典籍，亦各有其大要的研读法，特加讲明，求读书与治学的关系，融合为一。第三章，讨论资料的搜集与考辨。治学必待资料，以获得理由和证据，构成内容；然后说明资料的搜集，如何利用图书馆并简介图书馆以外获得资料的方法；近代地下文物出土日多，如甲骨、金石、敦煌卷子、大内档案、简册、缯帛，王国维称之为发现之时代，因而提出二重证据的治学法，此新开的学术天地，自不能不注意，故简介甲骨、金文、石刻、玺印、钱币、陶文、简册等图书以外的文物资料包含网络信息的获得，期促使研究国学者的注意；进而探求资料的登录，古人重笔记，近人重卡片，特介绍卡片的使用及管理；然后研究文物资料的利用，资料必待考证然后才是可信的理证；考证与辨伪，又是一体的两面，并且有待校勘，以恢复古书文句的本真，故列述辨伪的方法，略举校勘的大原则，因为后者是专门之学，自难于书中详论,然亦不可不论。第四章则述"思维术与治学"。思想是治学研究时神而明之的利器,而思想的形成,不但关系心理和生理的发展,而且有构成思想的要素和思想形成的时期,均不可不讲明;一谈到思想方法,自然必涉及逻辑学,但逻辑学发展到现在,无论传统逻辑、数理逻辑、实验逻辑、辩证逻辑,在思想上各有贡献,亦各有缺点,特引前人的评论,并说明取精用宏之法;又逻辑是"先验性"的,未受过逻辑训练的人,亦可循着"分类"、"性质"、"关系"、"范围"、"系统",来建立思维的方法,以求"暗与理合",特就此数者,为之阐述;思想方法的发生效用,一在分析,一在综合,分析是"手术刀",综合是"胶合剂",再加上推论,才导致研究的结果。也许个人的功力不足,于以上的项目,探讨未十分明白,但这是思想上的大方向,也许有惊人之语,但自信不是"天方夜谭"。第五章论"治学的基本方法"。首先讲明方法的重要,以往国人的重方法,超过西方人士,其次研究宋学家和汉学家的方法,期略究治学方法的进展,惟西方学术思想传入之后,以往独得之秘的体悟方法已不讲求。然后提出批判法、归纳法、演绎法、宗派法、时代法、问题法、比较法,就每一方法的产生、方法的运用、运用时应注意之事项,举例析论,有些是前贤往哲的公言,很多地方是个人的深切感受。治学有得,研究有成,必然要以文字表达,第六章即以此为主题——谈"学术论文的写作"。先论学术论文的体例和写作的基本原则,然后较为细密地说明学术论文的写作程序;进而谈命意与组织、章法与章段、立论与论式、单式论述与复式论述,以明学术论文体例的决定;再讲明论文的细节,介绍如何征引,如何做附注,如何做附录,这些是与古人论说文体不同之处,而且关系甚大,故特论及。第七章是"工具书的分类介绍"。"工欲善其事,必先利其器",工具书是治学的利器。《尔雅》、《汉书·艺文志》和《说文解字》，实开工具书的先河，至近代而益多，自汪辟疆、何多源以后，又有介绍工具书的工具书，分类发展，进展甚速。乃选择于国学治学特别有关的工具书三百余种，分为(1)查书的工具书：下分查书目、查丛书、查论文期刊、查文句、查工具书的工具书等类。(2)查文字、辞语的工具书：下分查文字形音义、查辞语辞藻、查虚字、查专门用语的工具书等类。(3)查人名、地理、年历的工具书：下分查人名传记、查地理方志、查年历纪元等类。(4)查名物制度的工具书：下分为查典故、查事物起源、查典章制度等类。每一工具书就书名、作者、出版、内容和附记，详加介绍，这是全书的大概内容。另附录，如梁任公的读书次第表、鲁实先之南北朝诸史校注步骤、干支表及部分论文纲要等，皆有益于读书研究。至于空疏错漏之处，尚期博雅君子，不吝指正。

杜松柏　识于台北知止斋

一九八〇年三月一日

一九九八年三月重订

目　录

第一章　概　论

　　人类知识的开启，文化的累积，都是前人治学有成的结果。吾人承继以往的文化和学术遗产，注意现代的需要，展望将来的发展，使文化与知识薪火相继，前人的慧命不致中绝，更以不断的治学活动，使其进而发扬光大，实系后人应尽的责任。虽然学习是治学的开始，从师取友，家法师法，读书阅历，是不可缺的历程，但皆是依傍他人，不能卓尔树立，所谓"从人得者，俱非家珍"。因为治学贵乎创新，非一空依，独立物表，自出机杼不可。到了这一阶段，一切典籍文物，不过为我作注脚，师友切磋，不过备我之顾问，至于定是非，决犹豫，出新解，皆在我之思维判断，如周敦颐所云："思者圣功之所本。"（《通书·圣学》）刘知幾论思维判断的独得功夫，更为明白畅快：

　　　　自小观书，喜谈名理，其所悟者，皆得之襟腑，非由染习。（《史通·自序》）

充分说明了治学贵能思悟独得，当然这一根基，仍建立在师友教导讨论和读书阅历上。元好问诗云:"鸳鸯绣罢从君看,莫把金针度与人。"意谓所可公开的只限治学的结果,其自秘重者,乃治学之方法。古人是否秘法自重,是另一问题,然治学则必待方法,故孔子云:"下学而上达。"钱穆以为"下学"即是"术",《中庸》云:"行远必自迩,登高必自卑。"钱氏又云:"行远,登高是目标,属于'道',自迩,自卑则是方法,属于'术'。"钱氏的解释,深得古人的深心。(见钱穆著《中国学术通论》)可见治学贵乎有方法,盖由"术"以达"道",由术以由体达用,非有"术"不可,可见方法的重要性。然而方法之难,一在于因时因地,斟势酌理,言之不易;二则人事无常,变动不居,无一定肆应之方,究求甚难;三则术源于道,人各异"道",人各异"术",故无一致的方法;四则方法出于经验,经验不同,各人的方法因而各异,虽有方法,亦难以传授,故元好问云:"莫把金针度与人。"实有金针不能相度的深意,故治学方法,牵涉多方,不纯然是一种方法论,而应先从端正基本思想意识入手。

第一节　治学应具备的基本概念

治学是一个人精神和智能的综合发挥,应由立志以决定趋向;审己以确定目的;明白学术趋势,以知作为;能虚能静,以作"照""察";有恒以收功;耐苦以求成。

一、立志

无论为人、处事、治学,圣贤教人,均从立志始,因为"志者心之所之也"。孔子自述其治学成圣的历程云:"吾十有五,而志于学。"(《论语·为政》)志学系孔子治学成圣的起点;"王子垫问曰:'士何事?'孟子曰:'尚志。'"(《孟子·尽心上》)孟子并以"仁义而已矣"作为"尚志"的内容,他认为:"居仁由义,大人之事备矣。"所偏重者在于以仁义为心向,进而为圣贤;至王阳明论立志与为人、处事之关系,最为明白:

> 志不立,天下无可成之事,虽百工技艺,未有不本于志者。……故立志而圣,则圣矣,立志而贤,则贤矣。志不立,如无舵之舟,无衔之马,漂荡奔逸,终亦何所底乎?(《王文成公全书·教条示龙场诸生》)

阳明昭示学子论立志的重要,已确切沉痛,而张尔岐则进一步认为,"志异而习以异","习异而人以异"。立志决定了治学的成败,为人的善恶:

> 人之生也,未始有异也,而卒至于大异者,习为之也。人之有习,初不知其何以异也,而遂至于日异者,志为之也。志异而习以异,习异而人以异,志也者,学术之枢机,适善适恶之辕楫也。(《蒿庵集·辨志》)

习由志定,习异而人以异,张尔岐深切地道出了何以立志是"学术之枢机,适善适恶之辕楫也"的至理。立志的重要性既明,立志的方向不可不辨,依人的性向而论,立志的方向大别有四:

(一)乐道:人是理性的动物,因有天赋的思考判断的能力,故有志道乐道的趋向,所以孔子既曰"志于道",又云"笃信好学,守死善道",而悬"朝闻道,夕死可矣"的勇往目标。孟子则更进

一步主张"深造之以道":

> 君子深造之以道,欲其自得之也;自得之,则居之安;居之安,则资之深;资之深,则取之左右逢其原。故君子欲其自得之也。(《孟子·离娄下》)

"深造之以道",谓欲其自得此道,然后能守此道,然后能"取"此道,行此道,乃系人类之中,有此乐道的理性倾向,故孟子又说:"理义之悦我心,犹刍豢之悦我口。"佛教人士把佛称为觉者,西方人士把"哲学"释为"爱智",亦即乐道的意义,所以立志要把握乐道的天性,从事道或义理的追求和践履。

(二)好学:人是能思考能利用文字记叙的动物,人类的典籍和文物,全是这些活动的结果,人人又皆有好奇求知的天性。以孔子为例,好学到了"发愤忘食,乐以忘忧"的程度,而且自认为"十室之邑,必有忠信如丘者焉,不如丘之好学也"(《论语·公冶长》),因而在中国的学术史上,确定了"孔子布衣,传十余世,学者宗之。自天子王侯,中国言六艺者,折中于夫子,可谓至圣矣"(《史记·孔子世家赞》)的地位。其基点是好学,因为智愚之分,圣凡之别,无不以学问为基本分野,孔子论学问的重要性道:

> 好仁不好学,其蔽也愚;好知不好学,其蔽也荡;好信不好学,其蔽也贼;好直不好学,其蔽也绞;好勇不好学,其蔽也乱;好刚不好学,其蔽也狂。(《论语·阳货》)

学问不但可以纠正道德方面的偏失,行为上的偏差,而且是处世治事的急切需要,所以辜鸿铭在他的笔记中指出,除了倒马桶不要学问以外，其他方面无不需要学问，其目的虽在讽刺袁世凯，也实确切地说明了学问的重要。人类学问的累积，已如此深厚博大，不立志好学，立定追求学问的决心和目标，何能治学而有成呢？

（三）**游艺**：人类有爱美的天性，故促使了艺术的发展，即使在日常生活之中，衣食不止于养身，屋宇不止于安身，"养其腹"而又兼"养其目"，故人类产生了种类各殊、琳琅悦目的无数艺术品，不但表现出人类的精神价值，形成了人类精神文明的重要环节，而且有了艺术上的优游涵咏，于养心悦性之馀，更可以安身立命，下焉者也可恃之以食。以孔子的好学和仁圣，而有"游于艺"的主张，可见艺术决不止于一技，所以立定游于艺之志，以求其成，自是不朽的盛事，决不止于朱子所云："游艺，则小物不遗而动息有养。"（《四书集注·论语·述而》）

（四）**成技**：前人论学，尊尚上述三者，至于有一技之长颇有菲薄之意，孔子之答樊迟之请学稼，曰"吾不如老农"，"吾不如老圃"。今则不然，一技之成，有以安心立命，成为世用。

乐道、好学、游艺、成技是立志的四大方向，常相互关联。吾人不患不立志，而患所志无成，其故何在？大致不外：一、持志不坚，中道而废；二、好高骛远，所志难成；三、急功近利，志趣屡改；四、诱于现实，不依才趣，致所志成空。

二、审己

人的才分既有上智、中才、下愚之别，个性又有刚柔、情感型和理性型的差异，兴趣上又有好恶的不同，所以要把握个人的性向和条件，避其所短，发挥所长，应由以下三方面着手：

（一）**才情**：每个人的才情不同，刘勰云：

> 然才有庸俊，气有刚柔，学有浅深，习有雅郑，并情性所
> 铄。(《文心雕龙·体性》)

所以刘勰针对每个人才情不同的事实，提出了"因性以练才"的主张。刘勰所言，是由文学上的创作而立论，然通之治学，亦毫无隔阻。"才气本之情性"，人的情性，大致可分为阳刚和阴柔、理性和情感两类型，理智型的偏于阴柔，情感型的偏于阳刚，大致各有所宜：

情感型的人，宜从事于文学、艺术的创作。

理性型的人，宜从事于科学、哲学或理论研究。

此一偏向，可以在王国维的言论中得到征信：

> 余之性质，欲为哲学家则感情苦多而知力苦寡，欲为诗
> 人则又苦感情寡而理性多。诗歌乎？哲学乎？他日以何者
> 终吾身？所不敢知，抑在二者之间乎？(《海宁王静安先生
> 遗书·静安文集续编·自序二》)

由王国维氏的自序，可见情性上的偏向，无法完全克服，因为感情苦多，知力苦寡，使他无法成为特出的哲学家，又因为苦于感情寡而理性多，无法成为纯粹的文学家。因为哲学家追求的是可信，如非理性型的人，往往"知其可信而不能爱"。文学家追求的是可爱，如非情感型的人，往往"觉其可爱而不可信"，而望望然去之。王氏最后以学术著作名家，也许是学术著作在可爱与可信之间，不致于像文学家和哲学家那样不能调和。又：

天才型的人，宜于创作。

苦学型的人，宜于研究。

固然才学可相资相待，有如刘勰所说："才自内发，学以外成。"天才型的人可因苦学而发挥其天才，苦学型的人亦可因学而足才，但毕竟有其限制，学以足才，只能到达某一限度，王静安先生云：

> 若夫余之哲学上及文学上之撰述，其见识文采，亦诚有过人者，此则汪中氏所谓"斯有天致，非由人力，虽情符曩哲，未足多矜"者。（《海宁王静安先生遗书·静安文集续编·自序一》）

王氏承认他在哲学上和文学上的成就，有"斯有天致，非由人力"的天才因素，至于他在学术上的成就，则与苦学有关，因他"日少则二三时，多或三四时，其所用以读书者，日多不逾四时，少不过二时"。可见他用功之勤奋和有恒。才高方能凌空，故能突破，是以长于创作；苦学乃能踏实，故能详尽，是以有利于研究，天才高而能苦学者甚少见而可贵，故作此区别以讲明之。

（二）性向：人基于才情的不同，学习熏陶的结果，而有性向的差别，黄季刚的话足以解释性向形成的原因：

> 才气本之情性，学习并归陶染，括而论之，性习二者而已。（《文心雕龙札记》）

才情经过学习陶染，而形成性向的不同，其结果大致不外：
灵于心者，长于思虑。
巧于手者，长于技艺。
根据手巧、心灵的性向差别，而加以发展，可免于弃长用短的弊病。

（三）**好恶**：根于才情，循着性向的发展，于是无论乐道、好学、游艺、成技，会有所好所恶，而形成了如孔子所说的"知之者不如好之者，好之者不如乐之者"（《论语·雍也》）的层次，孔子的饭疏食饮水，乐在其中，发愤忘食，乐以忘忧；颜子的陋巷箪瓢，不改其乐，都是好之乐之的结果。宋濂的《送东阳马生序》，述其乐学之情道：

> 当余之从师也，负箧曳屣，行深山巨谷中，穷冬烈风，大雪深数尺，足肤皲裂而不知；至舍，四肢僵劲不能动，媵人持汤沃灌，以衾拥覆，久而乃和。寓逆旅主人，日再食，无鲜肥滋味之享。同舍生皆被绮绣，戴珠缨宝饰之帽，腰白玉之环，左佩刀，右备容臭，烨然若神人；余则缊袍敝衣处其间，略无慕艳意，以中有足乐者，不知口体之奉不若人也。盖余之勤且艰若此。（《宋学士集》）

如果不是宋濂的好学和乐学，则不能冒如此的险艰困苦，而不倦不怠。故根据己之好恶，以定治学研究的方向，甚为重要，如此方能成固所愿，败亦甘心。

才情、性向和好恶，是审己的重要条件，以决定治学研究的大经大纬，而免陷于"启航"时的方向错误，致失之毫厘，差之千里。审己的重要原则，是避其所短，用其所长，个人所长，也许不易发现，所短则应有自知之明。如果不能从用其所长着手，则应谨慎地避其所短。以袁枚为例，他一生不填词，不作曲，不画画，就是避其所短。人能避其所短，方能用其所长，秉此原则，以尽审己之功，庶可免于终身之累。

三、明势

治学研究,非单独的、片面的活动,在纵的方面,要承继以往,注意现在,展望将来,潘耒序顾炎武《日知录》云:"则古称先,规切时弊。"是美炎武之作,能承继以往,注意当代矣,而顾氏与人书云:

> 而别著《日知录》,上篇经术,中篇治道,下篇博闻,共三十余卷,有王者起,将以见诸行事,以跻斯世于治古之隆,而未敢为今人道也。(《日知录·附录》)

其治学之着眼,既"未敢为今人道",而在于"有王者起,将以见诸行事",已极尽展望将来之用心了。就治学的时代意义言,必着眼于当代的需要,故潘耒序《日知录》云:"其术足以匡时,其言足以救世。"又时势不许,时机不成熟,则伟大的发现,不能为人所接受,如哈维(William Harvy,1578—1657)的血液循环论,琴纳(Edward Jennre,1749—1823)的种牛痘,时势到了,才能水到渠成,为人所接受。诚如狄多勒(Tyrdall)所说:"在任何伟大的科学原理被人所特别重视以前,它早就存于一般研究科学者底心目之中,在这种时际,智识已经到达一个高原,而我们底发现就像在高原上的高峰,比当时思想的一般水准高一点。"才能为世所知,不然,即使圣如孔子,文如韩退之,也会不为世人所知所接受。所以治学首先要明白学术的变化趋势,以确立治学的目的。除了少数人认为治学不应有目的,认为有了目的,至少会急功近利,影响治学的态度和结果,此外均主张应确立治学的目的。治学的目的究竟为何?综合古今哲人的见解,不外以下三种：

（一）学以为利禄：荀子有"小人之学也，以为禽犊"之言，《吕览·博志》云：

> 宁越，中牟之鄙人也，苦耕稼之劳。谓其友曰："何为而可以免此苦也？"其友曰："莫如学；学三十岁，则可以达矣。"宁越曰："请以十五岁，人将休，吾将不敢休，人将卧，吾将不敢卧。"十五岁，而周威公师之。

《吕氏春秋》这一段记载已说明了读书为学，其目的在名荣利养，免除耕稼之劳，此系人之常情，不必诋毁，也不必多论。但治学而仅以此为目的，治学的方向必随学术的市场价值而改动，必求速成，而且会如毛子水氏所说："但就我个人而言，与其为了多赚钱而读书，我宁可抱着'衣食才足甘长终'的态度，不去翻书本了。至于名誉和地位，我以为更值不得读书的苦功。"（《主义与国策》第42期）。为学只在利禄，在名荣利养得到了之后，治学就中止了，可见以利禄为目的而治学，不能持久有成。

（二）学以求用：古人以悲天悯人之心，确定治学的目的，在以匡时救弊，经世致用，何况学能致用，则所学不致落空，愈益显出了学术研究的功效。然而以求用为目的而治学，而常会求适合现实，屈服于现实，且用有无用之用，有有用之用；有用之用，其用常小，无用之用，其用恒大，学以求用，非全无弊病也。

（三）学以求真：治学以求真为目的，有用与否不足计较，章太炎先生之言，可为代表：

> 学者将以实事求是，有用与否，固不暇计。（《太炎文

录·与王鹤鸣书》)

太炎先生之言，甚得治学之要，因为学以求用，固无可厚非，但有用无用，不易论断，且用有显晦，效有远近，尤未易显见显言。如果治学能得真是，言而有据，理无不宜，求之己心而安，推之于人而是，真理得而是非见，以此为治学的目标，自无不宜，鲁实先先生的话可与章太炎先后彰显：

> 假使为物欲所迷惑，为了达到名，或者为了达到利，譬如为了得到奖金而读书，那就苦了。我从来没有这种想法。我年轻时候读书，没想到要当教授，当了教授也没想到硬要出人头地。我总觉得这个地方于说不安，那我就要驳他；至于古人说对的，我也很佩服。(《鲁实先先生逝世百日纪念哀思录》)

鲁先生能欣赏古人说对的，驳倒古人说错的，自然是以求真为目的。更可确定的，能得真是，亦必能致用，或有助于致用，二者之间，并非绝对相违。

（四）治学境界：确立了治学的目的以后，于是治学的境界也因而显露。

1. 原始境界：漫无目的，随意而为。
2. 功利境界：基于现实，急功求利。
3. 艺术境界：基于兴趣，孜孜不倦。
4. 圣贤境界：悲天悯人，忘我无私。

境界的高下，往往决定学术成就的大小，孔孟二圣、佛陀、耶稣之所以不可及，乃系其忘我无私、悲天悯人的境界所致。鲁实

先先生劝导青年,要做难能可贵的事,即深有此意:

> 还有我劝青年人要做难能可贵的事,不要做难能不可贵的事。什么叫做难能不可贵呢?譬如,我看过一个走江湖的人,他手中拿一个筒子,左右上下摇动,然后往桌子一放,掀开筒子,三个骰子一连叠起来,你说他功夫难能吗?是难能,但是不可贵。(同上)

治学求难能可贵,才会达到艺术和圣贤的境界。

四、虚静

治学的基本要诀在虚静,荀子云:"不以所已臧害所将受,谓之虚。""不以梦剧乱知,谓之静。"(《荀子·解蔽》)古人特别重视虚静的虚则能纳,曾文正公云:

> 灵明无着,物来顺应,未来不迎,当时不杂,既过不恋,是之谓虚而已矣,是之谓诚而已矣。(《曾文正公全集·日记》)

这段话足以说明虚则能纳的道理,就治学研究而论,能虚则有下述三种作用:

接纳他人之心得。

接纳他人之经验。

接纳他人之方法。

因而产生虚心受教,取长补短的效果。朱子论心静能照的道理云:

心不定，故见理不得。今且要读书，须先定其心，使之如止水，如明镜；暗镜如何照物？（《朱子语类》）

心静之后，则可：

照察自己之过恶，用功之勤惰。

照察书中之精微，前人之是非。

照察事物之体用，行事之方针。

虚静的重要，于此可见，孔子的毋意、毋必、毋固、毋我，是由妄返虚的要诀，数息打坐，淡泊安详，是由纷乱得静定的良方。刘勰云："是以陶钧文思，贵在虚静。"（《文心雕龙·神思》）唐彪云："心非静不能明，性非静不能养，静之为功大矣哉！灯动则不能照，水动则不能鉴，静则万物毕见矣。惟心亦然，动则万理皆昏，静则万理皆彻。古人云：'静生明。'《大学》曰：'静而后能安，安而后能虑。'颜子未三十而闻道者，静之至也。伊川见其徒有闭户澄心静坐者，则极口称赞，或问于朱子曰：'程子每喜人静坐，何如？'朱子曰：'静是学者总要路头也。'"（《读书作文谱》）可见治学的基本要诀端在虚静二字。

五、有恒与耐苦

治学研究，无速成之术，而人人每多冀其能速成，曾国藩云：

士方其占毕咿唔，则期报于科第禄仕；或少读古书，窥著作之林，则责报于迩迩之誉，后世之名。纂述未及终编，辄冀得一二有力之口，腾播人人之耳，以偿吾劳也。朝耕而暮获，一施而十报，譬若沽酒市脯，喧聒以责之贷者，又取培称之息焉。……何其陋钦！（《曾文正公全集·圣哲画像记》）

"朝耕而暮获，一施而十报"，正是望速成，图厚报的心理。然治学研究，要积——积累，要渐——渐及，然后才能证悟创获，无投机之病，何况治学决无速成的可能，所以孔子云："仁者先难而后获。"学术上的突破，即使具有特出的天才，亦必待时间使其酝酿成熟，故必有恒，一以持志不懈，一以水到渠成，曾文正公云：

> 何子贞之世兄，每日自朝至夕，总是温书，三百六十日，除作诗文时，无一刻不温书，真可谓有恒者矣。故予从前限功课教诸弟，近来写信寄弟，从不另开课程，但教诸弟有恒而已。……有恒则断无不成之事。（《曾文正公全集·家书》）

有恒的重要，人所尽知，难在笃守不移，不待多述。其次是耐苦，盖学海无涯，书囊无底，要泛览博观，此一苦也；要由博返约，取精用弘，此二苦也；要抄录摘记，诵读熟背，此三苦也；要文外求意，辨析疑难，此四苦也；非苦中求甘，苦后得乐，不能持久有成，李光地云：

> 人于书有一见便晓者，天下之弃材也；须是积累而进，温故知新，方能牢固。……读书从勤苦中得些滋味，自然不肯放下，往往见人家子弟，一见便晓，多无成就。（《李榕村集》）

一见便晓，尚且不可，何况难知难晓者乎？自非由勤苦中得到读书治学的滋味，才不肯放弃，"十年寒窗无人问，一举成名天下知。"必须耐得住"十年寒窗"之苦，方有天下知名的可能。

立定了治学研究的志向,审察好自己的才情性向,明白了学术的趋势,运用了虚静要诀,继以有恒与耐苦,经得几番寒彻骨,自有梅花扑鼻香,定能治学有成。

第二节　治学当明学术范围

人类学术积累的结果,一方面是范围广阔,已到了"上穷碧落下黄泉"的程度,由太空到海洋,到地下,都是研究的对象;一方面是分类愈细,分工愈专,姑以大学所设的科系来觇窥学术的多方面发展,显示得最明显的,是新设的科系日多,旧有的科系又再分组,皆是分类细而分工专的显示,但仍不能适应社会的变迁和需要;另一方面是学习期间的延长,由大学延长到研究所,有了博士学位之后,又有超博士的需求,在治学的每一个人而言,面对这些情况,会深感学海无涯,兴"渺沧海之一粟"的慨叹,所以当明白学术的范围,以得涘涯,进而找出着手的途径。

一、由人类的官能活动分

(一)**感性知识**:由人的感官,接触外在的事物而得的知识,即庄子所云:"目彻为明,耳彻为聪,鼻彻为颤,口彻为甘。"(《庄子·外物》)人类经由感觉的官能,获得形象、色彩、数量、大小、广狭、声音、香臭、酸甜等等的经验,作为知识的基本资料。循此发展,则为文学、技艺等。

(二)**理性知识**:根据逻辑推理得到的知识,如庄子所云:"知彻为德。"(《庄子·外物》)人类有了这种根据已知已然,以推论未知未然的本能,才能使智识和学术,日益扩展,如公孙龙子的白马名实论,现代的数学演算以至哲学等,都是理性知识。

（三）**自性知识**：由于内心的反观自证而得到的知识,如庄子所云:"心彻为知。"(《庄子·外物》)这一内证而证知的知识,"如人饮水,冷暖自知",有其神秘性,然哲学家所谓"本体",佛家所谓"明心见性",均属于自性知识。

（四）**实践知识**：由实践体验而得的知识,如孔子所提倡的伦理道德,王阳明的"知行合一",可为代表。盖所重不在高深的理论,而在力行践履,如为孝子、忠臣、志士、仁人。

西方人求知,偏重感性和理性知识,国人则偏重自性和实践知识发展的结果,各有所长。

二、由学术的性质分

（一）**哲学**：质而言之,即解释人生,解释自然之学。

（二）**科学**：质而言之,即观察自然,厚物利生之学。

（三）**文学**：质而言之,即描绘自然,安慰人生之学。

此一学术知识之大分类,被广泛承认,各类之下,又可一再分为若干类别。

三、由学术研究的对象分

钱穆将中国传统学问分为下面三大类,且与立德、立功、立言相应(见《中国学术通义·有关学问之系统》),特根据其论述,列表如下:

（一）**人统**：学以为人——立德。

（二）**事统**：学以致用——立功。

（三）**学统**：为学问而学问——立言。

钱穆认为中国学术在开始阶段,特别看重第一、第二系统,

并不注重为学问而学问,学问系工具,而不是目标,钱氏云:

> 我们也可说孔子为学之创造意志乃是"仁",其形成计划乃是"智"。中国人传统观念中之理想人格即是圣,"圣"之一目标,主要在求完成自己所具之德。所谓"内圣外王",自可由其所学而发挥出大作用。至孔子云:"好古敏求",其所好所求之对象,虽必穿过典章文籍,即孔门所谓之文学,而善下其博文工夫;但其所好所求之最终目标,则仍不出于为己为人,即立德与立功之两途。显然是属于上述之第一第二系统者。故可说在当时,实无一种为学问而学问之想法,换言之:学问则只是一工具,其本身不成一目标。(《中国学术通义》)

钱氏之论,深得中国学术的真精神,并以这三大系统,泛论中国历代学术的发展,甚见精义。

四、国学的范围

中国的学问,自五四以后,西学传入,乃立国学一词,以示有别,国学之外,虽有华学、汉学、中国学、支那学等名称的不同,但均名异而实同。国学的分类,自《七略》而后,大都用经、史、子、集四部分类,但这一分法,偏重形式,而未及实质,故戴震、姚鼐、曾国藩等,分为"考据之学"、"义理之学"、"词章之学",至朱次琦先生,益以"经世之学"一类。其作用如下:

(一)**考据之学**:治学的工具,考辨事物的本真。

(二)**义理之学**:成德的根本,修己明道的径道。

(三)**经世之学**:致用的方术,立人安人的要略。

（四）**词章之学**：情感的抒发，游艺求美的表现。

高仲华先生根据这四大类别，制成中华学术体系表，不但包括无余，而且精义毕见，各类之下，又有小类，国学内容之大要，由此图而纲举目张。

（五）**国学的研究法**：高仲华先生并提出国学的研究法为：(1)明体系：明白上述的学术体系。(2)立根基：精研《论语》、《孟子》、《荀子》、《礼记》、《左传》、《史记》、《毛诗》、《昭明文选》、《文心雕龙》、《说文解字》，以奠定求学根基。(3)识途径：由良师益友、群书目录，以得治学研究的途径。(4)觅资料：由专科目录、古器物等，获得研究的资料。(5)研文字：通文字、声韵、训诂。(6)勤考订：辨资料真伪，懂得校勘。(7)探事理：根据事物，探索事理，以知人论世之法着手。(8)寻悟解：以归纳法求义理，以综合法提纲领，以分析法阐精微，以比较法别异同，以贯通法明因果，以譬喻法助点化，以演绎法开境界，由格物致知而内圣外王。(9)求体验：尝试、实践、匡谬、证道。(10)合天人：使诚、仁、中之人文精神，贯通于天地万物之中。（详见《高明文辑》上册《国学研究法》）附表如下：

中华学术体系表

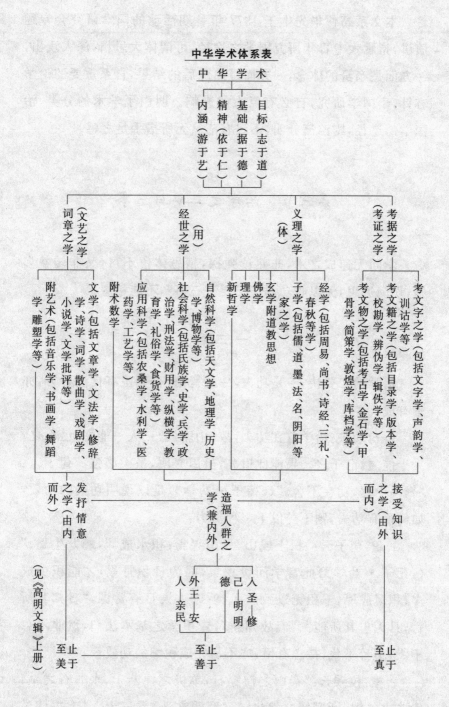

本文系高仲华先生于 1977 年暑期活动的国学研究会专题演讲，指示大专青年研究国学之途径，可谓体大思精，深入浅出，一方面是亲身的体念，一方面是熟思后的结果，自系重要的治学方针，于国学研究，自必有巨大的影响。明白了学术的分类，治国学的途径，则源流分明，不致有茫然无所措手足之感。

第三节　治学之二要与三事

学问无速成之术，非熟读强探，精思体悟不可，又非转益多师，切问近思，无以收功，故"二要""三事"，不能稍忽。

一、二要

治学的二要诀，一是功夫，一是智悟，否则虽有良法妙方，亦难有成。

(一)功夫：治学首在功夫，故《中庸》云："人一能之，己百之；人十能之，己千之。果能此道矣，虽愚必明，虽柔必强。"荀子云："驽马十驾，功在不舍。"(《荀子·劝学》)足以说明功夫的功效，如何而有功夫，则不外以下三种努力：

1. 积：荀子云："积土成山，风雨兴焉；积水成渊，蛟龙生焉。"(《荀子·劝学》)此言学问贵积累，因为日积月累，才能积少成多，积薄成厚，不积无以致广大，所以古人日有常课，"日知其所亡，月无忘其所能"、"温故知新"，皆积学之基本法门，然非不急不躁，不矜不伐，持志有恒，亦不易完成积学的功效。

2. 渐：枚乘云："泰山之溜穿石，单极之绠断干，水非石之钻，索非木之锯，渐靡使之然也。"(《昭明文选》卷三十九《上书谏吴王》)足以说明渐的功效,治学亦复如此,循序而进,由点及面,由易入难,由今及古,由中及西,由约而博,非赖"渐"的功夫不可,朱子云:

> 以二书言之:则先《论》而后《孟》,通一书而后及一书;以一书言之:则其篇章文句首尾次第,亦各有序而不可乱也。量力所至,约有课程而谨守之,字求其训,句索其旨,未得乎前,则不敢求其后,未通乎此,则不敢志乎彼;如是循序而渐进焉,则意定而明理,而无疏易凌躐之患矣。(《朱文公全集·读书之要》)

已道出了"渐"的要诀。西方谚语道:"罗马不是一日造成的。"亦系渐及渐成之意。

3.熟:走马观花,浮光掠影,用于游山玩水,尚且所得无几,读书如果不守住一熟字,则泛览千卷,才一掩卷,便茫然无所得。惟有熟才能通其文辞,玩其义理,得其法式,悟其巧妙,是以古人论读书,无不注重熟字。以苏东坡的高才捷悟,其《送安惇秀才失解西归诗》云:"故书不厌百回读,熟读深思子自知。"(《苏东坡全集》卷二)朱子云:

> 书须熟读,所谓只是一般然,读十遍时与读一遍时终别,读百遍时与读十遍时又自不同也。(《朱子语类》)

吕留良所说更充分发明了朱子熟读之意:

> 读书无他奇妙,只在一熟。所云熟者,非仅口耳成诵之

谓,必且沉潜体味,反复熟演,使古人之文,若自己出;虽至于梦呓颠倒中,朗朗在念,不复可忘,方谓之熟。如此之文,诚不在多,虽数十百篇,可以应用不穷。(《吕葆中八家古文精选·序》)

盖涵咏熟久,人书相合,习与性成,自能为我所用,成章而达。不但立根基之书应极熟,即研究范围内之资料,亦应熟悉,否则亦无法运用。

做到了"积"、"渐"、"熟",才可谓有了功夫,否则难免空疏之讥。

(二)智悟:治学贵功夫,只是起点,而其目的在得智悟,夫击石出火,豁然贯通,顿悟无余,理事无碍,明体达用,乃智悟的境界,亦有程序可循:

1.存疑:人类的智悟,往往由怀疑而起,存疑为破疑之本,故小疑则小悟,大疑则大悟,王阳明致良知学说的形成,牛顿万有引力的发现,无不起于存疑。朱子云:

若用功粗卤,不务精思,只道无可疑处;非无可疑,理会未到,不知有疑尔。(《朱子语类》)

则怀疑亦非易事,理会不到,则不知有疑。存疑之法,大致是不轻易信人从人,而以体会思辨的功夫,疑理之当否,事之真否,证之确否,则疑问自出。首由有疑处致疑、疑其理、疑其证,疑其过程与结果。再由无疑处致疑,盖非无疑,深入一层,而见其缺失偏误。

2.决疑:存疑以待决疑,决疑而后心得出,由存疑到决疑,因所疑者有大有小,有难有易,故期限亦有长短的不同,牛顿由见苹果坠地,到万有引力的发现,均系存疑之期。决疑之法,不外参合各家之说而穷其理证,观察试验以得其真实,以诘难他人者以自诘难。决疑以后的效果,如吕祖谦所云:

> 小疑必小进,大疑必大进,盖疑者不安于故,而进于新者也。(《广近思录》)

3.得悟:学贵心悟,朱子所谓"而一旦豁然贯通焉",禅宗所谓"顿悟",盖心悟之后,则一了百了,洞彻无馀。夫疑决则悟生,故小疑而得小悟,大疑而得大悟,几经领悟之后,而顿然明白,于是圆融明澈之顿悟境界出。顿悟的境界,似系神秘,而古今的伟大学者、宗教家,几无一不经此境界。陈献章云:

> 前辈谓学贵知疑:小疑则小进,大疑则大进,疑者,觉悟之机也。一番觉悟,不番长进,更无别法也。即此便是科级,学者须循次而进,渐到至处耳。(《明儒学案·白沙学案》)

已道出了由存疑到决疑,由决疑到得悟的过程和效用。治学而无开悟,则如以水沃石,胶柱鼓瑟,纵使勤苦用功,亦有"死在句下"的危险。

二、三事

治学的要事,总括言之,不外学、问、思、辨、行,故《中庸》云:

> 博学之,审问之,慎思之,明辨之,笃行之。有弗学,学

之弗能弗措也;有弗问,问之弗知弗措也;有弗思,思之弗得弗措也;有弗辨,辨之弗明弗措也;有弗行,行之弗笃弗措也。

这一治学的要事,大致为吾人所笃信,前三者于治学最为重要。谨体察发挥,提出具体的实践方法:

(一)学:学的重要性,人尽皆知,不待多述,惟人求学有二大阶段:

1.以人为师:**博学而识,**求师取友。

2.以己为师:**心领神悟,**论断古今。

在以人为师的阶段,主要的方法是:

(1)**读公认之好书:**精读博览,存大体,玩精义。

(2)**转益多师:**上师古人,下师今贤,精神冥合。

(3)**求专精:**贵一以贯之,使所学入我心中。

(4)**求兼通:**在多学而识,使所悟出乎意外。

(二)问:董仲舒云:"君子不隐其短,不知则问,不能则学。"(《春秋繁露》)因为学问的求得在积渐,而决疑得悟,则多由问人而启发辨明。其法如下:

1.**不耻下问:**以能问于不能,以多问于寡,以尊问于卑。

2.**审问:**虽知犹问,打破砂锅问到底,择专家专才而问,问到无疑而后止。

3.**循序而问:**由易入难,由浅入深,由凡近而入精微,由所知及其所不知。

4.**切问:**问所急知,问所切知,深入一层而问,不远思泛问,不胡思闲问,则得切问之要。

(三)思:孔子云:"学而不思则罔,思而不学则殆。"(《论语·

为政》)学贵悟解，必由思得，鲁实先先生之治学，自认全得力于思字，尝谓"思之思之，鬼神通之"，其方法亦可得而言：

1. 心解：文外求义，言外求意，先后贯通，彼此启发，故学不心解，则忘之易。

2. 及时：思必及时，当疑虑初起，思绪方发，谨守勿失，时过后思，则有放失遗忘之恨。

3. 专思：就所习业，念兹在兹，如鸡伏雏，如猫捕鼠，勿闲思闲虑，以为"有鸿鹄将至"，则能专思矣。

4. 深思：精心寻思，反复考验，求事理无差，人所浅言，我深求之，人所易言，我难言之，则能深思矣。

学、问、思此三事，治学之人终生不可或离，江藩论阎若璩云：

> 若璩研究经史，寒暑弗彻，尝集陶贞白、皇甫士安语，题所居之柱云："一物不知，以为深耻；遭人而问，少有宁日。"其立志如此。年二十，读《尚书》至古文，即疑二十五篇之伪，沉潜二十余年，乃尽得其症结所在，作《古文尚书疏证》。（《汉学师承记》）

"一事不知，以为深耻"，可见若璩好学之笃；"遭人而问，少有宁日"，可见好问之殷；疑《古文尚书》之伪，历二十余年方尽得症结所在，可见思辨之久而切。学与问在以人为师，思辨在以己为师，张居正云："吾尝学在师心。"（《太岳集·答湖广巡按朱谨吾辞建亭书》）师心乃治学之最高境界，乃以覃思彻悟，以达师心自用。然必以确切的理证为根据，方能免于狂谬、虚浮。

第四节　治学之十要目及其程序

如何才是治学？或者什么是治学的具体要目？这是十分重要的问题，但稽考众说，却缺乏明确而有系统的说法，谨就个人的研究和心得，归纳举叙如下。

一、治学十要目

下面所条述的十个治学要目，虽可旁通于其他方面，但所论析举例，仍以国学方面为主。

(一)发现新理论，建立新体系：治学贵在创新，而以发现新理论，建立新体系，有建设性的贡献，产生巨大的影响为难能可贵。例如伦理方面，孔子以"人本"的立场，发明仁爱的观念，建立了完整的伦理道德体系，对中国的社会和政教，产生了无穷的影响；文学方面，刘勰的《文心雕龙》，由文体、文术、文评三方面建立了很完整的体系，阐发了新的理论，于是成为百世不刊之作；政治方面：孙中山的三民主义，圆满地解决了政治上民族、民权、民生三大问题，理论完美，体系严密，遂成为政治学上的宝典；科学方面，哥白尼(Nicolaus Copernicus，1473—1543)的"天体运行论"，阐释他以太阳为宇宙中心的理论，地球绕太阳而行，其次对天体之运行，以数学方法予以测量，并详论地球、月球及其他行星的运行。曾获得诺贝尔奖的尤里(Harold C. Urey)赞叹哥白尼的成就道：

　　他打破了流传千余年的旧观念，向世人介绍了新的理论系统来解释行星与月球的关系。这样做了之后,他创始了科学思想的全部现代化的方法,而且修正了我们人生各方面的思维。(《改变历史的书·哥白尼及其"天体运行论"》)

可见哥白尼建立新理论的伟大和价值。惟新理论的创立,不能流于怪异荒诞、乖谬偏激,因为真理是要经得起时间的考验,不是以矜奇炫异为能。

(二)发现新方法,树立新范型:新理论新体系之发现与建立,诚非易事,是以真正千古不磨之作亦屈指可数。故退而求其次,发现新的方法,创造出新的品物和范型,亦足流传千古,或争胜一时。以史学为例,孔子作《春秋》,创为编年的体例,至太史公作《史记》,完全出以新方法,树立了史体的新典型,成为以后正史的准的。梁启超论《史记》云:

> (史记)以十二本纪、十表、八书、三十世家、七十列传组织而成,其本纪以事系年,取则于《春秋》;其八书详纪政制,蜕法于《尚书》;其十表稽牒作谱,印范于《世本》;其世家列传,既宗雅记,亦采琐语,则《国语》之遗规也。诸体虽非皆迁所自创,而迁实集其大成,兼综诸体而调和之,使互相补而各尽其用,此足征迁组织力之强,而文章技术之妙也。(《中国历史研究法》第一章)

即使如梁氏所言,太史公《史记》的体例是"兼综诸体而调和之"。可是总系由他创立了这一方法,树立了新的体例,垂其影响于无穷,树立了他不可摇撼的学术地位。司马光等的《资治通鉴》,也是运用了新的方法而独树一帜,有以济纪传体之穷,梁启超云：

> 盖自班固以后，纪传体既断代为书，故自荀悦以后，编
> 年体亦循其则，每易一姓，纪传家即为作一书，编年家复为
> 作一纪，而皆系以朝代之名，断代施诸纪传，识者犹讥之，编
> 年效颦，其益可以已矣。宋司马光毅然矫之，作《资治通
> 鉴》，以续《左传》，上纪战国、下终五代（公元前403年至公
> 元959年），千三百六十二年间大事，按年纪载，一气衔接。
> 光本邃于掌故（观所著《涑水纪闻》可见），其别裁之力又甚
> 强（观《通鉴考异》可见），其书断制有法度。……其所经纬
> 规制，确为中古以降一大创作，故至今传习之盛，与《史》、
> 《汉》埒。后此朱熹因其书，稍加点窜，作《通鉴纲目》，窃比
> 孔氏之《春秋》，然终莫能夺也。光书既讫五代，后人纷纷踵
> 至续之，卒未有能及光者，故吾国史界，称前后两司马焉。
> （同上）

司马光的《资治通鉴》，是沿袭编年体的旧法，将纪传体等史
资，打散重编，以别裁甚精，断制有法度，所以面貌一新。至于以
抄书而抄出了一种新史体，则推袁枢的《通鉴纪事本末》了，梁启
超论此一史体史法道：

> 善钞书者可以成创作，荀悦《汉纪》而后，又见之于宋袁
> 枢之《通鉴纪事本末》。编年体以年为经，以事为纬，使读者
> 能了然于史迹之时际的关系，此其所长也。然史迹固有连
> 续性，一事或亘数年，或亘百数十年，编年体之纪述，无论若
> 何巧妙，其本质总不能离账簿式。读本年所纪之事，其原因

在若干年前者,或已忘其来历;其结果在若干年后者,苦不能得其究竟,非直翻检为劳,抑亦寡味矣。枢钞《通鉴》,以事为起讫,千三百余年之书,约之为二百三十有九事,其始亦不过感翻检之苦痛,为自己研究此书谋一方便耳,及其既成,则于斯界别辟一蹊径焉。(同上)

袁枢以抄《资治通鉴》,无意之间,运用了新方法,抄成了新体例。此一类例,不胜枚举。王云五的四角号码,以及科学家的无数发明,都是创出新方法,树立了新范型,有了新发明,使无数的人蒙其利。

(三)**发现新问题,提出新解决**:人类学术的积累,是不断地在发现新问题,而提出新解决,故使学术的探讨,内容愈形深入,范围日益扩展。例如《史记·孔子世家》云:"古者《诗》三千余篇,及至孔子,去其重,取可施于礼义。"太史公提出了孔子删《诗》的问题,汉人无异说,至唐孔颖达始疑之,孔颖达云:

> 如《史记》之言,则孔子之前,《诗》篇多矣,案《书》传所引之《诗》,见在者多,亡逸者少,则孔子所录,不容十分去九,马迁言古《诗》三千余篇,未可信也。(《毛诗正义·诗谱序疏》)

厥后认为孔子删《诗》者,有欧阳修、王应麟、郑樵、顾炎武、王崧诸人,反对者有朱熹、叶适、朱彝尊、王士禛、赵翼、崔述诸人,赞成和反对各有理由(详见《史记会注考证·孔子世家》注)。至屈翼鹏先生,以统计之法,以显见《左传》、《国语》、《礼记》引《诗经》及佚诗之数目比例:

左传引诗　今存者(见于《诗经》者)一五六　佚诗(不见于《诗经》者)十

国语引诗　今存者　　　　　　　二十二　佚诗　　　　　　　一

礼记引诗　今存者　　　　　　　一〇〇　佚诗　　　　　　　三

（见屈翼鹏著《诗经释义》）

至此证据更确凿，孔子删《诗》之说，未可相信。又汉武帝《柏梁联咏诗》，自来以为系七言诗之祖，刘勰《文心雕龙》云："孝武爱文，柏梁列韵。"（《明诗》）而顾炎武《日知录》卷二十二"柏梁台诗"条，由年代、人物、官制，无一相合，顾氏云："反复考证，无一合者。盖是后人拟作，剽取武帝以来官名，及梁孝王世家，乘舆驷马之事以合之，而不悟时代之乖舛也。"自是《柏梁联咏诗》之真相以明，此一文学史上重大争议之问题，遂告解决。又孔子云："我非生而知之者，好古，敏以求之者也"（《论语·述而》），然自程子以后，皆信孔子为天生之圣人。崔述论此一问题云：

> 而程子云："孔子生而知者也；言亦由学而至，所以勉进后人也。"自此以后，遂皆以孔子为生知矣。
>
> 余按：《论语》他章或可指为谦己诲人之语，至"志学"章，其年自十五至七十。其进德之序自"志"、"立"、"不惑"以至于"不逾矩"，历历可指；若孔子果不由学而至，安能凭空撰此次第功程以欺后人耶？……孔子自言非生知，门弟皆不言孔子为生知，后人去孔子二千年，何由而知孔子之为生知乎？（《洙泗考信录》卷四）

崔述多面论说，即使程子复生，亦无言以对，此一问题，遂告解决。其他如瓦特因解决水蒸气冲开水壶盖的问题，而发明蒸汽机，牛顿因解决苹果何以坠落地面的问题，而创出万有引力说,是皆发现新问题,予以新解决之例也。

(四)整理旧资料,构成新系统:将无系统的古书,予以系统化,因而面目一新,并广受欢迎,例加慧明禅师的《五灯会元》,即将五种不同的灯史,予以系统化,遂流传不朽。王楙序云:

> 自景德中有《传灯录》行于世,继而有《广灯》、《联灯》、《续灯》、《普灯》,灯灯相续,派别枝分,同归一揆。是知灯者,破愚暗以明斯道。今慧明首座萃五灯为一集,名曰《五灯会元》,便于观览。(《五灯会元》序)

慧明禅师以天竺二十八佛,中华六代祖师,南岳江西二大法系,五宗二派为系统,将各灯灯史,归纳其中,而系统分明,五灯的原来面目形式遂消失不见,惟此一书单行。以后周海明的《圣学宗传》,孙夏峰的《理学宗传》,包括黄梨洲的《明儒学案》在内的四朝学案,便是受《景德传灯录》和《五灯会元》的影响而来,钱穆论之云:

> 今说到学案,其实"学案"两字,也就于禅宗里边用的字,而语录起于禅宗,学案也起于禅宗。明代人第一个最先做的学案,叫做《圣学宗传》,周海明就是一个学禅的人,从周海明的《圣学宗传》下面继起的孙夏峰的《理学宗传》,此两书都在黄梨洲《明儒学案》之前,《明儒学案》则是接此二书而来。(《文艺复兴》第三十期《黄梨洲的明儒学案》、《全谢山的宋元学案》)

禅宗有公案、有灯史,遂引发理学家的学案,也是整理旧资料,建立新系统。其他如近人王伟侠的《论语分类纂》、《孟子分类纂》,陈立夫的《四书道贯》,都是编辑旧资料,建立新系统的例子。

(五)编辑旧资料,便利研究者:将散乱的资料,依特定的目标、研究上的需要,而编纂在一起,不一定要构成系统,丁福保的《说文解字诂林》便是一例,胡朴安介绍其书云:

> 丁君所编之《说文诂林》,可谓文字界中之大著作,采书一百八十二种,一千三十六卷,其前钱可庐、王南陔所未竣功者,至丁君始成之。予读其书,有四善焉:一、检一字而各说悉在也。二、购一书而众本均备也。三、无删改,仍各家原面目也。四、原本影印,决无错误也。(《说文解字诂林》第一册《畴隐居士自述》)

丁福保大致依《说文解字》的体例,将一百八十二种文字学的书,无减无增,编纂成书,因其有"检一字而各说悉在"和"购一书而众本均备"的方便,于是成为研究文字学不可或缺的书。又张明仁的《古今名人读书法》,亦是编辑旧资料之作,其例言云:

> 本书专采古今名人关于读书之各种方法,汇为一编,俾初学借以窥见读书之门径,而考论其事者,亦得有所取资。(《古今名人读书法·例言》)

也完全是编辑旧资料之书。这类的例子甚多,大至《永乐大典》、《古今图书集成》、《皇清经解》;小至陈新雄博士编的《文字学论文集》、于大成博士编的《尚书论文集》,繁有其例。

（六）**利用旧资料，撰作工具书**：利用旧资料，依实际的需要、一定的体例，撰成工具书，便利大众或专门的研究，各类的工具书，大概都可入此类。例如《中国古今地名大辞典》的编撰，诚有需要，因为"吾国幅员辽阔，地志浩如烟海，偶举一地，欲详其过去之历史，现在之状况，恒苦不易，而较僻者且不知其所在，遑论其他"（《中国古今地名大辞典·缘起》）。这本书编成了之后，于是"上起远古，下迄现代，凡吾国地名有为检查所必需者，均参考群书，调查甄录，于古则详其因革，于今则着其形要，上下纵横，古今悉备"，便成为广受欢迎的工具书。其他如各种的字典、辞典、文句引得、索引等，真不胜枚举。

（七）**发现新资料，提出新研究**：治学贵在有新资料，有了新资料，便有了新证据，往往会有新发现、有新结果，王国维于《最近二三十年中中国新发现之学问》一文中论之云：

> 古来新学问起，大都由于新发现，有孔子壁中书出，而后有汉以来古文家之学，有赵宋古器出，而后有宋以来古器物古文字之学。惟晋时汲冢竹简出土后，即继以永嘉之乱，故其结果不甚著。然同时杜元凯注《左传》，稍后郭璞注《山海经》，已用其说，而纪年所记禹、益、伊尹事，至今成为历史上之问题，然则中国纸上学问赖于地下之学问者，固不自今日始矣。自汉以来，中国学问上之最大发现有三：一为孔子壁中书，二为汲冢书，三则今之殷墟甲骨文字。敦煌塞上及西域各处之汉、晋木简，敦煌千佛洞之六朝及唐人写本书卷，内阁大库之元明以来书籍档册，此四者之一，已足当孔壁、汲冢所出，而各地零星所见之金石书籍，于学术有大关系者，尚不与焉。故今日之时代，可谓之发见时代，自来未

有能比者也。（《海宁王静安先生遗书·静安文集续编》）

王国维所论，皆系新资料之发现、影响及治学。以甲骨文为例，刘鹗的《铁云藏龟》，罗振玉的《殷虚书契前编》、《殷虚书契后编》、《殷虚书契菁华》、《铁云藏龟之馀》，光是甲骨片的著录，已经是不朽的盛事，以后以这些资料，作文字考释，作殷代历史文化研究的，更不知凡几。王国维所作《殷卜辞中所见先公先王考》，证明《世本》、《史记》之为实录，使中国的信史提早到殷商，建立了无比的学术地位，陈梦家所著的《殷虚卜辞综述》，都是运用新资料而得的新的研究结果。鲁实先先生论前人研究的成绩道：

> 王国维在甲骨方面有《先公先王考》、《先公先王续考》两篇。钟鼎方面，有毛公鼎、散盘、孟鼎的释文。比较起来，还是《先公先王考》及《先公先王续考》成绩好一点。其余文字方面像释"由"，释"史"都是错的。讲钟鼎难解的文义，他并没有解释出来。
>
> 至于罗振玉，他的《增订殷虚书契考释》有价值。那是最初解文字最多的，而且有些字还解得不错，当然也有些字现在看起来是错误的。但是在那时他有创始的功劳，比孙诒让的《契文举例》要好一些。有人说罗振玉的书是王国维作的，我表存疑，因为他这部书连增订印了两次，王国维不可能为他作两次。
>
> 郭沫若在甲骨方面有《殷契萃编》、《卜辞通纂》两部书，还有《甲骨文字研究》一篇文章。那些文章，甲骨文解字很多是错误，对的很少。《萃编》不过是编辑一下，作作释文而

已,疑难的字,解释出来的极少极少。(《鲁实先先生逝世百日纪念哀思录》)

可见前人对这些新资料的研究,还没有到登峰造极的地步,我们可以"前修未密,后学转精",以期得出新的成绩。加上最近帛书《孙子兵法》、帛书《老子》等的发现,新甲骨、鼎彝等地下物的出土日多,文物资料,正待我们展开新的研究,得出新的成果。

(八)**解决新问题,研究旧资料**:学术是无穷尽的积累,就时间而言,是先后相承,就空间而言,是举世若一,所以在治学活动上,解决新的问题,往往是由研究旧的资料,以求得解决。如王引之的《经传释词》一书,即是读《尚书》时,前人虚字实解,引起他的不满,于是搜讨古籍,得到资料,解决了他所要解决的虚字问题,引之自序其经过云:

引之自庚戌岁入都,侍大人质问经义,始取《尚书》廿八篇绅绎之,而见其词之发句、助句者,昔人以实义释之,往往诘鞠为病,窃尝私为之说,而未敢定也。及闻大人论《毛诗》"终风且暴"、《礼记》"此若义也"诸条,发明意恉,涣若冰释;益复得所遵循,奉为楷式。乃遂引而伸之,以尽其义类。自九经三传,及周秦西汉之书,凡助语之文,遍为搜讨,分字编次,以为《经传释词》十卷,凡百六十字。前人所未及者补之,误解者正之,其易晓者,则略不论,非敢舍旧说而尚新奇,亦欲窥测古人之意,以备学者之采择云尔。(《经传释词》自序)

可见王氏系发现新问题,而由研究旧资料——"自九经三传，及周秦西汉之书，凡助语之文，遍为搜讨"，而终于解决了新问题，完成了前所未有的《经传释词》，故云"非敢舍旧说而尚新奇"也。又俞樾以古书文例难明，不能以现在"寻行数墨"的读法去研读，于是研求旧籍，成了《古书疑义举例》一书，俞氏自序云：

> 夫周、秦、两汉至于今远矣。执今人寻行数墨之文法，而以读周、秦、两汉之书，譬犹执山野之夫，而与言甘泉、建章之巨丽也。夫自大小篆而隶书，而真书，自竹简而缣素，而纸，其为变也屡矣。执今日传刻之书，而以为是古人之真本，譬犹闻人言笋可食，归而煮其箦也。嗟夫！此古书疑义所以日滋也欤！窃不自揆，刺取九经诸子，为《古书疑义举例》七卷，使童蒙之子习知其例，有所据依，或亦读书之一助乎？（《古书疑义举例》序）

俞氏因发现古书疑义日多，恐读者难明，乃取资于古书之经子而成此书，使人"习知其例，有所据依"。其贡献非少。又曾国藩于攻金陵时，面临应否"越寨直攻"的问题，于是乃研究旧资料，以《资治通鉴》所载的九次战役为对象，详加考察，细论成败的根由，曾氏得到的结论是：

> 以上九事，张兴世之据钱溪，宋子仙之取郢州，许德勋之下黄州，皆水路越攻而胜；王琳之下金陵，以水路越攻而败；尉元之取下邳四域、李愬之入蔡州、郭崇韬之策汴梁、以陆路越攻而得之；李道宗之策平壤、李泌之策范阳，以陆不越攻而失之；成败得失，固无一定之轨辙也。（《曾文正公全集·日记》）

曾氏虽云："成败得失，固无一定之轨辙"，可是这一段资料所显示，越寨进攻，六次仅有一次失败，其他三次以不能越寨进攻而失败，是曾文正公决定直捣金陵之前，已详研史料，力作决定也。现在一般公务员处理问题，必先取阅档案，法官和律师必研究判例，是同样的道理，师法于古，以解决现在之困难，是人类特具的智能。

（九）**精选论评，校勘注译**：作品累积既多，自非"略其芜秽，集其清英"不可，《昭明文选》是最显著的例子，以后总集之类，多同此旨，故《四库全书总目·集部总叙》云：

> 夫自编则多所爱惜，刊版则易于流传，四部之书，别集最杂，兹其故欤？然典册高文，清辞丽句，亦未尝不高标独秀，挺出邓林，此在翦刈厄言，别裁伪体，不必以猥滥病也。总集之作，多由论定，而兰亭金谷，悉觞咏于一时，下及汉上题襟，松陵倡和。（卷一百四十八）

后人于选精集萃之时，除了"翦刈厄言，别裁伪体"之外，又在发凡起例，以为法式。选取评论之时，一方面是出于公认公论，一方面是出于一己的知音鉴赏，评论之馀，附以析赏，如高步瀛的《唐宋诗举要》，以选取甚精，评论甚当，几家有其书。又以去古已远，于古书翻读为难，一方面因传抄刻印之误，而校勘以起；一方面因训诂难明，精义难寻而有传注笺疏，如《公》、《穀》两传，已列入经中，韦昭的《国语》注，杜预的《左传》注，至今传名不衰。近代为求人人能读古言，于是今注今译之风甚盛，虽不免为人作嫁，亦治学的另一途径，皆对学术有贡献，如屈翼鹏先生的《尚书今注今译》等，为例不可胜数。

(十)根据纯推理,得出新成果:自美国航天员阿姆斯特朗登陆月球成功,在人类的学术史上,起了划时代的变化。在人类未登陆月球以前,人类的学术思想,大致来自经验,而人类登陆月球以后,证明了今后学术的发展,可以由纯推理而得。因为在阿姆斯特朗以前,人类未有登陆月球的经验,嫦娥奔月,不过是传说和神话。至 20 世纪末期,科学技术解决火箭的动力问题、输送的工具问题、通信等等的问题之后,按照理论的推断,认为可以登陆月球,于是出以不断的试验,发挥人类最高的智能及科技最佳的统合力,终于登陆月球成功,开启了太空科学的广大研究领域,影响人类之大之远,诚不可逆料。除了使太空科学这一类的研究不再是虚幻的臆构以外,使人类于学术上发生了更大的信心,只要理论正确,推论无误,以不断的观测试验改正偏差,以完密的调查统计得出成败的公算,虽然是出于纯推论,亦必能成功。更证明了孙中山先生能知必能行理论的正确,更可纠正我们不太注重理论的心理,钱穆论国人讲方法胜过于讲理论云:

> 似乎中国人讲道,因其贵同贵常,故若无多话可说;而中国人讲术,讲方法,实较西方人为细密。此处所谓西方,可兼指印度与近代西方言。即举经济学为例,西欧经济思想如亚当斯密司之《原富》,主张"自由经济";马克思之《资本论》,主张"阶级斗争"。皆在理论处即论道方面用力;一到实际践行方面反而简单。而在中国,则向无专门之经济学及经济学家,造不出一套繁富详密之经济理论。在中国人看来,若讲理论,简单几句话即可;实际方面,则因时因地,斟情酌理,变动不居,决非几句话可了。此亦是东西文

化一不同点。(《中国学术通义·泛论学术与师道》)

西方人因注重理论,建立体系,故主义特多,学派逢起;国人则于理论上趋于简一,钱氏又举佛教与禅宗之别异,以为例证道:

> 佛学从印度东来,亦如西欧般,理论繁而实行简,禅宗虽若繁变,其实亦是无多话可说;主要在予人一"巧",使人得"悟"。"棒喝"与"参话头"等等,皆重在行为上教人悟入,其实这些多属方法,方法则无甚义理可讲。故学南北朝佛学是理入,唐代禅宗以下是行入。(同上)

禅人所谓"元来佛法无多子",言理论之简也;"曲设多方",谓方法之繁也,故归于无定法。若理论上不能成系统,不能思想细密,逐步开展,逐步深入,则不能细入微芒,多方发展,故通才多而专才少;而且每个人都求"立乎其大",花费了大部分时间去"博观约取",但其结果,纵能"立乎其大",亦未必能"细小不遗";所以今后治学,宜重理论的研究,不能徒重方法。

以上十项治学要目,虽不能说概括无余,至少纲举目张,途径明确,至于神而明之,则存乎其人。

胡朴安论整理国学之大要方法为二条:

一、以结账式之整理,以求国学之系统。

二、以摘要式之整理,以求国学之精粹。(《国学汇编·客观的研究国学方法》)

依胡氏的说明,所谓"结账式之整理",不外是选优去重,分类编纂;所谓"摘要式之整理",乃摘精取要,彼此贯通,实不足以尽治学之义。胡适认为提倡国学的研究,要注意到三点:

第一,用历史的眼光来扩大国学研究的范围。

第二,用系统的整理来部勒国学研究的资料。

第三,用比较的研究来帮助国学材料的整理与解释。

(《国学季刊·发刊宣言》)

胡适之言,亦嫌简略,且合治学范围与治学方法为一。治学虽有此十大方向,所贵的在创新而成体系,如张载《咏芭蕉诗》云:

芭蕉心尽展新枝,新卷新心暗已随。愿学新心养新德,长随新叶起新知。

由故出新,新旧相代,学问才能如蕉叶的展尽复生,无穷无尽,而且求真求用,能人之所不能,方难能而可贵,则庶几乎治学而有成。

二、治学之程序

研究国学不能范围与方法不分,不能将读书方法与治学的方法及程序混论。如章太炎把治国学的方法分为:A. 辨书籍底真伪。B. 通小学。C. 明地理。D. 知古今人情变迁。E. 辨文学应用(见《国学概论》)。除了 A 项以外,讲的是读书方法,而 E 项则是文章辨体和论白话文言,虽皆与治学有关,然亦应细加分辨。故于本章论治学之程序；于下章论读书之程序，使类别分而条理明。

（一）学习：知人之所已知，知人之所不知。

　　　　　能人之所已能，能人之所不能。

治学必待学习，学习不以获得文凭资格为满足。换言之，人之所知，己亦知之；人之所能，己亦能之。不能算是治学研究所指的学习，必然要做到人所不知，己亦知之，人所不能，己亦能之，方可言治学研究。故在所研究的范围内，应求无不通晓，无不涉览，方可无欠无余，学有专精专长，古人皓首不能穷一经，殆难于在所治之经，无不明白贯通也，然亦必确定目标，划定研究范围。循序渐近，以求擅专精。

（二）明理：理在事中，理由事显。

　　　　　事理圆融、明体达用。

治学待学习以立根基，待明理以求通贯，理藏事中，必待体验，理由事显，必在事物中证验，达到了事理圆融、理事无碍的地步，方能明体达用，是以石头希迁云："执事元是迷，契理亦非悟。"（《景德传灯录》卷三十）不能"执事"而不契理，亦不能契理而不"执事"，免犯偏伤。

（三）怀疑：由可疑处怀疑，疑决而心得出。

　　　　　由无疑处致疑，疑破而智悟生。

天下的事理，不致疑则无可议，苟致疑则罅隙见，问题生。常人由可疑处致疑，疑决而心得出，惟才智高者能于无疑处致疑，故往往超人玄微，疑破而悟生，治学时不可不知此二者。

（四）搜证：无证而必之者，非愚必妄。

　　　　　理证而可征信，创说立论。

证以证理，故荀子云："持之有故，言之成理。"由怀疑而破疑,解决疑问,必搜集资料,得出信证而后可;治学不可无确据而下论断,亦如法官之不可无信证而断案。

(五)思辨:思之思之,鬼神通之。

理事当否,必由思辨。

语云:"精诚所至,金石为开。"又云:"思之思之,鬼神通之。"思辨之力,可以与神鬼争奥,人类之文明日新,发明日多,率皆思辨的结果。思辨虽有方法,然必以理事之然否当否为准据,以期穷奥极秘,由故出新,由常得变。

(六)创获:学不能新变,则不能代雄。

发前人之误,出至当之理。

墨守成规,不失尺寸,袭人成说,无敢或违,描花学样之匠人而已,不足以言治学研究。惟由故出新,由常得变者,方能成一代之雄。古之豪杰,卓绝特出者其故在此;前人治学研究,矜为创获者,其理亦在此。而其大要,不外正前人之讹误,得至当之理事,能如此,则凌越前贤往哲矣。

(七)表达:道至文成,理强证确。

形之篇章,有物有序。

治学有了创获,必求表达,学术论文,非凭空臆构,以文辞争雄,而系以理论内容争胜,恃文字之表达无误,垂传久远。惟表达之时,必言之有物——有丰富的内容,言之有序——有条理顺序,则不朽自有在矣。

明白了以上的治学历程,则知"登高必自卑,行远必自迩"。本源次第,了然于胸,历阶梯而上,而无揠苗助长之忧;进而不急不躁,从容涵咏,以待一旦贯通。

前人治学,以博观约取,博古通今为准则;今人治学,则进而求融合中西,以自己之心思才力,合古今中外之心思才力,以求创获,如刘开所云:"非尽百家之美,不能成一人之奇,非取法至高之境,不能开独造之域。"(《刘孟涂文集·与阮芸台宫保论文书》)此则时代的缘故,不能闭关自守,妄自尊大。

第二章　读书与治学

　　天下有不学的善人君子,绝没有不学的学者。学问的获得,必由读书始,故读书与治学相关甚切。读书的效益总括言之,不外增加知识,修养心身,调剂精神,继承文化遗产,获得处世治事之方法,增加运用文字之能力,引出智能、悟出理性等。然读书与治学相关者,治学必由读书以知学术的流变,获得研究的资料,累积前人的方法与经验。以学术的流变而言,任何的学问,都不是片面的、孤立的、偶然的存在,而是有起源、形成、蜕变、创新等历程,所以治学要回顾过去——回顾古人的成就,已发生的一切;要注意现在——注视当代之人的研究情形,研究的成绩如何;展望将来——将来的人需要如何,能否解决将来的问题。也可说所有的学问,是由过去延展到现在,由现在通往将来,故推陈才能出新,"鉴往"方足"知来"。古人已死,其事其学问,都保存在典籍文物之中,所以读书是治学的基本方法,是"知古""鉴往"的必要工夫。又研究必需资料,资料多散在千万典籍之中,非由广泛搜罗搜集而不可得,又何以披沙拣金,取资于人乎? 至于前人的研究成果与方法经验,近人的心得,除了口传亲授之外,亦胥在书中,故读书乃治学之基础,治学乃读书之发挥。谨先将读书所涉及的问题,列举研究。

第一节 中国典籍之亡佚概况及其影响

一、我国典籍沦亡的原因及概况

读书甚难,因为必先明其文、通其辞,以明作者之意志、撰述之内容,进而论其是非得失。读古人之书尤难,因为去古已远,问题益多,刘永济论之云:

> 夫书有古今异刻,字有篆隶异形,讹变通转,而文已非作者缀文之旧矣,此文之难通也。事有传异传讹,书阙简脱,言有时异义殊,方分异别,读者所谓之辞,已不同作者类情之辞矣,此又辞之难通也。志有不忍明言者,则婉约之;有不欲直言者,则傍出侧出之;有不可尽言者,则含蓄蕴藉之;读者意逆之志,尤不必即作者将言之志矣,此又志之难通也。(《屈赋通笺·叙论》)

刘氏所论,系为读《楚辞》而发,事实上其所说的困难,几乎完全可通之于读其他的古书,因为他所提出的涉及考据训诂、版本目录、读书方法等广泛的层面。可是尚未将中国典籍的亡佚情形对学术的影响包括在内,因为古籍沦亡,则文献无征,孔子之时,已有此叹,后世尤甚,故曹倦圃云:"自宋以来,书目十有余种,粲然可观,按实求之,其书十不存四。"(曹溶《流通古书约》)

今又历时二百余，亡佚更多，试取《汉书·艺文志》与《隋书·经籍志》所载而考其亡佚，则今所存者，甚为寥寥，尤以诸子之书亡佚的情况最为严重。考古书亡佚的原因，约有下述四端：

（一）**政治上的摧残**：历代君王侯王，常因好恶忌讳，而禁书焚书，由政治上予以摧残。北宫锜问周代爵禄之制，孟子答曰："诸侯恶其害己也，而皆去其籍。"（《孟子·万章下》）是春秋战国已肇其端，至秦始皇而加甚，因恶"道古以害今，饰虚言以乱实"（《史记·始皇本纪》）。于是从李斯等之议，其结果是："史官非秦纪，皆烧之，非博士官所职，天下敢有藏《诗》、《书》百家语者，悉诣守尉杂烧之。……所不去者，医药卜筮种树之书，若有欲学法令，以吏为师。"（同上）收集咸阳之书，又为项羽烧毁咸阳时所焚，以后汉朝所收拾的，不过余烬而已。汉代有谶纬之学，几与经史等重，汉时已为学者所厌，刘勰云：

> 通儒讨核，谓起哀平，东序秘宝，朱紫乱矣。至于光武之世，笃信斯术，风化所靡，学者比肩，沛献集纬以通经，曹褒撰谶以定礼，乖道谬典，亦已甚矣。是以桓谭疾其虚伪，尹敏戏其深瑕，张衡发其僻谬，荀悦明其诡诞。（《文心雕龙·正纬》）

于是有了禁毁之议："平子恐其迷学，奏令禁绝，仲豫惜其杂真，未许煨燔。"（《文心雕龙·正纬》）至隋而终于禁烧，《隋书·经籍志》云：

> 至宋大明中，始禁图谶，梁天监已后，又重其制。及高祖受禅，禁之逾切。炀帝即位，乃发使四出，搜天下书籍，与

谶纬相涉者皆焚之,为吏所纠者至死。自是无复其学,秘府之内,亦多散亡。(卷三十二)

"相涉者皆焚",足见牵连之广,株连所及,亦不止于谶纬了。而且被纠举者,罪可至死,可见科刑甚重,与始皇焚书,事之轻重不同,而为害于典籍则无别,故朱一新云:

> 有处士之横议,故有秦始之焚经;有鄙儒之信谶,故有隋炀之焚纬。……纬亡,则六家之术皆亡矣。(《无邪堂答问》卷四)

隋炀帝焚纬,纬虽未至全绝,但造成了无人重视的后果,保存在经传注疏中的纬书,至宋也因删削而亡,王祎云:

> 孔颖达作《九经正义》,往往引用纬书之说,宋欧阳公尝欲删而去之,以绝伪妄,使学者不为所乱惑,然后经义纯一。其言不果行。迨鹤山魏氏,作《九经要义》,始加黜削,而其言绝焉,今《易纬乾凿度》尚存。(《青岩丛录》页十一)

非止隋代如此,书的禁焚,几乎无一代无之,至清而愈盛。文字之狱屡兴,或因事涉前明之史料,因而得罪,如庄廷钺之明史案,牵连甚广,凡刻书送版钉书者,一应俱斩(详庄氏史案,商务印《痛史》第四种);又或因发扬民族大义,论严夷夏之防,以比论清朝的,也在族灭之列,如吕留良案,累及三族(见《雍正东华录》)。其以语涉讥刺清廷及因此而罗织入罪者,至如"清风不识字,何事乱翻书"之诗,亦首领不保。这种严密的文网,莫须有的

罪名,无形的方面,影响有清一代的学术风气,如柳诒徵所论:

> 前代文人受祸之烈,殆未有若清代者。故雍乾以来,志节之士,荡然无存,有思想才力者,无所发泄,惟寄之于考古,庶不干当时之禁忌。其时所传之诗文,亦惟颂谀献媚,或徜徉山水,消遣时序,及寻常应酬之作,稍一不慎,祸且不测。(《中国文化史·近世文化史》第五章)

在有形方面,是影响典籍的沦亡,明季史料,首当其冲,因而亡佚殆尽;其他著书之家,因恐被告讦株连,门弟子及其子孙,乃自行燔焚(见陈登原《中国典籍史》第六章)。甚至《四库全书》开馆,一方面搜求遗书,一方面大肆焚禁。乾隆三十九年八月之上谕云:

> 乃各省进到书籍,不下万余种,并不见奏及稍有忌讳之当,岂有裒集如许遗书,竟无一违碍事迹之理?况明季造野史者甚多,其间毁誉任意,传闻异辞,必有抵触本朝之语。正当及此一番查办,尽行销毁,杜遏邪言,以正人心,而厚风俗,断不宜置之不办。……若有诋毁本朝之书,或系稗官私载,或系诗文专集,应无不共知切齿,岂尚有听其潜匿流传,贻惑后世?不知各该督抚等查缴遗书,于此等作何办理?着即行据实呈送,至各省已经进到之书,见交《四库全书》处检查,如有关碍者,即行撤出销毁。(《乾隆东华录》卷三十)

是名为访书,而意在禁毁,陈登原论之云:

　　至于有清一代，其最惊人之伟业，厥推乾隆时之纂修《四库全书》，然四库之著录者固多，而焚毁至二十四次，计毁书至一万三千八百六十二部，未详者尚不在内，名为右文，实浩劫也。（《中国典籍史》卷首第三章）

　　四库修纂时的禁焚书，概见于陈乃乾的《禁书总录》。依郭伯恭的统计，毁书达十万部，网罗的周密、办法的巧妙、时间的持久，比于秦始皇，超出甚远。而且在禁毁以外，又公然抽毁窜改，使不少的书有的成了残卷，有的成了伪书，这大概是秦始皇未曾梦见的手段，其结果诚有如陈登原论抽毁与窜改所云：

　　　　而所谓《四库全书》者，在辑集古书以外，且为艺林制一浩劫矣。其所禁者，则散焉佚焉；其所取者则残焉佚焉；郅治修文，其效可睹矣。（《中国典籍史》第八章）

　　在现代因《四库全书》的辑集古书，多见其保全之功，小疵其"文化大革命"禁焚抽改之失。"文化大革命"中红卫兵在除四旧的口号下，对古籍所产生的全面摧残，尚无法统计。这些政治上的摧残，因而造成文物浩劫。

　　（二）**遭兵匪而丧失**：历代治乱相寻，战伐不已，寇匪所至，战火所及，遂灾及典籍。以秦始皇焚书为例，因为"非博士官所职"，才"诣守尉杂烧之"，故书仍多保全于咸阳，未全部焚毁，至项羽入咸阳，才几致烧绝。刘大櫆《焚书辨》云：

　　　　迨项羽入关，杀秦降王子婴，收其宝货妇女，烧秦宫室，火三月不灭，而后唐虞三代之法制，古先圣人之微言，乃始荡为灰烬。

刘氏之论,不是归过于项羽,实系经过这次兵乱而典籍几乎尽灭。当然,如果不是秦始皇的烧禁,则民间犹有保全的,决不致一火全毁。书因兵乱而丧亡,牛弘五厄之论,此实居其四,牛弘云:

> 汉兴改秦之弊,敦尚儒术,建藏书之策,置校书之官。屋壁山岩,往往间出,外有太常、太史之藏,内有延阁、秘书之府,至孝成之世,亡逸尚多。遣谒者陈农求遗书于天下,诏刘向父子雠校篇籍。汉之典文,于斯为盛。及王莽之末,长安兵起,宫室图书,并从焚烬,此则书之二厄也!

> 光武嗣兴,尤重经诰,未及下车,先求文雅。于是鸿生钜儒,继踵而集,怀经负帙,不远斯至。肃宗亲临讲肄,和帝数幸书林,其兰台、石室,鸿都、东观,秘牒填委,更倍于前。及孝献移都,吏民扰乱,图书缣帛,皆取为帷囊,所收而西,载七十余乘。属西京大乱,一时燔荡,此则书之三厄也。

> 魏文代汉,更集经典,皆藏在秘书、内外三阁。遣秘书郎郑默删定旧文。时之论者,美其朱紫有别。晋氏承之,文籍尤广。晋秘书监荀勖定魏《内经》,更著《新簿》。虽古文旧简,犹云有缺,新章后录,鸠集已多。足得恢弘正道,训范当世。属刘、石凭陵,京华覆灭,朝章国典,从而失坠,此则书之四厄也。

> 永嘉之后,寇窃竞兴,因河据洛,跨秦带赵,论其建国立家,虽传名号,宪章体乐,寂灭无闻。刘裕平姚,收其图籍,五经子史,才四千卷。皆赤轴青纸,文字古拙。僭伪之盛,

莫过二秦，以此而论，足可明矣。故知衣冠轨物，图画记注，播迁之馀，皆归江左。晋、宋之际，学艺为多，齐、梁之间，经史弥盛。宋秘书丞王俭，依刘氏《七略》，撰为《七志》；梁人阮孝绪亦为《七录》。总其书数，三万余卷。及侯景渡江，破灭梁室，秘省经籍，虽从兵火，其文德殿内书史，宛然犹存。萧绎据有江陵，遣将破平侯景，收文德之书，及公私典籍，重本七万余卷，悉送荆州。故江表图书，因斯尽萃于绎矣。及周师入郢，绎悉焚之于外城，所收十才一二，此则书之五厄也！（《隋书·牛弘传》）

牛弘论书的五厄，除了秦始皇的焚禁外，其余几全是兵乱而散亡，胡元瑞论隋以后书的五厄云：

牛弘所论五厄，皆六代前事。隋开皇之盛极矣，未几悉灰于广陵。唐开元之盛极矣，未几悉灰于安史。肃、代二宗荐加纠集，黄巢之乱，复致荡然。宋世图书，一盛于庆历，再盛于宣和，而女真之祸成矣。三盛于淳熙，四盛于嘉定，而蒙古之师至矣。然则书自六朝之后，复有五厄：大业一也，天宝二也，广明三也，靖康四也，绍定五也，通前为十厄矣。观十厄之言如此，然则隋唐宋明而来千余年，有心人均有典籍聚散之痛欤！（《少室山房笔丛》卷一）

所述五厄，不在牛弘所云之下，皆源于兵乱。此后元末兵燹所毁，李自成甲申入京所烧，以及八国联军之乱，太平天国时对江南藏书之残毁，虽未全面波及，但内府珍藏宋元版本多告焚绝。例如姜绍书论甲申兵乱云：

内阁秘府所藏书，虽殊寥寥，然宋人诸集，十九皆宋版也，书皆侧叠，四周外向，故虽遭虫鼠，吃而未损。但文渊阁制既卑狭，而牖复暗黑，抽阁者必秉炬以登，内阁辅臣，无暇留心及此；而翰苑诸君，世所称读中秘书者，曾未得窥东观之藏，至李自成入都，付之一炬，良可叹也！（《韵石斋笔谈》卷上）

可见损失之大。至于个人之手稿，因兵乱而亡佚焚绝者，更无法统计。这种兵乱匪祸，延续到军阀割据、抗日战争仍未停止，如清末四大藏书家之一的海源阁，先经捻军，善本十去三四，至1929年复为土匪所劫，致"万本琳琅，随剑佩弓刀以俱去矣"。1932年东方图书馆全毁，涵芬楼所藏，扫地以尽。故兵匪所摧残典籍之程度，殊不亚于政治上之灾害。

（三）人为的过失：图书因人谋不臧，于处置、搬运、储藏之时，导致灾难，而使典籍亡佚者，亦繁有其例，洪迈论书籍之厄云：

梁元帝在江陵，有今古图书十四万卷，将亡之夕，尽焚之；隋嘉则殿，有书三十七万卷，唐平王世充，得其旧书于东都，浮舟溯河，尽覆于砥柱。……

宋宣献家，兼有毕文简、杨文庄两家之书，其富盖有王府不及者。元符中，一夕炙为灰烬，以道自谓家五世于斯，虽不敢与宋氏争多，而校雠是正，未敢自逊，甲午之冬，火亦告谴。（《容斋续笔》第十五）

梁元帝系于亡国之前，纵火自焚其书；隋嘉则殿之书，因船运不当，遇风覆于砥柱，十去七八；晁以道等家藏之书，一火烧尽。此外公私藏书因收藏不善，致鼠咬、虫蛀、水浸、霉烂、盗卖，不知凡几，此皆人为之过失，致使典籍亡佚残损。

（四）藏书家之馈丧： 私人藏书，起源甚早，孔子以六艺为教，"诗书执礼，皆雅言也"，自必有其图书。《庄子·天下篇》明言："惠施多方，其书五车。"可见亦藏有图书，是其事起源甚古。其后弃简牍而用布帛，及笔纸发明以后，书籍获得甚易，韩愈诗云："邺侯家多书，插架三万轴。"（《送诸葛觉往随州读书》）李泌藏书之富，盛况可见。但自印刷术发明以后，书的流传日广，至宋藏书家所藏益多，洪迈言"荣王蓄书七万卷"（见《容斋随笔》第十三）。私人藏书既多，于是为之校勘，著为书目解题或读书记，版本目录，由是渐盛，私人之图书馆也随之兴起，如宋次道和李公择，均将图书借人。至明清以后，风气日盛，藏书家于书籍有保存珍本、钞录旧书、校雠装订、刻为丛书，以广流传，借阅传钞流通当时，艰难辛苦，贡献至大；但因深锢闭藏，而产生灾害，致损及典籍，为数亦多。盖藏书家得书不易，得善本、足本、绝版书尤不易，往往辇金求得，珍藏之余，不欲流传录钞，更不会刻板流传了，迄家业败落，子孙不能守其业，火灾、虫啮，水浸霉烂之外，任人盗取，书贾贩卖，散于市坊，论秤而尽，甚至以代柴薪，烬于灶下，罕本秘籍，因之绝迹。秘藏之例，如天一阁、海源阁，可谓谨矣秘矣：

> 司马殁后，封闭甚严，癸丑余至甬上，范友仲破戒，引余登楼，悉发其藏。（《南雷文案·天一阁藏书记》）

范钦创天一阁，死后一百五十年而始有黄宗羲之破戒登楼，可见深藏固守之情。以后的海源阁亦然：

> 变世相传，珍秘逾恒。凡非契友，例不示人。杨氏旧
> 例，其家中仆役，向不准其登楼，每有服役数十年，不得一觇
> 阁上书籍，作如何形状者！（王献唐《海源阁藏书之过去及
> 现在》，《中国典籍史》第九章引）

可是如今之天一、海源诸阁俱已渐灭，秘藏的结果，往往是
"一入藏家，便寄箱箧为命，举世不得寓目"。而且非至沦亡散佚
不止，"秘惜则缃囊中有不可知之秦劫"，固然有不少人知此理，
如黄俞邰、周在浚刊刻秘本传世，曹溶的呼吁流通古书，乃少数
的例外，故形成了"使单行之本，寄箧笥为命，稍不致慎，形踪永
绝，只以空名挂目录中，自非与古人深仇重怨，不应若尔"（曹溶
《流通古书约》）。很多古籍，便因此而沦丧，虽曰爱之，适以
害之。

（五）**外人的攘取**：吾国典籍，不只为国人所重，先是日本以
同文同种的关系，早已窥伺，后则各国因图书馆之设，纷致搜集，
于是古书外流。道光时英军于鸦片战争中，登天一阁取《一统
志》及其他地志以去（见缪荃孙《艺风堂文漫存》卷二《天一阁始
末记》），又《永乐大典》竟为各使馆所搜购。常熟秉衡居士《荷香
馆琐言》云：

> 原书本万余册，陆续散出，光绪乙亥（元年，1875 年）检
> 此书，不及五千册，至癸巳（十九年，1893 年）仅存六百余
> 册。相传翰林入院时，使仆预携衣一包，出时尽穿其衣，而
> 包书以出，人不觉也。又密迩各国使馆，闻每《大典》一册，

外人辄以银十两购之,馆人秘密盗售,不可究诘,致散亡益速。(见《中国典籍史》第十章引)

使《永乐大典》不但亡逸,而且由外人之搜购,竟有流落海外者。而外人之攘取,尤以陆心源的丽宋楼藏书,全部辇归日本,藏于岩崎之静嘉堂文库为甚,日人重野成斋仅以十万元,即把陆氏丽宋楼、守先阁、十万卷楼之书舶载以去。抗战之际,日人又以四十万元获得李盛铎(木斋)的遗书,哈佛大学又以六万美元托燕京大学代购方志,且悬有征访书目,照单全收,然后又扩大目标至各类善本书(见苏精《抗战时秘密搜购沦陷区古本始末》,《传记文学》第三十五卷第五期)。幸亏政府于1940年起先后收购了刘世珩的玉海堂一批善本书,莫氏五十万卷楼散出之古籍,瞿氏铁琴铜剑楼之善本书,刘氏嘉业堂的全部善本书,张氏适园之藏书,后在寄香港途中,又为日军劫走,至抗战胜利后,方访得,限令日方全数归还。(同上)此外被外人搜购攘取的,仍然为数甚钜,尤以敦煌卷子,其精粹多为外人所得,巴黎、伦敦所藏,世人所熟知,日人、俄人所得亦多。是以搜求古籍,不得不求之民间故纸堆中,尤须求之海外外人攘夺典藏之后。

二、古籍沦丧后的影响

略述以上五种原因,可以概见古今公私图书亡佚之甚,典籍亡散,产生了下面的严重结果:

(一)亡:古今书籍的亡佚,何可胜数,其本无价值者,岁久失传,亦自然淘汰之例,不足叹惜,而经典名著,遭亡佚的厄运,则影响一代之学术非浅。例如书经秦火,产生了古文经学与今文经学之争,刘歆欲立左氏《春秋》、《毛诗》、《逸礼》及古文《尚书》

于学官，竟因今文经学家之反对而不得立，刘歆《移让太常博士书》云：

> 及鲁恭王坏孔子宅，欲以为宫，而得古文于坏壁之中，逸《礼》有三十九，《书》十六篇，天汉之后，孔安国献之，遭巫蛊仓卒之难，未及施行。及《春秋》左氏丘明所修，皆古文旧书，多者二十余通，藏于秘府，伏而未发。孝成皇帝闵学残文缺，稍离其真，乃陈发秘藏，校理旧文，得此三事，以考学官所传，经或脱简，传或间编。传问民间，则有鲁国柏〔桓〕公、赵国贯公、胶东庸生之遗学与此同，抑而未施，此乃有识者之所惜悯，士君子之所嗟痛也！（《汉书·刘歆传》）

在"书缺简脱"之后，发现有了《左氏春秋》、《古文尚书》和《逸礼》，竟不相信，而不能立于学官，虽然是"党同门、妒道真"的关系，但秦火的烧毁，是最基本的原因，如果原书具在，何致有这些争议呢？又《乐经》全亡，致争议纷起，先秦诸子之亡佚，更不胜枚举，各代之书，无有不亡佚者。又如明之《永乐大典》，据《明史·艺文志》所载，其书共两万二千九百卷（《明史》卷九十八），在成祖"凡书契以来，经史子集百家之书，至于天文、地理、阴阳、医卜、僧道、技艺之言，各辑为一书，毋厌浩繁"之谕示下，编成此空前绝后之大典，可是历明清之兵祸盗窃，亡佚殆尽，很多古书，随之亡佚。以后的《四库全书》，颇多辑钞，虽弃多取少，其价值已倾动当时，袁同礼《永乐大典考》云：

> 乾隆四十七年《四库全书》告成，得自《永乐大典》者，凡经部六十六种，史部四十一种，子部一百三十种，集部一百

七十五种,共四千九百二十六卷,宋元以来所亡之书虽赖以得传,然当时编检者,遗漏之处尚多。(《学衡》二十六期)

除了四库编辑有不辑之书以外,《永乐大典》当时已缺二千四百二十二卷,原书亡佚已逾十分之一,是古书因《永乐大典》之失传而致世间无传本,为数不知凡几,岂非恨事。古书已佚,根本无存,当然无法研究,此无形之影响,诚难评论。

(二)**残**:古今书籍经过人祸天灾,劫灰之余,幸而告存者,亦多残缺,形体不全,精光乃损,如《尚书》亡数十篇,即系一例。《史记·儒林列传》云:

> 伏生者,济南人也。故为秦博士。孝文帝时,欲求能治《尚书》者,天下无有。乃闻伏生能治,欲召之;是时伏生年九十余,老不能行,于是乃召太常使掌故晁错往受之。秦时焚书,伏生壁藏之,其后兵大起,流亡。汉定,伏生求其书,亡数十篇,独得二十九篇,即以教于齐鲁之间。

可见伏生所存之《尚书》,见在者少,亡佚者多。根据屈翼鹏之考证,今传之《尧典》,与孔子所见之《尚书·尧典》不同,今传之《武成》,亦与孟子所见有异(说见《尚书释义》),于治《尚书》之影响,诚难以究论。又以《诗经》为例,有有目无篇之《笙》诗,今之《诗经》,亦系残卷,其后三家《诗》说,亡残最多。先秦子书,亦系如此,以流传甚广之《庄子》为例,《汉书·艺文志》著录五十二篇,而今仅存三十三篇,已残损三分之一强。简脱书缺,此古今所同慨,因此无以见古人之全矣。

(三)**伪**:真器既失,赝鼎乃起,原本已亡,伪书乃作,原书有

缺,补作乃生,陈登原论伪书之滋多云:

> 画鬼之易,由于无所质证,伪书之兴,半缘世无真者。例如自秦人一炬以后,关于《尚书》之今古真伪,不知费人心血多少。向使先秦遗书,聚而不散,又何至攘争千载,异说纷如? 善哉! 胡应麟之言曰:"赝书之昉,昉自西京乎? 六籍既焚,众言淆乱,悬疣附赘,假托实繁。""盖以本有撰人,后人因亡逸而伪题者,正训称陆机之类是也。"(《中国典籍史•叙引》)

其言诚是。以《尚书》为例,成帝时东莱张霸,伪撰《尚书》百两篇,其时宫中《尚书》真本尚在,立证其伪,故此伪书因以旋生旋灭,未生影响。《汉书•儒林列传》云:

> 世所传百两篇者,出东莱张霸,分析合二十九篇以为数十,又采《左氏传》、《书叙》为作首尾,凡百二篇。篇或数简,文意浅陋。成帝时求其古文者,霸以能为百两征。以中书校之,非是。霸辞受父,父有弟子尉氏樊并。时太中大夫平当、侍御史周敞劝上存之。后樊并谋反,乃黜其书。

设使张霸之伪书,略为高明,而无"中书"以校,则其书之影响,不知将到何程度。梅赜之伪书,竟传垂至今,乃真书亡而伪书存之故,《隋书•经籍志》云:

> 晋世秘府所存有古文尚书经文,今无有传者。及永嘉之乱,欧阳大小夏侯《尚书》并亡。……至东晋,豫章内史梅

赜,始得安国之传奏之。时又阙《舜典》一篇,齐建武中吴姚兴方于大桁市得其书奏之,比马郑所注多二十八字,于是始列国学。

梅赜所上"始得安国之传"的尚书,即今通行的《尚书》孔传。《经典释文》云:"江左中兴,元帝时,豫章内史梅赜奏上孔传古文《尚书》,亡《舜典》一篇,购不能得,乃取王肃注《尧典》,从'慎徽五典'以下,分为《舜典》篇以续之。"此与《隋志》所载小异,其后孔颖达取此书作《尚书正义》,遂长远流行。其中二十五篇,全系伪作,自宋吴棫、朱熹等已表怀疑,元明两代,乃言其伪,至清阎若璩撰《古文尚书疏证》,惠栋著《古文尚书考》,其伪益彰,遂成定案。设使《古文尚书》经文未亡于永嘉之乱,则其伪即辨,梅赜亦不敢公然作伪矣。陈登原云:

> 以亡逸而产生伪书,其例甚多,如《晏子春秋》,古实有其书也。《汉志》虽载《晏子》八篇,其名犹为"晏子"。至《隋志》而有《晏子春秋》七篇矣。《晏子》之与《晏子春秋》,名既不同,卷又互异,故陈振孙以为未知果本书否。然《崇文总目》则云:"《晏子》八篇,今亡;此盖后人采婴行事为之。"借人之书,纳我之魂,胥古籍散逸故也。(《中国典籍史》叙引)

用此观之,伪书之多,乃由真本佚亡所致,后人方能"借人之书,纳我之魂",鱼目混珠,以售其伪,虽终能辨明其伪,然已流传多时,在学术研究上产生了以伪迷真的不良影响。至于书贾因牟利而作伪,以明清以后的版本充宋元刻本,如同一书用多种方式改头换面,蒙混买主,常以残本改充完帙,甚至收买著名藏书家的印信,或伪造图记,以销售赝本(见《中华艺林丛论·史学类[二]·古书作伪种种》),乃伪书中之小者,仅影响及校勘,其严重性远不如公然作伪欺人之伪书,故略论及之。

(四)误:误文错字,错简夺文,古书多有,一方面系传抄之时不能无误,一方面系书缺简脱,遂生傅会。设使原书犹存,善本不失,立可征知,龚自珍论王引之之校经云:

> 又闻之公曰:"吾用小学校经,有所改,有所不改;周以降,书体六七变,写官主之,写官误,吾则勇改;孟、荀以降,椠工主之,椠工误,吾则勇改;唐宋明之士,或不知声音文字而改经,以不误为误,是妄改也,吾则勇改其所改。若夫周之没,汉之初,经师无竹帛,异字博矣,吾不能择一以定,吾不改;假借之法,由来旧矣,其本字什八可求,什二不可求,必求本字以改假借字,则考文之圣之任也,吾不改;写官椠官误矣,吾疑之,且思而得之矣;但群书无左证,吾惧来者之滋口也,吾又不改。"(《定盦集·工部尚书高邮王文简公墓表铭》)

王引之在小学上的成就,曾国藩在《圣哲画像记》中推崇之,认为"复乎不可几已"。他校书的基本态度是群书无左证者,虽明知其误亦不改,古书亡佚残损了,虽明知字误错简,也只有保留原始面目以存真。例如《尚书·盘庚》,分为上中下三篇,历来的经学者,都知道次序颠倒,因为《盘庚》中篇首句云:"盘庚作,惟涉河以民迁",显然是未迁都以前之记事;而上篇首句云:"盘庚迁于殷,民不适有居",则显然是迁都以后之事;上中篇顺序颠倒,至为明显,但以《尚书》传本无可征据,所以相仍不改。即汉以后之书，因残而误者，亦繁有其例，如刘昌诗《芦浦笔记》所载有：

> 元朔三年诏曰："夫刑罚所以防奸也，内长文所以见爱也，……其赦天下。"张晏曰："长文，长文德也。"师古曰："诏言有文德者，即亲内而崇长之，所以见仁爱之道。"此种解释，今北宋景祐本《汉书》犹如此。然揆武帝意旨，着眼于"其赦天下"，初无"内长文"之意也。案鲁子明自备"载张子厚家藏古本《汉书》，'内长文'，乃是'而肆赦'字。盖'而'误为'内'，'肆赦'皆缺偏旁而为'长文'。"（卷二"长文"条）

此《汉书》因残而误，后人就误文而为之曲解，得古本《汉书》，因而能考知"内长文"乃"而肆赦"之误，设无古本，则其疑至今不得释除矣。

夫书亡则无文献可考，书残则全豹难窥，于是伪误丛生，而导致信伪迷真之结果，影响读书与研究甚大，不可不先加辨明。

第二节　知书、藏书及读书之程序

一、读书宜知书及书之作者

读书不可以不知书，书有优劣，有真伪，所以江藩云："一分真伪而古书去其半，一分瑕瑜而列朝书去其十之八九。"（《经解入门》卷七）此外尚有书的版本，书的作者，个人如何藏书，读书着手的程序等问题，亦宜先加讲求，以收事半功倍的读书效果。

（一）由史志众目以知书之撰作及流传：读书必先知书，知书应从目录着手，目录的作用：(1)可以窥知所研究范围的大略。(2)明了学术的源流。(3)知书籍的存佚。(4)知书籍的典藏。(5)明典籍的真伪。(6)考版本的优劣。所以知书目是研究国学入门的门径。国学之分类及书目著录，起于刘向父子，而见于《汉书·艺文志》。以后的史家，多仿其体，《隋书·经籍志》并著录及书的亡佚，二《志》以后，公私踵继而起，公藏如《旧唐书》有《经籍志》，《新唐书》有《艺文志》，《宋史》有《艺文志》，《明史》有《艺文志》，私人著述如郑樵《通志》有《艺文略》，马端临《文献通考》有《经籍考》，焦竑有《国史经籍志》，此外有增补历代艺文志类之作，概见于杨家骆先生主编之中国学术名著目录学类，王钟琪纂辑之《二十五史补编》均加收集（详见于本书第七章工具书的分类介绍），其他尚有如藏书家的书目。应读何书？书以何本为最善的《书目答问》，更是读书研究时应知道的要事。如此则门径既得，着手自易。

（二）由提要以知书之内容大要：天下书籍太多，不能尽读，所以应由提要以知每本书的大要，以决定是否应精读细看，或略予涉览，或径予放过，提要始于刘向的《叙录》，《汉书·艺文志》云：

> 至成帝时，以书颇散亡，使谒者陈农求遗书于天下，诏光禄大夫刘向校经传诸子诗赋，步兵校尉任宏校兵书，太史令尹咸校数术，侍医李柱国校方技。每一书已，向辄条其篇目，撮其指意，录而奏之。会向卒，哀帝复使向子侍中奉车都尉歆卒父业。

　　刘向这种"辄条其篇目,撮其指意,录而奏之",所成《别录》,乃提要之祖,其体例有以下八要项:

　　1.著录书名与篇目:篇目列于一书之后。

　　2.叙述校雠之原委:略述版本之不同,篇数之多少,文字之讹谬,简册之脱漏,书名之异称,校书之姓名及年月。

　　3.介绍作者之生平与思想:由叙论作者之生平与思想,以具知人论世的功效。

　　4.说明书名之含义:由说明著书之原委,及书之性质,以明了一书之大要,及成书的背景。

　　5.辨别书之真伪:于书之真伪,或致疑议,或论断为后人之依托,或判定为后世所加,是皆有益后之学者。

　　6.评论思想或史事之是非:常评论一人之思想,定其优劣及价值,或论史事之是非,以明兴败弊病。

　　7.叙述学术源流:学术必有本源,述其师承所自,思想所因,则本源见矣。

　　8.判定书之价值:裁断一书之优劣,论定其价值所在,则一书之要点得而价值出。(见许世瑛《中国目录学史》第二章及高仲华先生讲治学方法笔记)

　　此八要项,为后世提要式目录之规则,鲜有能外此体例者。其后如晁公武的《郡斋读书志》,以经史子集分部,每部又分若干类,著录书名及卷数,书中有附录。陈振孙之《直斋书录解题》,将历代典籍分为五十三类,编目次第仍依四部。二书均受刘向《叙录》之影响。此外《四库全书总目》则将所收历代图书一万零二百八十九种,扼要评介,更为治国学者不能不研阅,例如余嘉锡的治学与研究,即是从提要着手,其友人序余氏的《论学杂著》云:

"余之略知学问门径,实受'提要'之赐。"可以看出他学术的渊源,实得力于目录学;而他终生所从事的学问,也是以目录学为主,几十年以考索《四库提要》为恒业,他并不仅仅限于鉴别版本、校雠文字,而是由"提要"上溯目录学的源流,旁及校勘学的方法,并且能研讨学术发展过程,熟悉历代官制、地理和史学。

可见余氏治学的入手处,即在《四库全书总目》,他的《四库提要辨证》,乃是研究的成果。(提要重要书目见第七章)

(三)明版本以知一书之优劣:一书的版本不同,而优劣大异,故购书读书必得此书的最好版本。所谓好的版本,(1)是善本:时代愈早,愈真实可靠。(2)是足本:全书无亡佚错脱。(3)是精本:经名家之校勘评注,错误已减至最少,疑难已大部分解决。以善本而言,以前的学者,特重宋版书,但自石经出土,唐写本出世,汉简、帛书发现以后,宋版书的地位已大为低落。但就整个的中国典籍而言,无论唐写本或简牍、帛书,占的比例仍小,故宋元明版仍多不失其价值者。唐末因印刷术的发达,而雕版盛行,藏书之家因此而多,故版本以宋为贵,宋又以北宋为尚,所以版本又与历代的藏书家有很深的关系,他们不但保藏了珍贵的版本,而且大多是版本专家、校勘家、出版家。下列的藏书家,在目录版本方面都占有极重要的地位:

1.尤袤:遂初堂书目。

2.晁瑮:宝文堂书目。

3.钱谦益:绛云楼书目。

4.毛晋:汲古阁书目。

5.季振宜:季沧苇书目。

6. 钱曾：述古堂书目。

7. 徐乾学：传是楼书目。

8. 瞿氏：铁琴铜剑楼书目。

9. 杨氏：海源阁书目。

10. 丁氏：八千卷楼书目。

11. 陆心源：皕宋楼书目。

尤其是最后四家，有清末四大藏书家之美誉，现在台湾"中央图书馆"所藏的宋元版本，大都来自瞿氏和丁氏，为从事专门研究时必须阅读取证之宝藏。

（四）由作者以知书之时代意义及价值：读书固应由书之内容以知书的优劣及价值，然不可不知作者，盖书乃作者之才性、学识、思想、时代、处境等之综合结晶。故读书之前，应由研究作者入手，孟子已倡知人论世之说：

> 以友天下之善士为未足，又尚论古之人。颂其诗，读其书，不知其人，可乎？是以论其世也，是尚友也。（《孟子·万章下》）

朱子论释孟子知人论世之意云："论其世论其当世行事之迹也，言既观其言，则不可以不知其为人之实，是以又考其行也。"（《孟子集注·万章下》）是主张由研究作者当世行事之迹，知其为人之实，以证验其书，于是方能明其时代，知其立言之背景，以察其正偏得失，方能进而得一书精微之处。例如战国之世，纵横舌辩之风极盛，于是诡言饰辞、夸张失实，形成风气，崔述论之云：

战国之时，此风犹盛，若淳于髡、庄周、张仪、苏秦之属，虚词饰说，尺水丈波，盖有不可以胜言者。即《孟子》书中，亦往往有之，若舜之"完廪浚井""不告而娶"，伊尹之"五就汤，五就桀"；其言未必无因，然其初事断不如此，特传之者递加称述，欲极力形容，遂不觉其过当耳。（《考信录》提要）

孟子之叙事失实，盖乃时代习染所致，惟未到"虚词饰脱，尺水丈波"的程度而已。时代背景，影响学术思想尤烈，纪昀论之云：

自汉京以后，垂二千年，儒者沿波，学凡六变：其初专门授受，递禀师承，非惟诂训相传，莫敢同异，即篇章字句，亦恪守所闻，其学笃实谨严，及其弊也拘；王弼、王肃，稍持异议，流风所扇，或信或疑，越孔、贾、啖、赵以及北宋孙复、刘敞等，各自论说，不相统摄，及其弊也杂；洛、闽继起，道学大昌，摆落汉、唐，独研义理，凡经师旧说，俱排斥以为不足信，其学务别是非，及其弊也悍；学脉旁分，攀缘日众，驱除异己，务定一尊，自宋末以逮明初，其学见异不迁，及其弊也党；主持太过，势有所偏，材辨聪明，激而横决，自明正德、嘉靖以后，其学各抒心得，及其弊也肆；空谈臆断，考证必疏，于是博雅之儒，引古义以抵其隙，国初诸家，其学征实不诬，及其弊也琐。（《四库全书总目·经部总叙》）

纪氏完全以时代风气论断各期的经学特色，在同一时代风气的驱使下，各期的经学家，无疑地大都有相同的研究倾向，致形成共同的学风，而呈现不同的优劣面。以知人论世的态度，了解作者之后，再由"术业有专攻"的观点，明了作者的论著，在学术研究上的成就和地位；再探求其相关的论著，以求得窥"全豹"，使无失之交臂之恨，以尽知书之功。

二、购藏时宜分书之类别

时下因印刷术之进步，书价之低廉，古人必须抄录之书，不敢梦想之高文典册，如今皆可购得，列之案几，贮之书斋。故非绝版之书，卷帙繁多者，如坊间可购得，不应再仰给于图书馆，因图书馆借阅时有时间及册数的限制，不能随时翻阅，又不能于书页上批注札记，不便实多。然或限于书房之隘狭，经济能力之关系，于购书时，宜分别书之类别，而购其所急需者，谨提列购藏的原则如下：

（一）**基本书**：人类的成德达材，无一不借重书籍，故前人为启沃后学所列之书目，往往包罗其广。例如：

1. 龙启瑞《经籍举要》，列举书籍二百八十九种。

2. 张之洞《书目答问》，列举书籍二千二百六十六种。

3. 胡适《最低限度国学书目》，列举书籍一百八十五种。

4. 梁任公《国学入门书目》，列举书籍一百六十种。

5. 李笠《国学用书撰要》，列举书籍三百七十八种。

6. 陈钟凡《治国学书目》，列举书籍四百八十八种。

7. 支伟成《国学用书类述》，列举书籍三千二百余种。

8. 章太炎《中学国文书目》，列举书籍五十一种。

9. 徐敬修《国学常识书目》，列举书籍二百六十二种。

10. 傅屯良《中学适用之文学研究法》，列举书籍七十九种。

11. 沈信卿《国文自修书辑要》，列举书籍五十种。

12. 杨济沧《中小学国学书目》，列举书籍一百零六种。

13. 吴虞《中国文学选读书目》,列举书籍一百四十二种。

(以上见王云五《岫庐论学》五九)

14. 屈翼鹏《文史青年必读古籍简目》。(见《古籍导读》上编)

以上诸家所列书目,虽有繁简的不同,但大都包括以下四方面之基本书,惟既云基本书,则不求量多,而在能熟读细览,以成其用:

1. 成德之书。

2. 养性之书。

3. 成艺之书。

4. 学文之书。

此外尚需视个人工作之需要、研究之方向、财力之多寡,购备下列三类书籍:

(二)工具书:供治学及工作时查阅之用,视需要之程度而购置。

(三)专精书:个人专门研究之所及,详为搜购。

(四)博览书:视兴趣所近、研究所旁及、财力所能负担而选购。

以上四类,可为购书之准则,至于详细书目,可就诸家所列之书目,斟酌取舍,不予赘列。昔汪辟疆于《中学国学用书叙目》一文中,即依基本书、阅览书、稽考书分类(见《国衡》创刊号),又有工具书的类别及其解题(见《读书顾问》创刊号),惟多列书名,虽可供参考,亦有可议,故分类如上。夫疆宇既分,类别大明,自可依个人之需要而购藏。谨录张之洞论读书应识门径之言,以作分别书的类别及决定各类书籍购置时之参考:

泛滥无归,终身无得;得门而入,事半功倍。或经,或史,或词章,或经济,或天算地舆,经治何经? 史治何史? 经济是何条? 因类以求,各有专注。至于经注,孰为师授之古学? 孰为无本之俗学? 史传孰为有法? 孰为失体? 孰为详密? 孰为疏舛? 词章孰为正宗? 孰为旁门? 尤宜抉择分析,方不致误用聪明。此事宜有师承,然师岂易得,书即师也。今为诸生指一良师,将《四库全书总目提要》读一过,即略知学问门径矣。析而言之:《四库提要》为群书之门径,《汉学师承记》为经学之门径,《小学考》为小学之门径,《音学五书》为韵学之门径,《史通》为史学之门径,《历代帝王年表》为读史之门径,《古今伪书考》为读诸子之门径,《文心雕龙》、《诗品》为读诗文之门径,《声调谱》、《说诗晬语》、《四六丛话》、《历代赋话》为诗赋四六之门径,《书谱》、《续书谱》、《艺舟双楫》为学书之门径。(《輶轩语》)

张之洞所论,就现代学术演进论之,虽有不足,然不失得门径之法。其分类取则之观念,更足为参考。惟各家目录所载,均专注于国家,而未暇顾及现今之时代情势,盖现代研究国家,亦应贯通中西,故于世界通史、世界文化史、哲学概论、西洋哲学史、中国文化史及哲学史、文学史、逻辑学、美学原理等类,择精取读,以免固陋。

三、读书宜知读一书之程序

古人读书,率由一书之内容着手,故程颢云:

凡看文字,先须晓其文义,然后可求其意;未有文义不

晓而见意者也。(《程氏遗书》)

其深切着意的,在书的内容,其实就读书之程序而言,固非如此之径直也。

(一)由书名作者以知书之性质:读书必先知作者之生平、思想、时代、学术著作及成就,以尽知人论世的初步功夫。又宜由书名稽求书的性质,盖一书的命名,必然经过作者的再三考虑而后决定,故一书的性质,大致可由书名以窥,此虽易事,然不可不注意及之。

(二)由序跋目录以知一书之大要:国学典籍之有序跋,大约由《庄子·天下》篇始,在书前曰序,在书后曰跋。《论》、《孟》虽有篇目,乃割取每章之首句二三字而命名;篇目全与内容相合,则由《荀子》始。序、跋足以见创作之动机,成书之经纬,思想之过程,独特之创获;目录则为全书大略之显示。所以阅读任何一书,应先阅序言,以见一书的用意;次阅目录,以明一书的纲领;骊珠既得,方能不忽精微也。

(三)由提要论评以知一书之优劣及价值:书有提要及解题,有时人及后世之评论,对一书之优劣、思想之源流、对当时及后世之影响,作一概括性的介绍,或公正的裁断,虽有详略的不同、见深见浅之别,甚至有门户标榜的偏差、恩怨攻讦的成见,然均有助于对一书的了解。因为平允之见,后世必有应之者;一己之私,后世必有纠绳者,在真理愈辩愈明的原则下,学术思想上不会有恒久的"冤狱"的。透过提要和论评,可引导读书的人进入"拨云见日"、"柳暗花明又一村"的境地,至少如盲人的手杖,有探途指路的最佳作用。

(四)翻阅附录附注以明一书之专博旁通:近人的著作,多有附注,以明资料取材的来源;又有附录,以记参考的书目,资料的考证及意见;在翻阅这些资料之后,这一本书的专门程度、博观约取的情况、触类旁通的实际,将无所遁形。如果对基本的资料、必需的典籍,尚未参考采择,已足见其疏陋。前人有关的精言宏议、至当的道理、专门的研探,均未涉及,则其书的价值可知。如果得读一本权威的著作,读此一书的人,欲作性质相近或范围相涉及的研究,正可借这些附注附录所显示的资料,作进一步追索的引线,由一书而及其他书,由其他书而株连蔓牵,不但可获得无穷的资料,也可发现无数的问题。

(五)明训诂:时有古今,地有南北,人有雅俗,加以古今异音,文字异形,名物异制,古人以古语古字古事成书,吾人读之于百千年之后,势必造成语言的隔阂,为欲使名实互相沟通,所以必先明训诂——"读书必先识字"。故曾国藩云:"读书以训诂为本。"(《曾文正公全集·日记》)所谓明训诂,是知道文字学、声韵学、训诂学的原理和法则,明白一字有本义、引申义、假借义的不同,字声有同音通假的法则,知道古今音变、南北声异,古人注音用直音和读若的方式,有利用各种工具书解决训诂问题的能力,而以能沟通《说文》、《尔雅》、《广韵》为根本。陈钟凡论之云:

> 《说文解字》以诠明本义为宗,群书中文字义训之不合于《说文》者,多属通假。郝懿行《尔雅义疏》、段玉裁《说文注》、钱大昕《说文答问》,并由通假字推求本字。朱骏声《说文通训定声》更畅发之,但朱氏仅求之于同韵,不知求之于同声也。近人刘君《古本字考》、章君《小学答问》,甄明乃众。是又诂训与音韵之关系,学者诚非沟通《说文》、《尔雅》、《广韵》三者,不足以言诂训,即未由通古语,读古书也。

《古书读校法》

陈氏所言，在今天已是很普通的常识，各大学中文系都有文字学、声韵学、训诂学的必修课程，其最基本的目的，即在使学者能沟通此三者，通明训诂，读懂古书。因为明训诂，是能读懂古书的基本条件。

(六)辨章句：古书多无标点分段，读书即使能明训诂，若"句读之不知"，亦何能明古书之义蕴乎？夫古今语法不同，文例各异，王引之的《经传释词》、《经义述闻》，俞樾《古书疑义举例》，杨树达《古书句读释例》，已为辨析章句开辟了途径。杨树达云：

> 句读之事，视之若甚浅，而实则颇难。《后汉书·班昭传》云："《汉书》始出，多未能读者；马融伏于阁下，从昭受读。"何休《公羊传·序》云："讲诵师言，至于百万，犹有不解，时加酿嘲辞，授引他经，失其句读，以无为有，甚可闵笑者，而不可胜记也。"观此二事，句读之不易，可以推知矣。
> 《古书句读释例·叙论》

故不可认为容易而忽之，就前人研究出的语法文例，于读古书时点句画段，无使讹错，则古人之文句段落，昭彰明白，文意浅深，自然洞明。故句读辨明，章旨清楚，方可进而谈读书与研究。

(七)考故实：纪昀云："空谈臆断，考证必疏。"虽是批评明儒的缺点，实乃读古书时的基础。张之洞论考故实之要云：

> 考据确，方知此物为何物，此事为何事，此人为何人，然后知圣贤此言是何意义。不然，空谈臆说，望文生义，即或

有理,亦所谓郢书燕说耳。譬如晋人与楚人语,不通其方言,岂能知其意中事? 不问其姓氏里居,岂能断其人之行谊如何耶? (《輶轩语》)

张之洞论考据故实之重要,甚为详切。苟不考故实,则不惟援古失实,真相以隐,而误用曲解,流为笑柄,虽古之大诗人,亦有此失。顾炎武云:

> 陈思王上书:"绝缨盗马之臣赦,楚赵以济其难。"注谓:赦盗马秦穆公事,秦亦赵姓,故互文以避上秦字也。赵至与嵇茂齐书:"梁生适越,登岳长谣。"梁鸿本适吴,而以为越者,吴为越所灭也。谢灵运诗:"弦高犒晋师,仲连却秦军。"弦高所犒者秦师,而改为晋,以避下秦字,则舛而陋矣。李太白《行路难》诗:"华亭鹤唳讵可闻,上蔡苍鹰安足道。"杜子美《诸将》诗:"昨日玉鱼蒙葬地,早时金碗出人间。"改黄犬为苍鹰,改玉碗为金碗,亦同此病。(《日知录》卷二十二《诗人改古事》)

诗人为了谐和声律而改古事,尚且不免于指摘,苟吾人不考察故实,见古人如此引用而误用,何能免于纠绳乎? 盖张冠李戴,郢书燕说,远离真实,不但无以明古人之情实,且有将错就错,以讹传讹的危险。

(八)稽旨趣:明训诂,辨章句,考故实,是读书的基本步骤,以便书内求义旨,文外求意趣。以王氏父子之专精训诂矣,其论求书内之义旨云:

　　大人又曰，说经者，期得经意而已。前人传注，不皆合于经，则择其合经者从之；其皆不合，则以己意逆经意，而参之他经，证以成训，虽别为之说，亦无不可。必欲专守一家，无少出入，则何邵公之墨守，见伐于康成矣。（见王引之《经义述闻》自序）

　　可见读书以明其意义，得其精微为第一要义。如果文句可通，意义不合，必有讹误，吴澄云：

　　　　读四书有法：必究竟其理而有实悟，非徒诵习文句而已；必敦谨其行而有实践，非徒出入口耳而已。（《草庐精语》）

　　是将读书分为"诵习文句"和"究竟其理而有实悟"，及谨行实践等层次。如何求书之精义，以谢鼎卿之论最善：

　　　　道有本有末，故书有精有蕴；道有体有用，故书有指有趣。精少而蕴多，指直而趣曲，读书未可混视。（《读书约说》卷一）

　　谢氏所论皆求书的精义之道，知蕴得精，明体达用，方为善读书者。至于文外之意趣，则更为难，故曰"指直而趣曲"。所谓"文外求意趣"者，有时系因作者言隐而意晦，不得不于文外求意，书外求旨，如刘永济所论：

　　　　志有不忍明言者，则婉约之；有不欲直言者，则傍见侧

出之；有不可尽言者，则含蓄蕴藉之。(《屈赋通笺·叙论》)

屈原之离骚，即系如此写成，故非于文外求其意趣不可。文学作品如李商隐的诗等，其例甚多，甚至说理的论说文、记事的史书，亦系如此，如苏洵的《六国论》云：

夫六国与秦皆诸侯，其势弱于秦，而犹有可以不赂而胜之之势；苟以天下之大，下而从六国破亡之故事，是又在六国下矣。(《嘉祐集·权书》)

文外之旨趣，在讽刺北宋仁宗时对契丹之赂敌退缩政策。《史记·张释之冯唐列传》云：

今盗宗庙器而族之，有如万分之一，假令愚民取长陵一抔土，陛下何以加其法乎？

张释之不敢斥言盗贼发高帝的坟墓，而以"一抔土"譬喻，《史记索隐》根据张晏之意而发挥之：

张晏云"不欲指言，故以取土譬"者，盖不欲言盗开长陵及侵柩，恐说伤迫切先帝故也。

而《史记正义》斥张晏之说为"一何疏鄙，不解义理之甚"，并波及裴骃："裴氏引之，重为错也。"失文外之旨趣，难免有目无珠之讥。可见文外求旨趣，实乃不可少之法门。(校者注：以上所述《史记正义》内容，不见于中华书局标点本、商务印书馆百衲本、开明书店《二十五史》本等通行本《史记》。泷川龟太郎《史记会注考证》引上述内容后曰："《集解》、《索隐》不可动。")又黄歔云：

> 看其措语遣词，如何锤炼，又逐节逐段而细思之；看其承接起落，如何转变，又将通篇抑扬唱叹，缓缓读之，审其节奏，又将通篇一气紧读，审其脉络局势；再看其通篇结构照应章法，一一完密与否，则于此首古文，自有心得矣。（《论读古文法》）

此则全由文句以外，以得古文之作法，非"超以象外"，何能"得其环中，以应无穷乎"？合此数者，可以得读书而稽旨趣之要矣。

（九）得精要：除特殊之典籍外，一书之中，不可能尽是精言胜理，亦必有平常铺排之处，甚至有榛莽不剪，以凑足佳句而成章者，故陆机《文赋》云："彼榛枯之勿翦，亦蒙荣于集翠，缀下里于白雪，吾亦济夫所伟。"故读书时当知略平庸，去冗繁，得精微，然古人已逝，惟其书在，虽有后人之评论阐述，而精意仍有非言议所可及者，故必由致疑难，勤参求而得之。曾文正公云：

> 读书笔记，贵于得闲，戴东原谓阎百诗善看书，以其能蹈瑕抵隙，能环攻古人之短也。近世如高邮王氏，凡读一书，于正文注文，一一求其至是；其疑者非者，不敢苟同以乱古人之真，而欺方寸之知。若专校异同：某字某本作某，则谓之考异，谓之校对，不得与精核大义，参稽疑误者同日而语。（《曾文正公全集·覆张廉卿书》）

"精核大义,参稽疑误",正是读书的精微之法,梁任公更说得明澈:

> 天下无论大小学问,都发端于"有问题",若万事以"不成问题"四字了之,那么,无所用其思索,无所用其研究,无所用其辩论,一切学问都拉倒了。先辈说:"故见自封,学者之大患。"正是谓此。……总之,一疑便发生问题;发生问题便引着你向前研究;研究结果,多少总得点新见;能解决这问题固好,即不能,最少也可作后人解决的准备资料;甚至只提出问题,不去研究,已经功德不少,因为把向来不成问题变成问题之后,自然有人会去研究他解决他。(《读书法》)

其论参稽疑问,发现问题,方能进入解决问题的研究地步,方是读书所期待的成果。

第三节　一般读书方法的介绍

一、读书态度之辨正

关于读书,大致有两种绝对不同的态度,一种是认为读书无用,一种是认为读书有用。读书有用,其理甚明,不必多谈。主张读书无用的:

第一是认为书本所记的,是古人的糟粕,读之无益。《庄子·天道篇》说:

　　桓公读书于堂上,轮扁斫轮于堂下,释椎凿而上,问桓公曰:"敢问公之所读者何言耶?"公曰:"圣人之言也。"曰:"圣人在乎?"公曰:"已死矣。"曰:"然则君之所读者,古人之糟粕已夫!"桓公曰:"寡人读书,轮人安得议乎! 有说则可,无说则死。"轮扁曰:"臣也以臣之事观之,斫轮,徐则甘而不固,疾则苦而不入。不徐不疾,得之于手而应于心,口不能言,有数存焉于其间。臣不能以喻臣之子,臣之子亦不能受之于臣,是以行年七十而老斫轮。古之人与其不可传也死矣,然则君之所读者,古人之糟粕已夫。"

　　这虽是一则寓言,却涵有至理,因为精微的道理和无数经验而体会出来的心得,是无法用语言文字记载在书上而传达于后世的,何况古人已死,产生其学术思想的时代背景、产生的事实及经过和思想方法,我们都无法了解,这大概是轮扁所说"君之所读者,古人之糟粕已夫"的意义所在。所以我们读书,要言外求理,要知人论世,以得书中的精华,从"糟粕"中得到滋养。

　　第二是认为古书的记载有问题,"尽信《书》则不如无《书》"。孟子道:

　　尽信《书》,则不如无《书》。吾于《武成》,取二三策而已矣。仁人无敌于天下,以至仁伐至不仁,而何其血之流杵也!(《孟子·尽心下》)

　　古书所记,有言过其实的地方,孟子又说:"如以辞而已矣,《云汉》之诗曰:'周馀黎民,靡有孑遗。'信斯言也,是周无遗民也。"(《孟子·万章上》)所以读书时,要以意逆志,"不以文害辞,不以辞害志"。又孟子所见的《周书·武成》篇可能是言过其实，并非伪书，而后世伪书不知凡几，所以读书又牵涉到辨伪等问题。

第三是认为可直接从事务上历练，不必读书。《论语·先进篇》记载道：

> 子路使子羔为费宰。子曰："贼夫人之子！"子路曰："有民人焉！有社稷焉！何必读书，然后为学。"子曰："是故恶夫佞者。"

子路的话，是主张由政事上直接去学，而不必读书为学，孔子只是讨厌其佞语，而未明斥其非理，然孔子是主张"学而优则仕"的。又《左传·襄公三十一年》载子产论尹何为邑的事道：

> 子皮欲使尹何为邑。子产曰："少，未知可否。"子皮曰："愿！吾爱之！不吾叛也，使夫往而学焉，夫亦愈知治矣。"子产曰："不可。人之爱人，求利之也，今吾子爱人则以政，犹未能操刀而使割也，其伤实多。……子有美锦，不使人学制焉。大官大邑，身之所庇也，而使学者制焉，其为美锦不亦多乎？侨闻学而后入政，未闻以政学者也。若果行此，必有所害。譬如田猎，射御贯则能获禽，若未尝登车射御，则败绩厌覆是惧，何暇思获。

天下之事，学而后能，不学而直接由事务上去经历，则付出的代价太大，"犹未能操刀而使割也，其伤实多"，足以说明子皮的看法是错误的。

经过以上的探讨,可见前人不主张读书,有的是观念上的错误,有的是方法上的不周密,有的是对书的了解有偏差。读书乃由知人之所知到知人之所不知,能人之所能到能人之所不能的必经途径,天下绝没有不食桑叶而吐丝的蚕,不采花而酿蜜的蜂,亦必没有不读书而能治学的人。

二、古人读书的方法

人的天资有上智、中才、下愚的分别,人的境遇有贫贱、富贵、勤苦、逸乐等差别,在性向上有长于记诵或长于思考的不同,这些都影响到求学的成败和读书的方式。刘勰在文学上有"因性以练才"的主张,实际在读书的方法上亦应因才性、因境遇而决定每个人的读书方法。最有效的读书方法,是以最少的时间,发挥最大的功效,获得最多的心得。经过个人的研究和归纳,前人的读书方法,大致可分下述十三种:

(一)**闲读**:这是一种最无目的、最无系统,更不讲求效果的读书方法,看书只是为消遣时间、遮遮眼皮,当然也不必选择书,也不必选择读书的环境和时间了。唯一的好处是没有任何精神负担和压迫感,对读过的书,不必求甚解,不必记得内容,甚至连书名和作者都不必在意,偶有会心之处,绽颜一笑,自得其乐。古人不为功名,不为写作而读书的人,以及晚年为消遣而读书的人,都是采这种方式。在现在,如果有人对读书没有兴趣,或者是为某种目的而读书,精神上负担最重,视读书为畏途而又不得不读时,最好采用这种闲读的方式,以培养兴趣和减轻压力,"最好消闲是读书",最足以说明闲读的意义了。而且闲读之中,亦有触发灵感思悟以及所需资料者,无意得之,正此之谓。

(二)**略读**:从古到今,著述人的众多,书籍的浩瀚,既不能遍读，又不能不读，只有乞灵于略读了。略读的目的，一方面在知道一书的大要，认识一本书的价值；一方面在刺取资料。古人一目数行俱下，就是略读的方法。张岱的话，最足以说明略读的效用：

> 学海无涯，书囊无底，世间书怎读得尽？只要读书之人，眼明手辣，心细胆粗，眼明则巧于掇拾，手辣则易于剪裁，心细则精于分别，胆粗则决于去留。（《琅嬛文集·廉书小序》）

充分说明了略读的作用和效果。笔者在写博士论文——《禅学与唐宋诗学》时，以将近三年的时间，看完了现已出版的唐宋人诗文集、禅宗典籍、古今诗话，搜集资料，便是用略读的方法。略读的最大缺点，一是走马观花，不够仔细和深入；一是不免遗漏，心得太少。

(三)精读：精读是最重要的读书方法，古人最为看重，认为是最具效果的读书方法之一。精读共有三种：

(1)精熟：读书必由精熟，以树立基础。精熟以后，才能与书俱化，而得到书的滋养，所以苏洵道：

> 取《论语》、《孟子》、《韩子》及其他圣人贤人之文，而兀然端坐，终日以读之者，七八年矣。方其始也，入其中而惶然，博观于其外而骇然以惊；及其久也，读之益精，而其胸中豁然以明，若人之言固当然者，然犹未敢自出其言也；时既久，胸中之言日益多，不能自制，试出而书之，已而再三读之，浑浑乎觉其来之易矣，然犹未敢以为是也。（《嘉祐集·

上欧阳内翰书》)

充分说明了精读的效果,所以苏轼的诗道:"故书不厌百回读,熟读深思子自知。"苏辙道:"读书百遍,经义自见。"都是秉承苏老泉的庭训而说明熟读功效的。如果看书万卷,没有几本书是精熟的,可以随时受驱遣,随时提供资料,到临文应用的时候,四顾茫然,真是"虽多亦奚以为"?

(2)精一:读书精熟,必由精一着手。黄山谷云:"大率学者,喜博而常病不精;泛滥百书,不若精于一也。"精一的确是求精熟的法门,李翱对精一说得最具体:

> 其读《春秋》也,如未尝有《诗》也;其读《诗》也,如未尝有《易》也;其读《易》也,如未尝有《书》也;其读屈原、庄周也,如未尝有六经也。(《李文公集·答王载言书》)

因为专一才能精神集中,意志集中,专一到如薛瑄所说:"读前句如无后句,读此书如无他书,心乃大有得。"如此读书,自然可由精一而精熟。

(3)精纯:读书非集中精神意志,心无旁骛不可,而精读尤非如此不能收功效。张履祥道:

> 学问之道,固尚从容,然一任优游,难晞自得。举其通病,不出五闲(闲思闲虑、闲言语、闲出入、闲涉猎及接闲人闲事)。果能必有事焉,其诸怠慢,非惟不敢亦不暇矣。(《淑艾录》)

去此五闲的毛病，才能用心精纯，念兹在兹，除读此书之外，无余事、无余念，自然可"用志不分"，而能精一、精熟了。

(四)摘读：书一分好坏，而列朝之书，已十去八九。又一书之中，又非全部皆佳，以诗而言，一人的诗集，最佳的"人不过数篇，篇不过数句"；以文集而言，《昭明文选》便在"略其芜秽，集其清英"。同理，于任何典籍，都要分别轻重优劣，摘要而读，秦观云：

> 每阅一事，必寻绎数终，掩卷茫然，辄不复省。虽有勤苦之劳，而常废于善忘。比读《齐史》，见孙搴答邢邵云："我精骑三千，足敌君羸卒数万。"心善其说，因取经传子史事之可为文用者，得若干条，勒为若干卷，题曰《精骑集》云。（《淮海集·精骑集序》）

这是秦观利用摘读，以得经传子史的精要而为作文之用的例子。所以精读要与摘读同时实施，摘取最精要的精读，才会事半而功倍，韩愈所谓"提要""钩玄"，便是摘读的意思。

(五)抄读：在印刷术没有发明以前，所有书籍的流传，全是手抄的，即使印刷术发明以后，大多数的人，仍然在抄书而读。《南史·衡阳元王道度传》云：

> （萧）钧手自细书写五经，部为一卷，置于巾箱中，以备遗忘。侍读贺玠问曰："殿下家自有《坟》、《素》，复何须蝇头细书，别藏巾箱中？"答曰："巾箱中有五经，于检阅既易；且一更手写，则永不忘。"诸王闻而争效为巾箱五经。巾箱五经自此始也。

萧钧的抄书,不是因为没有书,而是因为刻版的书太大,不便携带;又抄过以后,有助记忆,永不遗忘。同时抄书还有练字的效果,所以梁朝袁峻,每日抄五十张纸而读之(见《梁书·袁峻传》)。同时代的王筠,则抄书成趣,到老不倦(见《南史·王筠传》自序),至于明代的张溥,更是抄读的典型。《明史》云:

> 溥幼嗜学,所读书必手钞,抄已朗诵一过,即焚之,又钞,如是者六七始已。(《明史·张溥传》)

经过这反复抄读以后,当然已熟记于心了。这样也许太麻烦了,清叶奕绳的抄读方式,是值得一提的:

> 历城叶奕绳尝言强记之法云:某性甚钝,每读一书,遇意所喜好,即札录之;录讫,乃朗诵十余遍,黏之壁间。每日必十余段,少亦六七段,掩卷闲步,即就壁间所黏录,日三五次以为常,务期精熟,一字不遗。黏壁既满,乃取第一日所黏者收于笥中;俟再续有所录,补黏其处。随收随补,岁无旷日。一年之内,约得三千段;数年之内,腹笥渐富。每见务为泛览者,略得影响而止,稍经时日,便成枵腹;不如予之约取而实得也。(《迩语》)

叶奕绳这种抄读的方式,甚为有效,而且是由摘读、抄读,以至于精熟。苏轼抄《汉书》,是以事为段落,依段立题目,然后熟读,这种抄读的方式甚为特别,《耆旧续闻》道:

> 东坡谪黄州,日课手钞《汉书》,自言读《汉书》凡三钞:

初则一段事钞，三字为题，次则两字，今则一字。朱司农载上谒坡，乞观其书，坡云："足下试举题一字。"公如其言，坡应声辄诵数百言，无一字差缺。凡数挑皆然。公他日以语其子新仲曰："东坡尚如此，中人之性，岂可不勤读书！"新仲尝以是诲其子辂。

类似东坡这种抄读方式而最有成绩的，要算是袁枢了，他读《资治通鉴》时，苦于每件史事都不联属，于是以每一史事的起讫，乃区别其事而贯通之，号《通鉴纪事本末》。实际上是抄录而出，乃成了另一种历史的体例。现在留下来的抄本，多半是前人抄读的成绩，而今这种方法，几乎不用了，仅止于抄录资料而已，实在是一种损失。

（六）校读：古书流传到现在，不知道经过多少次的传抄，多少次的雕版，在传抄雕刻的时候，自然会产生错误。一位最细心的抄录人员，一千字错上一二个字，已是难能可贵的了，所谓"书经三写，鲁鱼亥豕"。王引之等的校读，不但态度谨慎，多所发现，有益于自己，而且有益于后学。俞樾论清人校读之成绩云：

昔人有谓卢召弓学士者，曰："他人读书，则受书之益，子读书，则书受子之益。"卢为怃然。今年夏，瑞安孙诒让仲容，以新著《札迻》二卷见示，雠校古书，共七十有七种。其精熟训诂，通达假借；援据古籍以补正讹夺，根柢经义以诠释古言。每下一说，辄使前后文皆怡然理顺。阮文达序王伯申先生《经义述闻》云："使古圣贤见之，必解颐曰：吾言固如是，数千年误解之，今得明矣。"仲容所为《札迻》，大率同此。然则书之受益于仲容者，亦自不浅矣。（《春在堂全

集·札迻序》）

卢文弨、孙诒让、王念孙三人，在校勘方面，成效最著。此外清人之工于校勘者仍多，古代重要典籍，经过这些名家的校读，精本、足本随处可见，可是大多限于经学、子学，至于文集，经过校勘的仍然很少。校读的范围，大致可分为四大项，如江藩所说：

> 且诸公最好著为后人省精力之书：一搜补（或从群书中搜出，或补完或缀缉），一校订，一考证，一补录，此皆积毕生之精力，踵曩代之成书而后成者。（《经解入门》卷七）

校读的内容，一是搜补，一是校订，一是考证，一是补录。当然要涉及版本、目录、校雠的方法，自然不是简单的事，现在几乎皆已成为专门的学问，而且是治学时最重要的方法之一。在中文系受过校雠及版本目录的训练后，应该有校读的能力。至少读书的时候，知择善本、精本、足本。

(七)点读：古书大都是没有分段和标点断句过的，所以明句读的点读，开始时是老师的传授，如韩愈所云："彼童子之师，授之书而习其句读者也。"其后标点断句是学者自己的事，崔学古论句读云：

> 书有数字一句者；有一字一句者；又有文虽数句而语气作一句读者；须逐字逐句，点读明白。大约句尽处侧用大点；句法稍顿处中用小点。（《幼训》）

　　古人点读,大抵如崔学古所说,可是现在点读的符号不只于小点——顿号(、),大点——逗号(,),尚有句号(。)——用以表示数句的文意已完足。又有分段符号(╚),以表示文章的分段。此外尚有专名号(——),书名号(〰〰),破折号(——),引号(╚╗),双引号(╚╗)夹注号(〔〕)或(( )),冒号(:),分号(;),疑问号(?),惊叹号(!)等,都可用于点读,使用这些符号点读以后,则段落、句读、文意、语气都非常明显地表露出来了。唐彪论点书的重要云:

　　　　凡书文有圈点,则读者易于领会,而句读无讹。不然,遇古奥之句,不免上字下读,而下字上读矣。又文有奇思妙论,非用密圈,则美境不能显;有界限断落,非画断,则章法与命意之妙不易知;有年号国号,地名官名,非加标记,则披阅者苦于检点,不能一目了然矣。(《读书作文谱》)

　　点读诚如唐彪所说,是在"易于领会,句读无讹"。古人除了用标点外,尚用密圈,以表示妙文奇思及章法关键所在,又在文旁加杠,以表示重要之处。点读实在是一种重要的读书训练,很多中文研究所的研究生,都要点读,将前四史、《文选》、《说文解字》、《十三经注疏》等书,分别于二至六年内点完,方能提出论文,申请考试。元朝的许谦更是将点读和校读联合使用,《宋元学案》云:

　　　　谦尝句读九经《仪礼》三传,而于大纲要旨,错简衍文,悉别铅黄朱墨,意有所明,则表而出之。

一书经过这样校读点读以后,心得自然不同。今天很多古书已分段标点好了,读来方便得很,毕竟是"因人成事",自己不曾深入体会,往往有浮光掠影,轻轻从眼前晃过之感,自然心得无多。

(八)朗读:古人读书,无不注重朗读,因为朗读才能得古人文章的气势,"因声以求气",更是桐城派学文的要诀。刘大櫆云:

> 凡行文字句短长、抑扬高下,无一定之律,而有一定之妙;可以意会,不可以言传。学者求神气而得之音节,求音节而得之字句,思过半矣。其要只在读古人文字时,设以此身代古人说话,一吞一吐,皆由彼而不由我。烂熟后,我之神气,即古人之神气;古人之音节,都在我喉吻间。合我喉吻处,便是与古人神气音节相似处,自然铿锵发金石。(《论文偶记》)

这一理论似乎很神秘,但实在有至理,譬如现在的歌曲教唱,先教乐谱,等到乐谱唱熟了,再教歌词,方有水到渠成之功。现代人要学好文言文,用朗读的方法,把古人的文章朗读熟了,于是则神气已得,自己操笔作文的时候,自然没有语调语气和文气上的壅隔了。因朗读以求古人文章的声律,因声律以求气势,其理在此。刘大櫆又道:

> 予谓论文而至于字句,则文之能事尽矣。盖音节者神气之迹也;字句者音节之矩也;神气不可见,于音节见之;音节无可准,以字句准之。(同上)

因声求气的理论,大致如此,而其主要的方法,则全在朗读上。朱熹和崔学古所说的,是朗读的基本法则:

> 凡读书,须整顿几案,令洁净端正,将书册整齐顿放。正身体,对书册,详缓看字,仔细分明读之。须要读得字字响亮,不可误一字,不可少一字,不可多一字,不可倒一字,不可牵强暗记。只是要多诵遍数,自然上口,久远不忘。(朱熹《童蒙须知》)
>
> 念书毋增,毋减,毋复,毋高,毋低,毋疾,毋迟;最可恨者,兴至则如骂詈,如蛙鸣;兴衰如蚕吟,如蝇鸣。凡此须痛惩之。(崔学古《幼训》)

合此二人之言,足以得朗读的方法了。做到这些,似乎很容易,实际上非心到、眼到、口到不可,而且要对所读的书,有深切的了解,才能读得出文中的文气、语调、文意,所以前辈尝说一个人文章的通不通,不必看他的文章,只听他读书时的读书声音就知道了。所以朗读是一种最有效的直接学习方法。可惜现在的人都忽略了,不是在朗读,而是在念书,这样也减低了读书的趣味。

(九)温读:任何记忆力好的人,绝无过目经久不忘的可能,所以孔夫子才说:"温故而知新。"所以读书要温读,把已精读过的书,过了半个月或一个月之后,再从头温读,一遍又一遍,直到能背诵精熟为止。半年之后,又再温读,这才会得到了新的,不会忘记了旧的,子夏所谓"日知其所亡,月无忘其所能",如果不用温读的话,是没有其他更便捷的方法去达到这一目的。张尔岐《蒿庵闲话》所载,正是温读的佳例:

　　邢懋循尝言其师教之读书,用连号法。初日诵一纸,次日又诵一纸,并初日所诵诵之。如是渐增引至十一日,乃除去初日所诵,每日皆连诵十号。诵至一周,遂成十周。人即中下,已无不烂熟矣。

　　这种温读,是连锁的温读。现在学生由初中至高中而大学,国文读一二百篇,英文也读了一二百课,不为不多,只是因为缺少温读的功夫,记得了新的,忘了旧的。以英文而言,大学毕业后,到社会做事,如果所用的与英文无关,过了一年半载,每个英文单字,看起来似曾相识,却没有几个能记得完全的,这就是缺少温读的缘故。笔者童年尝入私塾,幼时记忆力尚佳,每日所背的书,进度很快,也很熟,可是到了一个时期,在父亲前面背温书,真惨极了,上章不接下章,上句不接下句,常常跪在地上温读。我从初一以后,再没有上过初中和高中,以后能考入大学,得到高学位,其根基就建立在那段痛苦的背温书上。而且背温书,其精神是与桑代克学习三律的练习律相通的,实在不容忽视。

　　(十)分读:一家之书,有一家的面貌风神,每一个时代的书有其时代习气,每一种文体有不同的法式,混合在一起读,则有茫然不知所从的感觉,如果采用分读的方法,依照相同的文体,或类别、时代、作者及思想内容相同的书,分别读之,自然能得其大同之处,所以钱基博道:

　　　　读书之法,贵能观其会通。必先分部互勘;非然,则以笼统为会通矣。尝拟姚鼐之读法有:

　　　　第一分体分类读。

第二分代分人读。

第三分学读。如分为通论、道家文学、儒家文学、墨家文学……之类。(《古文辞类纂解题及其读法》)

这样的读法,自能得到文体、气势、内容大同之处了。至于李光地所云,则是将分读、合读联合使用:

读书要搜根;搜得根,便不会忘。将那一部书分类纂过,又随章札记;复全部患解,得其主意,便记得。(《李榕村集》)

由分读——分类纂过;合读——全部串解;则主意精义可得,亦可期于熟记不忘了。

(十一)合读:合读在求贯通,在同一本书内,求前后互相启发,不同的书,求彼此互相参证的参合读。朱熹云:

凡看文字,诸家说有异合处最可观,如甲说如此,且扯住甲穷尽其词;乙说如此,且扯住乙穷尽其词。两家之说既尽,又参考而穷究之,必有一真是者出矣。(《朱子语类》卷十一)

古人之书,言事言理,有相合之处,有相异之处,用合读之法,以"参考而穷究之",则同异见而是非优劣得。如读《左传》而参以《公羊》、《榖梁》;读《公羊》、《榖梁》两传而互相参合读或与《左传》合读;《史记》、《汉书》参合读等,自可收到参考而穷究的效果。又张伯行云:

> 读书有不晓处,札出俟去问人;亦有时读别处,撞着文义与此相关者,便自晓得。朱子读书,往往用此法。(《困学录集粹》)

这便足以说一书可前后相启发,或不同的书可互相贯通的道理。程端礼论分读合读云:

> 凡玩索一字一句一章,分看合看,要析之极其精,合之无不贯。去了本子,信口分说得出,合说得出,于身心上体认得出,方为烂熟。(《读书分年日程》)

这与李光地所说的,合读在求全部串解,意义是相同的。试以《论语》为例,如不求前后参合,则一条条全是孤孤单单而互不相关的,只有用合读的方法,使之参照贯通。

(十二)**深求读书法**:对书的了解,有很多的层次,认字辨句,通训诂,明文义,是最浅的层次;由理知事,由事明理,由文见法,则是深的层次,所以张潮说:

> 少年读书,如隙中窥月;中年读书,如庭中望月;老年读书,如台上玩月,皆以阅历之浅深,为所得之浅深耳。(《幽梦影》)

读书是由浅入深,当然年事愈高,阅历愈多,所得会愈深。然而这是一种"自然的成长",不是我们所希望的。深求读书法,即是由浅求深,程端礼即是以深求法读韩愈文,他说:

每篇先看主意,以识一篇之纲领;次看其叙述、抑扬、轻重、运意、转换、演证、开阖、关键、首腹、结末、详略、浅深、次序;既于大段中看篇法,又于大段中分小段看章法,又于章法中看句法,句法中看字法,则作者之心,不能逃矣!(《读书分年日程》)

这是透过文字去求文意、文章的法则,有方法有步骤地由浅求深。如何深求,一是学,一是思。突破文字、训诂的障碍,是要靠学;求理、求法式、求真、求用,是要由思。如何思?就其大者而言,则实处虚求,虚处实求是也。孙德谦云:

尝谓读书之法,当于实者虚之,虚者实之。何言乎实者虚之也?如读记事之书,必求其义理,孟子之论《春秋》曰:"其事则齐桓、晋文,其文则史。"孔子曰:"其义则某窃取之矣。"盖其事其文而外,自有大义存焉。故凡书之记事者,当进而探索乎其义,此实者虚之之法也。虽然,虚者实之,其法将奈何?古人立言,岂能遗弃事实,而向壁虚造?吾就其所论义理,而证之以事,即其法也。(《古书读法略例》)

孙德谦的所谓实者虚之,即是就书的实事而虚求其理,就虚空之理而求证于事,以此一方法而读书深求,大致是不错的。至于有疑之处,求其破疑,也是深求的范围。

(十三)立课程读:读书如果要讲求功效,限期求成绩,则非立定课程不可,古人读书立课程最有名的是朝经、暮史、昼子、夜集;古人读书的大范围,不外经史子集,故天天以此为常课。今天知识的领域不知扩大了几十百倍,这种立课程的方式虽不适用,但精神却不可不知,只要改进其方法,便可收效了。读书要立课程,是限期计功,在一定的时间以内,读完要读的书,采的是渐进积累的方法,今日进一点,明日积一点,便可达到荀子所说的,"积土成山"、"积水成渊"了。梁章钜道:

> 读书不务多,但严立课程,勿使作辍,则日累月积,所蓄自富。欧阳公言:"《孝经》、《论语》、《孟子》、《易》、《尚书》、《诗》、《礼》、《周礼》、《春秋左传》,准以中人之资,日读三百字,不过四年半可毕,稍钝者减中人之半,亦九年可毕。"(《退庵随笔》)

分日立课的功效,在成日积月累之功。冯煦论按时立课程的大要云:"古人读书,或分年,分四时,分月分日,今所学既众,则当分时。将一日作几分,以一分读经或读史……"梁启超特别立了读书分月课程,谨将其所立课程表附录于后,以供参考。这种立课程而读书的方法,是值得我们效法的,可使我们用功不懈,持之有恒,按时计功,而得失立见。

以上所举,皆古人读书的重要方法,或单独使用,或联合使用,都有过明显的绩效。

三、读书时如何发挥官能功效

读书除了方法之外,尚涉及读何种书,先读那些书,均非一言可尽。至于如何使以上的读书方法生效,就人的官能作用而言,则不外求其眼到、口到、心到、手到、脚到。眼、口、心到的功夫,前人论之已精,且已包含在上述十三种读书方法之内,惟有手到的功夫,则胡适论之最完善。他认为手到是:(1)标点分段。

(2)查参考书。(3)做札记：做札记分甲、抄录备忘；乙、提要；丙、记录心得；丁、参考诸书而融会贯通之，作有系统之文章。然应加上脚到，以采访查阅资料。尽此五到，则充分发挥一个人官能的联合作用，读书自然有效。就读书的范围而言，有博约的问题。博观而约取，是一大原则，至于先博后约，或先约后博，或博约同施，亦难遽下论断。个人认为约以求精熟，是偏重于奠基础，由读书的程序而言，应由约至博；博是求贯通，确定治学的范围以后，要博观旁览，以求读书的周遍无遗。求治学有成，则应由博返约，博观而约取。就读书的目的而言，为获得知识而读书，则着重求真；为立身治事而读书，则着重于求用；然求真与求用，亦非绝对相违反的事。当然读书最急切的，是求有益于身，如果能以梁启超的话，作为大的方向，将不致有误：

> 学问之道，未知门径者以为甚难，其实则易易耳。所难者莫如立身，学不求义理之学以植其根柢，虽读尽古今书，只益其为小人之具而已。所谓借寇兵而赍盗粮不可不惊惧也。故入学之始，必惟义理是务，读象山《上蔡学案》，以扬其志气；读《后汉·儒林》、《党锢传》、《东林学案》以厉其名节，熟读《孟子》以悚动其神明，大本既立，然后读语类及群学案以养之。凡读义理之书，总以自己心得能切实受用为本，既有受用之处，则拳拳服膺，勿使偶失，已足自治其身，不必以贪多为贵也。（《读书分月课程》）

梁氏的话，实是大的径道，如加上《论语》中以作求义理的纲领，则较周全了。他说："学问之道，未知门径者甚难，其实则易易耳。"然则上述的十三种读书方法，只是门径而已。能否由此门径而达"易易"的境地,神而明之,则在于我们自己了。

第四节　经史子集之研读法

经史子集几乎为吾国典籍之总称,乃国学研究的对象。四部之书,人人不能尽读,但亦不能不读,而研究所及,往往出入四者之间,故不可不求其读法。

一、经部研读法

古代典籍之中,最要者莫如群经,前人尊经,认为经书系经过孔子的赞修,乃圣人的制作,自不可与诸子等书为伍;又以经乃"恒久之至道,不刊之鸿教",故特加尊重,甚至认为无研究讨论之可能,如《四库全书总目·经部总叙》所云:

> 经禀圣裁,垂型万世,删定之旨,如日中天,无所容其赞述,所论次者,诂经之说而已。

然以今日之治学眼光视之,经亦史也,所可论次者,非止于诂经之说而已。然吾人仍应尊经,除上述的理由外,盖经乃最早出现的旧典,是吾国学术的本源;又历代师儒,无不瘁尽心力于经学,经已成为历代贤哲思想之总汇,各种学术发展与经学有关。读经之法,前人言之特多,特撮举其重要者,叙介于下:

(一)明历代经学迁变之大势:《史记》称孔子赞修六艺,六艺称经,见于《庄子·天运》篇,自汉武帝独尊儒术,设五经博士(《汉书·武帝纪》:建元五年春,置五经博士),经学方大明于秦火之后。然经学之研究,代有不同,汉代有古今文之争,其要见于刘歆《移让太常博士书》;汉末郑玄、王肃,互持异议,姚鼐《仪郑堂记》云:

> 迄魏王肃驳难郑义,欲争其名,伪作古书,曲传私说,学者由是习为轻薄,流至南北朝,世乱而学益坏,自郑王异术,而风俗人心之厚薄以分。(《经史百家杂钞》卷二十六)

虽然不免贬抑王肃稍过,但"郑王异术",确实引起了经学研究的争议,故《四库全书总目·经部总叙》云:"王弼、王肃,稍持异议,流风所扇,或信或疑,越孔、贾、啖、赵以及北宋孙复、刘敞等,各自论说,不相统摄,及其弊也杂。"郑王之争的影响,于此可见。至宋道学大昌,排斥经师旧说,独研义理,是所谓宋学,而以濂洛关闽五子为代表;其时朱子与象山有异同之争,陆氏、王阳明倡为心学,与朱子异辙;清代经学家,注重征实不诬的考据,于是别立徽帜,号为汉学,这样的变迁,是首先要讲明的。自应由经学史等类的研究,以明各代经学的演变,如《白虎通义》、《五经义疏》,及皮锡瑞的《经学历史》,马宗霍的《中国经学史》,钱基博的《经学通志》等作,以明经学变易的经纬。

(二)**读经在通大义**:经学乃吾国思想之祖、学术之源,故必以求本义、明大义为旨归,江藩论治经贵通大义云:

> 治经贵通大义,每一经中,皆有大义数十百条;宜研究详明,会通贯串,方为有益。若仅随文训辞,一无心得,仍不得为通也。又考据自是要义,但关系义理者必应博考详辨,弗明弗措,若细碎事件,猝不能定,姑定旧说,不必徒耗目

力。(《经解入门》)

道出了读经之要，以通大义为贵，不以随文训辞为尚，而考据之用，在以明义理而已，所论自是读经的要法。但通经学大义时，尤应明本义，因为今文家、古文家、汉学家、宋学家的经说，只是各时代各家之经说，不是经之本义。求本义当然应参稽各家之说，但不过是以明本义而已，不可见流忘源。胡适之云：

> 例如治经，郑玄、王肃在历史上固然占一个位置。王弼、何晏也占一个位置，王安石、朱熹也占一个位置，戴震、惠栋也占一个位置，刘逢禄、康有为也占一个位置。段玉裁曾说："校经之法，必以贾还贾，以孔还孔，以陆还陆，以杜还杜，以郑还郑，各得其底本，而后判其义理之是非。……不先正注疏、释文之底本，则多诬古人。不断其立说之是非，则多误今人。"我们可借他论校书的话来总论国学，我们也可以说：整理国故，必须以汉还汉，以魏晋还魏晋，以唐还唐，以宋还宋，以明还明，以清还清，以古文家还古文家，以今文家还今文家，以程朱还程朱，以陆王还陆王。……各还他一个本来原目，然后评判各代各家各人的义理是非。(《国学季刊·发刊宣言》)

能如胡氏所言，则各家的面目可见，经学的本义可求，而免于穿凿附会，不致失其本真了。

(三)读经在考圣王之制作：经学之大义，牵涉多端，总之不外修己治人而已。修己重德性之陶冶，治人则在政教礼制。马宗霍论经学与政治之关系云：

六艺大备于周，方其盛时，史掌之，故府藏之。其学在官，惟其在官，故施之于教，则道一而风同；发之为政，则俗成而治定。及周之衰，官守放废，六艺道息，诸子争鸣。（《中国经学史》第一篇）

马氏根据班固《汉书·艺文志》诸子出于王官之说，论断经学亦出王官，其言甚确。自汉以后，凡是政治上理论的争执，政治制度的确立，几无不援引经学，以为裁断，故钱塘《与王无言书》云：

士君子读书，宜务知大者远者，于经宜考圣王之制作。（《湖海文传》）

因为中国的经学，不是空泛的理论、脱离现实的学术，而是见之于人伦日用之间、政治施措之际，古人明体达用，无不依傍经学，而其实际，则在典章制度之中，故不可不着眼于此，依循追溯。

(四)读经宜从传注着手：读任何古籍，都宜从传注训诂着手，惟经学之传注，不惟千门百类，而且全系古人心力精神所专注的学问，是读经的要途，由戴东原的治学入门方式，可以见其重要性：

先生(东原)十六七以前，凡读书，每一字必求其义；塾师略举传注训诂语之，意每不绎。塾师因取近代字书及汉许氏《说文解字》授之，先生大好之。三年，尽得其节目。又取《尔雅》、《方言》，及汉儒传注笺之存于今者，参伍考究。

一字之义,必本六书,贯群经以为定诂;由是尽通前人所合集《十三经注疏》,能全举其辞。先生尝谓玉裁曰:"余于疏不能尽记,经注则无不能背诵也。"又尝曰:"经之至者道也,所以明道者辞也,所以成辞者字也,必由字以通其辞,由辞以通其道,乃可得之。"(《戴氏遗书·戴东原年谱》)

可见戴氏的研究经学,其成就在精通小学,其得力之处,则在由传注入手,经注到了"无不能背诵"的程度,功力真不可及。传注的功效,不但解释了古书,也尽了翻译作用,如陈钟凡《古书读校法》所云:

> 阅读古代历史书籍,无论在识字、点读以及分析篇章等方面,都非信赖传注不可。传注是解释古书的书。它直接对后人起了翻译作用。(第一编第一章)

大致已道出了读传注的效用。传注的类别,依陈氏的分析有:

(1)传:"传乃传述的意思",起于孔子的《十翼》,传有"论本事,证发经意的",如《左传》;有"阐明经中大义的",如《公羊传》、《穀梁传》;有"依着经文逐字逐句解释的",如《毛诗诂训传》;有"不依经文而别自为说的",如《尚书大传》;此外尚有"如《汉书·艺文志》所言'采杂说,非本义'的写作,叫做'外传',如《韩诗外传》";可见经传种类的繁多。

(2)说:"说是解释的意思。"大约是以称说大义为归宿,和那些专详名物制度的写作有所不同。"说"一类的诂经书籍,今多已不传,书名大都存于《汉书·艺文志》中。

(3)故:"故字亦作诂,是以今言释古言的意思。"如《汉书·

艺文志》著录的三家诗说,今犹存《毛诗故训传》。

(4)训:"训也是解书的通称。"如高诱注《淮南子》,每篇之下均加训字作篇题。

(5)记:"记是疏记的意思。"如《礼记》。

(6)注:"注取义于灌注。文义艰深,必解释而后明;犹水道阻塞,必灌注而后通。"如郑玄之《周礼注》、《仪礼注》、《礼记注》等。

(7)解:"解是分析的意思。"有解谊(义)的,如服虔的《春秋左氏传解谊》;有解诂的,如何休《春秋公羊传解诂》。

(8)笺:"笺是表识的意思。"如《诗经》的毛传郑笺。郑玄以《毛诗故训传》为基础,毛传所言有简略不明者,郑氏加以补充,有不同的见解之处,便自为笺记,不与毛传相杂,遂独成一体。

(9)章句:"古人所称章句,亦指传注言。""沈钦韩《汉书疏证》云:'章句者,经师指括其文,敷畅其义,以相教授。'这便是后世所谓'讲疏'、'讲章'一类写作的开端。"如赵岐的《孟子章句》。

(10)集解:"是荟萃众说的传注体例",如何晏的《论语集解》,朱子的集注。

(以上见陈钟凡《古书读校法》第一编第一章)

读经必读传注,传注的种类,大致如此。

(五)专守一经一家,以立根基,然后旁通其他经其他家:经虽十三,然精通非易,所以宋濂《答郡守书》云:

> 况五经自孟氏后无兼通之者,如施雠之《易》,大小夏侯之《书》,辕固韩婴之《诗》,尹更始之《春秋》,庆普郑兴之《礼》,各仅成家而已。(《宋学士文集》)

足以明精通一经之难，所以应视兴趣之所近，先通一经，再通其他，则因性质相近，而事半功倍，根基已立，通解自易。又经有家数的不同，故宜专治专守一家，再及其他。包世臣云：

> 君（凌曙）问余所当治业？予曰：治经必守一家法；专治一家以立其基，则诸家可渐通。（《读书法汇·包世臣撰江都凌曙传》）

盖专治一家，精义既得，则诸家可通；兼营通览，不求精熟专攻，往往少功。

以时代言，清代经学，盛于历代，有集其大成，专精专胜之处，故马宗霍论之云：

> 清儒说经之书，前世莫与比盛，阮刻《皇清经解》、王刻《续皇清经解》，搜辑略备，后出者或未得入，卷帙多者容有去取，然已渊乎大观，可于是而揽其胜也。若夫专门名家者，如惠栋《易述》、江藩《周易述补》，则《易》之新疏也；江声《尚书集注音疏》、孙星衍《尚书今古文注疏》，则《尚书》之新疏也；陈奂《毛诗传疏》，则《诗》之新疏也；孙诒让《周礼正义》，则《周礼》之新疏也；胡培翚之《仪礼正义》，则《仪礼》之新疏也；刘文淇《春秋左氏传旧注疏证》，则《左传》之新疏也；陈立《公羊义疏》，则《公羊传》之新疏也；刘宝楠《论语正义》，则《论语》之新疏也；皮锡瑞《孝经郑注疏》，则《孝经》之新疏也；邵晋涵《尔雅正义》、郝懿行《尔雅义疏》，则《尔雅》之新疏也；焦循《孟子正义》，则《孟子》之新疏也。诸此新疏，惟《周易》所主不同，不必与旧疏较；《毛诗疏》用毛弃郑，

亦稍胶固,其余取精用宏,往往有过旧疏者。(《中国经学史》)

凡所举诸书,均有突破前人治学樊篱,争胜前哲之处,依之深求,无论专精一经,或旁通他经,均为应研读取资之书。

二、史部研读法

吾国之史籍,极为完备,朝廷有正史,州郡地方有方志,家族有谱牒,个人有传记行状铭志,皆供史家以无比丰富的史料。史学又甚为吾祖先所重视,故《四库全书总目·子部总叙》云:"夫学者研理于经,可以正天下之是非,征事于史,可以明古今之成败,余皆杂学也。"然治史必先读史,读史之法,前人言之甚详,撮其要者举述如下:

(一)**读史宜考制度与事实**:夫史在以"究天人之际,通古今之变"(司马迁《报任安书》),其要一在制度,一在事实。王鸣盛论之云:

> 大抵史家所记典制,有得有失,读史者不必横生意见,驰骤议论,以明法戒也;但当考其典制之实,俾数千百年建置沿革了如指掌。其事迹则有美有恶,读史者不必强立文法,擅加与夺,以为褒贬也;但当考其事迹之实,年经事纬,部居州次,记载之异同、见闻之离合,一一条析无疑,而若者可褒可贬,听诸天下为公论焉可矣。(《十七史商榷》)

王氏所言,着眼全在制度事实二者,能考历代制度之实,明事实之真际,则治乱兴衰之由,可以显见。苏东坡治《汉书》,即在明其史事：

> 有人问苏文忠公（轼）曰："公之博洽可学乎？"曰："可，吾读《汉书》盖数过而始尽之。如治道、人物、地理、官制、兵法、货财之类，每一过博求一事，不待数过而事事精核矣。参伍错综，八面受敌，沛然应之而莫御焉。"（《田居乙记》）

此即述东坡以考制度、明事实之读史方法，按事分类深求，如网在纲，方能源流分明，本末皆得。袁枢的《通鉴纪事本末》，未尝不是此意，诚系读史之佳法。

（二）**知豪杰之谋议**：古史所记，有事势相同，而成败互异者，人谋臧否之故也；得一人以兴，失一人以亡者，得此一人谋略规划之故也；是以钱塘《与王无言书》云："于史宜观豪杰之谋略，而不当纤悉于事迹同异之间。"（《湖海文传》）能观豪杰之谋略，则知人物之臧否、事情规划区处之法，避免失败，而得成功。《世说新语·识鉴篇》记石勒论汉高祖立六国后一事云：

> 石勒不知书，使人读《汉书》，闻郦食其劝立六国后，刻印将授之，大惊曰："此法当失，云何得遂有天下？"至留侯谏，乃曰："赖有此耳！"

郦食其劝汉高祖立六国后，赖张良以八不可之议诘难高祖，方未立六国后（事见《史记·留侯世家》、《汉书·张良传》），得免于失败。是以喻成记贾挺才之读史法云：

> 历事几主？历任几官？有何建立？有何献明？何长可

录？何短可戒？……此贾挺才先生记史法也。（《萤雪丛说·记史法》）

"有何建立？有何献明？"即观史中人物之计划谋议也，此诚读史要法之一。

（三）考明治乱兴衰之故：吾人读史，常恨乱多治少，诚以各朝当事之君王将相，于人之贤否、事之得失、制度之优劣，讲求不够明白，判断有欠正确，措施常有私心，以致循环影响，"后人而哀后人"，所以读史不可不着眼于考明治乱兴衰之故，知史事之沿流、变化、影响，明其成败得失、是非利害之所在。吕祖谦云：

> 大抵看史，见治则以为治，见乱则以为乱，见一事则止知一事，何取？观史如身在其中，见事之利害。时之祸患，必掩卷自思，使我遇上等事，当作如何处之。如此观史，学问亦可以进，智识亦可以高，方为有益。（见周永年《先正读书诀》）

由见乱知乱，见治知治，见一事知一事，进而知治乱的本源，"见事之利害，时之祸患"，而得其处置之方，自然学问进而见识高。然而史事之是非、治乱之根由亦未易明，总在虚心体认，通体观察，如唐彪所论：

> 凡观书史，须虚心体认。譬如国家之事，单就此一件看，于理亦是，合前后利弊看，内中却有不是存焉。又国家之事，单就此一件看，似乎不是，合前后利弊看，又有大是处存焉。故凡事之是非，必通体观其事之前后得力，方足据

也。(《读书作文谱》)

如是读史,再益以胡林翼所标举之"判断"与"抉择",则真相可明:

> 读史第一须有判断,第二须有抉择。判断所以定古人之优劣、古事之正否,详察昔日之情形,扫去陈腐之议论,而后判断斯不误。抉择所以定史书之价值,盖史书甚多,而皆各就本人之见解以发挥,或失之偏,自所难免,非加抉择,易为人欺。(《胡文忠公遗书》)

(四)读史宜明时代精神:一代有一代之史,此一代之史,即根源于一代之史事,而此事物之发生,必有其时代背景,有一时代之精神为之推动,此即所谓"时势造英雄"。沈刚伯先生论时代精神云:

> 历史不是供人"獭祭"的类书,学历史的主要目的,不在于熟悉掌故,多识前言往行;而是要知道每一时期的特殊潮流,即德国史学家所说的"时代精神"。它是支配当时一切的动力、贯通一切的线索,有了这种线索,对每一时代所有的史实,便可左右逢源,迎刃而解,容易明白,也不难记住了。譬如说,近两百年来的"时代精神"是"民族主义"、"产业革命"和"民主治政"。它们互为因果,交相为用,酿成近代普天下所有的政治经济社会文化各种活动——包括一切民族的、国际的、和平的、革命的、主动的、被动的和反动的内在。认清此点,对于近年史就容易了解其所以然了。近

世如此,古代亦然;从这些地方着手,一部廿四史虽多,又何至于无从说起?(1952年6月5日《新生报·如何学历史》)

这诚然系最佳的读史方法,因为时代精神既明,则此一时代种种的活动,由种种活动所产生的史实,则自然能洞然明白了。惟某一时代精神的求得,不能凭空臆想或主观判断,而应出以客观的分析,反复证验,积累归纳,然后庶乎所得不诬。

(五)设身处地与史中人物相化:读书需要贴上身来,使人与书合一,读史尤宜如此,如读史时能设身处地,与史中人物化合为一整体,则史事之发展与事变因应的方法,自然历历在目,晓然不忘。张九成论之云:

> 论观史曰:如看唐朝事,则若身预其中;人主情性如何?所命相如何?当时在朝士大夫孰为君子?孰为小人?其处事孰为当?孰为否?皆令胸次晓然,可以口讲而指画;则机会圆熟,他日临事必过人矣。凡前可喜可愕之事,皆当蓄之于心;以此发之笔下,文章不为空言矣。(《性理大全》)

张氏所论,诚得设身处地之要,如此不但能知人知事,而历史之细节与关键,均可得之矣。除此而外,对于史中人物,方有同情的了解,立论不至于苛,不厚责古人,观察不至于疏漏,也不至智不足以知古人。

(六)读史应以地理书、舆图相配合:时间是历史的发展因素,空间是历史的"舞台"因素,所以与历史关系最密切的,就是地理,而且人类生存,无法不受地理的影响,自亦影响及历史的活动,故读史应以舆图为配合。然地名有古今之殊,地物各代有异,政治经济文化中心,时有变革,所以不能由现代地理以明古史,而应由当代地理舆图,以求解释及证知。吾国地理舆图之学,发达甚早,《尚书》有《禹贡》,《史记》有《河渠书》,《汉书》有《地理志》。《汉书·地理志》云:

> 昔在黄帝,作舟车以济不通,旁行天下,方制万里,画野分州,得百里之国万区。

此一记载虽出自传闻,但地理舆图之学,发达甚早,则信而有征,因为由长沙马王堆发现汉代绘制的长沙府地图,较之现代的长沙地图,仅有千分之三的差误。方便读史而作的典籍,首推清初顾祖禹的《读史方舆纪要》,其《历代州郡沿革》一文,尤宜详读,这本因"叹史学之榛芜,闵经生之固陋,于是方舆纪要作焉"的巨著,其特点在:"昭时代则稽历史之言,备文学则集百家之说,详建设则志邑里新旧,辨星土则列山川之源流,至于明形势以示控制之机宜,纪盛衰以表政事之得失。"(见吴兴祚序)至今仍是极权威的著作。而舆图方位之作则有商务出版的《历代舆地沿革图》,及日人箭内亘博士著、和田清增补之《东洋读史地图》(现译为《中国历史地图》),始于《禹贡九州图》,止清末中国全图,甚为详明,读史时,同时参稽,则左图右史,自然大有裨助。

(七)纵横联系,由史传入手: 吾国史籍之繁富,远在经部、子部之上。以正史而言,有《史记》、《汉书》、《后汉书》、《三国志》、《晋书》、《宋书》、《南齐书》、《梁书》、《陈书》、《魏书》、《北齐书》、《周书》、《隋书》、《南史》、《北史》、《旧唐书》、《新唐书》、《旧五代史》、《新五代史》、《宋史》、《辽史》、《金史》、《元史》、《新元史》、《明史》、《清史稿》,谓之二十六史,共计四千四十五卷,如减去

《新元史》与《清史稿》，则通行本之二十四史，亦有三千二百五十九卷之多。前人读史，大致主张由以上之正史入手，然以卷帙浩繁，研读为难，故宜以纵横两方面的联系方法读之。就纵的方面而言，不外了解历代的史事和制度变革，于是以《史记》、《资治通鉴》、《续资治通鉴》、《明纪》为纵的线索，读其他各代正史时，参合阅读，读正史的书和志时，参照通考，才能免于"断代为书，无以观其会通"之弊。在横的联系而言，《史记》与《汉书》，《后汉书》与《三国志》，南北史与宋、齐、梁、陈、魏、周、齐八书，新旧《唐书》，新旧《五代史》，新旧《元史》皆可合读并阅，如此方可收纵横参照、彼此贯通之效。至于入手之道，则宜以史传为主，因为历史事实，乃以人物的活动为主。王楙云：

> 凡读史，每看一传，先定此人是何色目人，或道义，或才德，大节无亏。人品既定，然后看一传文字如何。全篇文体既已了然，然后采摘人事可为何用。奇词妙语，可以佐笔端者记之。如此读史，庶不空遮眼也。若于此数者之中，只作一事功夫，恐未为尽善耳。（《野客丛书》附录）

是看史传之法，先定人品，再及人事，再求奇词妙语，所见与吾人读史之着眼或有不合，但欲知一代之史实，非由史传入手，以知人知事不可。读史传之时，又要求篇与篇之间的联系，如本纪与列传之间的密切关连，固然非彼此参证不可，即其他篇目之间，亦多联系，《史记》遇二篇有关系时，往往云"事在某篇"（语在某篇），以交代其相关性，何况历史上的成败，乃"一集团"的成败，非一人的成败，而应由各相关之人物活动以知成败得失。

又吾国史籍浩繁，几无人能兼营并治，故应于泛览之余，专守一史,进而专精一史,方不致"博而寡要,劳而少功"。现代的史家中,由精一史以成名的很多。

(八)**旁求侧证,深入研究**:历史是人类活动的整体记载,则各种图书资料、文物资料,都有助于历史的研究。"北京人"的发现,解决了中国人种起源的争论,已是人尽皆知之事,其他如甲骨文的发现、金文资料的运用,都使古代历史的真相大明。至于以文字证史,以诸子传记证史,以档案资料证史,皆是近人研究历史的常用方法,能够旁求侧证,不但资料丰富,论证深入一层,而且可发前人之所未发,明前人的错误。

由于学术研究广泛地运用历史的观念和方法,更紧密地促进了学术与历史的结合,而有各种学术史的出现,如各种哲学史、科学史、文学史、艺术史等,乃系史学的旁通发挥,值得注意。

以上所举,不免挂一漏万,所着眼者,在研读之通则通法,至于其他专读一史之法,则多有专门之书在,如李威熊博士之《汉书导读》。又各种史学方法,皆是专门研究之指导,自应参稽。

三、子部研读法

诸子之学,起源甚早,盛于战国,至两汉以后,方精光枵然,流于衰竭。其后集部代兴,集乃个人著作的代表,不专主于某一家某一子的学说;子部多为一家一派的学术,不专主于一人,是以唐宋以后,子部几至无闻,然子部之书,其始与经学并行,故《四库全书总目·子部总叙》云:

> 自六经以外,立说者皆子书也。其初亦相淆,自《七略》区而别之,名品乃定。其初亦相轧,自董仲舒别而白之,醇驳乃分。或佚不传,或传而后莫为继,或古无其目而今增,

古各为类而今合。（卷九十一）

其论诚是。例如《孟子》本为子书，后列为经，至《七略》分类之后，置有《诸子略》，而子学之名以定。诸子之学，班固以为出于王官（见《汉书·艺文志·诸子略》），《淮南子》以为皆以救世弊，子书实因权时救急，而据事立论，以今日之学术眼光视之，则哲学之书也。其读法应遵循下叙方法：

（一）**读子宜知流别**：诸子之学，就其源流而言，各有别异，《汉书·艺文志》以为某家出于王官某官，足见诸子必前有所承，方各守一端，各明一义，而后有此专家之学；同时子学之发展，亦必受周秦之间时势的影响，时代的需要，有以促成之，《淮南子·要略》所论，亦系要因；不必尽如胡适之坚主诸子不出于王官论，极诋《汉志》为诬。又诸子之书，非一人之手所成，乃一家派之书，加以秦火所烧残、汉廷的压抑、后代兵乱所毁败，后人的补苴，自必难免，如果只执一端或数语而辨其为伪，论定其时代，恐亦多诬枉也。读子宜知流别，为陈钟凡所主张，陈氏论其要云：

先民论周秦诸子流别者，莫详于刘略（刘歆《七略·诸子略》），视庄、荀、淮南、司马氏详略不同。《庄子·天下》篇陈墨（墨翟）、法（彭蒙、田骈、慎到）、名（惠施、桓团、公孙龙）、道（关尹、老聃、庄周）、小说（宋钘）五家。《荀子·非十二子》广及儒者（子思、孟轲）。司马谈更增阴阳。《淮南·要略》则去名、小说，而增杂及纵横。刘氏又入农学，乃为十家，去小说则称九流。考迹晚周，儒、道、墨、名、法、阴阳六家，实能自成一说。故摧论先秦学派，春秋略别儒、道、墨三家，战国略如司马氏所论六派，晚乃更有九流，其大较也。

（《古书读校法》）

战国之际,诸子之学,学派不同,于是互相批评论难,故孟子攻击杨朱、墨翟,指为无父无君;庄子于《天下》篇中,论墨、法、名、道、小说诸家的长短;《荀子·非十二子》篇,批评兼及子思、孟子等;司马谈论六家要旨,更见精要;根据刘歆《七略》的《汉书·艺文志·诸子略》所论家数更广,源流更明,明诸家之流别,必由斯以入手。源流既明,各家之优劣既得,大要以明,可深入以求各书之精微矣。

(二)明各子的异同:夫同一师承,立言未必一致;同一学派,大同之中,必有互异,相异之外,仍有相同,老子庄子,同是道家巨子,而老庄未必无别也。冯友兰《中国哲学史》论之云:

> 据此所述,老庄之学之不同,已显然可见矣。此二段中,只"澹然独与神明居"一语,可与"独与天地精神往来"之言,有相同的意义。除此外,吾人可见老学犹注意于先后、雌雄、荣辱、虚实等分别。知"坚则毁"、"锐则挫",而注意于求不毁不挫之术。庄学则"外死生,无终始"。老学所注意之事,实庄学所认为不值注意者也。(第一篇《子学时代》第八章《老子及道家中之老学》)

冯友兰根据《庄子·天下》篇所论,认为老子与庄子之学有相同之处,而复指出二人所注意之事有不同,又进一步论定老庄之不同云:

> 司马谈谓道家"与时迁移,应物变化,立俗施事,无所不

宜。指约而易操,事少而功多"。《汉书·艺文志》谓道家为
"君人南面之术"。大约汉人所谓道家,实即老学也。老学
述应世之方法,庄学则超人事而上之。"汉兴,黄老之学盛
行",主以清静无为为治,此老学也。"至汉末祖尚玄虚",
始将老子庄学化而并称老庄焉,实则老自老,庄自庄也。
(同上)

其论甚能得二家之不同。是故同系一家之学,而同异又各
自有别,不能不先研究其区别。

(三)讲明各家的迁变: 学术有起源、有发展、有蜕变、有衰歇
的过程。于是学术才有不同的开展,有不同的内容,有盛衰起
伏。或系时代的影响,或系个人创获不同的缘故。《韩非子》云:

> 孔、墨之后,儒分为八,墨离为三,取舍相反不同,而皆
> 自谓真孔、墨。(《显学》)

这说明了韩非当时所见,同属儒家,已有了八派,墨家已分
离为三派,既分出派别,其学即各有发展,而有不同。此外各家
已互有影响,陈钟凡云:

> 诸子学不纯师,其流斯异,禽滑厘受业卜商而流为墨
> 家。商鞅学于尸佼,而流为法家。子产以法兼儒,其学又出
> 于名家,荀卿之徒有韩非、李斯,又援儒而入法。凡此皆思
> 想变迁、学术沿革之彰著者,又学者所应加意者也。(《古书
> 读校法》)

是诸子之事，有出彼入此的现象，有相互援引影响的实际。其于后世，又各有不同的影响，例如墨子一派的学说至秦以后便中绝；老子之学，见重于两汉；庄子之学见尊于魏晋；儒家之学，自董仲舒以后，引入阴阳五行之说，致有纬书的产生；宋明以后，有理学的产生，这些变迁和影响，都要深入讲明。

（四）明各子书的精要：源流既知，同异既辨，变迁既明，便宜究明各家学术的本末精粗、全体大用，由一章一节的了解，得到全书的了解，由深入的探讨，得其精微，明其要点，以明其学术思想，吾国古代哲学的根本大义，方可期其讲究明白。至于如何讲明每一子书，如辨伪、校勘、训诂、注疏等方面的问题，均与其他古籍相同，不再赘述。

四、集部研读法

四部之中，集部最繁，以楚辞类最早，汉代以后，才有个人的别集、集合多人编辑成书的总集，加以诗文评类、词曲类，可谓洋洋大观，乃文学之部也。其中以别集最难，《四库全书总目·集部总叙》云：

> 至于六朝，始自编次。唐末又刊版印行。夫自编则多所爱惜，刊版则易于流传，四部之书，别集最杂，兹其故欤？然典册高文，清辞丽句，亦未尝不高标独秀，挺出邓林；此在翦刈卮言，别裁伪体，不必以猥滥病也。（卷一百四十八）

可见别集之杂，一在文人敝帚自珍，难于割爱；一由于印刷雕版术发达以后，因易于流传而书益多。自保存典籍而言，自不必以猥滥为病；在读书习文而言，则不能不"翦刈卮言，别裁伪体"。集部研读之法,可得而言。

(一)**先读总集**:总集成书,在文学作品繁丰以后,于是产生分体的观点,按文体或内容,予以编辑;又为求师法乎上,以求"兼功",于是"略其芜秽,集其清英"(见《昭明文选·序》),如《玉台新咏》、《昭明文选》,都是最具代表性的总集。故读总集,可以窥历代的代表作,现在的中文系的历代文选,仍属师法总集之法,在古人已有定论的作品中,择优选胜,以资学习时的效仿。考其途径,亦有二法:一是由古及今,按照朝代,读各家各体的代表作,其优点在体制源流都甚分明,缺点是去古已远,学习不易;一是由今而古的逆推法,由时代最近的朝代起,读各家各体的代表作,其优点是接受容易,缺点是体制源流不易明白。此外又可取同体同题之文,比合研读,效果自佳。

(二)**读一家之专业**:总集所选,不过百什之一,虽"龙现一爪,鼎尝一脔",毕竟难得其全神足味,所以要读一家之专业,如曾国藩所云:

> 若夫经史而外,诸子百家,汗牛充栋,或欲阅之,但当读一人之专集,不当东翻西阅。如读《韩昌黎集》,则目之所见,耳之所闻,无非昌黎;以为天地间除昌黎而外,更无别书也。此一集未读完,断断不换他集,亦专字诀也。(《曾文正公全集·家书》)

曾氏所云,亦古人共同之见,因为在读书入门以后,常患所学不专,文体不纯,于是择才性所近的专集,熟读精玩,以得其精髓,此法除研究子部之外,近人已很少如此用心去读集部之书。然而为了专精专熟,读集部时不可不着眼于专守一家,以求一门深入,求词章有根底,有师法。

(三)究文体之源流而得法式:文各有体,体各有当,不明文体,多过寡功,故倪正父云:

> 文章以体制为先,精工次之。先其体制,虽浮声切响,抽黄对白,极其精工,不可谓之文矣。

极主为文首在由辨体而得体,诚系学文读集之主要着眼。历代的文学理论家,虽所论不同,而莫不论及文体,由曹丕的《典论·论文》、陆机的《文赋》、刘勰的《文心雕龙》等无不如此,因为"摹体以定习",乃学文的急事。例如刘勰《文心雕龙·诠赋》篇云:

> 原夫登高之旨,盖睹物兴情。情以物兴,故义必明雅;物以情观,故词必巧丽。丽词雅义,符采相胜,如组织之品朱紫,画绘之着玄黄,文虽新而有质,色虽糅而有本,此立赋之大体也。然逐末之俦,蔑弃其本,虽读千赋,愈惑体要,遂使繁华损枝,膏腴害骨,无贵风轨,莫益劝戒,此扬子所以追悔于雕虫,贻诮于雾縠者也。

即由辨明赋体确立写作原则的明白宣示。吴讷的《文章辨体》、徐师曾的《文体明辨》,均着眼于辨明文体。然文体起源,各有不同之见,颜之推认为"文章者,原出五经",刘勰以为六经"极文章之骨髓",此盖以经为文体之源;而顾炎武、章学诚则认为文体备于战国,则是以时代论文体之起源。文体有演变,始简而后繁。《典论·论文》标奏议、书论、铭诔、诗赋四科;陆机《文赋》列举诗、赋、碑、诔、铭、箴、颂、论、奏、说十类；刘勰《文心雕龙》所论之文体，根据王更生博士之统计云：

> 到了齐梁，文体论迈入全盛时期，应运而生的《文心雕龙》，几乎占用了全书二分之一的篇幅，来讨论文体分类以及与这方面相同的问题。粗计大数，凡二十体一百五十类之多。（《文心雕龙导读》）

可见文体演变之速。以后曾国藩编《经史百家杂钞》，分三门十一类，约七十五体。西洋文学传入之后，新增之文体尚不在内，可见辨体之不易。文体又因时代之不同，作者的创体和变体，因而有正变之分，例如曾国藩之《圣哲画像记》则合记、论、铭三体而成，故由辨体以得文章写作之法式，乃不可缺少之方法。

（四）论篇章之法式：文章虽有无法之主张，但大多承认有法式可循，古人文法成立，除了专门的讨论外，文章的法式潜藏于篇章之中，故读集部时，不可不措意于此。程端礼云：

> 读韩文，日熟读一篇或两篇，亦须百遍成诵，缘一生靠此为作文骨子故也。既读之后，须反复详看。每篇先看主意，以识一篇之纲领；次看其叙述抑扬轻重、运意转换、演证、开阖、关键、首腹、结束、详略、浅深、次序；既于大段中看篇法，又于大段中分小段看章法，又于章法中看句法；句法中看字法；则作者之心，不能逃矣！譬之于树，通看则縣根至表，干生枝，枝生华叶，大小次第相生而为树，又折一干一枝看，则又皆各自有枝干华叶，犹一树然，未尝毫发杂乱。（《读书分年日程》）

此程氏以知篇章法式之着眼,而研读一篇者。又古人典籍,无论经史子集,均多由一篇一章所组成,故须知其法式,方足以深切了解文中之意,特述每篇文章之研读简则,以得古人文章的法式:

1.由作者之生平,以知人论世,知为文时之背景。

2.探全篇之主题,以研索一篇之纲领。

3.明白全文之段落,以得每段之大意,而知全篇之大纲。

4.由全篇之详略,以得一篇关键之所在。

5.由为文之方式、内容、理证,以见其精微之程度。

6.观全文之首尾应合、奇正运用、虚实相生,以考其章法之精疏。

7.观全文之立意立论,以验其见识之正偏。

8.观全文之取材、布置,以明其学养裁断。

9.观全文之用字遣辞,以得表达技巧。

10.指疵抉胜,以见己之心得识断,并以为戒为法。

由此十项简则以思议研索,则古人的文章法式及心思可立见矣。

(五)因声求气:文章诗歌,均有气势,评文论诗,有不可不知者。文气无一定之律,而有一定之妙,其诀在因声以求气,此桐城派古文家奉守之秘传,姚鼐云:

> 大抵学古文者,必要放声疾读,又缓读,只久之自悟。若但能默读,即终身作外行也。(《惜抱轩集·与陈硕士书》)

此即因声求气说的开始。至唐彪所论尤详:

　　凡古文时艺，读之至熟，阅之至细，则彼之气机，皆我之气机，彼之句调，皆我之句调，笔一举而皆趋赴矣。苟读之不熟，阅之不细，气机不与我浃洽，句调不与我镕化，临文时不来笔下为我驱使，虽多读何益乎？（《读书作文谱》）

唐彪所论，即唱歌而先练唱歌谱的道理。朗读古人之诗文，得其声调气韵之后，援笔写作时，自然合拍，即所谓"彼之气机，皆我之气机；彼之句调，皆我之句调"矣。又张裕钊揭因声求气之论云：

　　文章以义为主，而辞欲能副其意，气欲能举其辞。譬之车然，意为之御，辞为之载，而气则所以行也。欲学古人之文，始在因声以求气，得其气则意与辞往往因之而并显，而法不外是矣。（《答吴挚甫书》）

此张氏引为学文之秘，故因声求气之法，为学文不可舍弃之法则。（本节宜与朗读法所举合看）

　　夫经史子集，均为研究国学者所必须研读者，然以卷帙浩繁，常苦其多，邵长蘅之论，不但示吾人以门径，且能予吾人以由专而博的步骤：

　　读书莫先于治经。愚意欲画以岁月，《易》、《诗》、《书》、《春秋》、三《礼》诸书，以渐而及。不必屑屑拘牵注疏，务融液其大指所在。然后综贯诸史，以验其废兴治忽之由；旁及子集，以参其邪正得失之故；又恐力不能兼营，史自左氏、司马、班、范、三国、南北、五代而外，子自庄、列、荀、扬、韩非、

吕氏、贾、董而外，集自韩、柳、欧、苏、曾、王而外，或略加节抄，可备采择。此读书之渐也。（《青门集·与魏叔子书》）

邵氏所论，颇得四部读书之要，由此着手，则知入手之次第矣，然后视各人之时间、精力、专博之程度、研究之方向，加以增损可也。

读书是治学的起点，在学术研究的园地中，没有"不学有术"的可能性。读书要先知书，其次要知道读书的方法，再进而知道经史子集的研究法，出入古籍之中，沉潜涵咏，奠定基础，通其精微，方可研究有成。

附录　梁任公读书次第表

学者每日不必专读一书，康先生之教，特标专精涉猎二条，无专精则不能成，无涉猎则不能通也，今将各门之书，胪列其次第，略仿朝经、暮史、昼子、夜集之法，按月而为之表，有志者可依此从事焉。

	经 学	史 学	子 学	理 学	西 学
第一月	公羊释例 释例择其要者数篇先读之，二日可卒业，再读其诸篇，六七日可卒业矣。公羊释例 共为书三本十日可卒业矣。春秋繁露 先择其言春秋之义者读之，其言阴阳天人者暂缓之，五日可卒业矣。	史记儒林传 汉书儒林传、艺文志 后汉书儒林传、党锢传 读儒林流，读党锢传以知经学源流，读党锢传以历志气。	孟子 宜专留心其言养气历节各案。荀子非十二子篇 庄子天下篇 韩非子显学篇 墨子非儒篇	象山学案 上蔡学案 朱子语类总为之方 东林学案 白沙学案	
第二月	可以半月之功再温公羊。谷梁传 注、繁露二书。谷梁传 可求其义例礼制与公羊同异之处。王制 当与公谷并读	史记太史公自序 孔子世家 仲尼弟子列传 孟子荀卿列传 老子韩非列传并游侠以下四列传	荀子	姚江学案 江右王门学案 泰州王门学案 朱子语类训门人	
第三月	新学伪经考 左氏春秋考证 礼经通论 诗古微	后汉书 先以次读列传。	荀子 墨子	遍读宋元学案、明儒学案、国朝学案，各编次 总序并读其取读之传 诸儒之传 其言论姑且暂缓。	瀛环志略
第四月	五经异义 白虎通	后汉书、史记 从本纪读起。	墨子 管子	瀛溪学案 百源学案 明道学案 伊川学案 横渠学案	瀛环志略 万国史记

第五月	礼记	史记	管子 老子 吕氏春秋	嗨翁学案 甚劣姑读耳 东莱学案 南轩学案 甫上四先生学案 良斋止斋水心龙川学案 朱子语类
第六月	大戴礼记 繁露之信阴阳天人者至此可读之	史记 汉书	吕氏春秋 淮南子	朱子语类

万国史记
列国岁计政要
谈天
地学浅识

附记：此系梁任公依其师康有为之教，以半年为期，立定读书次第表。古人读书，日有常课，即此之谓也。今人不行已久，遂表而出之，所读之书可变，师法其精神可也。（见《国学研读法三种》）

第三章 资料搜集与图书文物利用

第一节 资料搜集与引证

治学必待理证相资,如荀子所说:"持之有故,言之成理。"理由充足,证据明确可信,所得的结论才能成立,才能使人确信不疑。由综合观察,以得到所言之理,由考证选择,以得到所需要的信证,都要靠资料,苟无资料,便不能立论引证。故孔子云:"夏礼,吾能言之,杞不足征也;殷礼,吾能言之,宋不足征也;文献不足故也,足,则吾能征之矣。"(《论语·八佾》)资料的来源,一是图书,一是图书以外的文物。治学必先由图书文物之中搜集资料,经过整理考证以后,加以运用,得出理证,理由和证据相资相足,才能达成治学上建立理论、解决问题的目的。

一、理证相资的四种关系

治学以"言之成理",建立理论系统为主,但理论必须建立在可信的证据上,这就是胡适之云"尊重事实,尊重证据",屈翼鹏先生云"有几分证据说几分话",及傅斯年所说"有一分资料说一分话,有十分资料说十分话,没有资料就不说话"的真意。然而资料有多样性、缺漏性、偏差性、讹误性,而且详略不同、取舍不一,故应加以考证辨别,成为信证,于是理证相资,有下列四种关系:

(一)理强证强。

(二)理强证弱。

(三)理弱证强。

(四)理弱证弱。

前二者方可创论立说,因为理强证强,立论固可"弥缝莫见其隙"。理强证弱,可能系事证已经湮没,或者没有完全发现,或者尚待发生,故而证据较弱,且可加以理证而补强,并非不能成立。后二者则根本不能立论,理弱证弱,固然不可;理弱而证强,则可能所得的证据,系特别事例,或系其他缘由所产生,因而证不足以明理,致产生理弱证强的现象。近人治学,特重证据,固然没有错误,但证以明理,理主而证从,轻重不可倒置。由上所述,可见资料证据的重要性。

二、资料搜集与利用的原则

学术论文,待资料形成证据论点,构成丰富的内容。司马光编《资治通鉴》所采用的史料,除了正史外,属于杂史的达二百二十种。相传北魏时代的崔鸿著《十六国春秋》,草构悉了,惟有李雄《蜀书》搜索未获,迟留未成,其后搜求十五年,始于江东购获,乃增其篇目,勒为一百二卷。一种主要资料未能获得,就不能成书,搜求了十五年,可见古人搜集资料的广泛和认真。《史记》系我国的历史名著,司马迁无意中透露所用的资料,不过七八种,宋人郑樵的《通志·总序》,便据而讥评道:"所为迁恨者,博不足也。"可见资料搜集不周全,系基本缺点。

学术资料的获得,除了自然科学以外,其他的门类,均非易易。由于以往的事实,亲见亲知其事者已少,能真实地记录其事的更属小数,被记录而未湮没讹传的,尤其少;何况事实一往而不可复现,吾人无法重新观察,凡此可见资料之获得不易。就治学而言,无证而必之者,非愚必妄。所以治学,必实事求是,最忌蠡测臆断,例如宋人吴镇之《新唐书纠谬》,没有根据《新唐书》中的资料来源而加考辨论断,只是纠正本文文字上的错误,所以价值很小。顾炎武的《日知录》、近人陈登原的《国史旧闻》,系根据资料证据立论,所以价值较大,成就较高,故搜集及运用资料,应根据屈翼鹏先生所述下列的原则:

(一)搜集之资料愈周全,愈有助于治学:因资料周全充足,能确定研究之范围,能充实研究之内容,使研究所得的结论更趋正确。

(二)所获资料愈直接,所得结论愈与事实相接近:治学必求原始资料或接近原始资料。传述资料、间接资料、经人运用过的资料,均不如直接或原始资料之正确与重要。

(三)所获资料愈正确,所得结果愈接近正确:资料必待考辨,故对所获资料,必加考证辨别,以定真伪。以伪证真,则无证明之力;以伪证伪,必讹误相仍。

(四)对资料之了解愈深刻,愈有助于研究:了解资料,才能运用资料,故对所得资料之名相、语义、原义,必求彻底了解。

(五)对资料愈熟悉,愈有助于研究:因为熟悉资料,才能彼此沟通,相互印证,运用纯熟,成绩因而愈佳。(见《幼狮月刊》四

十六卷第六期,本文所引根据笔记,文字略有出入)

具备此五项资料搜集及运用的观念,在治学研究时方可免于错误和偏失,奠定稳固的基础和正确的方向。

三、引证的种类

资料经过考证辨别以后,如崔述在《考信录》中所显示,考而后信,成为可以相信的证据,进而综合地观察,可以得出判断和结果,更可以引为证据。证据的种类和使用的方法,可以分为下列九种:

(一)**直接证据**:凡与某一事物直接有关的图书文物,能援引作证的,是为直接证据。如研究韩愈的思想,以韩愈的文章、函札为根据;研究白居易的诗学理论,以白氏的著作为根据,均系直接证据。

(二)**间接证据**:凡与某一事物间接有关系,如同时人的记载、后人的研究,能援引作证的,是为间接证据。如研究白居易的《长恨歌》,而引用同时人陈鸿所作之《长恨歌传》,近人陈寅恪《元白诗笺证稿》中的《长恨歌笺证》,是属间接证据。

(三)**内证与外证**:如以书为例,以《庄子》证《庄子》,以《荀子》证《荀子》,是为内证;以《庄子》证《老子》,以《孟子》证《论语》,或以《老子》证《庄子》,以《论语》证《孟子》,是为外证。

(四)**言证**:引古人之言,近人、时人之言以为证,是为言证。

(五)**事证**:引古今所发之事为证,是为事证。

(六)**理证**:引古今所言之理为证,是为理证。

(七)**物证**:以实物为证,是为物证。

(八)**无证据处求证**:无明显证明之力,经推论而产生之证据,是为无证据处求证。如班固《白虎通义》,以士无谥,而推论古时太子无谥,因太子是元士之故。春秋弑太子与弑君同,以《春秋》曰:"弑其君之子奚齐",以当时晋献公立奚齐为太子,既书杀奚齐曰弑,则弑太子与弑君同。

(九)以实验观察,创获证据:以科学上实验观察等方法创造及获得新的证据。如医生的临床试验、生物学家之实验观察,以民俗、歌谣为证,可入这一类中。

证据的种类及引用,不外此九类,然证据必待解释,方能由旧出新,产生证明的力量。如某牙科医生,以韩愈《祭十二郎文》中有"吾年未四十,而视茫茫,而发苍苍,而齿牙动摇",解释为韩愈患有牙周病,便是最好的说明。如引证时不能解释引申,则可引作证据者,必甚寥寥。

第二节　图书资料之搜集与利用

一、图书馆之性质

图书馆是"知识的摇篮",历来的学人无不加以利用。图书有公藏私有的分别,汉代的金匮、石渠,国家藏书之所也;私人藏书,如孔壁、伏生等,均有益于图书之流通及保存。现在图书馆依其管理方式,可分为封闭式和开架式。依性质可分为综合性图书馆——藏书包括文、史、哲、科学、艺术各方面;专业性图书馆——限于特定的某一方面,提供图书服务,例如大学各院系图书馆等。无论其性质如何、管理方式如何,图书馆已日趋重要,是"知识的水库,学术的银行",与任何人都有关系,尤以与研究学问者的关系最密切,非由此以多识前言往行,以蓄其德不可。

二、图书馆之利用

(一)一般性图书之利用：各图书馆，均编有图书目录卡片，分为书名卡，就书的名称归类编成；作者卡，依作者姓名归类编成；分类卡，依学术类别分类。可由上述三类卡片，以知书的类别、出版状况、内容多寡。惟图书编目与制卡，常有有书无目之情况，故应在情况许可下，入馆就所有书架，逐一察看；如遇有目无书时，则可能此书已为他人借走，可商请馆员索回后借阅；但也有可能是插错书架，而非真无其书，则应仔细于书丛中寻获。此外亦有书名、作者制卡错误者，则宜查丛书子目或提要文献、书目索引等，以明真相。

(二)期刊之利用：有关论文、专门性资料，常未有专书刊行，而多刊载于报章、杂志、学报、年鉴之中，此类资料，自不便列入图书中而加以管理，故略具规模之图书馆，均有期刊室之设置，陈列上述资料。图书馆及私人，编有论文期刊索引者（详见第七章工具书的分类介绍，查论文期刊的工具书），应多加利用，根据索引以按图索骥，找出研究所需之资料，进而明白前人研究之成果如何？问题是否圆满解决？是否有再加研究之必要？

(三)特藏资料及善本书之利用：略具规模之图书馆，常有特藏室之设置，将善本书及珍贵资料，或不便向社会大众流通之图书杂志报章，收藏其中，经过特殊的手续，方可获得阅览的机会，但仍应遵守其资料使用的限制规定。关系国学研究最密切的，当推善本书了，故普通本线装书书目所列，都是坊间难以购得的典籍，自宜设法运用。

(四)微卷之利用：清末迄今，我国图书文物散佚典藏于外国公私图书馆者，不知凡几。敦煌卷子落在英、法、俄之手，已为世人所共知；以图书而言，日本京都大学编有汉籍分类目录；美国国会图书馆、普林斯顿大学均有善本书目录。图书虽典藏于异国，然可利用国内图书馆所摄制之微卷，以获得所需之资料，然亦可径自商请国外典藏机关摄制，惟价值昂贵，个人不易负担。

(五)丛书之利用：丛书一称丛刊，或丛刻，乃汇刊群书而成一部大书，有按性质相近而编者，有依个人藏书而刊者，有依地区编成者，不易按一般图书管理方法分类管理。而此"百味杂陈"之典籍，内有各种不同性质之资料，虽可借查丛书书目之工具书，知每一书之所在，然而仍非从丛书中翻检不可，盖书之性质，虽可由书名以窥，但内容则不能由书名而断定。根据杨家骆所编之《丛书大辞典》，中收丛书多达六千余种，子目十七万余，可见其"丛杂猥多"，非尽披沙拣金之功，不足以得所需之资料。笔者撰写博士论文时，由丛书中发现未经人论及之诗话达二十余种，即系一例，故应注意及之。

(六)类书之利用：类书是割裂原书的章句，"以类相从"之书。《新唐书·艺文志》始于子部立"类书"之目，而列《皇览》、《艺文类聚》、《北堂书钞》等于其后，《四库全书总目提要》虽称其非经非史、非子非集，其实却是包罗经史子集而成。除了可以用典征事、文句校勘之外，在古籍亡佚残缺之后，尤赖其保存遗文旧事，具有辑佚考据之功能，故不可不加以利用。

(七)方志之利用：吾国各地，以县为单位，均编有方志，虽多寡不一，但保存之资料甚多，均可搜用。

(八)谱牒：吾国重宗族，每一姓氏，均有谱牒，于其特出之人物、迁徙之经过等，文献特多，自宜搜集。

(九)笔记小说：吾国文人，自《世说新语》之后，多有不拘内容，记其见闻之篇章，可以笔记小说概括，今且编成一大类，为应注意之资料。

(十)计算机网络之利用：随计算机科技的发达，图书馆已计算机化，除可透过在线目录查图书之编目与流通之情况外，还可透过国际百科检索与国际学术数据库联机，可立即查询到各类的学术资料。尤其是国际网络的开发使用，使全球信息得以流通，文字之外，可获得图片、动画，加以网络接续点的普遍设立，宜善加利用。

三、图书馆外之资料搜集法

图书资料的获得，除了公、私图书馆以外，尚可由下述的方式获得：

（一）查相关题目书籍后的书目及引得，向坊间购买。

（二）搜集各大书局的出版目录，查出所需的图书。

（三）查各地方志与文献，并作实地调查。

（四）利用有关之版本目录类工具书，并请教版本目录专家。

（五）向有关单位商请提供有关资料。

（六）访问当事人或其子孙，洽请协助及提供资料。

（七）利用民俗民物及民间歌谣故事，作为资料。

资料之搜集，除了特殊的情况外，大致可由上述的方式获得。

第三节　文物资料的搜集与利用

一、古器物之重要

治学之资料，除了图书以外，尚有古器物，包括了有文字记载和没有文字记载的文物。伯伦汉的《史学方法论》云：

其一为狭义之遗迹，其中并无供后人回想或留予后人之用意，故仅为事故或人类动作未经泯灭的部分，此中所包括者，有人类之身体上的遗迹，人类生活方法上之遗迹（如饮食方面所遗下之残物）、语言、状态（风俗、习惯、节庆游嬉、制度法律均属之）、人类体力及精神之产物（如技术、科学、艺术、用具、铸币、武器、建筑物等）以及文件书契（如法庭记录、议案、演说词、报刊、信件、账目等等）。其二则为纪念物品，其中原含有使人得由之以作回想之用意，惟其目的则殊为不同，如文书之目的，多在确定或统制法律关系；铭志之目的，在纪念某个人物或某一事件，狭义之纪念碑，其目的尤在于是。且吾人须知若干纪念物品，固直接在纪念某一人物或事故，但同时已具有一般历史纪念之性质，故已入于传说之范围。

这是西方人士论古器物与历史学的关系，并列举了大要的内容。吾国古物用于研究学问，其起源甚早，许慎云："郡国亦往往于山川得鼎彝，其铭即前代之古文。"（《说文解字·叙》）许氏已以古器物来考校文字，只是现已不知其专博的程度而已。至晋有汲冢古籍的发现，梁元帝集碑刻之文为《碑英》一百二十卷（见所撰《金楼子》）。迨宋以后风气大盛，如欧阳修之《集古录》、薛尚功的《历代钟鼎款识法帖》、吕大临的《考古图》、王黼的《宣和博古图录》；至清而古器益多，阮元、钱大昕、孙星衍、吴荣光、陆耀遹、陈介祺、吴式芬、吴大澂、端方、潘祖荫、徐周柏、吴云、刘心源等的刻意搜罗，研讨著录，成绩尤为可观，罗振玉主张命名为古器物学：

　　宋人作《博古图》,收辑古器物,虽以三代礼器为多,而范围至广。逮后世变为彝器款式之学,其器限于古吉金,其学则专力于古文字,造诣益精于前人,而范围则隘矣。……嘉道以来,始于礼器之外,兼收他古器物,至刘燕庭、张叔未诸家,收罗益广。然为斯学者,率附庸于金石学也,卒未尝正其名,今定之曰古器物学,盖古器物皆包括金石学,金石学固不能包括古器物也。(《古器物·学研究议》)

罗氏又以古器物的用途和形体性质分为下列十五种:

　　一、礼器:鼎彝簠簋之属;二、乐器:钟镈磬铎律管之属;三、车骑马饰:如今世出土古车骑马饰之属;四、兵器:勾兵、刺兵、矢镞之属;五、度量衡诸器:秦汉新莽量器及建初尺之属;六、泉币:刀币、圜金、古具、饼金、钞板之属;七、符契鉥印:鹰符、马符、虎符、符牌、官印、封泥之属;八、服御诸器:镫、锭、烛、盘、镜、洗、师比,下至门铺、帐构、斧斨、农用之杚,与钱镈等等;九、明器:古遗殉葬品物之属;十、古玉:如吴愙斋《古玉图考》所录各器,及近世出土赤刀大璋之属;十一、古陶:如近世出土三代两汉诸陶器之属;十二、瓦当砖甓:瓦筩、瓴甋与冢砖之属;十三、古器杚范:泉、镜、瓦、印、弩机诸器铸范之属;十四、图画刻石:如汉人画像石刻及唐宋古图画名迹存于今世者之属;十五、梵像:汉魏六朝至隋唐铸金刻石诸佛像之属。(见《古器物学研究议》)

此罗氏以古器物学的立场所作的分类,以后的梁启超、罗香林对古器物学的分类及学术研究,均有阐扬,惟以古器物用之于治学，则近世风气渐盛，正待吾人的努力。

二、二重证据与治学

前人于古器物的重视，大多出于保爱古董的态度而珍藏之；或者以好古慕远的态度而玩赏之。以古器物作为学术研究资料之用者，始于宋人，而盛于现代，但一般学术研究时，所重者乃是古器物中有文字记载的文物，所以对甲骨文、金文、玺印、陶文等特别重视，因为这些文物，可以考文字，提供资料。所以王国维于《古史新证》中，提出了二重证据法：

> 吾辈方生于今日，幸于纸上之材料外，更得地下之新材料。由此种材料，我辈固得据以补正纸上之材料，亦得证明古书之某部分全为实录，即百不雅驯之言，亦不无表示一面之事实，此二重证据法，惟在今日，始得为之。

可见这种纸外的文物对治学的成效和影响。当然对于地下文物的发现和使用，是不容易的，除了具备考古的知识、科学的技能之外，还要有其他的能力和资料来配合。这种文物资料的用之于治学，也不始于今日，王国维云：

> 古来新学问起，大都由于新发现：有孔子壁中书出，而后有汉以来古文家之学；有赵宋古器出，而后有宋以来古器物、古文字之学；惟晋时汲冢竹简出土以后，即继以永嘉之乱，故其效果不甚著。然同时杜元凯注《左传》，稍后郭璞注《山海经》，已用其说。而纪年所记禹、益、伊尹事，至今成为历史上之问题，然则中国纸上之学问，赖于地下之学问者，

固不自今日始矣。自汉以来中国学问上之最大发现有三：一为孔壁中书，二为汲冢书，三则今之殷墟甲骨文字，敦煌塞上及西域各处之汉、晋木简，敦煌千佛洞之六朝及唐人写本书卷，内阁大库之元明以来书籍档册。此四者之一，已足当孔壁汲冢所出，而各地发现之金石书籍，于学术大有关系者，尚不与焉。故今日之时代，可谓之"发现时代"，自来未有能比者也。（《静安文集续篇·最近二三十年中中国新发现之学问》）

可见以地下之文物资料，用之于治学，是"自古已然，如今为烈"。最大的原因，是出土的地下物日多，王国维先生所举，不过揭数大端，近年之新出土者，又不知凡几。然近代治国学者，以地下之文物资料，未普遍流传，获得非易，加以运用地下文物资料，又需具备古文字学及其他条件，故王国维所谓纸上的材料，指的是图书，地下之新材料，指的是文物。古人无意留下来的各种"遗迹"，胡适论这种资料的功效道：

然而河南发现了一地的龟甲兽骨，便可以把古代殷商民族的历史建立在实物的基础之上。一个瑞典学者安特森（J. G. Anderson）发现了几处新石器，便可以把中国史前文化拉长几千年。……北京地质调查所的学者在北京附近的周口店发现了一个人齿，经过一个解剖学专家步达生（Davdsion Black）的考定，认为是远古的原人，这又可以把中国史前文化拉长几万年。向来学者所认为纸上的学问，如今都要跳在故纸堆外去研究了。（《新月学者论文集·治学的方法与材料》）

土宇方启,有待吾人之努力,兹就地下文物,择要举例,以见一斑,至于详细搜举和研究,则有赖于专门的著作。

三、文物资料述略

在古器物之中,有文字记载的就是文物资料。形成治学时所需要的学术资料,则有甲骨文、金文、石刻、玺印、钱币、陶文、简册、大内档案等类。文物资料的作用,据屈翼鹏先生的研究,有三大作用:(1)可以证图书记载之真伪。例如甲骨出土以后,证明了《史记·殷本纪》的帝系记载大致可信,而使中国的信史时代,推到殷商。(2)可正图书记载之误。例如卜辞出土以后,卜用牲之外,有卜用人者,可见杀人以祭,其事甚古,秦穆公以三良殉葬,是有来源的。而《孟子》一书云:"仲尼曰:'始作俑者,其无后乎!'为其象人而用之也。"(《梁惠王上》)是其认为已先有了以木俑作殉葬的事实,才有以活人殉葬的发生,现由甲骨文所记载之资料来看,木俑当系代人殉葬而用。《孟子》所说,恰好颠倒了事实。(3)可以补图书记载之缺。例如甲骨文出土,所记二十余国,不见于图书记载。此外尚有考正文字等等的效用,而且文物资料比之图书资料,尚有下述三个特性:(1)时间远较图书资料为长;(2)保持当时之形貌与情况,未经改变;(3)地下古文物证据性强,不易发生讹误。然而必待图书记载之配合,而增其价值,且地下文物多已成为图书资料。(以上据笔记)兹分类述说于下:

(一)甲骨文:殷墟甲骨文字,乃殷人占卜时"命龟"之辞,刊于龟甲及牛骨之上,光绪戊戌至己亥间,方出土于河南彰德府西北五里之小屯,其地在洹水之南,三面环水,王国维认为即《史记·项羽本纪》所谓"洹水南殷虚上"者也。王氏论其发现之经过云：

> 初，出土后，潍县估人得其数片以售之福山王文敏懿荣，文敏命秘其事，一时所出，先后皆归之。庚子，文敏殉难，其所藏皆归丹徒刘铁云鹗。铁云复命估人搜之河南，所藏至三四千片。光绪壬寅（1902），刘氏选千余片影印传世，所谓《铁云藏龟》是也。丙午（1906），上虞罗叔言参事始官京师，复令估人大搜之，于是丙丁以后所出，多归罗氏。自丙午至辛亥，所得约二三万片；而彰德长老会牧师明义士T. M. Menzies 所得亦五六千片，其余散在各家者，尚近万片，近十年中乃不复出。（《静安文集续编·最近二三十年中中国新发现之学问》）

甲骨文发现的经过及数量，大致如王氏所说，惟以后所发掘的，则不在王氏所说之内。甲骨文出土以后，先是有著录此类文字之书，以后才有考释文字之书，再后方有据此考释而作其他研究之书。兹将重要之书，略举如下：

1.《铁云藏龟》：刘鹗著录甲骨拓片约 1058 片，认出 43 字，为甲骨文著录最早者。

2.《殷虚书契前编》：罗振玉编，收 2229 片。

3.《殷虚书契后编》：罗振玉编，收 1104 片。

4.《殷虚书契续编》：罗振玉编，收 2016 片。

5.《殷虚书契菁华》：罗振玉编，收 68 片，此为甲骨文初期最佳之书。

6.《殷墟卜辞》：加拿大人明义士编，收 2326 片。

7.《校正甲骨文编》：孙海波编。

8.《殷虚佚存》:商承祚编。

9.《殷墟文字甲编》:董作宾主编,收 3942 片,为史语所发掘所得。

10.《殷墟文字乙编》:董作宾主编,收 9105 片。丙编张秉权编。

11.《甲骨续存》:收 377 片,1955 年出版。

12.《京都大学人文科学研究所所藏甲骨文字》:收 3246 片,1959 年出版。

13.《殷契类选》:鲁实先编,1960 年印行。

继文字著录之后,乃有甲骨文字考释之作,其重要的典籍亦复不少:

1.《戬寿堂所藏殷墟文字考释》:王国维根据哈同所藏甲骨拓片而作。

2.《卜辞通纂》:1933 年,郭沫若作。

3.《殷契粹编》:郭沫若作。

4.《殷墟书契解诂》:吴其昌作。

5.《殷虚书契前编集释》:叶玉森作。

6.《殷墟文字甲编考释》:屈翼鹏作。

7.《殷墟卜辞综述》:陈梦家作。

8.《殷虚卜辞研究》:日本岛邦男作。

9.《殷墟卜辞综类》:日本岛邦男作。

10.《甲骨文字集释》:李孝定作,1965 年史语所印行。

以上系甲骨文的重要著述,现已成为国际汉学研究中的重要项目。上面的介绍,乃坊间可得者,至于详细书目,可由董作宾《甲骨学六十年》,及《六十年来之国学》中吴峄所作的甲骨学部分(即文史哲版《甲骨学导论》一书)探求更详细的资料。

(二)金文:金文指钟鼎彝器铭文的研究为主,自宋以后,成为一专门的学问,王国维论宋人在这一方面的成就道:

> 近世学术,多发端于宋人,如金石学亦宋人所创学术之一,宋人治此学,其于搜集、著录、考订应用各方面无不用力,不百年间,遂成一种之学问。(《静安文集续编·宋人之金石学》)

以搜集而言,政和间皇室所贮至六千余器,所重在三代古器,宣和后数达万余,虽有夸张,亦可见其多。此外富家巨室,藏器亦成为风气,于是而有私人的传拓及著录,流传至今。又在考订方面,古礼器的名称,大致为宋人所考订和命名,研究古器物则循着刘敞所说的:"礼家明其制度,小学正其文字,谱牒次其世谥,乃为能尽之。"(见《先秦古器图》序)所以研究的成绩,至清人仍难超越,特略介金文重要的典籍及编纂者如下:

1.《考古图》:吕大临,拓画器物的形状,并著录铭文。

2.《博古图》:王黼。

3.《历代钟鼎彝器款识法帖》:薛尚功。

4.《啸堂集古录》:王俅。

5.《钦定西清古鉴》:梁诗正等。著录清宫所藏器物。

6.《宁寿古鉴》:著录清宫所收器物。

7.《西清续鉴甲编》:王杰等。著录清宫所收器物。伪品甚多。

8.《西清续鉴乙编》:著录清宫所收器物。

9.《积古斋钟鼎彝器款识》:阮元。

10.《三代吉金文存》:罗振玉。

11.《金文编》:容庚。

12.《簠斋吉金录》：陈介祺藏，邓实辑。

13.《商周金文录遗》：于省吾。

14.《秦汉金文录》：容庚。

15.《海外中国铜器图录》：陈梦家。

16.《故宫铜器选萃》：故宫博物院。

17.《殷周金文汇纂》：鲁实先。

18.《殷周金文汇纂目录》：鲁实先。

以上诸书，《三代吉金文存》著录最精最多；《秦汉金文录》所收秦汉间器物最完备（计秦器八十六件、汉器七百四十九件）；鲁实先的《殷周金文汇纂》，收集五百三十九件器物的铭文，鉴选最精，凡极具价值的器物，几无遗漏，又亲手摹写，无漫漶不清楚的毛病。又《殷周金文汇纂目录》，凡宋代以来研究金文的名家，有一善一长的，均加著录，是继福开森的《历代著录吉金目》，容媛的《金石书录目》及《补编》以后最详细的书目。有关金文铭文考释的书亦多，兹将重要之作，略举如下：

1.《商周彝器通考》：容庚。

2.《攈古录文》：吴式芬。

3.《愙斋集古金录》：吴大澂。

4.《缀遗斋彝器款识考释》：方浚一。

5.《两周金文辞大系》：郭沫若。

6.《西周铜器断代》：陈梦家。

7.《金文丛考》：郭沫若。

8.《金文通释》：白川静。

9.《殷周青铜器通论》：容庚。

10.《双剑誃吉金文选》：于省吾。

11.《吉金文录》：吴闿生。

12.《金石字鉴》：高田忠周。

13.《金石大字典》：汪仁寿。

14.《金文诂林正续篇》：周法高。

以上诸书，容庚的《商周彝器通考》，是属于概论性质；其他各家，各有胜处，周法高的《金文诂林正续篇》，是皇皇巨帙，不啻是金文字典；白川静的《金文通释》，是外籍人士最有成就的作品。研究金文的详细书目，可阅《六十年来之国学》中张建葆博士、李国英合撰之金文学部分。

(三)石刻：与金文研究同时拓展的，要数石刻了。宋人搜集铜器之时，即兼收石刻，如岐阳《石鼓文》、秦《告巫咸文》，徽宗并置藏宣和殿，"汉石经"残石亦见收藏，著录石刻的书，亦极具价值。清人继之而起，石刻之书，虽不如金文、甲骨文之多，亦系重要文物资料的一环。其重要之作有：

1.《隶释》：洪适。

2.《汉碑录文》：马邦玉。

3.《金石粹编》：王昶。

4.《金石续编》：陆耀遹。

5.《八琼室金石补正》：陆增祥。

6.《汉石经集成》：马衡。

7.《石鼓文研究》：郭沫若。

8.《石刻史料》：四集约百余册。（新文丰）

以上诸书，《八琼室金石补正》的搜集和考证最详实，《石鼓文研究》是郭沫若综合的石刻研究。这些资料，都有待我们的运用。

(四)玺印：古代玺印宋人即有搜存，专书藏器，已百不存一，清代著录乃详。屈翼鹏论玺印的作用可：(1)寻籀篆之异同；(2)稽姓名之源流；(3)正舆地之本源；(4)补职官之阙佚。重要的书有：

1.《尊古斋古鉨集林》。

2.《万印楼拓本》。

3.《玺印文字征》：罗福颐。

4.《封泥考略》：吴式芬、陈介祺同辑。

5.《印人传》：日本二玄社编，附印文甚多。

6.《续封泥考》：周绍泰。

7.《再续封泥考》：周绍泰。

(五)钱币：钱币的收藏及研究，亦始于宋人，在古器物中，亦属多有，用布、用刀、用具，制度已难详考，而自秦汉以后，则前人的搜罗研究甚为详尽。其重要之作有：

1.《泉字》：洪遵。

2.《古泉汇》：李佐贤。

3.《续古泉汇及补遗》：李佐贤、鲍康同。

4.《释币》：王国维。

5.《中国钱币目录》：徐祖钦。

6.《历代古钱图说》：丁福保。

7.《古钱大辞典》：丁福保。

(六)陶文：陶器的制作，虽较钟鼎等器为早，但以保存不易，价值亦次，故研究的专书不多，较重要的有：

1.《古陶文香录》：顾廷龙。

2.《铁云藏陶》：刘鹗。

3.《陶文编》：金祥恒。

(七)简册：简册乃古代书写的工具，此处用以包括竹简、木牍、缯帛等。远自孔子的壁中书，至敦煌塞上以西的简牍、敦煌千佛洞的六朝唐人所书卷轴，以及 20 世纪 70 年代所发现的帛书，均可入此一大范围内，而细加分辨，则可立更多的细目，此皆新的学术资料。以简牍而论,汉人木简,宋徽宗时即有发现。以后匈牙利人斯坦因考古于我新疆和阗,先于尼雅河下流得魏晋间人所书木简数十枚,后又于光绪末年在罗布泊东北得晋初人木简百余枚,于敦煌汉长城故址,得两汉人所书木简数百枚。法人沙晼因而专集印行国人张风的《西陲木简汇编》、劳干的《居延汉简》、王关仕博士校勘的《武威汉简》,都具有代表性。敦煌卷子,大部藏于法国巴黎国家图书馆、英国伦敦不列颠博物院;北京图书馆所藏,乃其劫余,后又一大部散落民间;此外俄国人亦多有所得,至今仍视为秘藏。敦煌卷子大部分为佛书,与我经史子集有关的资料,仅罗振玉根据伯希和所寄影印本,印成《石室秘宝》十五种、《鸣沙石室逸书》十八种、《鸣沙石室丛残》三十种行世。英伦所藏,现已将影印本公诸世人。黄永武主编之《敦煌宝藏》,汇编世界各地所藏敦煌卷子显微胶片约二十万张,由台北新文丰出版公司于1981年至1986年出版,全套一百四十册,甚便利用。其他如诗歌、民谣、变文等,与文学史关系甚大。至于帛书,如马王堆帛书《老子》、帛书《孙子兵法》、帛书《战国策》等,其价值又有在敦煌写本之上者。这些新的资料正待治学研究时的运用。其他的地下文物,出土极多,有待以后的继续搜集。

(八)**大内档案**:内阁大库为大内典藏图书档案之地,其中所藏书籍居十之三,档案居十之七;书籍多系明文渊阁所遗留,档案则多为历朝的敕谕奏折。张之洞主管学部时将四朝书籍,设了京师图书馆,文件案移于历史博物馆,以后该馆以档案中四分之三,约九千麻袋的档案资料,售予故纸商,准备造纸浆,事为罗振玉所悉,以三倍的价值购得,以其分量太多,只整理十分之一,取最重要的,汇为《史料丛刊》十册,其余的归于德化李氏(见《静安文集续编·最近二三十年中国新发现之学问》)。而历史博物馆的一部分，现藏于外双溪故宫博物院中，以宫中档案即多达十五万八千四百九十七件，故今尚未完全整理完毕（见《故宫季刊》第十卷第四期《故宫博物院工作十年报告》），此均系研究清代历史的重要资料、原始文件。

以上粗举之文物资料，有古人所不敢梦想者，今乃见之。如果在研究时，不加利用，诚有暴殄天物之感。而且有新资料，方能有新的研究结果，开新的研究方向，罗振玉的不朽，即在于斯。

第四节　资料的登录及管理

研究学问，搜集资料是第一步，登录资料而加以整理是第二步，考证资料的真伪是第三步，综观论断以运用资料，是最后的步骤。吴梅云："昔人谓作剧如作衣，其初则以完全者剪碎，其后则以剪碎者使之合成。"（《词馀讲义》）此诚为治学时之搜集资料与运用资料而道，搜集资料之时，正如将完整的布匹剪裁成片断，然后缝合此千万片断而重制成完整的衣服。

一、资料输入之方式

搜集资料，能穿钱成串、穿珠成练，一方面有赖于记忆，一方面有赖于登录，自古迄今，其方式大致有三类：

（一）利用原书记录：直接在阅读之书籍上或划线，或眉批，或注记，或补白，以便运用。

（二）笔记笔录：以簿册、活页纸抄录、札记，甚至绘图制表，皆为笔录资料之方式。

（三）卡片记录：上述二种记录方式，不便颇多，一是资料零落星散,容易遗失;二是积累过多,查阅运用不便;三是资料性质不一,混同记载,不易管理,且不能抽离使用。故随图书馆学发展以后,对图书管理的科学化,有书名登录卡片的使用,随后把这种卡片,用之于读书时作为笔记之用。卡片的优点,远胜于笔记或利用原书记录,因卡片有:一、携带方便,用途广泛,可适用于不同场所;二、规格统一,便于编号管理;三、运用灵活,可随需要而抽离组合。卡片亦有最大的缺点,如分类、编号、管理不当,则如乱丝在地,愈多愈乱,无从运用。此外虽有复印、微卷,但仍应以卡片为主。

(四)计算机建文件:利用计算机之程序设计,建文件输入,使用最为便捷,且磁盘可贮藏众多资料,无空间之限制。然必熟知计算机程序,受过训练才能管理。

二、卡片的使用

卡片的来源,一是向书店购买,一是自行设计后,联合朋友或独自直接印制。兹就卡片使用的有关问题,分别说明于下:

(一)卡片的规格:卡片的厚度,不宜太厚,亦不宜太薄,太厚则过于浪费,兼且占地方过多,太薄则委倒在地,管理及使用均不便。故以在手指扶助之下,而能挺立案上者为合格。卡片的大小,通行以三寸乘四寸为标准,然此乃图书馆所用的书刊登录卡片,以容量太小,不适合做登录资料之用。另有各种不同大小之卡片,售价亦颇昂贵。

(二)资料的登录:使用卡片登录资料时,应依资料的来源是否困难,资料的重要性如何,而决定登录的方式:

1.摘要式登录:如资料来源不困难,此一资料已相当熟悉,或判定无一字一句详细征引的必要,则采用摘要式登录为宜。撮摘其要点加以登录即可。

2.逐录式登录：资料来源困难，借阅不易，资料又甚重要，则一字不易，抄录所需之全部原文。

3.索引式登录：系就自己拥有之书，或资料来源极易，则仅注明资料所在之书名及章节即可。

4.批注式登录：个人于读书时，发抒心得，或批评，或脚注，辨证是非，解释文义，均可行之。

此数种登录资料方式，可视实际需要而使用，然登录之时，应注意以下小技巧：(1)一张卡片只登录一项资料，以便分类管理；(2)一张卡片只用一面，以免使用资料时不便；(3)抄录资料时要求绝对正确，再三校对，以免遗漏或错误，庶不致将来发现错误，再费时找寻原资料查证改正；(4)一条资料输入在二张以上之卡片时，以钉在一起为宜；(5)抄录资料，避免用易褪色、变色、漫漶之笔及墨水。

三、卡片的管理

卡片如不加以分类、编号之科学方法管理，则杂乱无章，愈多愈乱，找寻资料十分困难。卡片之分类管理方法，大别有四：

(一)以四角号码法分类编号：取资料标题之第一字，依王云五先生发明之四角号码法，分为一大类，如有需要，再取资料标题之第二字，仍照四角号码法，分为一小类；再将各小类之资料，依次排列，使资料易于查检使用。此一分类编号之缺点：(1)同一字开始之资料，性质往往不同，失去分类之意义；(2)记不住资料标题之第一字，则不能检得所需之资料；(3)分类庞杂，对四角号码使用不纯熟，易错误。

(二)用中国图书分类法：一般图书登录分类法，大多采用中国图书分类法,资料卡片亦可仿照采用。此一分类法,适合于作专题研究时,将所有资料输入完备之后,依资料性质,以分类法分类管理。此一方法之最大缺点:(1)不能在资料输入之时,即予编号;(2)资料全部登录之时,再行分类,已形杂乱,增加编号之困难;(3)分类不易得当,有的资料无所统属;(4)作另一专题研究时,需作再一次的整理分类。

(三)打洞方式分类法:此一方法,需受专门训练,方能使用。

(四)以一书为单位分类编号:无论摘要式、迻录式、索引式或评注式之登录,均可以一书为单位,按书中内容先后的顺序编号,再依书之性质分类。如以甲乙丙丁代表《四库全书》之四大类,甲类为经部,乙类为史部,丙类为子部,丁类为集部,各部之下,再分若干小类,使各书皆有归属,记录各书内容之卡片,自然易于查检。此分类法虽简单易行,惟遇期刊报章单篇论文之资料,则归类发生困难,然可视其性质,别立类别管理。不属于四库之书,可另立若干大类,以为统摄。

除此四种分类方法以外,亦可视个人之习惯,自行设计分类及编号之方法。并可以下列辅助之法帮助管理:(1)指标卡:用以指示一抽斗、一小箱或一橱格内卡片的总目之名称及代号;(2)目录卡:每一总类的细目名称及编号;(3)分类卡:间隔每一大项或小目的"阶梯卡",或名"索引卡";(4)种子卡:每一知识单元记载的个体卡片,统名之谓种子卡,言其能生长知识也。至于卡片分类后之管理,自以做专盛卡片之桌柜为宜,亦可用松紧带依类捆成一扎,依顺序放置书柜内,使不致散失凌乱,查检使用时亦极方便。兹附卡片之使用范例如下。

计算机使用日广之后,已可取代卡片,利用光盘之广大贮藏能量,输入资料,再用程序叫出,如使用"字符串"法,更为迅速方便。

一、卡片使用说明：

图书分类 号　　码	书　名　　　作　者　　　页　次	卡片分类及编号 （自行编号管理）
	标题(登录资料题目)	
	资料内容：	
资料来源与 原书登录号 码（照采书 之图书馆书 目编号）		
	出版年月　　出版地　　出版社名称	
	附记　　　　（版本或丛刊）	
登录日期	评注心得　　　（资料价值预估）	
	(一则以一张卡片为原则,如连续使用多张,则以订在一起为宜)	

二、卡片使用实例：

820	禅学与唐宋诗学　　　杜松柏　　　P.486	丁 401
		492
	由禅学论诗之创作	
821.84 8434	以禅人清静体道,以成诗人之修养,得虚静之妙,以竟感物取象,以心造境之功;以禅者重天才,以知才性及独创于诗之重要。以不脱不粘,而得诗之双重意境;试活法,参活句,以善学古人,此禅学可通以诗之创造之要也。	
	(1976年　台北市　黎明文化事业股份有限公司印行　学术丛书)	
690225	按:此与文心雕龙神思篇参看,季刚先生于"陶钧文思,贵在虚静"云: 　　"故为文之术,首在治心。迟速纵殊,而心未尝不静;大小或异,而未尝不虚。执璇机以运大象,处户牖而得天倪,惟虚与静之故也。"	

第五节 资料之考证

一、资料的考证

资料足信乎？以图书而言，稗官野史，常多荒诞不经的记载；诸子百家，真伪杂糅；即使圣贤经传，亦非无可疑者。资料不足信乎？天地之广大，古今之久远，其人其事，吾人安能一一见之？又安能一一知之？何况稗官野史，苟善用之，亦可为佐证，所以治学之时，于所有的资料，必出以"考而后信"的态度，以去伪取真，去虚取实，多方征信。考证之法，前人使用甚多，西方学者倡为：

（一）外考证（External Criticism）。

（二）内考证（Internal Criticism）。

美国人 J. M. Vincent 所著《历史研究》（*Historical Research*）一书解释其定义道："外考证者，是决定某种材料之真伪；内考证者，是决定某种材料之陈述是否可信或可能。"前者是倾向于书的考证，后者是倾向于作者的考证，所以法人 Langlois 把外考证分为三个步骤：

1. 此本来自何处？

2. 此本作于何人？

3. 此本成于何时？（陆懋德著《史学方法大纲》第三编《论考证》所引）

显然是指书的考证。又把内考证分为三个步骤：

1. 作者所言之真意如何？

2.作者是否自信其所言？

3.作者是否有理由以自信其所言？

这很明白地是对作者的考证，由外考证和内考证而演绎出很多的考证方法，但只是对图书资料而提出的方法，不足以概括文物资料，而且对国学研究，尚感不便，所以总撮古人的考证方法，分类述说，以资运用。

在未述及考证方法之前，要澄清一些基本观念。首先要改正不考虚实而论是非得失的缺点，崔东璧在《考信录》提要中道：

> 有二人皆患近视，而各矜其目力不相下。适村中富人将以明日悬匾于门，乃约于次日同至其门，读匾上字以验之。然皆自恐弗见，甲先于暮夜使人刺得其字，乙并刺得其旁小字。暨至门，甲先以手指门上曰："大字某某。"乙亦用手指门上曰："小字某某。"甲不信乙之能见小字也，延主人出，指而问之曰："所言字误否？"主人曰："误则不误，但匾尚未悬，门上虚无物，不知两君所指者何也？"（卷上《释例》）

不考虚实而论是非得失，结果大率如此。崔东璧又举例云：

> 《史记·乐毅传》云："毅留徇齐五岁，下齐七十余城，唯独莒、即墨未服。"是毅自燕王归国以后，日攻齐城，积渐克之，五载之中，共下七十余城，唯此两城尚未下也。此本常事，无足异者。而夏侯太初乃谓毅下七十余城之后，辍兵五年不攻，欲以仁义服之，以此为毅之贤；苏子瞻则又谓毅不当以仁义服齐，辍兵五年不攻，以致前功尽弃，以此为毅之罪；至方正学则又以二子所论皆非是，毅初未尝欲以仁义服

齐,乃下七十余城之后,恃胜而骄,是以顿兵两城之下,五年而不拔耳。凡其所论,皆似有理,然而毅初无此事也!(卷上《释例》)

这诚然是不经考证不辨虚实而产生的错误,"道听途说,讹误相仍",是常人易犯的一般性毛病,故有待后天培养的考证习惯为之改正。此外尚须认识到:(1)古书真伪相杂,有不可尽信者,如《孟子》所说:"尽信书,则不如无书。"(《尽心下》)(2)古人古事,传闻失实,有后人为之曲全妄说者;(3)古人古事,载记分歧,致多异说者;(4)古人古事,有强不知以为知者;(5)古人古事古书,有取名舍实,致被后人依托伪造者;(6)古人古事,有实事流传既久而致误者;(7)古人古事,有虚言衍为事实者;(8)古人古事,有少见而致误传误解者;(9)古人古事,因后人以己度人,而致误会者;(10)古人古事,因记忆失真而误者;(11)古人古事之考辨,虽名家、大家有不足信者;明乎此则不致不考而信,不思而从矣。

二、辨伪与资料考证的关系

资料的考证与辨伪系一体的二面,因为伪去而真显,所以资料的考证必由辨伪始。孔子已有了"征"而后言态度,至孟子已疑《武成》之不足信,然而尚不足以言辨伪。至太史公司马迁始有辨伪之实,他因为"百家言黄帝,其文不雅驯",而以"不离古文者近是",则其所取之史料,必有依辨伪之方法而加以取舍者,故梁启超以司马迁为辨伪学的始祖(见《古书真伪及其年代》第三章《辨伪学的发达》)。此后无代无之,而以两宋及清为极盛,其中卓然最有成就者,则有清之胡渭著《易图明辨》,阎若璩著《古文尚书疏证》,虽只专攻一书之伪,而方法已极周密;崔述的《考信录》,则将经传诸子百家传说中之古事,逐一审辨,古事真相因而大明。先是明宋濂撰《诸子辨》,胡应麟著《四部正讹》,则辨及群书;此后万斯同之《群书疑辨》、姚际恒之《古今伪书考》,民国以后,至胡适、钱玄同风气因而大盛,顾颉刚之《古史辨》、张心澂之《伪书通考》等作,乃继之而起,成绩远逾古人,然而不免太过太盛,仅可师其精神,不必采其结果。其所以招致非议者,是他们辨伪的结果,破坏多而建树少,妄肆破坏之余,致古事多可疑,古书多不可信,梁启超云:

> 但如钱玄同之以疑古为性,有一点变为以疑古辨伪为职业的性质,不免有些辨得太过,疑得太过的地方,我们不必完全赞成他们辨伪的结论。(卷上《释例》)

梁任公亦系辨伪的新锐,其批评尚且如此,可见其破坏之烈矣。"不必完全赞成他们辨伪的结论",不是赞不赞成的问题,而是结论可不可信的问题。所以辨伪之时,态度应客观,资料要可征信,方法要周密,而且不能以偏概全,不要以辨伪和破坏为目的,要以求真和建设为目的。盖于此固有之优秀传统文化,应有弘传之热情,何能出以摧败之心乎!即使出于无意的或间接的破坏,亦当力为避免也。

辨伪而定有方法者,以明人胡应麟为最早,其辨伪之法有八:

> 凡核伪书之道,核之《七略》,以观其源;核之群志,以观其绪;核之并世之言,以观其称;核之异世之言,以观其述;

核之文，以观其体；核之事，以观其时；核之撰者，以观其托；核之传者，以观其人；核兹八者，而古今赝籍亡隐情矣。（《四部正讹》）

胡氏为辨伪树立了大原则，也为辨伪树立了理论基础。清人姚际恒之《古今伪书考》，揭其辨伪的目的在："真伪莫辨，而尚可谓之读书乎！"其辨伪乃择重要之书为之，不及集部，亦不及释老，姚氏云：

明宋景濂有《诸子辨》；予合经、史、子而辨之。凡今世不传者，与夫琐细无多者，皆不录焉。其有前人辨论精确者，悉载于前，以见非予之私说云。四部有集，集者，别集人难以伪，古集间有一二附益伪撰，不足称数，故不之及。子类中二氏之书，亦不及焉。（《古今伪书考》）

可见姚氏之作着眼所在。然别集亦有伪书，二氏之书，以学术思想而言，亦影响甚大。其后张心澂之《伪书通考》，则包括无余，可谓集大成之作。张氏论辨伪之重要云：

不辨别伪书，则有下列结果：（甲）史迹方面：进化系统紊乱，社会背景混淆，事实是非倒置，由事实影响于道德及政治；（乙）思想方面：时代思想紊乱，学术源流混淆，个人主张矛盾，学者枉费精神；（丙）文学方面：时代思想紊乱，进化源流混淆，个人价值矛盾，学者枉费精神。（《伪书通考·总论》）

张氏析论辨伪之重要性，大端已得，足供吾人之戒鉴。至于伪书之种种，则有全伪者，有真而杂以伪者，有伪而杂以真者，有真伪杂者，有真伪疑者，有伪中伪者，故不宜因其列名伪书之中，而一概捐弃；且书之真伪系一问题，其价值如何，又系另一问题。可见伪书亦有其价值，端在善取而善用之耳。

辨伪之方，千头万绪，综而言之，不外理与证，特综合前人之说，由人、由书、由时代、由事理礼制、由文章文体以考，特撮举大要，以助思辨及采择。

（一）由人以考：图书资料，均完成于作者之手，知人论世，由人考书，系有效之方法。

1. 由作者之思想体系以考：作者前后思想行为违悖矛盾，必有误伪，如叶大庆《考古质疑》载，王圣美问一达官："孟子不见诸侯，何以见梁惠王？"其人无以对，盖思想行为前后矛盾。崔述以为孟子所谓不见诸侯者，谓草莽之士，不屈身先容以求见诸侯耳；见梁惠王，乃礼聘而往，《史记·魏世家》："惠王卑礼厚币，以招贤者，邹衍、淳于髡、孟轲皆至梁。"得其解释，于孟子此事方无疑（详见《考信录·孟子事实录》卷上）。又如，孔子不见阳货，以其系家臣也，而《论语》载："公山弗扰以费畔，召，子欲往。"孔子不见有权之家臣，而欲应为乱之叛臣，自无此前后违悖之事，且乱臣贼子在孔子口诛笔伐之列，故崔东璧考证之结果，公山弗扰即公山不狃，公山不狃帅费人袭鲁，乃孔子命申句须、乐颀讨伐击败，可证《论语》所记有误。（见《洙泗考信录》卷二）

2. 由师承传授以考：前人重家学师说，尤以汉人为甚，训诂名物，笃守师说，苟有违反，必有可疑。例如《史记》称孔安国为申公弟子，其所受则《鲁诗》也，今《尚书》传用"以悦使民，民忘其劳，在心为志，宝贤任能"，乃《毛诗》之文，足见其伪。（见阎若璩

《古文尚书疏证》)又庄子亟引孔子、颜渊之事,吾人不予置信,盖以其亦与孔子及门弟子学术思想传授不合也。

3. 以作者与书之记事考:其书题某人所撰,而书中所载事迹却在其本人之后者,则其书或全伪或一部分伪。例如《越绝书》,《隋志》始著录,题子贡撰,然其书既未见于《汉志》,而且书中叙及汉以后建置沿革,故知其书不惟非子贡撰,并且非汉时所有也。又如《管子》、《商君书》,《汉志》皆著录,题管仲、商鞅撰,然两书皆各记管、商死后之人名与事迹,故知两书决非管、商自撰,即非全伪,最少亦有一部分羼乱也。(见梁启超《中国历史研究法》)

4. 以前贤时人之称引考:孟子所见《尚书·武成》与孔安国所见不合,孟子云:"尽信书,则不如无书。吾于《武成》取二三策而已矣。仁人无敌于天下;以至仁伐至不仁,而何其血之流杵也!"(《尽心下》)《尚书孔氏传》则云:"甲子昧爽,受率其旅若林,会于牧野,罔有敌于我师,前徒倒戈,攻于后以北,血流漂杵。"(《周书·武成》)孟子所见之《武成》,乃周师纣兵相杀而血流漂杵;孔安国所云,则是商人自相残杀也,与孟子所见不合。

5. 由其人之行事心性以考:朱熹论《管子》一书非管子自著云:"管子非仲所著,仲当时任齐国之政,事甚多。稍闲时,又有三归之溺,决不是闲功夫著书底人。著书者是不见用之人也。"(《朱子语类》)此系由管子的行事心性,确定管子一书非管仲自作。又如袁枚自言不为词曲,如有依托于袁枚的词曲作品,可以断定其伪。

6. 由作者之用语以考:袁枚论古书伪托云:"古书人姓名,有无端而发露其伪者,《中庸》汉儒所纂,而相传为子思所作,按孔子、孟子皆山东人,故每言山必称泰山,曰曾谓泰山,曰'泰山其颓',

曰'挟泰山以超北海',曰'登泰山而小天下',皆言山东最尊之山,就近指点也。《中庸》一言山,即曰'载华岳而不重'。明明是长安之人,说长安之华山,汉都长安故也。"(《随园随笔》)这不是无端而发露其伪,乃一人、一地、一时均有其习惯之用语,如果不相合,便有问题。

7. 以作者氏族世系考:古人重氏族谱牒,如《史记·五帝本纪》及《大戴礼·五帝德》均载舜为黄帝之云孙,即七代孙是也,尧为黄帝之玄孙,即三代孙是也,如果真如此,则尧岂可妻舜以二女乎?是足见《史记》、《大戴礼》所载不可信。

8. 由人之称谓、谥法、避讳以考:名实不符,谥号有误,乃辨伪之显证。如《康诰》误以为成王之书,康叔为成王之叔父,成王不得称之为弟,若谓为周公之言,则与"王若曰"又不合,由此以证《康诰》为武王之书。又如,《孝经》首书"仲尼居,曾子侍",则此书至少系曾子弟子所记,而何休《春秋公羊传》序云:"昔者孔子有云:'吾志在《春秋》,行在《孝经》。'"引用之资料显有伪误。又如《孟子》一书所载,皆称诸侯之谥;孟子见梁惠王,惠王已称孟子为叟,惠王的儿子襄王,亦称其死后之谥,滕文公为世子时见孟子,其年当幼,亦称其谥,其他如齐宣王、邹穆公、鲁平王,无一人不如此,未必诸人皆先孟子而卒,是孟子之书,为其弟子所撰记,方合事实。又甲朝人之书,却避乙朝人之帝讳,可见其书系乙朝人作。

9. 由前人或时人已明言其伪者以考:伪造之书,时人已知其伪,可资辨正:"昔隋时牛弘奏购求天下遗逸之书,炫遂伪造书百余卷,显为《连山易》、《鲁史记》等,录上送官。"其后有人讼之,始知其伪。(见《北史·刘炫传》)陈师道言王通《元经》、关子明《易传》及李靖问对,皆阮逸所伪,盖逸尝以草示苏明允云。(见《陈

无已集》)麻衣道者之《正易心法》,朱熹已见其伪。(见《朱子语类》卷六七,《朱文公文集》卷八一)

(二)由书以考:书籍有亡佚残缺伪误等情,于征引时不可不辨,否则用伪书误书而不自知矣。然亦当知古人著作之情,有异于今世:(1)古人不自著书,如孔子所云:"述而不作。"成书率由追录,故其书不专成于一人一时。(2)古人著书,不自具名,虽著其言于简册,垂传后世,一旦失其姓名,后人往往揣测附会,托于名重之人。(3)古书非成于一人之手,或父子相继,或师弟相承,而后方纂辑成篇,如《论语》等书。(4)书名非著书之名,如书托名为黄帝,非谓书乃黄帝所作也。

考辨先秦时代的伪书,当知悉此四种情况。盖战国以后,作伪书者方多,战国以前,书本不伪,由于读者的误会,遂以为伪也。(说见张心澂《伪书通考·辨伪事之发生》)所以列名《伪书通考》中的,并非全是伪书。关于书的真伪考辨,不外四大项:(1)由书的来历以考;(2)由书的内容以考;(3)由征引他书以考;(4)由书的体例以考。真伪之情,可得而辨。

1.由书的来历以考:吾国古籍,自《汉书·艺文志》始,即有著录,书名作者及卷数,大多经以后公私藏书者所著录,可见书的渊源来历,凡有不合者,其书可能有问题。

(1)由前代著录以考:凡一书,如果前代公私书目书录均未著录论及,是古人未见其书,忽然出现,事有可疑。梁启超论之云:

其书前代从未著录,或绝无人征引,而忽然出现者,什有九皆伪。例如"三坟五典八索九丘"之名虽见《左传》,"晋乘楚梼杌"之名虽见《孟子》,然汉隋唐艺文、经籍诸志从未著录,司马迁以下未尝有一人征引,可想见古代或并未尝有此书,即有之,亦必秦火前后早已亡佚,而明人所刻《古逸史》,忽有所谓《三坟记》、《晋史乘》、《楚史梼杌》等书,凡此类书,殆可以不必调查内容,但问名即可知其伪。(《中国历史研究法》)

(2)由久佚后之异本以考:一书既已久佚,是长久已无其书,如果忽有异本出现,内容与前人著录不同,其事不能无疑。梁启超云:

> 其书虽前代有著录,然久经散佚,乃忽有一异本突出,篇数及内容等与旧本完全不同者,什有九皆伪。例如最近忽发现明钞本《慎子》一种,与今行之四库本、守山阁本全异;与隋唐志、《崇文总目》、《直斋书录解题》等所记篇数,无一相符;其流传之绪又绝无可考,吾侪乍睹此类书目,便应怀疑,再一检阅内容,则可定为明人伪作也。(同上)

(3)由著录反证今本之可疑以考:其书的来历,由其他方面可以考知,经过直接、间接求证的结果,显示今本的可疑,则应予注意。梁启超云:

> 其书流传之绪,从他方面可以考见,而因以证明今本题某人旧撰为不确者。例如今所称《神农本草》,《汉书·艺文志》无其目,知刘向时决未有此书。再检《隋书·经籍志》以后诸书目,及其他史传,则知此书殆与蔡邕、吴普、陶弘景诸人有甚深之关系,直至宋代然后规模大具。质言之,则此书

殆经千年间许多人心力所集成;但其书不惟非出神农,即西汉以前人,参预者尚极少,殆可断言也。(同上)

(4)由前人著录之不同以考:一书形貌既定,则作者、卷数,无各代俱有改变的可能,如果各代著录之卷数、作者均不相同,则其书当有经后人割裂增改及伪作的可能。例如《子夏易传》,题周卜商撰,而刘向曰:"《易传》,子夏韩婴氏也。"荀勖曰:"《子夏易传》四卷,或云丁宽所作。"张璠曰:"或馯臂子所作,薛虞记。"古人所见,悉与今本不同,然则今本非古人所见之本,甚为明白。又《子夏易传》,《汉书·艺文志》未著录,荀勖说是四卷,《隋书·经籍志》著录为二卷,《中兴书目》作十卷,是无一本卷数相同,原书残缺之后,却有十卷本的出现,故陈振孙《书录解题》断为依托之作云:"隋唐时止二卷已残缺,今安得有十卷?"(详见《伪书通考·子夏易传》)

(5)由著录之篇名次第以考:古书经前代诸儒的整理,篇名已定,且篇次之编定,已有著录,苟篇名不同,编次有异,则其书多有伪误。以《古文尚书》为例,其篇名、卷数,汉诸大儒均有论述,对于亡逸者亦有说明,伪《古文尚书》只求符合卷数,而忽略了篇名次第,故为阎若璩所识破:

《汉书·儒林列传》:孔氏有《古文尚书》,孔安国以今文字读之,因以起其家,逸书得十余篇,盖《尚书》兹多于是矣。《艺文志》:"《古文尚书》者,出孔子壁中,武帝末,鲁共王坏孔子宅,得《古文尚书》⋯⋯孔安国者,孔子后也,悉得其书以考二十九篇,得多十六篇。安国献之,遭巫蛊事未列于学官。"天汉之后,孔安国献之。夫一则曰:得多十六篇;再则曰：逸书十六篇，是《古文尚书》篇数之见于西汉者如此也。《汉书·杜林传》："林前于西州，得漆书《古文尚书》一卷，常宝爱之，虽遭艰困，握持不离身，后出示卫宏等，遂行于世。"同郡贾逵为之作训，马融、郑康成之传注解，皆是物也。夫曰《古文尚书》一卷，虽不言篇数，然马融书序则云逸十六篇，是《古文尚书》篇数之见于东汉者又如此也……梅赜忽上《古文尚书》，增多二十五篇……而只此篇数之不合，为可知矣。（《古文尚书疏证》卷一）

　　按郑康成注《书序》，于今安国所见存者，《仲虺之诰》、《太甲三篇》、《说命》三篇、《微子之命》、《蔡仲之命》、《周官》、《君陈》、《毕命》、《君牙》十三篇，皆注曰亡。于今安国传所绝无者，《汩作》、《九共》（九篇）、《典宝》、《肆命》、《原命》十三篇，皆注曰逸。不特此也，又于安国传所分出之《舜典》、《弃稷》二篇，皆注曰逸。是孔郑之古文，不独篇名不合者。……其文辞不可得而同，即篇名之适相符合者，其文辞亦岂得而同哉！然则豫章晚出之书，虽名为源流于郑冲，正未必为孔壁之旧物云。（同上）

（6）由来历不明以考：书自有作者，有流传的端绪，如来历不明，即有伪托等之问题。梁启超云：

　　其书不问有无旧本，但今本来历不明者，即不可轻信。例如汉河内女子所得《泰誓》，晋梅赜所上《古文尚书》及孔安国传，皆因来历暧昧，故后人得怀疑而考定其伪。又如今本《列子》八篇，据张湛序言由数本拼成，而数本皆出湛戚属之家，可证当时社会绝无此书，则吾辈不能不致疑。（《中国

历史研究法》)

此外旧志或前人已断定为伪书,自应参考其说,深入考辨。

2.由书的内容以考:一书的内容,自不宜与作者的时代矛盾,不能同记一事而自相违戾,说理不宜前后相反,如有不然,其书即有问题,不能尽信。

(1)由所载事情的矛盾以考:一书同载一事,自应事实一致,说理无先后矛盾的可能,如有不然,当有伪托者。梁启超云:

> 两书同载一事绝对矛盾者,则必有一伪或两俱伪:例如《涅槃经》佛说云:"从今日始,不听弟子食肉。"《入楞伽经》佛说云:"我于《象腋》、《央掘魔》、《涅槃》、《大云》等一切修多罗中,不听食肉。"《涅槃经》共认为佛临灭度前数小时所说,既《象腋》等经有此义。何得云"从今日始"?且《涅槃》既佛最后所说经,《入楞伽》何得引之?是《涅槃》、《楞伽》最少必有一伪,或两俱伪也。(《中国历史研究法》)

(2)由内容经后人窜乱者以考:古籍的内容,有前人已自言其起讫及概要,而明知有窜乱者;有经前人考证,已知内容有窜乱者;均应加以注意。以《春秋》为例,"止于获麟",以《史记》为例,明言"至于麟止",而记及以后的事,则系内容经过后人的窜乱。梁启超云:

> 其书虽真,然一部分经后人窜乱之迹既确凿有据;则对于其书之全体须慎加鉴别。例如《史记》为司马迁撰,固毫无疑义;然迁自序明言"讫于麟止"。今本不惟有太初、天汉

以后事，且有宣、元、成以后事，其必非尽为迁原文甚明。此部分既有窜乱，则他部分又安敢保必无窜乱耶？（《中国历史研究法》）

3.由征引他书以考：古人著书，亦多征引他书成言，以后的伪书，亦常援引古书，真伪之际，因而可辨。

（1）由前人之征引以考：某书的原文，经前人援引，明确有据，而今本之书，与之相反相异，则今本必伪。梁启超云：

　　真书原本。经前人称引，确有左证，而今本与之歧异者，则今本必伪。例如古本《竹书纪年》有夏启杀伯益、商太甲杀伊尹等事；又其书不及夏禹以前事，此皆原书初出土时诸人所亲见，信而有征者。而今本记伯益、伊尹等文，全与彼相反，其年代又托始于黄帝，故知决非汲冢之旧也。（同上）

（2）由不明古人征引之例而误引以考：古人引书，多注明出处于文内；后之伪书，不明此理，割裂他书的文句，随意拼凑，而破绽可见。阎若璩论伪《古文尚书·大禹谟》："人心惟危，道心惟微，惟精惟一，允执厥中"之伪云：

　　余曰：此盖纯袭用《荀子》，而举世未之察也。《荀子·解蔽》篇"昔者舜之治天下也"云云。故《道经》曰："人心之危，道心之微，危微之几，惟明君子而后能知之。"此篇前又有"精于道"，"一于道"之语，遂隐括为四字，复以《论语》"允执厥中以成"十六字，伪古文盖如此。或曰："安知非《荀子》

引用《大禹谟》之文邪?"余曰:合《荀子》前后篇读之,引"无有作好"四句,则冠以《书》曰;引"维齐非齐"一句,则冠以《书》曰;以及他所引《书》者十皆然;甚至引"弘覆乎天,若德裕乃身",则明冠以《康诰》;引"独夫纣",则明冠以《泰誓》;以及《仲虺之诰》亦然,岂独引《大禹谟》而辄改目为《道经》邪?予是以知人心之危,道心之微,必真出古《道经》,而伪作古文盖袭用,初非其能造语精密至此极也。(《古文尚书疏证》卷二)

又古文征引典籍之文,文下常加解释,此古人撰作之义也。作伪者不明乎此,乃全部引之入于正文之中。例如伪《古文尚书·大禹谟》云:"皋陶迈种德,德乃降。"实抄袭《左传·庄公八年》语,应为《夏书》曰:"皋陶迈种德","德乃降"乃庄公语,如杜预注方是。而作伪者,乃引"德乃降"入《皋陶谟》之中,阎若璩依《左传》引文的义例,加以证明,作伪之迹乃显。(见《古文尚书疏证》卷一)

(3)由剽窃古人之遗文而有遗漏互异以考:作伪者援引古书,常彼此不能兼顾,而有遗漏,又屈就己意,割裂文句,致与原书有差异,而作伪之迹反而显露。阎若璩举例云:

《春秋》引《泰誓》曰:"民之所欲,天必从之"。《国语》引《泰誓》曰:"朕梦协,朕卜,袭于休祥,戎商必克。"《孟子》引《泰誓》曰:"我武惟扬,侵于之疆,取彼凶残,我伐用张,于汤有光。"孙卿引《泰誓》曰:"独夫受。"《礼记》引《泰誓》曰:……今文《泰誓》,皆无此语,吾见《书》传多矣。所引《泰誓》而不在《泰誓》者甚多,弗复悉记,略举五事以明之,亦可知矣。

马融之言如此，逮东晋元帝时，梅赜忽献《古文尚书》，有《泰誓》三篇，凡马融所疑不在者悉在焉，人乌得不信以为真，而不知其伪之愈不可掩也。何也？马融明言《书》传所引《泰誓》甚多，弗复悉记，略举五事以明之，非谓尽于此五事也。而伪作古文者，不能博极群书，止据马融之所及，而不据马融之所未及。故《墨子·尚同篇》有引《大誓》曰："小人见奸巧，乃闻不言也，发罪钧。"《墨子》又从而释之，曰："此言见淫辟不以告者，其罪亦犹淫辟者也。"可谓深切著明矣。墨子生孔子后、孟子前，诗书完好，未遭秦焰，且其书甚真，非依托者比。而晚出之古文，独遗此数语，非一大破绽乎？余尝谓作伪书者，譬如说谎，虽极意弥缝，宛转可听，然自精心察之，未有不露出破绽来看。(《古文尚书疏证》卷一)

　　赵岐注《孟子》"天视自我民视"云："《泰誓》、《尚书》篇名。"于"我武惟扬"云："《泰誓》，古《尚书》百二十篇之时《泰誓》也。"与今《泰誓》不同。则伪《泰誓》所剿窃有"天视自我民视"二语，而无"我武惟扬"五语可知矣。杜预注《左氏》于成二年传，《大誓》所谓"商兆民离周十人同者，众也"。《大誓》周书于襄三十一年传，《大誓》云："民之所欲，天必从之。"今《尚书·大誓》无此文。(同上)

(4)由征引佚书以考：古书常有遗佚，作伪者常引其文，以证其为真，而作伪的踪迹以露。以《尚书》为例，亡佚的篇目太多，故《书》传所引，佚文甚多，可是却全部在伪《古文尚书》二十五篇之内，自无此可能之理，阎若璩因此而论定二十五篇之伪云：

《左氏春秋》内传，引《诗》者一百五十六，引逸《诗》者十，引《书》者二十一，引逸《书》者三十三。外传引《诗》者二十二，引逸《诗》者一，引《书》者四，引逸《书》者十。盖三百篇见存，故《诗》之逸自少。古书放阙既多，而《书》之逸自倍于《诗》也。何梅氏二十五篇出，向韦、杜二氏所谓逸《书》者，皆历历具在。其终为逸《书》者，仅昭十四年《夏书》曰"昏墨贼杀，皋陶之刑也"一则而已。夫《书》未经孔子所删，不知凡几，及删成百篇，未为伏生所传诵，尚六十九篇，其逸多至如此，岂《左氏》于数百载前，逆知后有二十五篇，而所引必出于此耶？抑此二十五篇，援《左氏》以为重，取《左氏》以为料，规摹《左氏》以为文辞，而凡所引，遂莫之或遗耶？此又一大破绽也。（同上）

4. 由书的体例以考：一书既成，体例即定，是以《尚书》之例不同于《春秋》，《春秋》之例不同于《史》、《汉》，作伪者不知各书的义例不同，故于剽窃旧文之时，往往因义例之不同，而作伪之迹以明。如古史例不书时，《春秋》、《左传》乃书时，而《尚书·泰誓篇》，开卷大书曰，"惟十有三年春"，一望可知乃沿袭《春秋》之例。又《召诰》有"惟二月既望，越六日乙未"，盖连望日而数，非离本日，此《今文尚书》之义例，而《古文尚书·武成》云："厥四月哉生明……丁未，祀于周庙……越三日庚戌，柴望。"与孔传同一错误，均离本日而数。（见《古文尚书疏证》卷四）

（三）由时代考辨：每一时代，必有其时代之风尚、思想、情势，作伪者偶一不慎，遂露破绽。

1. 由时代思想以考：每一时代，因其学术上之进步，常有其思想上之特征，往往表现于书中，作伪者昧于斯理，于是不应有这种思想却往往有之，其伪以显。梁启超云：

各时代之思想，其进化阶段，自有一定，若某书中所表现之思想与其时代不相衔接者，即可断为伪。例如今本《管子》，有"寝兵之说胜则险阻不守，兼爱之说胜则士卒不战"等语。此明是墨翟、宋钘以后之思想，当管仲时，并寝兵兼爱等学说尚未有，何所用其批评反对者？《素问·灵枢》中言阴阳五行，明是邹衍以后之思想，黄帝时安得有此耶？（《中国历史研究法》）

除梁氏举证之外，崔述以五德终始之说起于邹衍，以论证上古无此帝王受命之事：

　　近代纂古史者咸云："伏羲以木德王，神农以火德王，黄帝以土德王，少皓以金德王，颛顼以水德王；帝喾、尧、舜以降，皆以五行周而复始。"余按：帝王之兴，果以五德始终，则此乃天下之大事也，二帝之典，三王之誓、诰，必有言之者。即不言，若《易》、《春秋传》，穷阴阳之变，征黄、炎之事，述神怪之说详矣，亦何得不置一言也？下至《国语》、《大戴记》，所称五帝事，最为荒唐，然犹绝无一言及之。……夫五行之说昉于《洪范》，上古帝王之事详于《春秋传》，《洪范》不言，《春秋传》之说不合，然则是为五德终始之说者乃异端之论，而非圣贤之旨也明矣。五德终始之说起于邹衍；而其施诸朝廷政令则在秦并天下之初。（《考信录·补上古考信录·后论》）

五德终始之说，既始于邹衍，影响至政治更迟至秦始皇统一天下以后，则以前的朝代，既没有这种思想，又没有这种制度，何至于产生五代终始的史实呢？必系伪托了。

2.由时代风尚以考：每一时代均有其风尚，学者受其影响而不自觉，如商人尚鬼，周人尚文，战国尚纵横，汉人好谶纬，作伪者染此习气而不自知，崔述以时代风尚论《孔丛子》之伪云：

> 《孔丛子》云："陈惠公大城，因起凌阳之台；未终，而坐法死者数十人，又执三监吏。夫子见陈侯，与俱登台而观焉，曰：'美哉斯台！自古圣王之为城台，未有不戮一人而能致功若此者也！'陈侯默而退，遽赦所执吏。"余按：谈言微中固足解纷，然特滑稽之雄淳于髡、东方朔辈之所为，不但孔子不屑为此，春秋时尚未有此等语也。盖滑稽者所托。（《洙泗考信录》卷三）

崔述又以时代风尚的观念，论《孔子家语》之伪：

> 《家语·贤君篇》有孔子见宋君相问答之事，称宋公为"主君"。余按：此文本出《说苑》，以为梁君；春秋时未有梁也，故《家语》改之为宋，而不知其所言皆战国策士之余、申商名法之论，孔子固无此等言也。（同上）

所谓"战国策士之余"，乃谓其言谈带有战国纵横家之习气。

3.由时势辨证：后人附会之说，往往昧于时势，而破绽以露，崔述以此观念，辨《史记·孔子世家》载陈蔡大夫围孔子一事之误云：

> 《世家》云："孔子迁于蔡三岁，吴伐陈，楚救陈，军于城

父,闻孔子在陈蔡之间,使人聘孔子。孔子将往拜礼,陈蔡
大夫谋曰:'孔子贤者,所刺讥皆中诸侯之疾。孔子用于楚,
则陈蔡用事大夫危矣!'乃相与发徒役,围孔子于野,不得
行,绝粮。"若如《世家》所记,两国合兵围之,其事大于桓魋、
匡人之难多矣,而《论语》、《孟子》反皆不言,但谓之"绝粮",
但谓之"无交",岂理也哉! 楚,大国也,陈、蔡之畏楚久矣。
况是时吴师在陈城下,陈旦夕不自保,何暇出师以围布衣之
士? 陈方引领以待楚救,而乃围其所聘之人以撄楚怒,欲何
为者? 哀之元年,楚子围蔡,蔡人男女以辨,蔡于是乎请迁
于吴;二年,迁于州来,其畏楚也如此,幸其不伐足矣,安敢
自生兵端? ……蔡方事吴,陈方事楚,楚围蔡而陈从之,陈
围蔡而吴伐之,陈之与蔡,仇雠也。且蔡迁于州来,去陈远
矣;孔子时既在蔡,蔡人欲围孔子斯围之耳,不必远谋之陈;
比陈知孔子之往,则孔子已至楚矣。由是言之,谓陈蔡之大
夫相与谋围孔子者,妄也。(同上)

此皆由时势以辨《史记·孔子世家》所记之非,后人无以辩
解。崔述又以同一看法,辨《史记·孔子世家》载孔子将西见赵
简子之非,因为赵鞅与卫系世仇,孔子已仕于卫,为际可之仕,有
宾主之义,无故去之而往见其仇人,已不合理,往而不成,则焉能
对卫灵公? 灵公亦何能待之如旧? 赵鞅侮辱卫君,入晋阳叛变,
侵周室,杀苌宏,罪大恶极,孔子却欲投之,乃竟闻赵鞅杀窦鸣
犊、舜华之死而止,殆不可能。(见《洙泗考信录》卷二)

4. 由时代史实之先后辨证:历史所载之事物史实,均有其时代
次第,不可颠乱,作伪者往往忽略,崔述以此理辨证马镐《中华古
今注》载黄帝作指南车、华盖之非云:

余按:《易大传》文"服牛乘马",在"黄帝、尧、舜氏作"之后,则黄帝时尚未必有车也。纵使有之,制车之始,亦岂遂能工巧如是! 至于华盖之作,文饰益盛,尤非上古俭朴之风,盖皆后人之所托称。(《考信录·补上古考信录卷上·黄帝氏》)

又朱熹论《左传》系后人所作云:

《左传》是后来人做的。为见陈氏有齐,所以言:"八世之后,莫之与京。"见三家分晋,所以言"公侯子孙,必复其始"。(《朱子语类》)

朱子因《左传》记后于春秋时代之事实,故确定为后人所作。古人之行事,史册已有详明之记载,后人根据传闻,《史记·孔子世家》载孔子使弟子为宁武子臣于卫,然后得去,崔述论其妄云:

《世家》云:"孔子去卫,……过匡,颜刻为仆,以其策指之曰:'昔吾入此,由彼缺也。'匡人闻之,以为阳虎,阳虎尝暴匡人,匡人遂止孔子,孔子状类阳虎,拘焉。五日,使从者为宋武子臣于卫,然后得去……"余按……而宁武子之卒,至是已百余年,宁氏之亡亦数十年,从者将欲为谁臣乎? (《洙泗考信录》卷三)

是则孔子弟子为宁武子的家臣等事,所记必伪。又赵岐谓孟子亲受业于子思,崔述论其误云:

余按：孔子之卒，下至孟子游齐，燕人畔时，一百六十有六年矣，伯鱼之卒在颜渊前，则孔子卒时，子思当不下十岁，而孟子去齐后……游于鲁而后归老，则孟子在齐时亦不过之十岁耳，即令子思享年八十，距孟子之生，尚三十余年，孟子何由受业于子思乎？……由是言之，孟子必无受业于子思之事。（《考信录·孟子事实录》卷上）

又孟子云："乃所愿则学孔子也"，"予私淑诸人也"，苟学于子思，则何不称之乎？学不称师，尤不合于人情。

（四）由事理礼制以考：凡事物必有其理，礼制之成，必有其起源蜕变，于理不合，无渊源流变可求，于事实相远，必为伪讹。

1.以事理考：古圣贤之生，常多神话附会，以事理证之，殊不足信。崔述论《史记·周本纪》载后稷母姜嫄，践臣人之迹而孕，生子弃之妄云：

凡不本于雄，则必不孕于雌；若孕于雌，必本于雄；无古今，无灵蠢，皆若是而已矣。……巨人者何耶？鬼神耶，则不得有足迹；有迹，是有形也；有形，是亦一物而已，安得为天地之气乎！凡物皆以同类相交为正，异类相交为妖；况不待交而但以卵与迹，是戾气之所钟耳。（《丰镐考信录》卷一《后稷》）

以生理学言，吞卵践迹，均不足以受孕生子，故历史学家认为系游牧之母系社会时有所讳托，故以神迹怪异为解说，非真有其事也。

又人之形貌，多相去不远，荒诞不经，必不可信，崔述论前人之非云：

> 《史记》载郑人之言云："孔子颡似尧，项似皋陶，肩类子产，自腰以下不及禹三寸。"《韩诗外传》载姑布子卿之言云："孔子得尧之颡，舜之目，禹之颈，皋陶之喙。"《孔丛子》载苌宏之言云："孔子河目而隆颡，黄帝之形貌也；修肱而龟背，长九尺有六寸，成汤之容体也。"而《孝经钩命诀》又云："孔子牛唇、虎掌、龟背、海口。"后世言孔子者多深信而乐道之。余按：唐虞之时，未有土木之像，亦无有所谓影堂者，下至春秋之世，千有七八百年，其头、目、项、喙之详，后人何由历历知之？且同一颡与目也，彼以为似黄帝，此以为似尧舜；同一似禹也，彼以为身，此以为颈；同一似皋陶也，彼以为项，而此又以为喙，借令果是，亦必有非矣。（《洙泗考信录》卷一）

以事理考之，诸说无一可信，崔述之论，诚不可破。

2. 以人之情理考：古人行事，必不背于情理之外，凡超乎人情，愈荒诞怪异者，愈不可信。崔述依此原则论《韩诗外传》载孟子去妻之事不可信云：

> 《韩诗外传》云："孟子妻独居踞，孟子入户视之，白其母曰：'妇无礼，请去之。'母曰：'乃汝无礼也！礼不云乎"将上堂，声必扬；将入户，视必下？"不掩人不备也。'于是孟子自责，不敢去妇。"余按：独居而踞，偶然事耳，教之可也，非有大过，岂得辄去？声扬、视下，亦谓朋友宾客间耳，房帏之内，安得事事责之！此盖后人之所附会，必非孟子之事。

（《考信录·孟子事实录》卷上）

此乃以情理衡量，孟子必不致有因妻独居踞坐而欲去妻之事。又论《帝王世纪》载商容观周师之谬云：

> 《帝王世纪》云："商容及殷民观周军之入，见毕公至，民曰：'是吾新君也。'容曰：'非也。'太公及周公至，皆然。武王至，民曰：'是吾新君也。'容曰：'然。'云云。"余按：商容殷之贤臣，当此时，非去则隐耳，必不率百姓而观其国之亡也。且周之君臣与卫各别，岂容屡误，此乃后人形容之词，非其事实。（《商考信录》卷二）

纣虽不仁，商容亦不致乐于见周师之入商都，并加以赞美，且商容又不熟知周之军制，又何以辨周武王部队与其他部队之不同？足见《帝王世纪》之妄。古籍有伪杂，虽经籍亦所不免，《尚书》有古今文之分，朱熹怀疑《古文尚书》不当平顺，为不近情理：

> 然伏生倍文暗诵，乃偏得其所难，而安国考定于科斗古书错乱磨灭之馀，乃专得其易，则又有不可晓者。（《朱文公文集》卷六五《尚书序说》）

根据《古文尚书》违反情理之处，而怀疑之，已隐约疑《古文尚书》之伪。又辨《孝经》内容有伪误之处云：

> 问：如"天地之性，人为贵"，"人之行莫大于孝"，恐非圣

人不能言此？

（曰）：此句固好，如下面说："孝莫大于严父，严父莫大于配夫。"则岂不害理？倘如此，则须如武王、周公方能尽孝道，寻常人都无分尽孝道也。岂不启人僭乱之心？（《朱子语类》）

《孝经》此一段，固不合于事理，亦不合于人情，人之行孝，乃出于返本报恩之心，并不想借行孝来达成目标。

3. 以礼制考：所言礼制，于古不合，其书必伪，崔述以此观点论《逸周书·谥法篇》之伪云：

《逸周书》有《谥法篇》，传史记者取而冠之简端。其文云："惟周公旦，太公望开嗣王业，建功于牧野，终将葬，乃制谥，遂叙谥法云云。"后世儒者咸信之而不疑。余按……春秋时从未有以之为谥者，则此篇为后人之所妄撰，明矣！且周既制此谥法，必先分别夫应谥之人，或通行于诸侯，或兼行于卿大夫。乃今以史考之，卫康叔之后五世也无谥；齐太公、宋微子、蔡叔度、曹叔振铎皆四世无谥。齐太公以佐命之臣，始封之君，而竟无谥。周公子伯禽亦无谥。晋唐叔子燮，父子皆无谥。周果制为谥法，何以诸国之君皆无谥乎？盖谥法非周之所制，乃由渐而起者，上古人情质朴，有名而已；其后渐尚文而有号焉。（《丰镐考信别录》卷三）

谥法既由周公、太公所制，则周初之诸侯天子必行之，崔述详为考证，竟无有谥号之史实；又根据《金文丛考》考证的结果，周初成、康、昭、穆四王，皆生前之称，因此四王朝所铸之器，皆四王在世之时，即已称成、康、昭、穆，可征显此篇之伪。

(五)由文章文体以考：文章有用字用语及风格之可辨，有文体之不同，仔细考校，而真伪以显。

1.以文章风格考：朱子根据文章风格论伪孔传之伪云：

> 况先汉文章，重厚有力量，今大序格致极轻，疑是晋宋间文章。(《朱子语类》)

> 《尚书》小序不知何人作，《大序》亦不是孔安国作，只是撰《孔丛子》底人作，文字软善，西汉文字则粗大。(《朱子语类》)

朱子纯从文章风格上辨定伪孔传之伪，与后人之考据结果一致，确是晋宋间人之伪作。阎若璩亦依文章风格论伪《古文尚书》云：

> 句法则如或排或对，或四字，或四六之类是也。……然取伏书读之，无论易解难解之句，皆天然意度浑沦，不凿奥义，古气磅礴，其中而诘屈聱牙之处，全不系此。梅氏书则全借此以为诘屈聱牙，且细咀之，枵然无有也。(《古文尚书疏证》)

文章风格，虽只可意会，不可言传，然确然有别，后人疑李陵与苏武诗之伪，亦系由此一方面体会。

2.由文字之运用考：文字运用，每代不同，意义各别，作伪者昧于此理，拘于所习，而真伪以辨。朱熹于古今《尚书》，即因文字难易不同而致疑：

孔壁所出《尚书》，如《禹谟》、《五子之歌》、《胤征》、《泰誓》、《武成》、《冏命》、《微子之命》、《蔡仲之命》、《君牙》等篇，皆平易，伏生所传皆难读，如何伏生偏记得难的，至于易的全记不得，此不可晓。（《朱子语类》）

朱熹疑《古文尚书》之伪，以《今文尚书》诘屈聱牙，而《古文尚书》反为平易；又伏生所能记者均诘屈聱牙之语，而平易者反记不得，此为不合理，但尚可诿之曰：《古文尚书》之篇目乃《今文尚书》所缺者，非伏生不能记，乃伏生所未见之故。阎若璩论之最善：

《尚书》诸命皆易晓，固已然，所谓易晓者，则《说命》、《微子之命》、《蔡仲之命》、《毕命》、《冏命》，皆古文也，故易晓。至才涉于今文，如《顾命》、《文侯之命》，便复难晓。《尚书》诸诰，皆难晓，固已然，所谓难晓者，则《盘庚》、《大诰》、《康诰》、《酒诰》、《召诰》、《洛诰》，皆今文也，故难晓。至才涉于古文，如《仲虺诰》、《汤诰》，便又易晓，此何以解焉。岂诰者出于成汤之初者易晓，而出于盘庚及周初者难晓耶？岂命出于武丁成汤之际者易晓，而出于平王之东迁难晓耶？不特此也，《顾命》出于成王崩，《康王之诰》出于康王立，相距才十日，以同为伏生所记，遂同难晓，尚得谓命易晓耶？不特此也，周官诰也，出于成，君陈命也，亦出成王，相距虽未知其远近，以同为安国所献，遂同为易晓，尚得谓诰难晓耶？论至此，虽百喙亦难解矣。（《古文尚书疏证》）

阎若璩因"今文二十八篇，是何诘屈聱牙，古文二十五篇，是何文从字顺",而论定《古文尚书》之伪,因为作伪者梅赜生于晋,受其时代习染,虽力拟古人,而文字运用,终不相似,破绽遂露。又文字意义,虽各代相沿,然亦有差别之处,由此考辨,而作伪之迹出。阎若璩云:

> 按马郑王本,荣波,波作播,伏生今文亦同,惟魏晋间始作波,与《汉书》同,余向谓其书多出《汉书》者,此又一证。(《古文尚书疏证》卷六)

阎若璩又以"鬱陶"二字,忧喜错认,以证《五子之歌》为伪。阎氏云:

> 《尔雅·释诂篇》,鬱陶繇喜也,郭璞引《孟子》曰:鬱陶思君。《礼记》曰:人喜则斯陶、陶斯咏、咏斯犹、犹即繇也。邢昺疏皆谓欢悦也。鬱陶者,心初悦而未畅之意也,又引《孟子》赵氏注云……伪作古文者,一时不察,并窜入《五子之歌》中,曰"鬱陶乎予心,颜厚有忸怩",不特叙议莫辨,而且忧喜错认,此尚可谓之识字乎?历千载未有援《尔雅》以正者之。(《古文尚书疏证》卷四)

阎氏所云,诚为千古注疏家所未及,《古文尚书》之伪,益不可掩。

3. 以文体考:文体代有不同,随时演变,作伪者自不能忘其习狃,而形叙以显,上古之文,无排偶之习,阎若璩以之论《古文尚书》之伪云:

按郝氏讥切古文，亦几尽致，尚未及其好作排偶涉后代。予爱《李翱答王载言书》，古之人能极于工而已，而不知其辞之对否也。忧心悄悄，愠于群小，此非对也。觏闵既多，受侮不少，此非不对也。以此律《大禹谟》，岂流水读去而不受其排比者与？又每读《毕命》，至"旌别淑慝"以下，凡三十七句，句皆四字，因笑曰：孔安国隶古，究竟若唐房融译首《楞严经》，以四字成文者与？（《古文尚书疏证》卷八）

东汉以后，排偶渐兴，四字连篇成句，则魏晋以后之积习，作伪者用后世之文体，而痕迹无形显露。

《尚书》有古今文之分，皆言古之体制，阎若璩依所记体制之不类，论《古文尚书》之伪云：

又二十八篇之文，虽同一古文，而中间体制，种种各殊。二十五篇之文，虽名为四代，作者不一，而前后体制不甚远。（《古文尚书疏证》卷八）

是阎氏以体制之不一，而疑伪《古文尚书》。

4. 由随文生义之弊以考：朱熹论《诗序》之伪云：

小序大无义理，皆是后人杜撰，先后增益凑合而成，多就诗中采撷言语，更不能发明《诗》之大旨。才见有"汉之广矣"之句，便以为"德广所及"；才见有"命彼后车"之言，便以为"不能饮食教载"；《行苇》之序，但见"牛羊勿践"，便谓"仁及草木"；但见"戚戚兄弟"，便谓"亲睦九族"；见"黄耇台背"，便谓"养老"；见"以祈黄耇"，便谓"乞言"；见"介尔景福",便谓"成其福禄"——随文生义,无复伦理。《卷耳》之序,以"求贤审官,知臣下之勤劳"为后妃之志,固不伦矣,况诗中所谓"嗟我怀人",其言亲昵太甚,宁后妃所得施于使臣者哉?《桃夭》之诗,谓"婚姻以时,国无鳏民",为后妃之所致;而不知文王刑家及国,其化固如此,岂专后妃所能致耶?(《朱子语类》)

朱子之言,甚得作伪者随文生义之弊,且武王伐纣,以"牝鸡司晨,惟家之索",以为纣王之大罪,岂文王亦自犯之,而以后妃司臣下之考察,其行为竟致影响风俗教化,则武王又何颜以申讨商纣之罪乎?

古文辨伪之法甚多,分类摘引,以起例发凡,兼以启助思辨,以求引用之资料无伪无误,因而证强以显理正,使所见所论免陷于偏失讹误。故考辨之功,不可或废。

三、校勘与资料考证

有书不伪而文误字错者,则必借校勘之法以求之,使文明字正,而后资料方可信据。校勘之学,大备于乾嘉之后。校勘精审,尤非易事,盖一为根据之难——要有正确之资料作为依据,一为判断之难——要能定其是非而无错误,段玉裁有《与诸同志书》论校书之难云:

校书之难,非照本改字,不讹不漏之难也。是非有二:曰底本之是非,曰立说之是非。必先定其底本之是非,而后可断定立说之是非。二者不分,缪辄如治丝而棼,如算之淆乱其法实而瞀乱乃至不可理。何为底本?著书者之稿本是

也。何谓立说？著书者所言之义理是也。(《经韵楼集》)

因为古书之误，大多在于传抄刊刻，凭意妄改，而校勘之任务，在恢复原始底本之面目，进而符合原作者所言之义理而无错误，故段氏又云：

> 故校经之法，必以贾还贾，以孔还孔，以陆还陆，以杜还杜，以郑还郑，各得其底本，而后判其义理之是非，而后经之底本可定，而后经之义理可以徐定。不先正注疏释文之底本，则多诬古人；不断其立说之是非，则多误今人。(同上)

能如此，则自然得乎其真，而文句之误抄误刻者，可以纠正，前人根据此误字衍文之解说章疏，亦可进而断定其是非矣。惟校勘之法，牵涉多方，王念孙《读书杂志·读〈淮南子〉杂志》的后序，王氏订正《淮南子》共九百余条，推其"致误之由"，则传写讹脱者半，凭意妄改者亦半也。根据胡适之的统计，有六十四条通则(见《读书杂志》九之二十二)，如有因字不习见而误者，字形相似而误者，有因假借之字而误者等。俞樾《古书疑义举例》由五至七卷，举古书致误之例三十七，刘师培、杨树达、马叙伦均有所补充，古书致误之原因，已可概见。此外有校勘学专著，如陈垣之《校勘学释例》，蒋伯潜之《校雠目录学纂要》，胡朴安、胡道静合著之《校雠学》，蒋元卿之《校雠学史》，王叔岷之《斠雠学》尤为难得，皆可研阅取法。综合前人之说，校勘选定底本之后，取校其他版本、文物，约有四大类：

(一)版本校勘：清以前之版本，皆可取校，以最佳的善本为底本，以其他的版本为辅本，凡一字之差异，一字之多少，皆在校勘之列。钱塘丁氏《善本书室藏书志·编辑条例》论善本云：

一曰旧刻：宋元遗刊，日远日鲜，幸传至今，固宜球图视之。二曰精本：朱氏一朝，自万历后，剞劂固属草草；然近溯嘉靖以前，刻书多翻宋椠；正统、成化，刻印尤精，足本孤本，所在皆是。今搜集自洪武迄嘉靖，萃其遗帙，择其最佳者，甄别而取之；万历以后，间附数部，要皆雕刻既工，世鲜传本者，始行入录。三曰旧抄：前明姑苏丛书堂吴氏、四明天一阁范氏，二家之书，半系抄本。至国朝小山堂赵氏、知不足斋鲍氏、振绮堂汪氏，多影抄宋元精本，笔墨精妙，远过明抄。寒家所藏，将及万卷，择其尤异，始着于编。四曰旧校：校勘之学，至乾嘉而极精。出仁和卢抱经、吴县黄荛圃、阳湖孙星衍之手者，尤校雠精审，朱墨烂然，为艺林至宝，补脱文，正误字，有功于后学不浅。

明白了上述四者，自然知道以善本校勘的意义了。特附各藏书家有关记载版本的书目，择要列表于本章之后。

（二）类书校勘：宋以前之类书，如《艺文类聚》、《太平御览》等皆可取校，以考字之差异，文之多寡。

（三）他书校勘：取版本类书以外有关之书，如注文疏解、考订评论、援引及记载，以校勘同异。

（四）文物校勘：前三大类皆系图书资料，此则取文物资料如简册、帛书、敦煌卷、石刻、题壁、题画等校勘，例如于大成博士提出以碑帖校勘诗（见《碑帖与诗之校勘》），皆文物校勘之例也。

校勘之法则，常因经史子集之不同而有出入，黄永武博士于《中国诗学·考据篇》中，对校勘校本资料，提出十三类校勘法，于识断方面,有十八类,可以参考。所谓校勘的识断,一是依据可靠的版本资料;二是深刻了解古书衍文夺字、形近讹误之情;三是明白文字假借之理;四是知古事之文法义例;五是晓然古人之句读、押韵;六是求合于上下文义、句法;七是求不悖古人的礼制事实,以断定勘校的结果,而得出结论。鲁实先先生于指导论文时,曾定一简要法则,谨附录于本章之后,此简要法则虽系以校勘南北朝诸史,善学者自可触类旁通也。

四、考证资料之态度

由资料的刺取及搜集,到考证运用,是治学的重要过程。考证资料的基本条件:(1)有真资料。(2)有彼此可印证的资料。(3)有新资料之发现。(4)有后世之事物作资料,可以证信,然后取精求信,方可期其思辨有得,治学有成。然而考证资料时,亦有基本上的困难:(1)有时所得之资料,明知其不可信,然苦于无法为之纠正。(2)同一事实而有不同之记述,吾人无法判断何者为正确。(3)遗留之证据,其不可恃之处亦多。(4)流传之事实,常与实际之真相有距离,文字之记载,与事实亦有距离。上述困难,均不易克服,此诚系无可奈何之事,惟以疑则传疑、信则传信之态度,加以引用或述说,不宜妄为臆断也。林语堂之言,诚极有理。林氏云:

前日在台大讲考证《红楼》后四十回真伪方法上之错误。其中最大的毛病就在承清朝汉学家辨伪之风,不期而然以辨伪为雅人的韵事。……民国以来,此风犹盛,对诸子之辨伪闹得鸡犬不宁,此中以顾颉刚、冯友兰为最。此风既成,说某书是伪便是雅,便是前进,人家已疑某书之伪,再引证其书便是俗人。民国十一年至廿三年，此十二三年，考证老子年代的辨论，已卅余万言。其初也，梁任公以老子为战国末期时人，耸人听闻；其后也，顾颉刚简直把老子之书放在秦汉之间，以为老子在庄子之后，淆惑视听。

其间胡适之、马叙伦、黄方刚，则始终认为老子是孔子同时人。如此莫衷一是，使学者莫知所从。何以会这样胡闹，废话一大堆呢？因为方法上不够谨严缜密。怀疑是科学的，武断是不科学的。今天所讲，就是要助治学的人，不要太武断，不要把辨伪的事看做太容易，笼统草率，随便断定某人某书之真伪及作品之时期。就以老子年代而说，宋人吴子良《林下偶谈》说得好，"太史公去周近，尚不能断，后二千余年，何所据而断耶。"（《老庄考据方法上之错误》）

根据林氏的论说，辨伪是一件难事，态度不宜草率武断，方法要谨严缜密，最主要的是要有可征信的证据。"太史公去周近，尚不能断"，非不能断也，无可征信的证据之故。假设有可征信之资料，虽二千余年后，亦可据而断；否则只能接受前人之论，不能妄断，以增学术上之是非。于古人之说法中增一谬说，将遭批评驳倒，曷足贵乎！

附录一　各藏书家有关记载版本之书目要表（见《版本学》）

姓　名	书目名称	卷　数	姓　名	书目名称	卷　数
尤　袤	遂初堂书目	一	钱　曾	述古堂书目	四
叶　盛	菉竹堂书目	六	季振宜	沧苇书目	一
陆　容	式离书目		徐乾学	传是楼书目	一
吴　宽	丛书堂书目		清内府	天禄琳琅书目	十
李鹏翀	得月楼书目	一	清内府	天禄继鉴	二十
范　钦	天一阁书目	十	彭元瑞	知圣道斋读书跋尾	二
陈　第	世善堂书目	二	瞿中溶	古泉山馆题跋	一
陈学伾	汗竹斋书目		钱泰吉	曝书杂记	三
毛　扆	汲古阁珍藏秘本书目	一	吴　焯	绣谷亭薰习录	二
吴寿旸	拜经楼藏书题跋记	五附一	瞿　镛	铁琴铜剑楼书目	二十四
黄丕烈	士礼居藏书题跋记	六	丁　丙	善本书室藏书志	四十
黄丕烈	百宋一廛书录	一	丁日昌	持静斋书目	四
张金吾	爱日精庐书志正续	二十六四	莫友芝	宋元善本书经眼录	三
陈　鳣	经籍跋文	一	莫友芝	邵亭知见传本书目	四
朱绪曾	开有益斋读书志续正	一六	杨绍和	楹书隅录正续	五五
朱学勤	结一庐书目	四	陆心源	皕宋楼藏书志正续	四一二〇
邵懿辰	批注四库全书简明目录	二十	陆心源	仪顾堂题跋正续	十六十六
孙星衍	孙氏祠堂书目　内编　外编	四三	杨守敬	日本访书志	十二册
孙星衍	平津馆鉴藏书籍记	二	杨守敬	留真谱	十二册
陈树杓	带经堂书目	五	缪荃荪	艺风堂藏书志正续	八八
袁芳瑛	卧雪庐藏书簿	四本	傅增湘	藏园群书题记续记	六
缪荃荪	学部图书馆善本书目	四	岛田翰	古文旧书考	四
叶德辉	郋园读书志	十六	静嘉堂	静嘉堂文库	不分卷
森立之	经籍访古志	六	河田罴	静嘉堂秘籍志	五十
森立之	经籍访古志补遗	二			

附录二　南北朝诸史校注步骤

（一）版本校勘

1. 以清乾隆四年殿本为底本，校以清以前诸本，如百衲本《廿四史》中所收之宋元本及明汲古阁本，皆为取校之本，此类版本校勘所取校之版本，愈多愈佳。兹为速成计，暂时取校商务馆出版百衲《廿四史》中之宋本或元本及汲古阁二种。

2. 版本校勘，凡属一字之差异、一字之多少，皆须列为校记。惟避讳缺笔之字若胤作胤，匡作匡，桓作桓之类，则不须列入校记；若夫避讳改字，若桓改为威，慎改为谨，亦须列入校记。

3. 凡取校之版本必须每一版本作为题记，题记之作法有下列四项：

（1）记版本名称，如宋庆元本、明弘治本等类是也。

（2）记所取校本曾藏于何家，有何人题跋，有何人印章。

（3）记所取校本每半页之行数，每行之字数，每页有刻工者记其刻工姓名。

（4）记所取校之本避讳缺笔之字，或因避讳而改之字。

（5）校记之作法仿黄丕烈《士礼居藏书题记》、傅增湘《藏园群书题记》为之。

（二）类书校勘

凡宋以前之类书，有引及所据校之书者，皆可取以供校，兹列其显著者数种于左：

1.《太平御览》（商务印书馆影印宋本）

2.《艺文类聚》（商务印书馆影印宋本）

3.《初学记》

4.《白氏六帖事类集》（商务印书馆影印宋本）

5.《重广会史》(日本影印北宋本)

6.《北堂书钞》

上列六书必须取校,考类书所引古书多有删节,凡其删节之处,毋庸作为校记;若夫文字之差异,或其文字较底本多出者,则必须列为校记。

又:类书中别有《册府元龟》,亦多采录南北朝各史,惟《册府元龟》,所引经史不载书名,是在校者能审辨之耳。

(三)他书校勘

南朝之史,如宋、齐、梁、陈四书,可据李延寿《南史》校勘。北朝之史,如魏、齐、周、隋四书,可据李氏《北史》校勘。惟李氏南北二史,虽大抵依据八书,然其文字多有改易之处,是则据李氏二史以校八书,凡属无关重轻之文字,纵有殊异,不必存录作为校记;其应注意,列为校记者,有下列数项:

1.叙事有差异者。

2.月日有不同者。

3.职官或地名有不同者。

又案:郑樵《通志》关于南北之帝纪、列传亦可取校各书,其校勘之法,与据南北二史校八书相同。

(四)纂录考订

凡清代学者,有考订八书二史者,其书亦可予以纂录,如钱大昕《廿二史考异》王鸣盛《十七史商榷》之流,皆其卓然有名者,等此以下,亦多有碎义可珍,是在学者能博观约取也。要而言之,凡前人或近人之说,其不录者,有二项:

1.虚词泛说,言不依证,于文义之解释及史事之考订并无关系者不录。

2.逞作者之私见,以议论前人之是非者不录。

第四章　思维术与治学

人是理性的动物，是会思想的动物，因为能思想，所以能作理性的判断，能以理性平衡情感，能以思想控制行为，梅尔茨论思想的重要性道：

> 凡是可以使事变记载下来，能供我们的研究，凡是发生事变，深藏在内幕者，都要揭露出来，全称为思想。以思想而论，无论是行事的机栝，抑或是作后来研究的借径，皆能将分立不相连贯的事体，贯串联合起来，将凝滞不移之事体，变成活动；若是抛弃思想，世界即无事变，成为一单调混沌之死生界。（《十九世纪欧洲思想史》第一册）

这一段话的确充分说明思想的作用及其重要性，思想主宰了人的行为，是人类"行事的机栝"，于治学及研究而言，更是贯通事理，沟通单独的、凝滞的事物，而使之关连，而使之活动，孔子所说的"学而不思则罔，思而不学则殆"，意义是相通的。如果人类没有思想，世界确实会无新变，会是单调而混沌的死寂世界,人类由蒙昧进入文明,由文明再进文明,以至到目前繁复的世界,完全是思想的功效。思想的涵义,梅尔茨下了为我们能接受的明确界限:

> 身外有事变世界,身内有自身常变世界,思想包括欲望、情感、感觉、造意,兼指界限清楚明白、有次序。(同上)

思想一词的内涵,虽可再增加一些内容,但大略已具于此一界限中了。此外有构成思想的要素,就个人而言,有思想的形成问题,如何建立思想体系,如何运用思维术等问题,均牵涉多方,不能不深入辨析。

第一节　构成思想的要素

一、构成思想的要素

思想的作用,奇妙而不可测,凡科学上的发现、哲学上的体认、逻辑上的推理、道德上的识断,无不是思想的作用。构成思想的两大要素,一是能思,二是所思,能思是指思想的发动者——人,所思是指思想所缘的"境"——物,根据这二大方向推论,可以得出下列构成思想的要素:

(一)**本能**:人类的能思想,是根源于天赋的本能,如官能的本能,有口、耳、眼、鼻、舌,发挥味觉、听觉、视觉、嗅觉、味觉的本能,以认识外在的境——事物,得到所思的资料。人有思维的本能,透过神经组织,发挥思想的功效,于是产生思量和推论的能力，以明辨事物的理则，决定所行所为，选择得失，衡量利害取舍，另外产生超思量和推论的能力，熊十力先生之"性智"一名词，可以表显之：

> 是实证相应者，名为性智。……以故这种觉悟，虽不离感官经验，要是不滞于感官经验而恒自在离系的。他元是自明自觉，虚灵无碍，圆满无缺，虽寂寞无形，而秩然众理已毕具，能为一切知识底根源的。（见《新唯识论·明宗》）

熊氏所论，即在说明超思量和推论的能力——性智，禅宗几乎全部主张和运用此一超思量的方法去求证悟，故常云："思而知，虑而解，鬼窟里作活计。"其不主张因思量和推论去求证悟，是极明显的事。此外文学家所谓的灵感，星相家所谓的预感，心理学家所谓的"第六感"，都证明人有超乎思量和推论的本能，不过此一本能，无法由思想等的训练方法予以获得，只可由心灵的修持功夫予以加强，而且此一能力亦无法过分依恃，故未能正式用作治学之用。此外导致人使用"思想"的原因，不外欲望、情感等，这些全来自人的本能。

（二）记忆：思想之所以能进行，多半靠记忆提供思想时所需之资料，思想才能进行，因为记忆能将往时的经验之印象再现于意识中，纵使其事过去已久，也可由记忆使其重现，所以白痴无思想之可能，最主要的是白痴无记忆能力，因之记忆力减退，思想的能力亦随之衰退。吾人治学时之贵多识前言往行，贵过目不忘，因记忆的资料愈多，可供思索的资料愈多，自然能提高思想的能力。

（三）经验：人类的知识，一方面来自书籍，一方面来自经验，而书籍所记,亦是前人的经验,而提供记忆以资料,又胥赖经验。经验乃指亲身经验其事之意,是以古人除了读万卷书之外,兼主行万里路,太史公马迁周游名山大川而文有奇气,兼以其游历经验所得,记入《史记》之中。又哲学上认为可由直观或直接认取之对象,亦曰经验,是皆为构成思想之要素。

(四)**联想**:陆机《文赋》云:"其始也,皆收视反听,耽思傍讯,精骛八极,心游万仞。其致也,情曈昽而弥鲜,物昭晰而互进",已足说明思想有奇妙之力,其实陆氏所云,乃倾向基于记忆和经验而产生之联想力。如刘勰所云:"文之思也,其神远矣。故寂然凝虑,思接千载;悄焉动容,视通万里"(《文心雕龙·神思》),乃偏向于联想而言,人类思想之能超越时空的限制,由现实沟通抽象,由甲事物以某种关系而联想及乙事物,某一观念之起,每以某种关系而引起其他观念,多系联想之功。所以言牛而思及马,言庄子而思及老子,言李白而联想及其不朽的诗篇,甚至因风思高士,因花想美人,都系联想力之发挥。如无联想,则各种记忆与经验所得之资料,皆系毫不相涉之独立体,思想亦无以进行矣。

(五)**情绪与态度**:人的情绪,变化多端,一系受外在环境的影响而产生变化,一则由个人的心境而引起变化。刘勰云:"登山则情满于山,观海则意溢于海"(《文心雕龙·神思》),此言外在环境影响情绪。陆机云:"思涉乐其必笑,方言哀而已叹",此则言心境之变化而影响及情绪。人的情绪约而言之,有喜悦、愤怒、恐怖、惊惧、焦急、感伤等的不同,在情绪有上述变化时,思想的结果自不能期其平正,甚至无法运用思想,所以思想运行之际,必求情绪上之平静。古人常求志欲其定,意欲其定,气欲其定,多着眼于克制情绪上之刺激与波动,而求达天君泰然之境,

以情绪影响思想甚大也。人往往以好恶之不同,因而影响及态度之公正与否,刘勰云:

> 知多偏好,人莫圆该。慷慨者逆声而击节,酝藉者见密而高蹈,浮慧者观绮而跃心,爱奇者闻诡而惊听。会己则嗟讽,异我则沮弃,各执一隅之解,欲拟万端之变,所谓东向而望,不见西墙也。(《文心雕龙·知音》)

此言文学上爱好之不同,而产生态度上的偏差,影响了批评之结果,故态度之客观与否、公正与否,均影响及思想。如孔子所云:"爱之欲其生,恶之欲其死;既欲其生,又欲其死,是惑也!"此言态度不公正,则思想之结果陷于前后矛盾。又《列子·说符》云:

> 人有亡鈇者,意其邻之子,视其行步,窃鈇也;颜色,窃鈇也;言语,窃鈇也;作动态度,无为而不窃鈇也。

是则系由于态度之不公正,影响思想之结果。故思想进行中,除了求情绪之平定外,当求态度之客观与公正。凡崇己抑人、贵远贱近、贵古贱今等不客观不公正之态度,均应革除,以期"私心"去而"公道"显。

(六)语言文字:人类发声音而成语言,以表达情意,语言的构成,除了生理上的喉、牙、舌、齿、唇之外,心理上之感情、经验、思想等,都是构成语言不可缺少的要素,是以戴华山云:

> 无思想之声音固不可谓之为语言;然而如无语言,思想

亦无从表达,无从显现。(《语意学》第一章)

此明语言与思想之关系。言语进一步发展为文字,语言文字不但是表达思想的工具,而且是影响思想及构成思想的要素之一,所以每一哲学家及每一民族之人,其思想方法之根本差异,常系由其语言文字之差别所造成,由各种文学作品和学术论文的苦于无法翻译,即是限于语言文字的关系,不是思想上无此理解能力,而是语言文字中无此表达能力。所以思想进行之时,应注意此一根本要素。故语言文字了解能力及表达能力之加强,亦即思想能力之加强;语言文字上所产生之阻碍,亦即思想上之阻碍也。

(七)概念:思想的运行,往往不是事物的本身,而是由事物的相似属性抽离而得的概念。公孙龙子的白马非马论,即因为"白所以命色",与马的概念不同的缘故,而非故为诡辩;"火"不热,乃指抽离事物实际以后的"火",属于概念上的"火",是不热的。人类文化积累至现在,产生了无数的概念,均供给吾人思想时作素材。

此七者均系构成思想之基本要素,如欲建立思想术,必先由增强此七种能力着手。舍此而求,无异缘木求鱼。

二、思想形成的时期

人类的成熟,是由生理的成熟到思想的成熟——心理的成熟;而心理成熟,又有待于生理的成熟,除了特殊的因素外,率多如此。所以思想的形成——思想臻于成熟,亦自有其期限,非一蹴可就。

(一)预备期:婴儿不能思想,幼童思想常幼稚可笑,因其思想未臻于成熟之故。是以心理学上按照生理与心理成熟之情况，划分心理臻于成熟的阶段为若干期，此一方法，自可移用于人类思想的形成；惟思想的形成，不依年龄和生理，而应依心智和思想的状态而划定时期。人类思想的形成，都有其预备期，每个人自呱呱坠地之后，即依赖其最原始之本能，以适应环境，求得生存。其后因父母学校之教导、环境之刺激，摹拟仿效，而增加其智能，大致不外肉体官能的刺激与训练，思想的能力，尚未获得。所以必须加以各种的训练，以启发其思想的能力，其要项不外：(1)游戏的启诱。(2)语言文字能力的训练。(3)数学公式的运用。(4)理则学的训练。(5)观察及反应能力的训练。(6)面对问题的态度及问题的发现。大致上由小学至大学的前期，都是思想形成的预备期，为思想成熟而作准备。

(二)**潜蕴期**：经过长期的准备之后，记忆中累积了可供思想的资料，经验中有了可供思想的经验，有了联想的能力，有了推论的能力，对情绪和态度有了克制力，具有语言文字的接受力和表达能力，于是进入思想的潜蕴期。在学习和体验中，能发现问题，能将所学试图以解决所发现所遭受的问题，惟没有彻底解决的能力，或仅能部分解决，或根本不能解决，大抵是思想的方法、思想的统合能力不能发挥的缘故，所以疑惑仍藏于心中，问题不能解决，仍待进一步的启发和体念。

(三)**启发期**：经过了学问疑思的预备期和潜蕴期以后，便逐渐自能体悟，如朱子所说的豁然贯通。朱子云：

> 大凡义理积得多后贯通了，自然见效。不是今日理会得一件，便要做一件用。譬如富人积财积得多了，自无不如意；又如人学作文，亦须广看多读后，自然文成可观。(《朱

子语类》）

因为"学贵心悟"，思想上贯通了，可以如禅宗所云"彻上彻下，无欠无余"和"一了百了"，孔子的"一以贯之"，子贡的推许颜子"闻一以知十"，荀子所谓的"伦类不通……不足谓善学"，皆系启发期的表征和结果。又如王阳明得悟致良知之学，亦全在启发心悟。《明儒学案》云：

> 及至居夷处困，动心忍性，因念圣人处此，更有何道？忽悟格物致知之旨，圣人之道，吾性自足，不假外求。（《姚江学案》）

是王阳明之启发心悟，乃思想上的豁然贯通，其豁然贯通的原因，一在于内心潜存思索之久，一在外在环境之诱导、情景之启发或刺激，如禅人有闻雷、闻蛙入水声，闻喝道声，见桃花、见日光、拨火而开悟者，这种境界，不仅见之于宗教家、思想家、文学家，亦见之于科学家，例如日人江崎氏之发明半导体收音机即系如此：

> 制造晶体管收音机，必须从矿石中完全祛除不纯的物质，就是留下百分之零点一不纯物质，便不能制作出优秀的晶体管收音机，一位发明家某天突然说："不纯物质那样难以祛除？那么加入最大限度的不纯物质如何？"
>
> 这位姓江崎的发明家，的确具有超越的新构想，比晶体管性能更优越的半导体，就是靠这个想法而发明出来的。
>
> "以目前的技术水准，是不能将它更加纯化了。"像这个

想法是一种理论性的想法,他最多只能造就优秀的晶体管;富于灵感的人就不同,念头一转,会将已有的理论基础加以否定,然后再超越它。(中山正和著《第六感》)

这种突然的灵感,即是超越推论的悟性或启发。所以启发期是思想历程中的重要阶段,但非突然而来,没有经过预备和潜蕴的阶段,不会有启发期,许多人"不识不知"地默默以终,其原因在此。

(四)证验期: 启发是思想上、理论上的某种突破或引发,至于所获得的理论发现能否成立,则需要长期间的证验,以证明能否成立,理由是否充分,证据是否坚强,甚至要经过实际的试验或观察,再经过修正、补充,增加其证例和内容,使其更圆融、更确切可行,启发所得,方能成立。以孔子为例,"三十而立"矣,却至"七十而从心所欲,不逾矩"。禅宗的祖师,悟道以后,有一段很长的保任期,使所悟不致走失。阳明悟得致良知学说以后,至晚年方完成,而犹未完密无间,故身后而弊病现。科学家由原理的发现,至发明成物的实际应用,亦非常漫长,此为思想上最后的证验期。

思想的成熟,大致须经过这四大历程,即使是某一项问题的解决,大致亦须经过这四大历程,不过是随问题的繁简或难易,时间有长短,解决有快慢而已。

三、思维术的发展述略

一谈及思想,首先便会涉及思想的方法,任何一个民族,任何个人,不论其文化及思想背景如何,不论是否受过专门的思想训练,都具有思维判断的能力——理则观念。所以中国有"名家"之学，印度有因明学，西方有逻辑学，虽性质稍有不同，内容或有差异，方法不尽相似，但其精神和目的则无不相同。我国的思维术，于名家没落之后，由汉魏以至明清，都不甚重视。自五四前后，随西方学术的传入，才逐渐研究思维术，然而派别甚多，西方有关逻辑学的有名学派，都对中国近代的思想方法，产生了极为显著的影响。可是各种不同的逻辑学，各有其根本上的缺点，加以文化背景的不同、语言文字的互异，亦无法在思想方法的使用上达到水乳交融的地步，何况以"思想"一词涵盖之广、内容之丰，似无法得出可适用于一切事物的方法。

（一）传统逻辑与治学：西方所重视的思维术——逻辑学，在不断的演进，首先是形式逻辑（传统逻辑）有着长远的至尊地位，这一导源于苏格拉底，创成于亚里士多德的思想方法，具有两项要点：

1. 于不同的中间找出个同来，这便是"共相"。

2. 思想知识的关键在于界说——定义——以表白"共相"。（《杜威五大讲演》下卷《思想之派别》）

此外亚里士多德还建立了三段论式，AEIO 四大命题——全称肯定命题（凡 S 是 P）、全称否定命题（凡 S 不是 P）、特称肯定命题（有 S 是 P）、特称否定命题（有 S 不是 P）。因而衍展出求同求异、求真求假的法则，可是杜威和胡适加以批评道：

> 法式论理学派——仅仅研究形式，偏于思想的规范的法则，不问后来的结果对不对，我们可以叫做法式论理学。……我来举一个浅近的例，证明他的谬误。三段论法有大前提、小前提、结论三层的次序，他说凡鱼有四目，蛙为鱼，故蛙有四目。他的三段论法是不舛，但是大前提、小前提、结论总是不对……我们从论理学史、科学方法史上看起

来,可以晓得亚里士多德的论理方法,不过是一种形式的法则,他虽能证明已有的事实,而对于未有的事实,还没有能够发现。(杜威《实验论理学》)

杜威的批评,虽稍嫌刻薄,但无疑地已揭露了三段论式的短处——三段论式不能发现未有的事实或真理。胡适则攻击AEIO 四大命题道:

两千年来西洋的"法式的论理学"单教人牢记 AEIO 等等法式和求同求异等细则,都不是训练思想力的正当方法。思想的真正训练,是要使人有真切的经验来作假设的来源,使人有批评判断种种假设的能力,使人能造出方法来证明假设的是非真假。(《胡适文存》卷二)

胡适站在实验论理学的立场,攻击传统逻辑的缺点。事实上任何的思想方法,都不是思想的本身,换言之,思想是不能有一种万应灵丹的思想方法,来解决思想所及的各种问题;但是传统逻辑至少具有以已知证明已知,有语法表达和思想界定的价值,事实上传统逻辑重视的思想三定律,是我们治学时不能不运用的方法。

在传统逻辑之中,认为真理只有一个,在这一前提之下,宇宙间的事物,只有是和非的分别,于是产生了两种关系:

1.穷尽关系:不是 a,便是非 a;不是非 a,便是 a;不能两者都不是。这一公式,应用到实际的事物上,便成为下面的形式:

不是人,便是非人(除人以外的事物,都是非人);不是非人,便是人;不能两者都不是。

以此例证而言，宇宙间的事物，只有人和非人，不能再有其他的关系，所以叫做穷尽关系。

2. 排斥关系：是 a 便不是非 a，是非 a 便不是 a，不可能两者皆是。应用到实际的事物上，便成为下面的形式：

是人便不是非人，是非人便不是人；不可能既是人，又是非人。

以此例证而言，一旦确认为人，便不可能再是人以外的非人，是人便排斥了非人，是非人便排斥了人，所以叫做排斥关系，既排斥又穷尽，则如下图所示：

$$a + -a(\text{非 } a) = 1（全）$$

如图：$\boxed{\ ^{\neg a}@\ }$ 全

上图所示，称为一个"论域"——思想论谓所达到的范围，a 和非 a，是一种排斥的关系，a 加非 a，则是一种穷尽的关系，a＋非 a 等于一（全）——是一个完全的"论域"。

3. 思想三定律：根据穷尽和排斥两种关系，于是引出了思想上的三定律，第一是同一律，其符示为：

$$a = a \quad\quad -a = -a$$

任何一项 a 或非 a，如其意义一经确定为 a 或非 a 之后，则它即是其自身 a 或非 a，而不是其他。例如人一旦确立为"人"之后，人便是人，而不是其他的东西。同一律是肯定判断的基础，为思想进行的先行原则。即以人为论究的主题时，彼此对人的意义、内涵、数量、性质等确认完全一致，而使用此"人"字，以进行辩论。

第二是矛盾律，其符示为：

$$-(a \cdot -a) \quad\quad a \cdot -a = 0$$

这一符示的意思是：是 a 而又是非 a，是错的；是 a 又是非 a

等于零——是不可能的。例如人的意义一经确定，则人不能既是人，又是非人，同样非人不能既是非人，又是人，矛盾律是否定判断的基础。

第三为排中律，其符示如下：

$$a \vee -a \qquad a + -a = 1$$

这一符示的意义是：或是 a，或是非 a；$a + -a$ 等于一——完全的论域。例如或是人，或是非人，二者必居其一。排中律是选取判断的基础，排中律根据同一律而决定其一为真，又根据矛盾律而决定其一为伪，排中律只在真伪之间选择其一，而无容纳第三者之余地。

以上的思想三定律，在传统逻辑者的心目中，认为是一种超越的原理。但是天下事物及真理，绝不止于是与非，或真和伪的二种关系，而且又是变动不居、变动相继、多方关联，不能用这种二分法划分得很明确；但至少是一种思想引导进行判断结果的检查、语意表达的法则。我们在治学的时候，应知道运用穷尽关系的原则，以确立论域，划清研究的范围；运用排斥关系的原则，以明了正反两面，划分是非之间的界限；运用同一律，以作肯定判断——使用名言是否正确；运用矛盾律，以作否定判断——使用名言是否相违；运用排中律以作选取判断，断定选取上的无错误。

4. 定义法：传统逻辑有关三段论式与 AEIO 四大命题及其运用，以牵涉多方，且只能就已知的事理加以证明，故不论及。惟下定义的方法，则应用甚广，特略加介绍，其符示如下：

被界定端　　DF　　界定端

例如为潜水艇下定义，则此一符示的应用情形如下：

潜　水　艇　　　　是　　　　人造的能在水底水面行走的机器

被界定端　　　　DF　　　　　界　定　端

潜水艇是被界定端,人造的能在水底水面行走的机器是界定端,界定端要等于被界定端,否则下的定义不周延。以上例为证,如果说潜水艇是人造的能在水面行驶的机器,则为"不及",少了在水底行走的属性,则不是潜水艇而是船了;如果说成潜水艇是人造的能在水底水面行走、能在天空飞翔的机器,则为"太过",目前人类尚未发明此一器具。下定义虽然可用成语法、解释法、列举法、综合法等,但下定义时应注意到下面的原则:

(1)定义要满足目的:下定义时要表示出被定义的主要属性,否则徒增混淆。

(2)措辞要能使人了解:不能用怪异生僻的名词,避免用外国的、违反语法的文句。

(3)两端必须相等:界定端不能宽于或狭于被界定端。

(4)不要循环说明:避免将被界定端之名词用入界定端。

(5)不能用暧昧的语词:避免用比喻格或比兴等类修辞法,以求定义意义明确。

(6)忌用否定语言。

如能注意到以上的原则,则能得出下定义的要诀,进而以下定义的方法,检查治学时他人及自己文字表达的得失,当可避免疏忽和误差。

(二)数理论理学与治学:数理论理学渊源于笛卡儿,集大成于英人罗素。杜威介绍笛卡儿哲学的基本观念道:

> 笛卡儿的哲学,对于自然界的根本观念有二种,一种叫做"积"(Extension),一种叫做"动"(Motion)……把一切万物,都可以用数量表出,都可用算学算出,科学能够数量表

出，算学算出，方才有把握，他发明算学的方法——解析几何——他因这种新方法可以表示变迁，所以他把一切科学的知识，都看作数量的知识。(《思想之派别》)

这段介绍，大致得到了笛卡儿数理论理学的基本理论，但详尽地介绍笛卡儿的思想方法，则推钱志纯译其所著的《我思故我在》一书——新方法的研究，介绍笛卡儿的思想方法：

第一规则：自明律，即明白和清晰。

第一，绝不承认任何事物为真，除非我自明地认识它是如此，就是说小心躲避速断和成见，并在我的判断中，不要含有任何多余之物，除非它是明显地清晰地呈在我的精神面前，使我没有质疑的机会。

第二规则：分析律。

第二，将我要检查的每一难题，尽可能分割成许多小部分，使我能顺利解决这些难题。

第三规则：综合律。

第三，顺序引导我的思想，由最简单、最容易认识的对象开始，一步一步上升，好像登阶拾梯一般，直到最复杂的知识，同样对那些本来没有先后次序者，也假定它们有一秩序。

第四规则：枚举律。

最后，处处做一很周全的核算和很普遍的检查，直到足以保证我没有遗落为止。

笛卡儿这一客观的、科学的思想方法，甚具价值，问题在思想的对象——事物,无法完全分割成许多小部分,如果勉强分割,不是有遗漏,就是有类别上的错误,那么就难以"一步一步上升,好像登阶拾梯一般,直到最复杂的知识"。所以笛卡儿所建立的,是提倡数学的重要,使真理有了标准,如杜威所论:

> 亚里士多德讲科学,是注重在类别,注重在性质的区别。……笛卡儿极提倡数量的重要,一切科学都要可以数可以量的,从此以后,科学才注重数量的研究,表示式子。……古来讲真理的,什么叫做真?什么叫做假?怎样是正确?怎样是不正确?都无一定的标准,从笛卡儿注重数量以后,真理才有标准。数量正确,才是真理。所谓真理,即是数量的正确。(《思想之派别》)

可见笛卡儿所树立的,是偏重于科学方面的思想方法,但是笛卡儿所讲的,不速断、不存成见,使判断清晰而毋庸置疑的客观态度,是我们治学时所不可缺少的;利用其分析律,以分割问题成多少部分予以解决,予以检查是否正确、有无遗漏,也需要注意及运用。

(三)实验论理学与治学:自杜威到中国以后,实验论理学才盛行于国内,其内容杜威曾有清晰的介绍:

> 思想的阶段……第一个阶段就是困难,先有困难,才得要想解脱,所以困难是思想的起源,因为既须解脱,就要思索、推测、假定……第二个阶段就是臆想,假定既定,就要看目前的情形与从前的情形究竟对不对?……第三个阶段就是比较,拿从前的情形与现在的情形互相比较,如果前后相

同,就可以把这种经过臆想的假定,应用到问题上去。……第四个阶段就是决断,比较后所得的各种价值之中,选择一种最有效的定为计划。……第五个阶段就是实行,把决断的一个计划,实行到事实上去,实行出来如其结果良好,那么困难就可以解脱,如其结果不好,那么就是决断不好,应即重想别种方法来解决这个困难。(《实验论理学》)

杜威《实验论理学》的精义,可由胡适"大胆的假设,小心的求证"二语概括。杜威认为思想的目的,是在解决困难。解决困难的方法,是由假定、臆想、比较、决断,而付之实行。发现错误,才由上述的过程来解决,其实这只是说明了思想进行的过程特别明晰而已。杜威自述《实验论理学》,系受(1)达尔文生物进化论的影响,一切生物都由进化而来,因之,把神经看作生物进化的工具,随环境而进化。(2)詹姆斯、华生《新心理学》的影响,不承认"心"、"意识"、"思想"之存在。思想、行为不过是"刺激"的反应;感觉是传达刺激的工具,随环境而进化,非知识思想之材料。(3)近代科学方法的进步:要得到确切的知识,第一步要"观察"清楚,"观察"清楚,非用科学方法不可。不靠感官,要靠人工的器具,如显微镜、仪表等(郭湛波著《近代中国思想史》第十八篇)。明白这三项背景,杜威的《实验论理学》,不但偏重于科学,而且与新心理学的"刺激反应"、"尝试错误"的学说渊源甚深。在科学的试验过程之中,不断地由试验之中改正错误,是可能的,如果用之于人生、社会,则未免付出的代价太大,所以杜威的《实验论理学》所倡导的,仅宜于用以发现问题、思索解决问题之过程,而非有效的解决方法。

(四)辩证法与治学:辩证起源甚早,原为一种辩论的方法,至黑格尔而成为精密的思想方法。这一方法的根本假定,就是世间万物是在不停地变动,根据变动的原因、过程、结果,而得出此一思想方法。郭湛波介绍其要点道:

> 对立融合法则:这个法则,是辩证法第一个主要的命题,又名谓"事物对极的统一的法则"。对立融合的法则是说一切事物、一切观念,都是同一的,同样又是绝对各自区分着、对立者。……如男和女,是对立的,并不妨碍男和女是同一的。"因为男女都是人,在这个概念上便同一了。"……

> 否定之否定的法则:这个法则,是辩证法第二个主要命题,又名谓"对立中发展的法则"。换言之,就是从旧东西产出新东西的法则……如我屋前种的眉豆,把它种在地下,眉豆粒自身解体而变为眉豆秧长了出来,这便是第一个否定。它自己长了起来,最后生出新的眉豆粒,眉豆秧便枯死了,灭亡了,这便是第二个否定,这就是否定之否定的法则。……

> 质变量、量变质的法则:是辩证法最后的一个重要法则……例如气变为水,水结为冰,是因为温度下降,温度是分子运动的表现,温度下降是因为分子运动量的减少,所以发生质的变化,由气体变为液体。(《辩证法研究》)

这一方法,是使吾人知道事物是"正负错集,相反相成",提示一种"观事物于其动,于其转变,于其消息,于其生灭,于其牵联,于其相互的关联的注意"。老子"反者道之动,弱者道之用;天下万物生于有,有生于无"(《老子》第四十章),已有此一对立融合的意义。"否定之否定",自形态而言,新事物在否定旧事物,自性质及实质而言,则新事物为旧事物之继承。质量互变,尤偏于物质界,其弊自见。以治学而言,自当注意及事物之变动,"矛盾而一体,一体而矛盾,演化无穷"的事实,由正面、由反面、由对立而融合的方面,以见事物理证的全貌;新事物的产生,一定与旧事物有关联,质的变化影响及量,量的变化影响及质的原则。

就以上的引叙,这些论理学说,均有助于思想方法的建立,然均非可以作为唯一的、彻底的、万能的思维法则,事实上不可能有一思想方法,可以解决一切思想问题。因此世界、此事物,乃合心与物、空与有、数与量、变与常、时间与空间的交叠、语言文字的表达、文化思想的相互影响而成,决无以一应万的方法、一定的规律所可统制,所以不宜由一方面以论。

第二节　思维术的建立

思想的形成,所涉问题甚多,思想的正确进行,能有原则、有步骤、有方法,则是思维术的建立问题。思想的方法——思维术发展甚早,自来即把逻辑视为思维术,当然逻辑是最合理、最适用的思想方法,但并不能代表所有一切的思想方法,也非唯一的方法,已如上节所论述。又前人所用过的思想方法,很多的往例显示出"人各异术",每个人由于才性、训练、出身等关系,往往所运用的方法不同,所以难规定准,很难将甲所运用过的有效方法移用于乙而效果仍然不变,诚如孟子所云:"梓匠轮舆能与人规矩,不能使人巧。"所以应从思维术所涉及的原理予以探讨,使各自建立其思维术。

一、分类

一切学术研究、思想进行,其基础都建立在分类上。例如鸟类的划分,是建立在鸟的两翼、双足、卵生、能飞等的特征上,凡是鹰、鸽、麻雀、燕、鸡等有此特征者,都归于鸟类。类别分明,而后范围确定,研究才能进行。试以植物的分类,显示分类的情况如下:

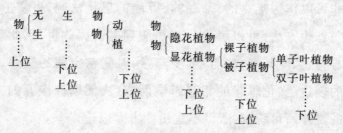

由以上的分类,才能确定范围,确定同类观念、异类观念,以及大类、小类等,由大类和小类的确定,而产生上位概念、同位概念和下位概念。以上图为例,双子叶植物和单子叶植物是下位概念,被子植物是其上位概念,由此类推,各种类的植物,都有其上位概念和下位概念。在上位概念和下位概念之间,不单产生了"排斥"和"兼容"的关系,也因增加概念的内涵而产生"限定",使"限定"的意义更精密。扩大概念的外延而产生"概括","概括"可使各种概念有所统一,如《社会科学概论》所云:

> 增加概念的内涵(特征)称为限定(Detemination),限定可使概念的意义精密,然而同时外延(范围)却因之缩少。扩大概念的外延称为概括(Generalization),概括可使各种概念有所统一,然而同时内涵却因之减少。知识的进步有

恃于限定与概括者甚多。限定到了极端，则为个体，个体上位之种称为最低种(Infima Species)，最低种内涵最多，外延最小。概括到了极端，则成为不能再作概括的类，而称为最高类(Summun Genus)，最高类外延最大，内涵最少。(第二章《概念》)

可见概念与限定的重要，而其基础仍建立在明确的分类上。国学或文学的分类虽不如科学的明确，但无不以分类为研究的起点，如《汉书·艺文志》的《七略》，文学上的各种文体，无不是基于分类的结果，以便利研究。

(一)**分类的重要**：分类是治学的起点、思维术建立的基础。分类的重要作用如下：(1)借分类确定治学的范围；(2)借分类以确定思维术中的"概念"；(3)由类的相异关系而产生矛盾观念，由类的涵盖关系而产生差别观念；(4)由类的大小相隶属而形成系统。质而言之，凡学术研究与思想运行的界限，按分类为之确定。

(二)**类的种类**：根据类的观念，可分为：(1)同类：在同一范围内，同一性质、同一特征的事物，往往可归纳为同类；在理则学上，同类有兼容的关系。(2)异类：范围不同、性质不同、特征不同之事物，不能归为一类，则称为异类；异类之间，在理则学上往往有排斥而不兼容的关系。(3)大类与小类：凡在类别上有类的涵盖关系，在上位之类为大类，在下位之类为小类；在理则学上大类与小类之间有涵盖关系，有反对关系。此三者与思维术关系最为密切，由此观之，以上三者实为传统逻辑上的推论基础。

(三)**分类的法则**：分类的原则，大致可借因明学(印度理则学)上"同品定有性"、"异品定无性"以为依据，同品即是同类，凡同类定有相同之性质、特征；异品即异类，凡是异类定无相同之性质、特征。例如显花植物，必有"显花"的相同属性，显花植物与隐花植物为异类，既为"隐花"定无"显花"的属性，既为"显花"定无"隐花"之属性。把握此原则，而分类的方法可得。

综上所述，以建立类别的观念，则思维术方不致落空，治学方无类别不分、范围不明之危险。

二、性质

有明确的分类，则事物之性质易于显露，有利于治学及研究之进行。以有形的物体而言，都有大小方圆的性质；以动物而言，都有奔走活跃的性质；以人类而言，都有能思考能语言的性质。性质既明，方可明体达用，守常知变，以下三者，于国学治学相关最切：

（一）**同一性**：由事物之中，得出其"共相"，明白其同一性、特殊性，以奠定研究的基础。例如自古及今的宗教家、哲学家，无不承认人生的过程是生、老、病、死，生而为人，无一例外，此之谓同一性。以此为基础，而导出悲观的人生观、享乐的人生观、淑世的人生观。为了打破生、老、病、死的局限，佛家有三世因果、清静涅槃等方法；基督教有天堂、地狱；道教有成仙飞升；而儒家则主张"朝闻道，夕死可矣"及"盖棺论定"……人死之后，迹其一生之行事，而论定之。解决人生此一问题的方法虽有不同，然无不从人生过程的同一性——生、老、病、死出发。对于任何事物、任何问题，固然有同一性的共同之见，然亦有独排群议的特殊性的特殊看法；此一特殊看法，是否冥合事理，是另一问题，但其思想必深入一层，能见人之所不能见，不可不注意也。

（二）**常存性**：事物瞬起瞬灭的现象或过程，难以作为研究和思考的对象，往往由现象或过程之中，抽绎其常存的、普遍的理由、原因、规则、结果，作为研究和思考的资料，例如《论语·为政》云：

> 子张问："十世可知也？"子曰："殷因于夏礼，所损益可知也。周因于殷礼，所损益可知也。其或继周者，虽百世可知也。"

"虽百世可知也"，盖谓继世之典章有常存不变者在，朱子《论语集注》云：

> 马氏曰："所因谓三纲五常；所损益谓文质三统。"愚按：……三纲谓君为臣纲，父为子纲，夫为妻纲；五常谓仁义礼智信；文质谓夏尚忠，商尚质，周尚文；三统谓夏正建寅为人统，商正建丑为地统，周正建子为天统。三纲五常，礼之大体，三代相继，皆因之而不能变，其所损益，不过文章制度，小过不及之间。而其已然之迹，今皆可见，则自今以往，或有继周而王者，虽百世之远，所因所革，亦不过此，岂但十世而已乎？

朱子等所云，皆由常存性以论孔子所言之"虽百世可知也"。是孔子所笃信者，百代相继固有常存不变之真理在。《易经》所谓"不易"者，即常存性之意，治学不可不着眼于此，以期发现永恒的真理，不变的法则。

（三）变易性：事物纷繁，变化日新，故苏东坡云："自其变者而观之，则天地曾不能以一瞬。"（《赤壁赋》）治学与研究，不惟要研究事物恒久不变的真理，尤宜研究何以变易、如何变易之道，孔子所谓"殷因于夏礼，所损益可知也。周因于殷礼，所损益可知也"，即是由研究而得知三代礼制变易的结果。又纵观往史，其事相同而成败互异，不能执一以求，食古不化；故应由何以变易，在如何变易之过程中，以明其原因与真相。同一禅让，尧舜则为美谈，燕之子哙则成祸乱，周公摄政，史策美之，王莽摄政，汉室几绝，皆有其原因在，应仔细研究，由变易之中以观察其究竟，方能得其真相与结果。

三、范围

学术研究，思想运行，贵在根据分类和性质，划定范围，在此范围内，博览精思，以免泛滥无归，更不致思"出其位"。确定范围之法，大别有三：

（一）**依时空而划定范围**：人类的活动，由时间而形成过去、现在和未来；因空间而形成区域的、本国的、外国的；又由于时间空间的交错，使外国的其他区域的学术思想，又互相联系、互相影响。例如佛教本发生于印度，系外国的，在当时与中国的学术思想无关，但经过时间为媒介，于东汉传入中国，而产生巨大的影响；以孔孟二圣之学术思想而论，本为区域的，只是邹鲁之学，其后随着时间而发展，成为中国的显学、中国人的思想根源；所以国学研究，应依时空的因素，而确定研究的范围。如汉代经学、两汉《尚书》学，中国思想史、中国文学史，俱系以时间为主而确立的研究范围，前者是断代的，后者系通史的。又如稷下学派研究、永嘉学派研究、佛教对中国文化的影响，均系依空间为主而确定研究的范围，前二者是地方的，后者则及于全国，因为任何学术的发展，都无法脱离时空的要素。

（二）**依研究的问题而划定范围**：学术不断的增进，在于发现问题、解决问题。问题之所在，即研究范围之所及，依确立之范围而搜集资料，而思虑考索，解决疑难，发现精义。在国学研究上，依问题之发展而研究者，其例不胜枚举。如孔子删诗问题、采诗问题、行人赋诗问题，汉武柏梁联咏问题，五言诗产生等，均系依问题而划定范围之例。

（三）**依所研究之事物而划定范围**：学术研究常因研究之事物，研究之对象而划定研究之范围。不独科学家如此，如某种作物的品种研究、某种病虫害之防治、某种疾病之医疗试验，皆以某一事物为研究对象，研究范围自然随之而确定。国学研究亦然，如石鼓文研究、金文研究、甲骨文研究、敦煌文物研究、乐府诗研究、近体诗研究，其例繁多，皆系以事物为研究之对象而划定研究之范围。

范围一旦划定，研究时便当严密注意，"过"与"不及"，皆成弊病："不及"则研究幅度不广，或深度不够，失在粗疏；"过"则超出范围，不相关之资料羼入，杂乱无章，故应避免斯病。

四、关系

天下事物的发生，学术思想之形成，皆非独立单纯之事，而是互为影响、互为因果，其关系往往是错综复杂、彼此牵涉，故思考析辨的时候，当辨明彼此间相互的关系。事物间的关系，大而言之，不外因果关系、对立关系、涵摄关系、明暗关系。

（一）**因果关系**：佛特重果，认为种瓜得瓜，种豆得豆，种瓜种豆是因，得瓜得豆是果，乃自然之理，这一观念正与西方哲学家所主张的因果律相合。一切事物的发生、学术思想的进展，虽然不至于有同样之因，必生同样之果，但每一事物的发生，必有其因,必有其果,往往前事为后事之因,后事为前事之果。所差异的不过是人事学术上的因果关系,远比自然界复杂;因果相生的规则,不像自然界那样的明显;变化的结果更不像自然界那样的必然。例如先秦诸子之学的发生,当时的学术思想已累积到相当深厚的层次是因素之一;时代风潮的激荡是因素之一,民生疾苦已极,亟待拯救,自系主要因素;诸子本身之才性,尤关重要,基于上述种种的原因,于是乃有面目各异的诸子之学的出现。又如信陵君救赵的成功,秦攻赵,赵不能自救,赵与魏不但唇齿相依,同出于晋,而且有婚姻等关系,魏王虽派兵救赵,但为秦王所恫吓,止兵不进,均为信陵君救赵的远因;信陵君决心赴赵之难,与赵俱死,得侯生之计划,使如姬为报恩而窃晋鄙兵符与信陵君,又得力士朱亥之助,椎杀晋鄙,遂精选魏兵,而击退秦兵,为救赵成功之近因(见《史记·信陵君列传》)。上述诸多的原因和其他尚不可见的原因,而导致救赵成功的结果,其复杂性已可显见。所以研究事物的因果关系、学术思想的因果关系,是治学和思辨时要注意的要项。培根论因的类别云:

> 这是一个正当的命题,"真的知识是有原因的知识",把原因分为质料因(Material)、形相因(Formal)、结果因(Efficiene Cause)和目的因(Final Cause)四种,是正确的。(《新工具》)

培根对于以上四种因有所批评,但确认"真正的知识是有原因的知识"。因为原因既明,真相可得,结果的正确与否自然显现矣。

(二)对立关系:天下的事物,大多是相对的、多方面的,而非单一的、片面的,例如有与无,是正反对立的,但是"有无相生",不能取消其一,所以辩证法中最主要的法则是对立的统一法则

（或译为对立融合法则），其原理为：

> 因为一切物质都在变化，都在变化为别的物，所以，这一物和那一物之间，并没有可分的绝对界线。一切现象都互相关联着，并没有绝对可以孤立的现象。
>
> 这些现象的种种方面之间，以及这些现象之间的种种交互作用，我们可以认为是对立物的统一，互相有别而又不可分的东西便是对立物的统一。假若没有对立物的统一的这种看法，我们便不能把握各种现象之间的联系，因此，假若不能了解一切事物都是对立的统一，那么，只有静止地孤立地理解种种现象。
>
> 关于一切事物都是对立物的统一的这层道理，我们且举一些事例来解说一下：
>
> 在数学上，正和负（即"＋"与"－"），在物理学中阳电和阴电，在化学中的物质之分解与化合，这些现象都是对立物的统一的例子。（林仲达著《论理学纲要》第五章）

其言甚得事物变化的关联性，然而事物有对立而不统一者，决不是"一切事物都是对立物的统一"。例如林仲达论生与死是对立的，认为生与死又是统一的，因为"细胞继续不断地死灭，又继续不断地生长，没有细胞的死，不会有生，反之，没有细胞的生，也就根本不会有死，生是死的契机"（《林仲达著《论理学纲要》第五章）。细胞的生与死，是人体的生理的循环程序，人类的生与死，并未统一，事实上亦无法统一。又郭湛波云：

> 对立融合的法则是说一切事物、一切现象、一切观念，

都是同一的，同样又是绝对各自区分着、对立着。……如男和女，是对立的，并不妨碍男和女是同一的。"因为男女都是人，在这个观念上，便同一了。"(《辩证法研究》)

男和女是对立的，而统一于人这一观念，事实上是分类的问题，人这一上位概念的类，包括了男与女二个下位概念，男与女实际上并未因"人"这一概念而统一。可以证明事物有对立而不统一者在，所以在从事学术研究时，应注意到事物的对立关系，正反固可以合，而产生新的事物；亦可以不合，而无新事物的产生。对立的观念，老子言之甚明：

> 故有无相生，难易相成，长短相形，高下相倾，音声相和，前后相随。(《老子》第二章)
> 反者，道之动；弱者，道之用；天下万物生于有，有生于无。(《老子》第四十章)

有与无、难与易、长与短、高与下、前与后，皆是对立的，而皆相成相形，道之本体为正，本属虚静，而反面系动，柔弱与刚强对言，道以柔弱为用，在在足以说明正反对立之关系。是以治学思辨之时，固应从正面观察考虑，亦宜注意及反面，尤当顾及变化后之结果。以研究汉代经学为例，汉武帝"独尊儒术，罢黜百家"，设五经博士，其正面的影响是儒家定于一尊，经学因而昌盛；可是武帝好神仙长生之术，"怪力乱神"，本与儒家思想相反，然经武帝之无形鼓励，益以董仲舒"天人合一"之说，竟导致纬书之产生，孔子成为神，"怪力乱神"竟与经学相结合，同时影响及汉之社会及政治，结果至东汉竟使儒学中衰。又道家变成道教，亦无非受此影响。可见观其正,观其反,确系思辨时应着眼者。

(三)涵摄关系:旧的事物不断地消逝,新的事物不断地诞生,无论是渐变的或突变的,新的事物总涵摄了旧事物某一部分,或大部分,甚或全部的性质、精神、原理,而辩证法以否定之否定视之。林仲达论否定之否定的法则云:

> 否定之否定底法则就是事物变化到与自身对立方面的一种法则。不过,我们要知道,这种变化并非就此终止,而是仍然继续着的;又从否定它自身的基础上,变化到原来的否定,关于这个道理,我们且举几个例子解说一下:
>
> 在《反杜林论》中,恩格斯引用麦粒的变化做例子。他说:麦粒被消灭,被否定,而从麦粒生出来的植物,表现为麦的否定。究竟,这种植物之正当的生涯是怎样的呢?它成长、开花、结实,最后再出生麦粒,而且麦粒成熟时,麦茎枯死,轮流地被否定,当作否定之否定的结果,我们获得最初的麦粒,而且十倍、二十倍或三十倍的麦粒。
>
> 又例如蛹之存在被蛾所否定而变成蛾,但是,蛾在产卵以后便由衰老而致死亡,不久,卵中的幼虫就出来了。所以卵子又否定了蛹的蛾,这就成为否定之否定,如此变化不已。(《论理学纲要》)

否定之否定,骤看极为有理,细思则甚有不当,(1)麦粒为麦之一部分,卵为蛾之一部分,是变化、是继承,而非被否定;(2)麦粒与麦,卵与蛾的循环变化,决不至衍化为其他的生物,当麦变为麦粒时,麦的属性仍全部涵摄于麦粒之内,所以否定之否定的论证,是错误的,实在是事物变化中一种过程、一种涵摄关系的显示。

以往事为例,秦为汉朝所取代,秦朝的制度和官制、法律和习俗,汉仍在继承,在涵摄。墨子死了,墨家别为三派,墨学有了改变,但墨子的思想和精神、墨家的历史,并未否定,只是有了某些变化,不能视为否定之否定。至于辩证法中第二个质量互变法则,其实只是教人特别注意及变化的过程及结果而已,实不足多论。

(四)**明暗关系**:天下的事物,有明暗两面,"明"因"暗"而成,"暗"以"明"而显。"暗"者,不可见的原理原则,动机判断也;"明"者,显现之行为、动作、事物也。明暗交参之理,石头希迁禅师之《参同契》已揭出:

> 当明中有暗,勿以暗相遇;当暗中有明,勿以明相睹;明暗各相对,比如前后步。万物各有功,当言及用处。事存函盖合,理应箭锋拄。(《景德传灯录》卷三十)

石头希迁是以"暗"喻本体、喻空界、喻体、喻理、喻原则;以明喻现象、喻有、喻用、喻事、喻结果。以世间事物言之,"明相"显而"暗相"隐,"暗相"隐藏在"明相"之中,例如人的行为,决定于动机及思想意志,可是动机思想意志不可见,但并非不存在,而隐藏在"明相"行为事实之中。然暗相不可见,故应由"明相"——行为事实以求。"当明中有暗,勿以暗相遇",言不可舍"明相"而求暗相;"当暗中有明,勿以明相睹",言研究"明相"——行为事实时,不可只看行为事实,而不注意"暗相"——动机思想意志也。后之禅师,以月之圆尖以喻事理之明暗,尤为明白。

> 师(潭州石室善道禅师)一日与仰山玩月,山问:这个月尖(缺)时,圆相甚处去?圆时尖相又甚处去?师曰:尖时

圆相隐；圆时尖相在。（云岩云：尖时圆相在，圆时无尖相。道吾云：尖时亦不尖，圆时亦不圆。）（瞿汝稷《指月录》卷十二）

　　仰山为仰山慧寂禅师，云岩乃云岩昙晟，道吾系关南道吾，三人借月的圆相及尖相，以表达其禅机禅境，此暂不论，特借此公案以说明"明暗交参"之理。月圆之时，尖相隐而不见，喻事物显现时，事理暗隐，理藏在事中，然非不存在，故善道云"圆时尖相（暗相）在"也；"尖时圆相隐"，从事物中得出定理、原则、法式后，则只见此定理、原则、法式而不见此事物的存在。云岩云"尖时圆相在"，谓得出定理、原则、法式后，明显之事物仍然存在于定理、原则、法式之中；"圆时无尖相"，谓正当事物发生之时，往往不见事物发生之理，乃针对仰山之说而立论。道吾云："尖时亦不尖，圆时亦不圆。"谓事显理隐的时候，亦未有仅见事而不见理者；理显事隐，亦未有仅见理而不见事者，质言之，事理兼带，明暗交参，如水中的冰山，透出山水面的是一部分，潜存水底的是一部分，而吾人研究之时，往往知有"明"而不知有"暗"，见事而不能见理，或执理而迷事，均不免偏在一边，故应注意及明暗交参的关系。笔者曾以此理，以论诗及诗学，便系实际应用的例证：

"诗字"明暗交参图

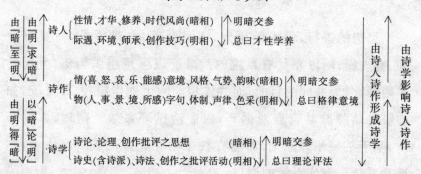

有诗人而有诗作,诗作乃诗人才性学养之总结晶。由诗人而诗作,乃由"暗"至"明"。诗成之后,诗人之才性学养隐于诗作之中,乃"圆时无尖相";由诗作以论诗人之才性学养,乃由明求暗,因诗人之才性学养为诗中之"暗相",潜存于诗中,故曰"尖时圆相在"。细究此二者之关系,相互交参,诚如善道等所云"尖时圆相隐,圆时尖相在","尖时亦不尖,圆时亦不圆"也。由诗人之活动及诗论,综合诗人之诗,经过批评,得出理论等等,而形成诗学,诗学于诗作,乃系"暗相",盖诗学形成之后,不见作品之存在,此乃由"明"得"暗"也;根据诗学所得之理论等,以批评诗,论断诗人,乃以"暗"论"明",诗学复启导后之诗人,指导后之诗作,故诗学与诗作,亦系明暗交参。(《禅学与唐宋诗学》第六章)

综上所述,可见由因果关系以见事物的关联性、复杂性;因对立关系以见事物的正反对立、相反相成;因涵摄关系以见事物的变化演进之中,原有的属性、原理仍有在继续;因明暗关系,以期由事见理,即理求事。

五、系统

思想的进行、学术的研究,不是片断的、散漫的,而贵有条理、有统属,所以要具有系统的观念。以生理组织为例,生物的多数器官,为共同的目的,而共成相同的生理作用者,曰系统,如心脏与动静脉共营血液循环,曰血液循环系统。同理,多数事物,基于某一原理原则,而能有秩序相互联系而成一整体者,亦即是系统。形成系统的要点:

(一)分类清楚：类别不清，无所统属，则无系统可言，故系统的基础，系建立在分类清楚之上，大类之下有小类，小类之下又有小类，使依类相从，各有统属，于是纲举目张，层次井然。

(二)涵盖无余：凡系统之建立，在要求所建立的系统，能涵盖系统内所有的事物，不能有例外，不能有不能涵盖的部分。例如《史记》的史传部分，即系以本纪、世家、列传以总括历史上的人物，无欠无余，以成其体系。

(三)体用兼备：形成系统，自应包括原理原则和方法作用的部分，例如心脏与血管，本不相同，因共营血液循环，而构成共同的系统，故无用之体、无体之用，均不能存也。宋明理学家无不讲体用。

(四)原委分明：凡事有本有末、有常有变，故构成系统之时，应注意及事物的起源、发起、变化、结果，依此过程方能原委分明，建立系统，能符合这四项原则，庶几如《大学》所云："物有本末，事有终始，知所先后，则近道矣。"建立系统，应无问题。而其方法则不外：(1)顺着大小、远近、多寡的顺序，形成系统；如历史由上古到中古，中古到近古，到近代，到现代，是依时代顺序而构成系统。(2)逆着大小、远近、多寡的顺序，构成系统。

以思维术的发展而言，因地域不同、民族文化不同，而方法各异；以发明的各种思维方法而言，没有一种绝对有效，能解决所有思维问题的方法；故谨撮举以上五者，以期促使研究国学时，由此各自建立自己的思维方法。由无法进而有法，由原理进而建立方法，以使思维有术，而为治学之用。

第三节　分析、综合与推论

一、分析

思维术建立所涉及的,略具于以上五要项所述。思维术的应用,其基本则在分析、综合与推论。分析乃分解辨析之意,《隋书·杨伯丑传》云:

> 尝有张永乐者,卖卜京师,伯丑每从之游,永乐为卦,有不能决者,伯丑辄为分析爻象,寻幽入微。

分析爻象,即分解辨析每爻每象之意也,又《资治通鉴·后梁纪二》云:

> 左金吾大将军寇彦卿入朝,至天津桥,有民不避道,投诸栏外而死。彦卿自首于帝,帝以彦卿才干有功,久在左右,命以私财遗死者家以赎罪。御史司宪崔沂劾奏:"彦卿杀人阙下,请论如法。"帝命彦卿分析。

胡三省注明分析之意云:

> 崔沂请依法论彦卿之罪,帝欲宽之,故使分析。分析者,使彦卿置对,分疏辨析梁现致死之由。(《隋书》卷二百六十七)

分析即分疏辨析,夫学术思想、事物实际均待分析而明。以化学为例,凡求出化合物所含之成分者,曰定性分析;凡求其化合成分的分量百分比者,曰定量分析。所以分析是思维术的"手术刀",为剖析疑难、割除困惑的利器,分析的进行,应遵从以下六项**分析之原则**:

(一)何时:事物在何时发生? 学术思想发生的起源及时代背景如何? 当时各种影响如何?

(二)何地:学术思想发生于何地? 事物发生时的地理条件如何? 是地域的,抑或是全面性的?

(三)何人:凡事物的发生,必有首创者,有继承发扬者,学术思想亦必有建立者,有阐扬者,其人的生平、思想、成就及影响,均在分析之列。

(四)何事:事物开始发生之际,多因于细微,以后才踵事增华,变本加厉,学术思想的发生,亦系因小而大,由微而著,由疏陋而精密,故分析其发生时之事实,明白其发展、兴盛、衰歇之实际,则源流既白,真相自见。

(五)为何:事物之萌生,学术思想的起源,除了涉及人、事、地、时之外,必有其发生的原因,是偶然的? 是必然的? 是内在的? 是外来的? 有原有委,内因外缘,均可得而论。

(六)如何:事物之兴起,学术思想之形成,必有其过程,有起源、发展、兴盛、转变各阶段。每一个阶段中,亦必有其特点和表征、得失和是非,其结果如何,影响如何,均宜究析。

以上不过粗举纲目,实不失分析着手之途,子曰:"视其所以,观其所由,察其所安,人焉廋哉! 人焉廋哉!"(《论语·为政》)此即孔子由人的行为、意愿、心意的安乐去分析,以知人之善恶也,故分析要从小处入手,把所研究的问题,分析又分析,以至于不可再分,则真相显露,自能穷神尽相。

二、综合

与分析相对的,即是综合。人类具有这智力,才能将复杂的事物要素,错综的原因,不同的现象,相关或不相关的内容、概念、理论等,以综合的能力,结合之、整理之,使之成为单纯的统一体系。在思维研究之时,在一定范围之内根据事实和理论,由正反二方面,就现象、原因、性质、关系、同异、结果等等而为综合的研究或论述。例如晚近主张之综合史学,即综合法之一例。这一史学方法,是认为举凡人类的文明及文化发达之解释,皆包涵于范围之内,如观念、思想的展开,美术成就之沿革,自然科学之兴起,物质文明之进步,及社会经济、法律、政治制度之变迁,宗教活动之概况,俱当研究及之,非纯粹记录人类过去之活动而已。是由多方面的综合,以得出历史的真相。由繁杂而达单纯,建立统一体系。如果说分析是思维术中的"解剖刀",则综合是思维术中的"胶合剂",舍此二者,则思维术无从运用矣。

三、推论

人类的活动,尝局限于时间和空间,人生不满百,生时之事,得亲身而见闻之,生前之时,则必待传闻和记载。即使亲身得而见闻的事,亦限于亲身所经历者,故所知亦无多,然而能在千载之下,纵论千载以上之事,身在一地,而能远论举世之事,必靠所依据之资料而加以推论了。推论在逻辑学上亦名推理,根据已知之事理,以推求未知之结论,有直接推理和间接推理两种分别;在数学上由某定理而引申其义,直接推得之定理,亦名推理。推论即根据此二原理而加以运用,以已知推论未知,以已然推论未然，使事理由微而著，由隐而显。在推论的时候，不仅须依照推理的法则进行，尤应注意于传统逻辑的推理，用以检查推论的结果是否正确，兹将推理的种类列表如次。（详细应用请参阅陈大齐先生之《实用理则学》）

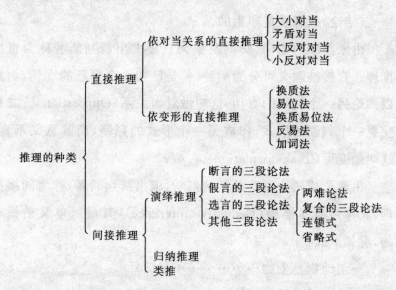

　　要知道什么叫做直接推理，须先知道推理的意义及其种类。推理（Inference）是由一个或两个以上既知的判断，求出另一个新判断。一个或两个以上的判断叫做前提（Premise），求出的新判断叫做结论（Conclusion），在前提与结论之间常用"故"、"所以"等字，这叫做推定连接词（Illative Conjunction）。而用语言或文字表示推理的形式则叫做推论式（Syllogism）。

　　推理可大别为直接推理（Immediate inference）与间接推理（Mediate inference）。凡前提只有一个既知的判断，由此求出新判断者，叫做直接推理。前提两个或两个以上既知的判断，由此求出新判断者，叫做间接推理。

　　直接推理之例：

　　（前提）金属是无机体。

（结论）故金属不是有机体。

间接推理之例：

（前提）鸟是卵生的。

　　　麻雀是鸟。

（结论）故麻雀是卵生的。

由原判断的主词、宾词及系词直接求出新判断者称为直接推理。直接推理又可分为两种：一是已知一个判断的真伪，由此以推论另一个判断的真伪，这叫做对当关系（Opposition）。二是变更一个判断的形式，作成另一个形式的判断，而其意义不变，这叫做变形（Transformation）。

由两个或两个以上既知的判断，求出新判断者，称为间接推理，又称为演绎推理（Deductive inference），其最简单又最根本的，有如下式：

一切动物是生物……………………（1）

一切马是动物………………………（2）

故一切马是生物……………………（3）

这个形式的推理就是三段论法（Syllogism）。其中，既知的判断叫做前提（Premise），求出的判断叫做结论（Conclusion）。如在上例，（1）（2）是前提，（3）是结论。结论的宾词称为大概念（Major concept）或大名词（Major term），前提之有大概念称为大前提（Major premise）。结论的主词称为小概念（Minor concept）或小名词（Minor term）。前提有小概念者，称为小前提（Minor premise）。大小两前提共有的概念称为中概念（Middle concept）或中名词（Middle term）。大概念之符号用 P，小概念之符号用 S，中概念之符号用 M。大小两前提的位置孰先孰后没有限制。照原则说，大前提常置于前，小前提常置于后。前提之中 S 及 P 的位置亦非固定不变,得互为主词及宾词,不过结论之中,S 必为主词,P 必为宾词。上述之三段论法用符号表示之,则如次:

一切 M 是 P……………大前提(因有 P)

一切 S 是 M……………小前提(因有 S)

故一切 S 是 P……………结论(S 必在上,P 必在下)

判断有断言、假言、选言三种,三段论法的前提是断言,或是假言,或是选言,依此也分为三种:一是断言三段论法,二是假言三段论法,三是选言三段论法。当然学过逻辑学的,下推论时有法式可寻,运用纯熟,可减少错误。没有学过逻辑学的人,亦能推论,会"暗与理合",因为逻辑是"先验性"的。求推论的无误,除了参照逻辑学的方法以外,尚宜注意下述的原则:

(一)切合事理:一切的推论,均应切合事理,不离事实,不悖于理,推论方能接近事实。不离事实,是力求推论时所依据的资料证据和事物极为可靠,不悖于理,是切合当时当地其人其事之情理,不宜推论过当,据今以论古,据后以论先,据甲以论乙;而不考其实际、明其差别,往往陷于错误及偏伤。黄永武博士所举,即系最好的例证:

> 同样地,唐朝的诗,应该以唐代的社会形态为背景去欣赏,如果不了解唐代男女社交开放及教坊歌伎与诗人官吏的关系,只用后人的眼光看白居易的《琵琶行》,看到白居易身为一州司马,居然夜登"茶商之妾"的船,不问女方的良贱,竟相对谈情流涕,则必然会怀疑"此岂居官者所为"?"岂唐时法令疏阔若此"?(如清人赵翼《瓯北诗话》所提出)或者坦率地指责"何处有此缪官耶"?(见清人舒梦兰《古南

馀话》)在这种个人不同的批判观点的背后,原是存在着广大的社会历史所形成的不同思想。又如以清人的眼光去读唐代崔颢的《长干行》,见一个女孩子为了熟稔的乡音而主动停船,去向陌生的男子借问乡籍,便以为是"倚船卖笑"、"羞涩自媒",这都是忘了当时社会的实际背景,以致批判观点有了差距。若将这二个思想的差距加以比较,求出社会文化及思想形态的不同,也是诗歌在思想分析上的一项贡献。(《中国诗学·思想篇》自序)

所举二例,均系据今论古,不合事理而下的推论,故其结果错误。故凡引用不实的资料、臆想、歪曲、抹煞事理的解释或推理,均将发生严重的错误。

(二)辨别同异:夫事物真实之际,是非得失之处,人物贤奸之别,思想上正邪偏谬之分,差之毫厘,谬以千里,故孟子云"恶似而非者",可见推论之难。而思维的根本,就在决嫌疑、定犹豫,为使推论尽量减少差误,应从辨别同异着手。(1)同异的差别,首在论断者的观点,《庄子》云:

> 仲尼曰:自其异者视之,肝胆楚越也;自其同者视之,万物皆一也。(《德充符》)

可见观点不同,推论的结果迥异,故首先要排除主观上的成见,确立恰当的标准。例如孟子所谓"五十步笑百步",自走与不走的标准而言,固然可笑,自距离的远近而言,则非无差别也;又庄子的"朝三暮四"与"朝四暮三",自总量而言,群狙之怒,固然可笑,然就时间的先后言,"朝三暮四"与"朝四暮三"实有不同。

（2）辨别同异，宜注重名实："夫名者实之宾也。"循名责实，为辨别异同之要务，故司马谈论《六家要旨》论名家云："然其正名实，不可不察也。"但事实上有同名而异实者，老庄之所谓仁义，其内涵实不同于孔孟；天之意义，先秦诸子所指各有不同，故《荀子》云"知异实者之异名也，故使异实者莫不异名也，不可乱也"，（《正名》）只是一理想而已，事实上决不可能一名一义。另外则有实同而名异，亦比比皆是，如孟子所云"心之官则思"，古人之所谓"心"，乃今"头脑"之意；"手足"一词使用在某一文句中，有兄弟之义，均不可不细加辨别。尤其是哲学家往往借用名相，自立名相，外来学术思想输入之后，有各种译名，译名复有音译意译的不同，均不能望文生义，非辨别名实异同不可，否则会论释失实。（3）同实异故。陈大齐释之云："就是形迹全同，而所以然不同。"孟子所言的盗寇杀人与士师杀人，迥然有别。《淮南子》云：

　　　　溺者入水，拯之者亦入水，入水则同，所以入水者则异。……故寒颤，惧者亦颤。（《说山》）

　　以上均系同实异故的例子，悲极而泣与喜极而泣，莞尔而笑与欣然而笑，此类基于事实的同实异故，已难辨分，而思想上的同实异故，辨析尤难，故不可不细心辨别。

　　（三）众端参详：事物的构成、学术思想的形成，原因非一，故推论之时，自不能以偏概全，执一以论，然常人常如《荀子》所云："凡人之患，蔽于一曲，而暗于大理。"（《解蔽篇》）何以有一曲之蔽，除了情感上的好恶、心理上的得失利害，因而有"偏伤"之外，尚有识虑不周、鉴裁不密等因素，所以众端参详，宜先去心理上的蔽障,臻于大清明的状态。然后,明源流,察因果,知变化,辨明暗,观涵摄,论对立,由多方面观察、参详,不作相违的决定,然后推论可期其正确或接近正确矣。

(四)取决理证:人事上的决定如辞受出处,不外得失利害的原则、道义是非的原则、权变的原则,所谓"两利相权取其重,两害相权取其轻"。而学术思想上的推论,是取决于真实,如陆贽所云:

> 如权衡之悬,不作其轻重,故轻重自辩,无从而诈也;如水镜之设,无意于妍蚩,有妍蚩自彰,莫得而怨也。(《翰苑集》卷十三《奉天请数对群臣兼许令论事状》)

陆氏所言,虽为君主听言论事而设,尤可通于推论,盖权衡于轻重,是重物显其重,轻物显其轻;水镜于妍蚩,是美者现其美,丑者现其丑,完全基于真实。学术思想的推论亦然,亦必以真实为推论的基础。学术思想上的真实,是指真实不妄的真理、真实可信的证据,盖天下足以服人之心者,莫如真实不妄之理、铁案如山之证据。梁启超论求真云:

> 凡研究一种客观的事业,需要先知道他"的确如此",才能判断他"为什么如此"。文献部分的学问,多属过去的陈迹;以讹传讹,失其真相者甚多。我们总要有很谨严的态度,仔细别择,把许多讹书和讹事都剔去,把前人的误解修正,才可以看出真面目来。(《梁启超演讲录》)

是推论必以"的确如此"的理证为决断,才能决定"为什么如此"的推论。推论的进行，是依据资料，透过联想，经过综合，依由推理的程序法式，而下论断。历来人类的知识，大都透过经验，而来自三方面：（1）逻辑思考；（2）批判思考；（3）历史思考。故推论亦可由此三方面进行检验：（1）由逻辑思考以追查推理过程；（2）以批判思考检查逻辑的前提和假设、资料证据的真实程度；（3）以历史思考比较检验前后左右，观察原委变化。

　　本章所述，牵涉多方。因感于思维术中，无"万应灵丹"，自不宜将思维术局限于逻辑一方面；又感于在思维研究上，往往"人各异术"、"人各异法"，而且有"一定之理"，"无一定之法"，故从多方面探论，简明扼要地举述思维研究时所涉及之理，以期由理而得法，神而明之，则存乎其人，亦岳武穆所云"运用之妙，存乎一心"之意也。

第五章　治学的基本方法

一、方法的重要

自思想的方法言，方法是手段而非目的，自治学研究言，方法是明道的工具，所以道固然应重，而方法亦不可或忽，钱穆云：

> 凡属讨论或指导学问，最高应是道术兼尽；其次不免各有所偏倚——或偏于道，或偏于术。自古论学，惟孔子能道术兼尽；荀孟以下，便不免各有偏重：孟子似偏重道，荀子似偏重术。(《中国学术通义》)

可见治学研究的最高原则，是"道术兼尽"，讲究方法，也是由术以求道，术如得鱼之筌。钱氏举论孔子"道术兼尽"之实际云：

> 何以谓孔子教人能道术兼尽？试举《论语》为例，颜渊喟然叹曰："仰之弥高，钻之弥坚，瞻之在前，忽焉在后。"此

四句即指道。颜渊自述所了解于孔子之道者,亦可谓即颜渊所了解于孔子之为人与其学者。下云:"夫子循循然善诱人,博我以文,约我以礼",此三句乃指术。循循善诱乃是依着层次、步骤、浅深、曲折来教人。"博我以文,约我以礼",具体讲,亦属总括讲。(同上)

此乃就孔子教学时的道术兼尽而言,证以孔子云:"下学而上达,知我者其天乎!"钱氏认为上达乃是"道",下学乃是"术",欲求上达,必自下学。钱氏所云,是否即孔子所云之原意,是另一问题,但孔子之成圣成学,自必有其方法——术。孔子所云,"学而不思则罔,思而不学则殆",即系其治学之方法。孟子重方法的倾向,比孔子尤为明显,孟子云:"大匠诲人,必以规矩,学者亦必以规矩。"(《告子上》)此言教学之需方法;孟子又云:"离娄之明,公输子之巧,不以规矩,不能成方圆。"(《离娄上》)此言百工从事之需方法也。韩非子云:"夫悬衡而知平,设规而知圆,万全之道也。"(《韩非子·饰邪》)又云:"释规而任巧,释法任智,惑乱之道也。"(《告子上》)言思想治学之必需方法也。严格地说,方法为治学致知的起点,没有方法,将严重损害治学致知的努力。因为方法是引导思维,规范思维,把握事实,处理事实的法宝,如户坂润所说:

> 学问为要研究其对象,无论如何都非根据方法不可。所谓方法便是到达对象之途。(《科学方法论》)

方法的重要性,诚然如此,然而亦有反对方法论者,不外(1)认为方法系出于个人的能力,无须讲求。(2)认为难有一般的方法,适用于每一个别事例,以及每一种学问。(3)认为方法的训练,容易使特出之天才,受其锢蔽,不能尽量发挥其天才。这全然是认识上的错误,因为方法不外乎将健全的人智运用于思维及事务上而已,故任何人均可就其需要而创用其方法;何况任何特出之天才,苟能有熟娴之方法技术,则其成就,必更杰出。研究国学,方法尤其重要,如果不依照有效的途径、有效的步骤,则无法得到研究的成果。惟方法受材料、事物的特质,寻求知识的类别所限制。所以思想方法的基本任务,是在有限制的情况下,一是事理的确定:由直接观察事物之现象或事物之遗迹以知事理,由藉证据之力以知真实之事理,由观察而判断及推论以明事理;一是事理之贯通:由综合以认识事实间之关连、事理间之贯通,由个别以与演化之整体事物相连贯,一切因素相互作连贯。所以不是方法无用,而是方法应用常受限制。例如同一外科手术,不但用之于人、用之于兽有差别,即用之于中年与老年亦有不同,同年龄同性别而体质不同者亦复有异,是知思想方法之运用,不能执一不变,而在神而明之。

二、国学治学方法述略

国学范围甚广,门类极多,故仅能提供极为基本的方法以资运用,以宋学汉学而言,宋学具有精微,汉学具有根柢,自有方法存在。黄百家论晦翁云:

> 其为学也,主敬以立其本,穷理以致其知,反躬以践其实。(《宋元学案·晦翁学案》)

主敬、穷理、实践乃朱子治学之方法。"主静立极"出于濂溪；而主敬之说，本于二程；穷理致知，则得之于李侗。黄宗羲论之云：

> 朱子之学，本之李延平，由罗豫章而杨龟山而程子而周子，自周子有主静立极之说，传之二程。其后罗李二先生专教人默坐澄心，看喜怒哀乐之未发时作何气象。朱子初从延平游，固尝服膺其说，已而又参以程子主敬之说，静字为稍偏，不复理会，迨其晚年，深悔平日用功未免疏于本领，致有辜负此翁之语，固已深信延平立教之无弊，而学人向上一机，必于此而取则矣。（同上）

由此以观，主敬主静，乃朱子之主要方法，主敬乃推本孟子的求放心，自然能去骄吝克伐之私，而立得定，决不杂。朱子云：

> 为学大要，只在求放心，此心泛滥无所收拾，将甚么做管辖处？其他用功总闲漫。须先就自心上立得定，决不杂，则自然光明四达，照用有余。（《同上》，又见于《朱子语类》）

求放心为主敬之快捷方式，主敬则心中有主有定，不乱不杂，而照用有余，谓清明在躬，思想无误，所以又云："以敬为主，则内外肃然，不忘不助，而心自存。"可见朱子得益于此一方法甚大。至于由静坐澄心着手，以得穷理之要，黄宗羲论之云：

> 朱子言余之始学，亦务为侊侗宏阔之言，好同而恶异，喜大而耻小，而延平之言曰：吾儒之学，所以异于异端者，理一而分殊也。理不患其不一，所难者分殊耳。余心疑而不

服，以为天下之理一而已，何为多事若是？同安官余，以延平之言反复思之，始知其不我欺矣。自朱子为是言，于是后之学者，多向万殊上理会，以自托于穷理之说，而支离之患生矣。（《宋元学案·晦翁学案》）

理既万殊，于是必求理于事，以理贯事，朱子云：

> 凡天下之事，皆人之所当为。君臣父子兄弟朋友之际，人事之大者也。以至于视听言动周旋食息，至纤至悉，何莫非事者，一事之不贯，则天性之陷溺也，然则讲学其可汲汲乎？（《朱文公文集》）

求理于事，以理贯事，自然系最佳之方法，可是事物无穷，如何理会？朱子又有推理合事的要诀，朱子云：

> 问：学者讲明义理之外，亦须理会时政，要一一讲明，庶他日临事不至面墙。曰：学者若得胸中义理明，从此去量度事物，自然泛应曲当。若有尧舜许多聪明，自做得尧舜许多事业。若要一一理会，则事变无穷，难以逆料，随机应变，不可预定。（《朱子语类》）

此朱子主张洞明义理，推理合事，而使泛应曲当。故亦以此观点而注释《大学》上之"格物"云：

> 格，至也，物犹事也，穷至事物之理，欲其极处无不到也。（《四书集注》）

此朱子穷理致知之要。至于反躬以践其实,则朱子合知行之法,朱子云:

> 莫非知也。日用之间,事之所遇,物之所触,思之所起,以至于读书考古,知所用力,则莫非格物之妙也。……行之力愈进,知之深,则行愈达。(《朱文公文集》)

是朱子致知在知此理,力行在行此理,其治学方法之大要,端在于此,朱子之成就诚有不可及者,其弟子黄直卿推崇之云:

> 自洙泗以还,博文约礼,两极其至者,先生一人而已。然则先生之学,其踵孔颜乎? 直卿曰:然。(《宋元学案·晦翁学案》)

朱子既克继踵孔颜,可是陆象山与朱子并世,即抗不为下,而开心学一派;阳明继起,初由朱子所注释之格物致知之途之入手,而终与朱学异路;清代汉学家更立徽帜,"摈有宋五子之术,以谓不得独尊"(《曾文正公全集·圣哲画像记》)。是朱子之学,亦不能无弊,自思想方法而言,由学术之分类以观,德性与学问不能无别,由格物而致知尚可,由格物致知而求正心诚意则不能无弊;即以格物而致知而言,错用方法,亦多乖误,阳明冥坐竹子下而格物,终致成病而灰作圣之路,是误用了"潜符默证"的方法到科学实验上,此固朱子主静立极之遗也。胡适之论朱子的治学方法云:

> 这一种"格物"说,便是程朱一派的方法论。这里面有

几点很可注意：①他们把"格"字作"至"字解。朱子用的"即"字，也是"到"的意思。"即物而穷其理"是自己去到事物上，寻出物的道理来。这便是归纳的精神。②"即凡天下之物，莫不因其已知之理而益穷之，以求至乎其极。"这是很伟大的希望！科学的目的，也不过如此。小程子也说："语其大，至天地之高厚；语其小，至一物之所以然，学者皆当理会。"倘宋代的学者，真能抱着这个目的做去，也许做出一些科学的成绩。（《胡适文存》卷二）

可见程朱所悬的目的虽高，而方法不足，但已有"即物而穷其理"的事实，胡适之认为有归纳法的精神，并谓朱子能实地观察：

但是我们平心而论，宋儒的格物说，究竟可算得是含有一点归纳法的精神。"即凡天下之物，莫不因其已知之理而益穷之。"这一句话里，的确含有科学的基础。朱子一生颇能做一点实地的观察。我且举《朱子语录》里的两个例：

（1）今登高山而望，群山皆为波浪之状；便是水泛如此，不知因甚么事凝了。

（2）尝见高山有螺蚌壳？或生石中。此石即旧日之土，螺蚌即水中之物。下者却变而为高，柔者却变而为刚。此事思之至深，有可验者。

这两条都可见朱子颇能实行格物。他这种观察，断案虽不正确，已很可使人佩服。（《胡适文存》卷二《清代学者的治学方法》）

这是胡适之拨去时空的因素，以现代学术思想的眼光，来评断宋代学者的成就，故其观点完全跳出了《宋元学案》的范围，胡氏也明白了时代要素的差别，所以以原情之论批判宋儒之学云：

> 但是这种方法何以没有科学的成绩呢？这也有种种的原因：①科学的工具器械不够用。②没有科学应用的需要。科学虽不专为实用，但实用是科学发展的一个绝大原因。小程子临死时说："道着用，便不是！"像这种绝对非功用说，如何能使科学有发达的动机。③他们既不讲实用，又不能有纯粹的爱真理的态度。他们口说"致知"，但他们所希望的，并不是这个物的理和那个物的理，乃是一种最后的绝对真理。小程子说："今日格一件，明日格一件，积习既多，然后豁然有悟处。"朱子上文说的"至于用力之久而一旦豁然贯通焉，则众物之表里精粗无不到，而吾心之全体大用无不明矣"，这都可证宋儒虽然说"今日格一事，明日格一事"，但他们所希望的，是那"一旦豁然贯通"的绝对的智能。这是科学的反面。而科学所求的知识，正是这物那物的道理；并不妄想那最后的无上智能。丢了具体的物理，去求那"一旦豁然贯通"的大彻大悟，决没有科学。
>
> 再论这方法本身，也有一个大缺点。科学方法的两个部分，一是假设，一是实验。没有假设，便用不着实验。宋儒讲格物，全不注重假设。如小程子说："致知在格物，物来则知起。物各付物不役其知，则意诚不动。"天下哪有"不役其知"的格物？这是受了《乐记》和《淮南子》所说"人生而静，天之性也。感于物而动，性之欲也"那种知识论的毒！"不役其知"的格物，是完全被动的观察，没有假设的解释，

也不用实验的证明。这种格物，如何能有科学的发明？
（《胡适文存》卷二）

这是针对宋儒治学方法的具体批评，可是胡氏既知道宋代没有发展科学的环境，而仍以科学的立场，责宋儒未能发展科学有成；而且又以杜威的实验论理学的立场，予以苛求，因为宋儒并非不知假设，只是不知如杜威的假设；而且胡氏以科学方法苛责宋儒用哲学方法解决哲学上的问题，实不足以服宋人，因为求那"一旦豁然贯通"的大彻大悟，当然是科学的反面，当然没有科学，又何足怪呢？可是胡氏所指摘的宋儒的治学缺点，则不能为宋儒讳：

　　（1）随意改古书的文字。

　　（2）不懂古音；用后世的音来读古代的韵文；硬改古音为"叶音"。

　　（3）增字改经。例如致知为"致良知"。

　　（4）望文生义。例如《论语》："君子耻其言而过其行。"本有错误，故"而"字讲不通。宋儒硬解为："耻者，不敢尽之意；过者欲有余之辞。"却不知道"而"字是"之"字之误。（皇侃本如此）（同上）

胡氏于文后举了很多证据，证明了以上的缺失，朱子甚至把《中庸》、《大学》妄分章节，出以己意为之补苴，这类态度上和方法上的不当，才被目为"空疏"。至清乾嘉以后，文字学、训诂学、声韵学、校勘学的兴盛，治学的方法日臻细密，治学的成就纵或未能度越宋儒，然而确实改正了宋儒的很多缺点，胡适论其方法云：

  (1)研究古书，并不是不许人有独立的见解；但是每一种新见解，必须有客观的证据。

  (2)汉学家的"证据"，完全是"例证"，例证就是举例为证。

  (3)举例作证，是归纳的方法。倘举的例不多，便是类推(Analog)的证法。举的例多了，便是正当的归纳法(Induction)了。而类推与归纳，不过是程度的区别，其实他们的性质是根本相同的。

  (4)汉学家的归纳手续，不是完全被动的，是很能用假设的。这是他们和朱子大不相同之处。他们所以能举例作证，正因为他们观察了一些个体的例之后，脑中先有了一种假设的通则；然后用这个通则所包涵的例，来证同类的例。他们实际上是用个体的例，来证个体的例，精神上实在是把这些个体的例所代表的通则演绎出来。故他们的方法，是归纳和演绎同时并用的科学方法。(同上)

经胡氏的析论，清儒方法之密，已洞然明白，由清儒考证之精，而知道了其所以精。惟胡氏根据杜威的实验论理学而提出大胆的假设，小心的求证，作为治学方法的纲领，然仍嫌是原则性的，而非方法的，因为如何假设，如何搜证，如何考信，如何以证证理，仍然欠缺可资适用的一般方法。而且以清儒考证之精、方法之密，而治学之结果，却流于细碎，诚如纪昀所云："国初诸家，其学征实不诬，及其弊也琐。"是尤值得深思者，盖方法之外尚有功夫，功夫之外，尚有智悟，不能以方法论定一切也。方法之为用，不外使思维更有效，研究更易有成而已。

第一节　批判法

一、批判法之产生

人类学术积累至相当程度以后，便会有评定其是非优劣之情况发生，例如孔子云：

> 周监于二代，郁郁乎文哉！吾从周。(《论语·八佾》)

这是孔子视三代之礼制，以周最完备，超越夏殷，而下的批判，故宗周从周。批判一以见美恶，一以见是非，孔子批判管仲云：

> "管仲之器小哉！"或曰："管仲俭乎？"曰："管氏有三归，官事不摄，焉得俭？""然则管仲知礼乎？"曰："邦君树塞门，管氏亦树塞门。邦君为两君之好有反坫，管氏亦有反坫，管氏而知礼，孰不知礼？"(《论语·八佾》)

孔子依据事实，判定管仲"焉得俭"和不知礼，是知其恶矣；然而孔子却亦许其为仁者：

> 子路曰：桓公杀公子纠，召忽死之，管仲不死，曰：未仁乎？

子曰：桓公九合诸侯，不以兵车，管仲之力也。如其仁！如其仁！

子贡曰：管仲非仁者与？桓公杀公子纠，不能死，又相之。

子曰：管仲相桓公，霸诸侯，一匡天下，民到于今受其赐，微管仲，吾其被发左衽矣！岂若匹夫匹妇之为谅也，自经于沟渎而莫之知也。（《论语·宪问》）

是孔子由事功上论定其为仁者，可见孔子对管仲的批判，是无偏无党，瑕瑜并论，而管仲的地位和价值得以确定。批判一辞，界定较周密者，是为英国人亚诺尔特，他批判论云：

批判者，是批判各支派之知识，要窥见宗教、哲学、历史、艺术、科学之本来之实在。是以有能使知性地位之创造能力，可以得益之最后趋势。其趋势即是在建设一系统之观念，虽不是绝对之真确，而比于其所取代之观念，则较为真确。即是能使最好之观念，处于优胜地位。既建设如是之新观念，不久则能灌输于社会。触动真确，即是触动生机，由是而各处皆有震动，皆有生长。由此震动及生长，则生文学之创造纪元。

根据亚诺尔特所论，批判法的应用极为广泛，可用于宗教、哲学、历史、艺术、科学，以至于文学；批判法的目的，在发现真实，进而建设一系统之观念；经过批判法所建设之观念，虽不是绝对之"真确"，但较所取代之观念，则较为"真确"；所建设之新观念，在灌输于社会，产生作用之后，则能产生"震动"之效果，推动学术思想的生长,可见批判法之重要性。

二、批判法之运用

批判法之运用,首先在态度上要去除成见,无偏无党,方不致流于武断或臆测,而致使此一方法落空。批判研究法应依据下列原则进行:

(一)依据信证:批判之可靠,主要在于可资相信之证据,如果资料不可信,自然由批判而得到之结果亦必不可信,故19世纪西方学者,有所谓"版本批判",类似国学中之版本学,意即在求资料之可信,使批判之结果可信而接近真实。例如孔子之批判管仲之不知礼,系根据于"邦君树塞门,管氏亦树塞门。邦君为两君之好有反坫,管氏亦有反坫"之事实;批判管仲为仁者,是根据"桓公九合诸侯,不以兵车,管仲之力也"和"微管仲,吾其被发左衽矣"之信证。其批判之结果,方能契合事实,真实而为吾人所信服。此外引叙信证,不可歪曲失实,误解失真;于资料不足时,不宜妄下批判。

(二)依据标准及原则:批判必有标准及原则,以为批判之依归,例如孔子之批判管仲为不知礼,与许其为仁者,均有其标准,前者系依道德礼制,后者系依对当代后世之贡献,而程子不解此意,竟云:

> 桓公兄也,子纠弟也,仲私于所事,辅之以争国,非义也;桓公杀之虽过,而纠之死实当,仲始与之同谋,遂与之同死可也,知辅之争为不义,将自免以图后功亦可也,故圣人不责管仲之死。(《论语集注》引)

程子之意，以为管子不死子纠之难，于私德有亏，且恐因孔子之言，使后世有所借口，桓公为兄，子纠为弟，则管子之不死，方可免于孔子之责，实不明圣人批判之标准，故崔述云：

> 余案：圣人之言，后世皆当尊信不疑，不必于圣人言外别立一意也。如果孔子不责管仲之死以桓兄纠弟之故，则何不直以此言告子路子贡，决是非于片言，垂名教于万世，乃故隐其故而不宣，以待后人之补注乎？（《论语辨上·论语馀说》）

是孔子非以桓兄纠弟之标准而不责管仲之不死，其理甚明。崔述又云：

> 且春秋之世，立子以嫡，立嫡以长，若两皆庶子，则亦不甚拘长幼之序。至遭国家之变而议立君，尤与寻常不同。……由是言之，圣人不责管仲之死，但以其有功故；不因于桓与纠之孰为兄弟也。使仲无匡天下之功，无论桓兄纠弟、桓弟纠兄，亦断不为圣人之所许矣。况桓、纠之长幼，经、传皆无确据，孔子既称管仲之功，吾知仲以有功故可不死而已；若孔子所不言，则吾不得而知之也。（同上）

崔氏之言，诚足以发明孔子之意。盖孔子批判管子，系以其功为标准，而非以道德，孔子已自明其批判之宗旨，"岂若匹夫匹妇之为谅也，自经于沟渎而莫之知也"，足以明其非由道德标准而批判管子，故子路、子贡均再无疑问，孔子之所以如此，盖不以一眚掩大德也。管子相齐，孔子以事功为标准而批判之；伯夷、叔齐乃无位之逸民,孔子以道德之标准而批判之,认为"求仁而得仁,又何怨"。故批判之进行,首在确立标准。又批判必依原则,《论语·雍也》载:

> 子华使于齐,冉子为其母请粟。子曰:"与之釜。"请益,曰:"与之庾。"冉子与之粟五秉。子曰:"赤之适齐也,乘肥马,衣轻裘,吾闻之也,君子周急不继富。原思为之宰,与之粟九百,辞。子曰:"毋! 以与尔邻里乡党乎!"

同一与粟,一则嫌其多,一则斥其辞粟,皆有原则为依循,非基于好恶与一时之喜怒也。崔述论之云:

> 冉子与子华粟,子曰:"赤之适齐也,乘肥马,衣轻裘,吾闻之也,君子周急不继富。"近世讲章家释此文,谓:"弟子为师使,分所当然,不当与粟,非以其富之故。孔子所言,特为之旁通一义耳,非本旨也。"世之为举业及操文衡者皆宗之。以余观之,谬莫甚焉。弟子之使于师固义所宜,然使子华果贫,为之师者将坐视其母之冻馁而不恤乎? 恐圣人不如是之不近人情也。若贫而即与之,则是不与粟者仍以子华富故,何得谓之旁通一义乎? 凡圣人所自言,学者皆当尊信而不之疑;孔子言"与邻里乡党",则是粟之不当辞者,以可与邻里乡党也;孔子言周急不继富,则是粟之不当与者,以其为肥马轻裘也。(《论语辨上·论语馀说》)

其言足以见孔子于事之评断深具原则,非出于一时之喜怒也。论学而运用批判之法,滥觞于庄子、荀子,至《七略》而大盛,

以之治学有成者,无过于黄宗羲,所撰《宋元学案》、《明儒学案》,大都系批判法运用之结果。《明儒学案》之自序云:

> 羲为《明儒学案》上下,诸先生深浅各得,醇疵互见,要皆功力所至,竭其心之万殊者,而后成家,未尝以懵懂精神,冒人糟粕,于是为之分源别派,使其宗旨历然,由是而之焉,固圣人之耳目也。

使有明诸先生"深浅各得,醇疵互见",非用批判法不可,因为依据信证,确立标准和原则,由是而进行批判,则诸先生之学养深浅,醇疵得失,方可得而见,如《姚江学案》云:

> 有明学术,白沙开其端,至姚江而始大明,盖从前习熟先儒之成说,未尝反身理会,推见至隐,所谓此亦一述朱,彼亦一述朱。高忠宪云:薛文清、吕泾野语录中,皆无甚透悟,亦为是也。自姚江指点出良知,人人现在,一反观而自得,便人人有个作圣之路,故无姚江,则古来之学脉绝矣。然致良知一语,发自晚年,未及与学者深究其旨,后来门下,各以意见搀和,说玄说妙,几同射覆,非复立言之本意矣。(《明儒学案》卷十)

阳明之学,最大成就在突破朱子之藩篱,提点出致良知一法,开人人作圣之路;而其弊病,在未深切讲究、宣明旨意,流弊以生。得黄宗羲之批判,而王学之优劣大明矣。不惟四朝学案如此,诸学者几无不用批判法,以见是非、得失、优劣、成败也。

(三)**具有历史观点**:批判研究,非仅以论当时当世,乃常以追论往昔,故必具有历史观点,以明其时其地,前事与后事有何种关系,其人之身处境遇如何,进而批判,方不致妄断失真。例如禅学影响宋元理学者至深且切,故《宋元学案》于《紫薇学案》云:"多识前言往行,以畜其德,而溺于禅,则又家门之流弊乎?"于《默堂学案》云:"龟山弟子遍天下,默堂以爱婿为首座,其力排王氏之学,不愧于师门矣。惜其早侍了斋,禅学深入之。而龟山亦未能免于此也。"《刘胡诸儒学案》云:"白水、籍溪、屏山三先生,晦翁所尝师事也……三家之学略同,然似皆不能不杂于禅。"《赵张诸儒学案》云:"丰公所得浅,而魏公则惑于禅宗。"是皆由时代之风尚,以论诸家之学;又学术流传,必有师承,全祖望于《安定学案》云:"宋世学术之盛,安定泰山为之先河。……小程子入太学,安定方居师席,一见异之,讲堂之所得,不已盛哉!"是论定胡瑗为宋学之始,而程颐出其门下也。《泰山学案》云:"泰山之与安定同学十年,而所造各有不同……而泰山高弟为石守道,以振顽懦,则岩岩气象,倍有力焉。"是认为孙复与胡瑗为学友,而认泰山之嫡传则在石介也。黄百家论晦翁之学云:"紫阳以韦斋为父,延平白水屏山籍溪为师,南轩东莱诸君子为友,其传道切磋之人,俱非夫人之所易编也。"是谓朱子之学,有渊源于家传,有得之于师说,有出于学友之规正,俱皆以历史观点明其渊源关系,而学术源流以明,进而批判其正偏得失,方不致是非淆乱。

(四)批判主于裁断,以明真实:批判之任务,在于辨正是非,裁断优劣,明白真实,以获得真实不妄之事理,故以裁断为贵,不以调和为能。《宋元学案》、《明儒学案》之所以卓出,在于党争学派纷扰之中,是非利弊错出之际,裁断公当,得失以明,是非以见,优劣以显。其他如《四库全书总目》,其价值所在,亦以裁断见功,不以介绍作者及著作为能也。苟用批判研究法而无裁断,或裁断而欠公允,则此一方法势必落空,故去私心,去成见,多察直言谠论,则裁断可期于公允。又批判以建设为主,不贵破坏,裁断之结果流于绝对的怀疑,或绝对的破坏,亦失去批判的价值。

三、批判与批评

批判与批评,涵义相近,语意常混用,通常以为批判之意义重,批评之意义轻;批判用于哲学,批评用于文学;实际批评一词之意义在程度上似比批判为严重,批判并不限于哲学,就批评之广义而言,不外剖析事物,评定其是非优劣,固与批判无太多差别也。批判法之任务,有如梅尔茨云:

> 批判只能断定事物之真不真,善不善,美不美,有用无用而已。然而如是之范畴,则仍归到人心,仍以人心为标准也。自然之自身,则无所谓真,亦无所谓不真,无所谓善,无所谓不善,无所谓美,无所谓不美,无所谓有用,无所谓无用也。(《十九世纪欧洲思想史》第九册)

依人心、依人的准则而使用批判法,是最起码的标准,所谓人心,当然不是私心,而是理性的、理智的"公心"。

第二节　归纳法

一、归纳法之产生

归纳法为培根所创,近世科学昌明,多赖此一方法之力,其

法虽为培根所创,其理则自古已然,任卓宣论培根的倡导归纳法云:

> 培根为甚么要倡导归纳法?因为他反对传统逻辑,反对演绎法,反对三段论,以为这些是旧工具,"只足以强人同意于命题,却不足以捉摸事物的真理","不能帮助人探求真理","因此我们底唯一希望,就在于真正的归纳法"。这是注意经验,"由感官和殊事得出公理"的"新工具",态度非常客观。(《思想方法论》第七章)

大致已说明此一方法之重要。惟培根所倡之归纳法,包括甚多,有观察、实验、分析、抽象、概括等,实已侵入其他思想方法之范畴,其后之威尔顿(Welton)、穆勒(James Mill)加以发挥,然皆以应用于科学为主,故不论述。

二、归纳法之运用

归纳法乃由事实中得出道理,事实系特别,道理系一般的或普遍的,所以归纳是由特殊到普遍,由特殊以推知普遍——由特殊之事实,以推知普遍之理。严复云:

> 至于格物穷理之用,不过二端:一曰内导(即归纳法),一曰外导(即演绎法)。此二者不是学人所独用,乃人人自有生之初所同用,用之而后知识日辟者也。内导者,合异事以观其同,而得其公例。粗言之:今有一小儿,不知火之烫人也,今日见烛,手触之而烂;明日又见炉,足践之而又烂;至于第三,无论何地,见此炎炎而光,烘烘而热者,即知能伤

人而不敢触，且苟欲伤人即举以触之，此用内导之最浅者，其所得公例，便是"火能烫人"一语。（《严几道诗文集·西学通门径功用说》）

所举事例虽浅，所释归纳之理则甚明。此法诚非学人所独用，乃人人所同用，依此类例以求，古人之用归纳法盖亦不寡矣。例如：

> 子曰：岁寒，然后知松柏之后凋也。（《论语·子罕》）

斯亦由归纳而得之结果，孔子如非屡经岁寒，屡见松柏之不凋，亦何以知之乎？又如：

> 子贡问政。子曰：足食，足兵，民信之矣。（《论语·颜渊》）

是亦孔子归纳国家之所以能屹立于世，不外"足食、足兵、民信之矣"此三者而为言也。即韩愈为文，亦用此法：

> 古之学者必有师。师者，所以传道、授业、解惑也。人非生而知之者，孰能无惑？惑而不从师，其为惑也终不解矣。（《韩昌黎集·师说》）

昌黎由学者必从师、孔子无常师等事实，而归纳出古之学者必有师，由每一师之任务在传道、授业、解惑，而归纳至所有之师其任务均在传道、授业、解惑，此古人运用归纳法之一般。至于

治学时,由许多个例或个别事实观测参看,寻出共同之通则通理,亦系归纳法之应用。胡适云:

> 先搜集许多同类的例,比较参看,寻出一个通则来,完全是归纳的方法。但是以我自己的经验看起来,这个方法实行的时候,决不能等到把这些同类的例都收集齐了,然后下一个大断案。而当我寻得几条少数同类的例时,我们心里已起了一种假设的通则。有了这假设的通则,若再遇着同类的例,便把已有的假设去解释他们,看他能否把所有同类的例,解释的满意,这就是演绎的方法了。(《胡适文存》卷二《清代学者的治学方法》)

其实胡适是把他"大胆假设"的惯用方法,融入归纳法中,就胡氏之解说,在由几个例证归纳出通则以后,再以此通则以衡论其他同类之例,已系演绎法之运用矣。胡氏以王引之《经传释词》之焉字用法(焉有"于是"、"乃"、"则"之义)全由归纳而得:

> (1)《礼记·月令》:"命舟牧覆舟,五覆五反,乃告舟备具于天子,天子焉(于是)始乘舟。"
> (2)《晋语》:"尽逐群公子,乃立奚齐,焉(于是)始为令。"
> (3)《墨子·鲁问》篇:"公输子自鲁南游楚,焉(于是)始为舟战之器。"
> (4)《山海经·大荒西经》:"夏后……开焉(于是)始得歌九招。"
> (5)《祭法》:"坛墠,有祷焉(则)祭之,无祷乃止。"

(6)《三年问》:"故先王焉(乃)为之立中制节。"

(7)又:"焉(乃)使倍之,故再期也。"

(8)《大戴礼·王言》篇:"七教修,焉(乃)可以守,三至行,焉(乃)可以征。"

(9)《曾子·制言》篇:"有知,焉(则)谓之友;无知,焉(则)谓之主。"

(10)《齐语》:"乡有良人,焉(乃)以为军令。"

(11)《吴语》:"吾道路悠远,必无有二命,焉(乃)可以济事。"

(12)《老子》:"信不足,焉(于是)有不信。"

(13)《管子·幼官》篇:"胜无非义者,焉(乃)可以为大胜。"

(14)又《揆度》篇:"民财足,则君赋敛焉(乃)不穷。"

(15)《墨子·亲士》篇:"焉(乃)可以长生保国。"

(16)又《兼爱》篇:"必知乱之所自起,焉(乃)能治之。"

(17)又《非攻》篇:"汤焉(乃)敢奉率其众以乡有夏之境。"

(18)《庄子·则阳》篇:"君为政,焉(乃)勿卤莽,治民,焉(乃)勿灭裂。"

(19)《荀子·议兵》篇:"若赴水火,入焉(则)焦没耳!。"

(20)又:"凡人之动也,为赏庆为之,则见害伤焉(乃)止矣。"

(21)《离骚》:"驰椒邱,且焉(于是)止息。"

(22)《九章》:"焉(于是)洋洋而为客。"

(23)又:"焉(于是)舒情而抽信兮。"

(24)《九辩》:"国有骥而不知乘兮,焉(乃)皇皇而更索。"

（25）《招魂》："巫阳焉（乃）乃下招曰。"

（26）《远游》："焉（乃）乃逝以徘徊。"

（27）僖十五年《左传》："晋于是乎作爰日。晋于是乎作州兵。"《晋语》作："焉作辕田，焉作州兵！"则是"焉"与"于是"同义。

（28）《荀子·礼论》篇："三者偏亡，焉无安人。"而《史记·礼书》用此文，"焉"作"则"。《老子》："故贵以身为天下，则可寄天下。"又在《淮南·道应训》引此"则"作"焉"；则是"焉"与"则"同义。（同上）

胡适之引证，于原书颇有节删，而原意不失，确系运用归纳法之一例，王氏全书，几乎均用此法。又钱大昕的"古音类隔不可信"谓"古无舌头舌上之分"（《十驾斋养新录》卷五），亦系由归纳法而得。惟此一方法用之治学，至少应推溯至《说文解字》，许慎以归纳之法，得出六书之定义："一曰指事，指事者，视而可识，察而见义，上下是也。二曰象形，象形者，画成其物，随体诘诎，日月是也。三曰形声，形声者，以事为名，取譬相成，江河是也。四曰会意，会意者，比类合谊，以见指挥，武、信是也。五曰转注，转注者，建类一首，同意相授，考老是也。六曰假借，假借者，本无其字，依声托事，令长是也。"皆由文字之分析归纳而得出此定义。

三、归纳法运用时应注意者

归纳法系由特殊之事物，以推普遍之理，由个别之事例，以推知一共同之通则，惟事物之理，非可易知易见，故宜仔细分析，深入观察，以期其有所发现；用归纳法获致结果之后，其结果是否可靠，宜由演绎法推之于同类别或同性质的事物，以验其是否正确，如有例外，有其他不同之结果，则归纳所得，往往有问题；归纳法使用时，所明白可见者为现象，所隐微难知者为事理，故宜注意事物变化时之因果关系、变化因素、相应之变化等，方能获致正确之结果。

第三节　演绎法

一、演绎法之产生

演绎法是与归纳法相对之思想方法，以普遍之原理，以推知特殊之事物或见解，即由已知推未知也。演绎法之应用甚早，其法式则待逻辑学之建立而益明，例如《中庸》云：

> 惟天下至诚，为能尽其性；能尽其性，则能尽人之性；能尽人之性，则能尽物之性；能尽物之性，则可以赞天地之化育；可以赞天地之化育，则可与天地参矣。

由能尽其性为前提，以推论至能尽人之性，能尽物之性，完全是演绎法之运用。又《论语·学而》：

> 有子曰：其为人也孝弟，而好犯上者鲜矣。不好犯上，而好作乱者，未之有也。

亦系由人之孝弟以推论到不好犯上,再由不好犯上,以推论到"而好作乱者,未之有也"。亦系演绎法之最佳例证,可能演绎法不待逻辑训练,即能运用也。

二、演绎法之运用

演绎法旧名外导或外籀,本章第二节引严复以小儿由触烛手烂,践炉足烂,而归纳出"火能烫人",严复论演绎法云:

> 此用内导之最浅者,其所得公例,便是"火能烫人"一语。其所以举火伤人,即是外导术(演绎法),于意中皆有一例,一案一断,"火能烫人"是例,"吾所持是火"是案,"故必烫人"是断。合例案断三者,于名学中成一联珠;及以火伤人而人果伤,则试验印证之事矣。故曰印愈多,理愈见确矣。名学之精析如此,然人日用之而不知。须知格致所用之术,不外如此。(《严几道诗文集·西学通门径功用说》)

严氏以此浅例说明演绎法,而且以三段论式解说,非常明白。由"火能烫人"之已知事实,而加以演绎,成为"举火伤人",此乃演绎法之最实用最简明者。以已知推论未知,其基本方式如此,然而所谓已知和未知,由内容上说系道理或思想,由形式上说则系判断或命题,故演绎法之应用常以三段论式进行:以已知之理为前提,即严复所谓"例";而推出之结果,名为结论,即严氏所谓之"断";其推理之过程,即严氏所谓"案"。其形式如下:

例(前提):火能烫人,

案:吾所持是火,

断(结论):故必烫人。

此一由已知推未知，不用"中介"，故名为直接推理。在推理必须有一"中介"方能进行之时，名为间接推理，亦由已知推未知之法，例：

大前提：凡人皆有死。

小前提：孔子是人。

结论：所以孔子有死。

在大前提与结论之间，有孔子是人作"中介"，所以是间接推理。直接推理与间接推理之种类，已见本书第四章，详细研讨系理则学之范畴，故此不予详述。惟傅尔基野由内容上分推理为三大类，甚合实用：

> 一、从定律到事实，如：鸟是卵生的，鸦鹊是一种鸟，所以鸦鹊是卵生的动物；二、从原则到结果，如：完美的存在是公正的，上帝是完美的，所以上帝是公正的；三、从相等到相等，如：A＝B，B＝C，所以 A＝C（任卓宣著《思想方法论》第八章引）

近代数学之发达，其基础系建立在演绎法上，定理公理之应用，全系演绎法之发挥。在哲学上之应用，亦为广泛；在国学上之应用，则有如胡适所论者：

> 顾炎武研究了许多例，得了"凡义字古音皆读为我"的通则。这是归纳法。后来他遇到"无偏无颇，遵王之义"一例，就用这个通则解释他，说这个义字，古音读为我，故能与颇字协韵。这是通则的应用，是演绎法。既是一条通则，应该总括一切"义"字，故必须举出这条"义读为我"的例来，证

明这条"假设"的确是一条通则。(《胡适文存》卷二《清代学者的治学方法》)

胡适论顾炎武之运用演绎法、归纳法以为治学之例证,甚为明白,惟演绎法用之治学,至少亦应推溯至许慎,许氏既以归纳之法,得出六书之定义,复以演绎之法,将六书之定义用以解说造字之理,例如:

牛:事也理也,象角头三、封、尾之形也。

口:人所以言食也,象形。

牙:壮齿也,象上下相错之形。

册:符命也,诸侯进受于王者也,象其扎,一长一短,中有二编之形。

目:人眼也,象形。

隹:鸟之短尾总名也,象形。(见《说文解字》)

乃许慎依据"象形者,画成其物,随体诘诎"之理,以演绎之法,分析字形,确定其为象形字。

由上所述,演绎法应用之时,一系依据事理,以已知推未知,而以契合事实与否为证验。如严复所举之例证即是。一系以三段论式进行,以已知推未知,而以是否符合三段论式之法则,是切合事实以为证验,如上所举之凡人皆有死,孔子是人,所以孔子有死之例证是。诚系治学时应随时运用之方法。

三、演绎法运用时应注意者

演绎法在由已知推未知,由普遍之理则推特殊之事物,推论之时，应注意到类别与性质。类别不同，性质互异者，往往不能使用演绎法，否则其结果往往有误。推理不宜过当，不能由特殊之例外，以推论全体，否则演绎之结果，亦常陷于错误。

第四节　宗派法

一、宗派法之产生

人为历史之动物，历史之学在将人类演化之事实，就其单独的、仅有的、典型的或集体的变动，加以因果之研究及叙述，将此一观念，用之于治学，则宗派法是也。因为学术思想之产生有单独的、仅有的、典型的、集体的，但透过时间，贯通空间，而彼此影响，先后贯通，故以通史通观之法，将学术思想，以宗派法作统合之研究，则源流分明，派别清楚，变化之迹可得而论。宗派之意一为宗族上之宗派，一为宗教上之宗派，如佛教在中国有十三宗派，在日本有十四宗派。学术上有宗派，《汉书·艺文志·诸子略》继司马谈等之后，分先秦派为九流十家，即学术上分宗派之最佳例证；吕本中之《江西宗派图》，乃文学上分派之明证。王十朋读东坡诗云："谁分宗派故谤伤，蚍蜉撼树不自量。"虽力排以宗派论诗之非，而宗派故不因其排斥而泯绝也。纪昀即以宗派之法以论诸子之学：

> 自六经之外，立说者皆子书也。……儒家之外，有兵家、有法家、有农家、有医家、有天文算法、有术数、有艺术、有谱录、有杂家、有类书、有小说家，其别教则有释家、有道

家,叙而次之,凡十四类。(《四库全书总目·子部总叙》)

此即仿刘向之例,论列学术源流派别,除谱录、类书能否列为宗派,颇有可议之外,其他应无问题,纪晓岚又评论各家之成就云:

> 然儒家本六艺之支流,虽其间依草附木,不能免门户之私,而数大儒明道立言,炳然具在,要可与经史旁参。其余虽真伪相杂,醇疵互见,然凡能自名一家者,必有一节之足以自立。(同上)

是评骘各家之学,各许其有以自立也。至于四朝学案,江藩之《国朝汉学师承记》、《国朝宋学渊源记》,皮锡瑞之《经学历史》等,以至于文学史、各种学术史,无不以宗派法述其师承,论其学脉,评断各家也。

二、宗派法之运用

宗派法用之于治学,其要一在以见源流盛衰,一在以见影响变化。此非用此法不足见功。学术思想之发生,有其起源期,有兴盛期,有衰微期,有蜕变期,以宗派为研究对象,分此四期加以考辨,则源流脉络可见矣。

(一)起源期:黄河之水,波澜壮阔,而其始也不过滥觞。学术思想之兴起亦然,其始也率多简易,端在后起者之阐扬发挥,乃臻极盛,如萧统《文选序》所云:

> 若夫椎轮为大辂之始,大辂宁有椎轮之质?增水为积

水所成，积水曾微增冰之凛，何哉？盖踵其事而增华，变其本而加厉，物既有之，文亦宜然，随时变改，难可详悉。

虽在论文学作品之演进，而学术思想之发生及进展，亦系"踵其事而增华，变其本而加厉"。尤其是学术思想，必溯源流，是以《汉书·艺文志》论诸子之学，谓其出于王官，即此意也。追论学术思想之起源应由四端以论：(1)何时产生：时代背景如何？学术背景如何？(2)由谁产生：创始人为谁？师承如何？学侣如何？学术思想如何？(3)如何产生：产生之过程如何？产生之原因如何？(4)主要内容：学术思想要点如何？主张如何？结果如何？循此以求，则端倪可见。

(二)兴盛期：学术思想经过萌动发生之后，经过继起者之阐述发扬，而进入兴盛期，"虎啸风生，龙吟云萃"，形成风会。以五言诗为例，发源两汉，不过萌芽而已，钟嵘《诗品·序》云：

> 从李都尉迄班婕好，将百年间，有妇人焉，一人而已。诗人之风，顿已缺丧，东京二百载中，惟有班固《咏史》，质木无文。

可见五言诗在两汉不过滥觞而已，可是降至建安，因而大盛，《诗品·序》云：

> 降及建安，曹公父子，笃好斯文，平原兄弟，郁为文栋，刘桢、王粲，为其羽翼，次有攀龙托凤，自致于属车者，盖将百计。彬彬之盛，大备于时矣。

是五言诗兴盛于建安，其大备于时，一方面由于"曹公父子，笃好斯文"，有提倡之功，一方面因作家辈出，方能极一时之盛。学术思想亦然，例如孔子以前，文化学术已有相当之积累，至孔子方集其大成，究论此一兴盛期之概况，应由下述数端以论：(1)论其时代：前人之影响如何？当时之背景如何？(2)论其主要人物：集大成之主要人物为谁？其建树成就如何？其次要人物如何？(3)论其要旨：其宗旨如何？其重要内容为何？(4)论其影响：对当时之影响如何？对后世之影响如何？能由此综观析论，则概略可见。

(三)衰微期：学术常循始盛中衰之途径发展，未有盛极而不衰歇者也。以经学为例，汉武帝罢黜百家，独尊儒术，设五经博士及弟子员，重以光武之敦尚儒术，明章二帝之表彰，诸大儒如马融、郑玄之阐述，兴盛为前古所无，然而衰歇随之，因谶纬机祥渗入经学之中，故东汉以后，老庄大盛。经学如此，其他子学，更代有升沉矣。究其衰微，应由下述数项以考：(1)衰微之原因：衰微之外因为何？衰微之内因为何？(2)衰微之情况：衰微至何程度？与兴盛期之比较。(3)衰微期之人物：其成就如何？作为如何？(4)代起之宗派：代起之宗派为何？其相互激荡影响之情形如何？循此以观，则能得其衰歇之真际。

(四)蜕变期：学术代有迁变，其速度有缓有急，其变化有突变有渐变，除了由粗疏趋精密，由细微至广大之外，往往在衰微之后，求变趋新，以求振拔。例如五言诗由建安之极盛，至永嘉而衰微，"建安风力尽矣"；而元嘉之际，乃又变化趋新，钟嵘《诗品·序》云：

先是郭景纯用俊上之才，变创其体；刘越石仗清刚之气，赞成厥美。然彼众我寡，未能动俗，逮义熙中，谢益寿斐然继作。元嘉中，有谢灵运才高词盛，富艳难踪，固已含跨刘、郭，陵轹潘、左。

钟嵘论元嘉之诗，振衰起弊，首先扫除永嘉时"诗皆平典似道德论"之颓风，谢灵运以"才高词盛"，起而领导，然实因内容上另开生面，其咏山水景物，固非当时诗人所可得而比肩者。此一情况非独文学为然，以经学为例，虽魏晋南北朝之中衰，至唐而又盛，至宋而大放异采，其蜕变之处，可得而论，纪昀《四库全书总目·经部总叙》云：

> 越孔、贾、啖、赵以及北宋孙复、刘敞等，各自论说，不相统摄，及其弊也杂；洛、闽继起，道学大昌，摆落汉、唐，独研义理，凡经师旧说，俱排斥以为不足信，其学务别是非，及其弊也悍。

宋代理学其蜕变之处，即在"道学大昌"，"独研义理"，排斥以往之经师旧说，于是面目一新，精光发露。研究蜕变期之学术，应把握下述要点：（1）蜕变之原因：环境之刺激如何？其他学术之影响如何？（2）蜕变期之人物：主要人物如何？其成就如何？（3）蜕变后之内容：蜕变后之主要内容如何？特色如何？（4）蜕变后之影响如何？对当时有何影响？对后代有何影响？循此要点以求，则学术蜕变之实际，可得而见矣。

三、宗派法运用时应注意者

宗派法之运用，在"振叶以寻根，观澜而索源"。故应深入事实之中，观微知著，识大识小，得其整体，寻其真相，去门户之见、学派之私，方有精到之识断，如刘勰所云：

> 有同乎旧谈者，非雷同也，势自不可异也；有异乎前论者，非苟异也，理自不可同也；同之与异，不屑古今。（《文心雕龙·序志》）

如此则渊源流变，可得而见矣，如刘勰所云"终古虽远，旷焉如面"（《文心雕龙·时序》）矣。

第五节　时代法

一、时代法之产生

一时代之人有一时代之精神，一代有一代之文章，一代有一代之学术，故刘勰云："时运交移，质文代变。"（《文心雕龙·时序》）又云："文变染乎世情，兴废系乎时序。"（同上）准此以论，时代法者，乃以断代为史之法，以论一代之学术，凡一代之史、一代之学术研究，均系此一方法之应用。刘勰《文心雕龙·时序》，即系依时代以论断各代之文学，其论汉代云：

> 爰至有汉，运接燔书，高祖尚武，戏儒简学，虽礼律草创，《诗》、《书》未遑，然《大风》、《鸿鹄》之歌，亦天纵之英作也；施及孝惠，迄于文景，经术颇兴，而辞人勿用，贾谊抑而

邹枚沉，亦可知已。逮孝武崇儒，润色鸿业，礼乐争辉，辞藻竞骛，柏梁展朝宴之诗，金堤制恤民之咏，征枚乘以蒲轮，申主父以鼎食，擢公孙之对策，叹兒（倪）宽之拟奏，买臣负薪而衣锦，相如涤器而被绣，于是史迁寿王之徒，严终枚皋之属，应对固无方，篇章亦不匮，遗风馀采，莫与比盛；越昭及宣，实继武绩，驰骋石渠，暇豫文会，集雕篆之轶材，发绮縠之高喻，于是王褒之伦，底禄待诏；自元暨成，降意图籍，美玉屑之谭，清金马之路，子云锐思于千首，子政雠校于六艺，亦已美矣。爰自汉室，迄至成哀，虽世渐百龄，辞人九变，而大抵所归，祖述《楚辞》，灵均馀影，于是乎在。

得此叙论，西汉文学之概况，灼然可见，彦和全篇，均以此法写成，乃运用时代法之确证。

二、时代法之运用

时代法之运用，首在划分时期，而分期必有其理由，必求合乎事实，以历史分期为例，依时代之先后，有划分为上古、中古、近古、近代、现代者；有以人类使用工具之情况而划分为石器时代、铜器时代、原子时代者；有依社会进步而划分为图腾社会、宗法社会、军政社会等期者；有依人类经济状况，分为渔猎时代、游牧时代、农业时代、手工业时代、工商业时代者；有依政治之演进分为君主专制、君主立宪、平民政治者。而国学研究时，往往依各朝之兴灭为起讫，如中国通史、中国文学史、断代史、一代之学术史，多系如此。以上各种分期法，均有事实上之困难，盖人类历史之演进、学术之延续，如前浪后浪之相继，任何区分均如抽刀断水，并不能作断然之划分。以中国文学发达史为例，既以朝代分期,不分战国文学,而分"南方的新兴文学"与"秦代文学",可谓自乱其例。又以"荀子的赋",入于秦代文学之中,荀卿乃活动于齐楚,与秦殊少关系,如此划分,可谓不顾事实者也。但亦有切合事实之处,建安本为汉献帝之年号,作者却将建安诗人划入魏晋诗人之中,盖不如是,则不合事实,难以论叙矣。其次则应注意及时代背景之研究:学术之形成及发展,无不与时代背景、时代风尚有关,凡政治、世变、思想、风气,均有极大之影响。刘勰云:

> 暨武帝崇礼,始立乐府,总赵代之音,撮齐楚之气,延年以曼声协律,朱(枚)马以骚体制歌。(《文心雕龙·乐府》)

是代之乐府诗,乃汉武帝设乐府之政治措施之结果,如《汉书·艺文志》所云:"自孝武立乐府而采歌谣,于是有代赵之讴、秦楚之风。"又《诗大序》云:"治世之音安以乐,其政和;乱世之音怨以怒,其政乖;亡国之音哀以思,其民困。"证以《文心雕龙·时序》云:

> 逮姬文之德盛,《周南》勤而不怨;大(太)王之化淳,《邠风》乐而不淫;幽厉昏而《板》、《荡》怒;平王微而《黍离》哀。故知歌谣文理,与世推移,风动于上,而波震于下者。

此文学与世之治乱相关甚切也。思想之影响尤大,虽文学作品亦不能不受其影响,钟嵘《诗品·序》云:

> 永嘉时,贵黄、老,稍尚虚谈,于时篇什,理过其辞,淡乎

寡味。爰及江表,微波尚传,孙绰、许询、桓、庾诸公诗,皆平典似道德论,建安风力尽矣。

此黄老思想影响于文学之甚也,清谈任诞之风,亦弥漫当时,影响及学术思想匪浅。又时代风气于学术影响亦大,如宋明理学之起,其原因固多,而当时士风,竞趋尚于此,亦重要之因素。再以五言诗为例,齐梁之际成为风气,故钟嵘云:

> 才能胜衣,甫就小学,必甘心而驰骛焉。……观王公缙绅之士,每博论之余,何尝不以诗为口实,随其嗜欲,商榷不同,淄、渑并泛,朱紫相夺,喧议竞起,准的无依。(《诗品·序》)

可见当时作诗论诗风气之甚,钟氏诗品之作,亦系受此感染也。又次运用时代法,当注意其时之特殊贡献、特殊成就,其要点为:(1)主要宗派及人物如何?(2)主要学术思想如何?(3)主要内容为何?(4)主要成就为何?(5)主要影响为何?由此以求,则概略得矣。

三、时代法运用时应注意者

时代法在发现某一时代之特殊成就、特殊贡献,然而诚如曾国藩所云:"断代为书,无以观其会通。"故应注意及前后之因革与贯通。时代法运用之时,其特殊成就与贡献固易发现,而导致此结果之原因,则常难见难知,于当代之贡献与影响固易晓知,而对后世之贡献与影响则率多忽略,知此数者而避其偏弊,殆可以寡过矣。

第六节　问题法

一、问题法之产生

人类之思维活动、学术研究,大多在于发现问题及解决问题,如:发明车舟,在以解决行的问题;发明宫室衣服,在以解决住和穿的问题;渔猎稼穑,在以解决食的问题。《论语》之所记、《孟子》之所载,多为解答弟子及时人之问题而发。例如《论语·颜渊》篇载:

> 季康子问政于孔子曰:如杀无道,以就有道,何如? 孔子对曰:子为政,焉用杀? 子欲善而民善矣! 君子之德风,小人之德草,草上之风,必偃。

此一以德教代刑戮之办法,无疑已解决了季康子疑问。又如孟子与告子性善之争辩,乃对同一问题有不同看法之典型代表,故问题研究法,系以所形成或发现之问题为研究之对象,以寻出答案,解决疑难,寻出可行之方法为目的。

二、问题法之运用

治学之时,问题之发现,不知凡几,大者如现存《古文尚书》之真伪,小者如一字一句异文异字之考证,单纯者数语可决,复杂者连篇累牍不能明,甚者历千百年而正确答案方出,可见问题有大小之不同、复杂与单纯之异,复有实际与理论之别,故运用

此法,应从下列诸项而注意着手之道:

(一)由发现问题发端:问题研究法之运用,首在能发现问题,苟不能发现问题,则"阳光之下无新事物",治学或研究将失去目的矣,故应以"阳光之下皆新事物"之怀疑精神发现问题,予以思索,予以探究,以求其解决。发现问题之道,大致有三:(1)由实际事物而发现,如牛顿因苹果坠地而发现万有引力,瓦特因见沸水冲开壶盖而发明蒸汽机。(2)因研读典籍而发现,如钱大昕论古音只有重唇而无轻唇云:

> 《左传·桓公五年》,"曼伯为右拒",《释文》曼音万(隐元年"无使滋蔓"亦音万)。古有重唇无轻唇,故曼万同音。今吴中方音千万之万如曼,此古音也。六朝人读万为轻唇音,村夫子习于所闻,并读曼为轻唇,则失之远矣。《春秋》戎蛮子,《公羊》作戎曼子。(《十驾斋养新录》卷三)

是其发现问题在阅读典籍也。类此之例,不胜枚举。(3)因辨析情理而发现。袁枚云:

> 郑所南《心史》云文山大骂元祖,数其五罪,致被剖割取其心肺食之,皆与宋元史从容柴市之说不合。又载元主好食孕妇乳中血,食腹中小儿,大觉荒谬,故予常疑此史之不真。铁匣在井二百年,断无纸墨不坏之理。(《随园随笔》卷二十三)

袁枚因元主好食"孕妇乳中血,食腹中小儿"不近人情,"铁匣在井二百年,断无纸墨不坏之理",而疑《心史》之伪,发现《心史》有问题,类此亦繁有其例也。

(二)依问题而划定研究范围：问题有性质之不同,有属于实际应用者,有属于理论性质者,复有大小与繁简之不同,故发现问题后,宜就问题之所及,划清研究之范围,进而搜集资料,考证思辨,观察实验,以求解决。所谓问题之所及,一系问题之幅度,一系问题之深度,此外则有与问题直接有关者,有间接有关者,均应涉及,钜细无遗,以求资料搜集之完备、思辨之深入。

(三)依问题之范围作深入之探讨：问题愈复杂者,解决愈属不易;问题愈艰深者,解决后之价值愈大;问题愈久远者,愈益需解决以祛疑惑。是皆有待深入探讨,以期有新发现及新解决。深入探讨之道:(1)作纵的探讨:先探求问题之发生以及形成,前人对此一问题研讨之情形、解决之方式为何？其缺失为何？(2)作横的研究:当代人之研究如何？成效如何？缺失何在？(3)有否新资料之发现,是否有另出蹊径之可能？依此而研究,或可有新发现与新解决也。

(四)求问题的解决：研究问题,在发现问题,解决问题。解决问题:(1)针对问题,提出解决之方法。(2)剖析疑难,得出至当之理证。然问题之能否解决,应依下列情况为衡量:(1)是否切合事实、合乎需要,能否彻底有效地解决问题。(2)所作之解决,是否理由真实,证据确实？(3)所作之解决,与前人比较,与当代比较,是否发人之所未发？较为合理,或至当不移？能由以上三方面衡量,不崇己抑人,则使用此一方法时所得之成效,即可作公正而客观之评估。

三、问题法运用时应注意者

(1)问题之性质不同,解决问题之方式即不一致。如科学上之问题,应以观察、实验等科学方法解决;哲学上之问题,应以思辨等方法解决。王阳明与钱友同论做圣贤之理,要格天下之物,二人作穷格竹子之理,致劳思成疾。格竹子是科学上之问题,而二人所用之方法是沉思彻悟的非科学方法,自然徒劳无功。

(2)问题已获解决者,不应再徒劳心力。例如阎若璩撰《古文尚书疏证》,已证明现传之《古文尚书》为魏晋人所伪作,铁案如山。由宋至明,学者所疑,已析辨解决,而毛奇龄却作《古文尚书冤词》,则徒费心力。

(3)去古已远,文献不足,类此之问题,不必企求其解决,以疑则传疑、信则传信之态度面对之可也,否则亦徒费心力。例如孔子删诗之说,始见于司马迁之《史记·孔子世家》,认为古诗三千余首,孔子"去其重,取可施于礼义",成三百五篇之《诗经》,后之学者不赞成的有孔颖达、朱熹、叶適、朱彝尊、王士祯、赵翼、崔述诸人,赞成的有欧阳修、王应麟、郑樵、顾炎武、王崧诸人(见《史记会注考证·孔子世家》注)。其所以异说纷纭者,是因去古已远,书无确证,各据间接资料以为推论,如果说孔子不删诗,为什么会有佚诗?如果断定孔子删诗,亦于理证不合,何况删诗不删诗,乃实质问题,删除多少,乃数量问题,不宜混同,除非有确实证据可资采信的新资料。此类问题可以存而不论,以其无法解决问题也。

第七节　比较法

一、比较法之产生

人类于外在环境、身畔之事物,有审美观念及价值判断之时,即产生比较,评其优劣,较其美恶,论其价值之大小高下。孔子谓"鲁卫之政,兄弟也",此政治上之比较也;又谓"晋文公谲而不正,齐桓公正而不谲",此人物上之比较也;又曰:"周监于二代,郁郁乎文哉!吾从周。"此以夏商周三代作比较,而取周礼文盛之美也。然比较法用之于治学,则系取二种以上之学术思想、二种以上之事物,比较推量,以求出其共同点及各具之特点特质,非仅以见优劣、长短、是非而已。

二、比较法之运用

比较法用之于治学,其成效甚著,胡适论之云:

> 有许多现象孤立的说来说去,总说不通,一有了比较,竟不须解释,自然明白了。例如一个"之"字,古人说来说去,总不明白;现在我们懂得西洋文法学上的术语,只须说某种"之"字是内动词(由是而之焉),某种是介词(贼夫人之子),某种是指物形容词(之子于归),某种是代名词的第三身用在目的位(爱之能勿劳乎),就都明白了。又如封建制度,向来都被那方块头的分封说欺骗了,所以说来说去,总不明白,现在我们用欧洲中古的封建制度和日本的封建制度来比较,就容易明白了。音韵学上以比较的研究最有功效,用广东音可以考侵覃各韵的古音,可以考古代入声各韵的区别。(《国学季刊·发刊宣言》)

胡适全由比较法之功效,以论其与治学之重要关系,其实比较法之原理,老子言之甚明:

> 天下皆知美之为美,恶已;皆知善,斯不善矣。有、无

之相生也，难、易之相成也，长、短之相形也，高、下之相盈也，音、声之相和也，先、后之相随，恒也。（据帛书《老子》小篆本）

美之与恶，有之与无，难之与易，长之与短，高之与下……其概念之产生，皆由比较而得，其与人类之思想方法相关甚大，经老子之解说而明。孟子即以此法，以明其政治理论之高下——独乐乐不若与人乐乐，与少乐乐不若与众乐乐。《孟子》云：

> 臣请为王言乐。今王鼓乐于此，百姓闻王钟鼓之声，管籥之音，举疾首蹙頞而相告曰：“吾王之好鼓乐，夫何使我至于此极也！父子不相见，兄弟妻子离散！”今王田猎于此，百姓闻王车马之音，见羽旄之美，举疾首蹙頞而相告曰：“吾王之好田猎，夫何使我至于此极也！父子不相见，兄弟妻子离散！”此无他，不与民同乐也。
>
> 今王鼓乐于此，百姓闻王钟鼓之声，管籥之音，举欣欣然有喜色而相告曰：“吾王庶几无疾病与！何以能鼓乐也？”今王田猎于此，百姓闻王车马之音，见羽旄之美，举欣欣然有喜色而相告曰：“吾王庶几无疾病与！何以能田猎也？”此无他，与民同乐也。今王与百姓同乐，则王矣。（《梁惠王下》）

经孟子之比较，与民同乐及不与民同乐之得失，已不待解说而明白。以晚近而论，比较法用之治学，范围已日趋广大，大至所谓超越国家界限的比较文学、比较哲学，小至不同个人、不同学派，如孟荀比较、老庄比较、朱陆异同等，均在用比较法从事研究。比较法使用之目的在：(1)得出共同之处；(2)决定个别事物；(3)知相同相异之处何在；(4)知同中之异、异中之同；(5)知优劣是非之所在。而其着手之道,则在:

(一)比较其起源:如时代背景、学术思想。

(二)比较其人物:如人物之出身、思想及其成就。

(三)比较其事实:如发生之原因、过程、结果。

(四)比较其理论:如原理、原则、性质。

(五)比较其方法:如方案、办法、程序。

(六)比较其优劣:如成败、得失。

(七)比较其影响:如当代、后代之影响,正面、负面之影响。

(八)比较其资料:如同源资料、异源资料、转手资料与原书,比较其详略、差异。

由此八项着手,则能尽比较法之功用,而有创获矣。

三、比较法运用时应注意者

比较法运用之时,(1)凡毕同毕异之事,不必比较；(2)凡性质不同、类别全异之事物不宜比较；(3)凡将二种以上不同文化系统之学术思想作比较时,应深切了解其历史背景、语言文字,否则将产生使用过当的危险。如泽林内克(G. Jellinek)所云:

> 比较法不宜过当,否则所得者将为模糊的一般及公共之主张,或则得此结论,在其他之情况下,一切均可形成为其他者。(《十九世纪欧洲思想》第九册)

盖将不能比较之事物,勉强比较之,则有此失。

治学方法,尚可作其他举述,然细细寻思,其最要而常用者,大致如此。例如卫聚贤之《应用统计的方法整理国学》一文(见《东方杂志》第二十六卷第十四号),方法非不周密,然非受过统计专门训练者,无法使用,如以最粗浅之统计方法而言,则又不必专论,如顾炎武之"古音十部"、段玉裁之《六书音韵表》,大都以极简单之统计法,由《诗经》、《楚辞》、群经有韵之文统计而得,非如卫氏所言之高深也。又自胡适提倡以科学方法整理国故,则是科学精神与原则,可通之于研究国学,而自然科学方法则不能用之于研究国学,如殷海光所云:

> "人文"是否用自然科学的方法来研究,这本是一个老的问题。关于这个问题,若干年来,聚讼未休。其实,这个问题本身底表达(formulation)也不清楚。"科学方法"与"自然科学的方法"并非没有分别。如果所谓"自然科学的方法"是用来研究物理界的那些个别的手法(devices),那么,如果我们说不能用这些手法来研究"人文",这不成问题。这个道理,从我们在上面所列的图解中(殷氏列有物理层→生理层→心理层→社会文化层),就可推理出来。我们从落体定律中,推论不出某甲之跳楼而死,究竟是殉情还是殉道。然而,所谓"科学方法"则是指站在科学建构背后的原理原则部分,这一部分包括设准、演绎、系统构造、假设原则、归纳原则、观察与实验原则、比拟原则等等。所谓"人文"不能用"科学方法研究"是否指这些东西而言?如果是的,那么问题则严重得多。(《思想与方法·试论信仰的科学》)

科学的原理与精神如殷氏所述,用之于研究国学或人文,固无问题,而将自然科学的方法,用之于研究国学,势必多扞格难通者,胡氏所以责求朱子者,正系以其缺乏"自然科学的方法",因而"决没有科学"。胡适云:

> 不但材料规定了学术的范围,材料并且可以大大地影响方法的本身。文字的材料是死的,故考证学只能跟着材料走,虽然不能不搜求材料,却不能捏造材料。从文字的校勘以至历史的考据,都只能尊重证据,却不能创造证据。
>
> 自然科学的材料便不限于搜求现成的材料,还可以创造新的证据。实验的方法便创造证据的方法。平常的水不会分解成轻(氢)气养(氧)气;但我们用人工把水分解成轻气和养气,以证实水是轻气和养气合成的。这便是创造不常有的情境,这便是创造新证据。(《新月学者论文集·治学的方法与材料》)

胡适因而指出纸上的材料只能产生考据方法,以斥责清代之科学不发达则可,以斥责清代学者不能以自然科学材料作研究国学之用则不可,正如自然科学的方法不能通之于研究"人文"。试依胡适同一篇文中所举之例证,举哈维以解剖下等活动物的实验方法发现血液循环之理,试问此一方法能用之于"人文"乎?是故有人指胡氏将科学方法与科学精神不分,似非厚诬矣。据此,治国学仅可用科学之原则与精神,而不能通用"自然科学之方法"也(如依《四库全书》之分类,自然科学方法仅可用于医学、天文、算法、术数少数几类)。又古治学,尚顿悟之法,殷海光评此法云:

固然,古往今来,许多伟大的创造出于伟大的突悟;但是有更多的错误也出于突悟。只是,由于我们内心喜好成功而避免或厌恶失败,我们因受这种选择的注意而把成功的例子记载下来而把失败的例子遗忘。当然,这样一来,人活在世界上可舒服一点。但是,正因如此,也助使若干"哲学家"过分高估突悟能力之功用。(《思想与方法·试论信仰的科学》)

在治学之过程中,非无突悟或顿悟之例,宗教家更非顿悟不为功,因顿悟突悟而错误之例,则未之闻,纵使有之,亦可根据事理予以辨析。然顿悟不可以列为治学方法,以其无着手之方,在思想上仅可以"思之思之,鬼神通之",作为取径之法。然而天机触动,神悟以出,钱默存论治学之悟与修道之悟有别云:

> 顾管子曰:"思之思之,精气之极。"庄子曰:"以无知知,外于心知。"盖一则学思悟三者相辅而行,相依为用,一则不思不虑,无见无闻,以求大悟。由思学所得之悟,与人生融贯一气,可落言说,可见应用;而息思断见之悟,则隔离现世人生,其所印证,亦只知道书所谓"视之不见,听之不闻,博之不得",佛书所谓"不可说,不可说"而已。(《谈艺录》附说二十四)

是宗教家以无思无虑而致大悟,学者由学思悟以致顿悟,学者之悟因"思有物而悟有主",故可贯通人生、贯通事理,"可落人言说,可见应用"。如果思悟之际,能运用思想方法,顿悟之后,能检核以思想方法,使所思不杂不乱、所悟无偏无误,则治学之

法,方圆融高妙,不致无法,亦不致为法所局限。在运用思想方法的时候,于导致结论或判断的时候,在态度上最好是如殷海光所云:

(一)不故意求同。

(二)不故意求异。

(三)不存心非古。

(四)不存心尊古。

(五)不存心薄今。

(六)不存心厚今。

(七)不以言为己出而重之。

(八)不以言为异己所出而轻之。(殷海光著《思想与方法·正确思想的评准》)

如此方能在态度上纠正偏差,免作出不正确的判断和结论,因为以"公心"听,才能是非出而公道显,治学方法才能免于误用。

第六章　学术论文写作

蜂酿花而成蜜，蚕食桑而出丝，治学有成，必出以论文写作，此欧阳永叔所谓"道胜者文不难而自至"之理。然如何使表达无误，合乎体要，有物有序，亦系重大的课题而不可忽者也。

第一节　学术论文之体例与写作之基本原则

一、论说文之体要

作文之法，虽众说纷纭、议论云出，而所共认共许者，首为辨体，吴曾祺云：

> 作文之法，首在辨体，人之一身，目主视而耳主听，手职持而足职行，数者不能相假；惟文亦然。固有精语名言，而不足以为吾文重者，体敝故也。（《涵芬楼文谈・辨体》）

可见辨体的重要。文体的辨别,一依形式,一依内容。依形式则始自曹丕《典论·论文》,分文体为四科八体:

> 奏议宜雅,书论宜理,铭诔尚实,诗赋欲丽,此四科不同,盖能之者偏也。

其后文体日繁。以内容而言,文章不外:(1)抒情文;(2)叙事文;(3)写景文;(4)说理文。依此四类而言,学术论文则以说理为主,叙事为从。文章辨体的目的,不外如陆机所云:"虽区分之在兹,亦禁邪而制放。"(《文赋》)使写作之时,能依文章的"体要"进行,无偏邪放荡的缺失。前人有关论说文写作的宗旨要诀,可得而述:

> 论精微而朗畅……说炜晔而谲诳。(陆机《文赋》)
>
> 原夫论之为体,所以辨正然否。穷于有数,追于无形,迹坚求通,钩深取极;乃百虑之筌蹄,万事之权衡也。故其义贵圆通,辞忌枝碎,必使心与理合,弥缝莫见其隙,辞共心密,敌人不知所乘:斯其要也。(刘勰《文心雕龙·论说》)
>
> 凡说之枢要,必使时利而义贞,进有契于成务,退无阻于荣身,自非谲敌,则唯忠与信。披肝胆以献主,飞文敏以济辞,此说之本也。(陆机《文赋》)

综二人的主张,"论"主论文,"说"主词说——类似今之演说辩论。然"说"亦有解说的意义,古之经说即系此例,故《说文》云:"说,释也。"盖因人有疑而加解释也;扬雄的《解嘲》,便是说体之祖。而论说文的要旨则在"辨正然否",其要诀则在"义贵圆通，辞忌枝碎"，就论文作成以后之效果来说，"必使心与理合，弥缝莫见其隙，辞共心密，敌人不知所乘。"盖能立——立我的主张，使敌对者不能觅瑕抵隙，能破——能破人的邪说，彻底驳倒对方的理论。立论之时，必然要说明事实，述说理证，故论与说现已不能分离。

现代之学术论文，精神上与古之论说文合，而形貌则与古之论说体异。就内容而言，已不能如徐师曾《文体明辨序说》之分论为理论、政论、经论、史论、文论、讽论、寓论、设论等八种，有时兼及多种内容的，且又非此八种论体所能范围，因学术论文的内容在：（1）倡立一种学说、一种主张，于是形之篇章，以求当代人的信从，甚至后世的信服，此则先秦诸子的形貌。（2）考证古代的制度、学说、典籍，使其是非、邪正、真伪大明于世，常合经论、史论、文论而为一。（3）批评古今得失，对某种主张、学说、主义，判定其是非，评定其价值，已与古之论说文体神同而貌异。以文体之形貌言，古之论说文，立论单一，不过尺幅寸篇；今之论文，则经纬万汇，已非古之篇章所可比论。且分章立节，引文释说，亦非古之论说文的形式。此首当讲求明白者。

二、学术论文写作的基本原则

学术论文与一般论说文不同，最显著之点，是以内容及组织争胜，不以文句见长，且文章无一定之法，而有一定之理。鲁实先以新、真、简、切为一切文章写作的基本原则，尤适合于学术论文，故特简述其原则于下，以作写作时的参考：

（一）新：平庸之见、习见之言，自无动人之处。刘大櫆《论文偶记》云：

文贵奇,所谓珍爱者,必非常物。然有奇在字句者,有奇在意思者,有奇在笔者,有奇在丘壑者,有奇在气者,有奇在神者。

凡文新则奇,奇在意思者,是立意新奇;奇在笔者,指词句的新颖;奇在丘壑者,指章法组织。在学术论文言,新之原则如下:

1. 立意新:论文的内容、所表达的理、所具之识断,能见人之所不能见,言人之所不能言,则立意新。立意新要从两方面着手,一系深度,见理能深入一层,识断能脱出前人的窠臼,则深度自能出人意表;一系广度,能出入古今,佳义毕陈,内容丰富,合此二者则立意自然新。此皆与才、学、识的基本修养有关,是临文之际,贵在多思详虑。

2. 内容新:首在资料新:引用之资料,不是陈旧的、习见的资料,资料的考证及解释,超出一般人的能力以外,则资料新。其次在理论新:扫除平庸、陈旧的说法,有新见新解,则理论新。

3. 词句新:去陈言则用字新,去套语则文句新,依所言之理、所立之内容,字斟句酌,为确切之表达,则词句新。

4. 章法新:学术论文固不以章法变化争胜,所谓章法新,在能简明表现主题,严密安排资料,则章法新。论文撰成之后,没有前无所承、后无所属的文句及资料,疣赘芜杂去掉后,则章法自然面目一新。

所谓新,乃新奇、新异、新变的意义,而非诡谲、怪异。凡有理例变化可循,方能求其合于新变的原则,而无理可说、偏激荒谬者,多系谲怪,宜加避免。

(二)真:学术论文必须合乎真实,真金百炼而不变者,以其质真也,真实不妄的事理,方可久经考验。

1.事理真:叙事真实,凡无稽之说、怪诞之言,概予摒绝,所言之理,不偏激乖张,不悖事理人情,则事理真。理事真实而词句表达亦随之真实。袁了凡云:"文有词有理,而理为之主,故理明则词显,理密则词明,理当则词确。"这是不易的原则。

2.资料真:引用的资料,必有来历,必经考证,必可证信,则资料真。

3.表达真:学术论文亦必借文词以达意说理,由文以立论评事,然文字表达时,固然不可修辞过当、夸饰失真,亦不可藏不尽之意于言外,迷离恍惚,使人于文外求意,以免误会失真。

真美原系文章追求的目的,但学术论文以真为上,求美以不碍真为原则。

(三)简:学术论文的内容常苦繁复,然未尝不可以简御繁,以简明见意。故简明系一主要原则:

1.立意简:学术论文必由立意简明,以求章法简明。立意简明的要诀,全篇必有主题,每章必有主题,而且一篇一章以内,主题不宜过多,如曾国藩所云:

> 一篇之内,端绪不宜繁多,譬如万山旁薄,必有主峰,龙衮九章,但挈一领,否则首尾衡决,陈义芜杂,兹足戒也。(《复陈右铭太守书》)

吴曾祺发挥曾国藩的意思云:

> 命意之法,凡一题到手,必先明其注重之处,譬之连山千里,必有主峰,汇水百川,必有正派,由此着想,则陈义能见其大,而不至常落边际,而其余所兼及者,不过枝叶鳞爪。

（《涵芬楼文谈・命意》）

学术论文的主题不止于一个，然而必有主从，而且彼此不相乱，以主要主题贯通全篇全章，附属子题亦明白可见。附属子题之内容，不能超越主题，主从有别，如此则立意方简明。

2.章法简：学术论文在以组织严密胜，先确定全篇的大意，然后分章立节，每章有重点，依文意的起结而形成段落，因重点的所在，构成内容的重心，而资料文句的繁复随而决定，最好是一章一主题、一段一意，如刘勰所云："章总一义，须意穷而成体。"（《文心雕龙・章句》）能如此则段落明白，然后要求有层次，每段先有起头，有论述，有转折，有结论，论述时先说理，后举证，如此则章法简明。

3.表达简：顾炎武以为文章无所谓繁简，以达意为主，其言甚是。惟学术论文表达上的求简明，非指文字之多寡言，乃指表达时的简明。其原则有四：（1）避免造长句，尤宜避免连续使用长句，以免所表达之意义不能为人所了解，或被误解。最好以四字六字成句为原则，至多不宜超过二十字。（2）避免使用过多之转折词，如将虽然、但是、设使、苟有、倘使、抑有、进者等转折词组合成句群，则太多的转折，使人茫然不知所从，而且"负负得正"，可能已改变原来的文意，而形成"文字障"。（3）语助词的使用应得当，以构成肯定、否定、疑问语气，使有助于文句之简。（4）不用僻冷之字词、晦涩的句法，使用专有名词应加以适当的注释，学术论文能以简御繁，使繁而能明，其要旨不外如此。

（四）切：文章贵贴切，要切题，要切事理，要切人物身分，所谓传人恰如其人，叙事恰如其事，方能达成为文之目的。尤其学术论文，更要去浮泛笼统之词、模棱两可之论，尤非贴切不可。

1.切合题旨：文以立意为主，主题确定之后，则内容的深浅宽窄范围已定，无论资料的安排、章节的分划，均以切合主题为主。论文写成之后，内容超越主题，便是立论过当；应有的内容而未俱备，是为疏漏，"过犹不及"，皆系不切合题旨。主题恰如画地为牢，内容恰恰与题旨相当，无过与不及，这才是切题的要诀。至于文不对题，有与题旨无关者，皆不切题之病，宜加删削弥缝。至文繁意深，暗切题旨者，则刘勰所谓"义脉内注"，亦宜设法使其明白，为人所知。

2.切合资料：学术论文，极贵资料，引用资料在求能切合事理，能理证一致，证据能证明所说之理；假使证据不足信，引用之资料不切合事理，则所谓"授人以柄"，理证俱有将被驳倒的危险。例如人类起源考古，而引《红楼梦》女人是水做的，男人是泥做的，或引《圣经·创世记》人是上帝创造的，以做证据；引文徵明《咏百花诗》，而作园艺学的资料，皆不贴切，学术论文要避免这种弊病。

3.表达贴切：文有深浅雅俗的分别，修辞有积极消极的不同，学术论文的表达，以明确达意、切实显理为原则，故不可修辞过当，铺排失实，避免如范晔所云："藻牵其义，韵移其意。"最基本的法则，是文字表达出文意与所欲表达的意义相合，不必有文外之旨，尤忌半吐半茹，以求词与意符，方合表达贴切的原则。

学术论文如能从以上所述原则着手，运理成法，则可理明词畅。

第二节　学术论文写作的程序

学术论文的撰作，其目的不外提高学术水准，加强研究风气，扩大治学成果，提升思辨能力，磨炼表达技巧。于撰作之际，有关步骤的决定关系论文成败甚大,故特加讨论。

一、学术论文之种类

周虎林博士曾于《学术论文作法》一文中加以分类。(1)学期报告:①一般论文和资料整理;②读书报告;③读书评论;④读期刊论文报告;⑤读期刊论文评论;⑥实验报告(初级);⑦调查报告(初级);⑧实习报告;⑨综合心得报告。(2)研究论文:①专题论文;②硕士论文;③博士论文;④实验报告(高深);⑤调查报告(高深);⑥专家研究心得。(见《幼狮月刊》第四十八卷第二期)学术论文之种类,所列已甚周备,然笔者以为分为下列二类颇能切合实际:

(一)专题论文:就单一的问题、题目、事理而论究辨析,内容较简略,篇幅较短小,不必分篇分章。

(二)综合论文:就复杂的问题、题目、事理而综合研究论说,内容繁复,篇幅冗长,分章之外,甚至要分篇方能概括。

论文虽有繁简的不同,而其体式则无大的差异。

学术论文之撰作,当先明其程序,方可步骤不乱、事半功倍。

二、决定题目

无论系发现问题,或发抒心得,论文撰作时均系凭其学术智识的累积、志趣的趋向,寻求研究方向而确定论文题目,但题目(1)范围有大小的不同;(2)性质有难易的分别;(3)资料有多寡的限制;(4)价值有高下的差别。故大题固可以小作,但易流于大而无当,小题亦可大作,然常勤苦而难成。若无益世道人心,又不能在学术上解决疑问,则可不必做。明白了以上三大原则,再决定题目,便把握了大方向,同时也要注意到下面的限制：

（一）按照个人能力所及、时间所许可，决定论文题目的大小。

（二）视资料的多寡有无而决定题目。

（三）分析题目，预估其价值，能否得出明确的研究成果，否则勿徒劳心力。

（四）注意前人及当代人的研究程度，前人已做过了，如不能转密转精，则应避免做前人已做过的题目。

三、搜集资料

根据论文题目的方向及内容概要，先行搜集资料，凡与论文范围直接、间接有关的，均在搜集之列，其原则如下：

（一）广取：上下古今，网罗无余。

（二）精取：去芜存菁，取精用要。

（三）慎用：思辨考证，求真求信。

至于资料的搜集与考证之法，则已详述于第三章，不再赘述。

四、制定纲要

论文纲要乃论文写作的蓝图，其目的在将治学研究的成果作有系统之表达，求条理井然，次序不乱，要点举述无余。制定纲要，其时机有三：（1）资料未搜集之前：除非胸有成竹，否则不宜采此方式，以其容易心存成见，据预定的纲要以搜集资料常有疏忽遗漏，相反之资料、间接之资料往往故意忽略，则研究结果难期客观。（2）大部分资料已经搜集之际：此时虽可拟大纲，然仍难期周密，如迫于时间，亦可采用。（3）全部资料搜集齐全之后：此时拟定纲要，则全豹既得，题旨要点已经确定，纲要一定，即可按图索骥了。拟定大纲时宜注意下列事项：

（一）确定题旨的要点，划分章节段落。

（二）大纲拟定时，力求详尽，使其能涵盖主题，无欠无余。

（三）试拟二种以上之纲要，仔细比较，慎重选择，或合并其精要，修正至完美为原则。

（四）每章每节，确定标题，每段每节，确立子题，标题要简明扼要，能充分显示章节段落之内容。

（五）按照章节段落分配资料，资料太少时，可考虑改章为节，或二节归并为一节一段。

（六）章节段落划分时，应注意"章总一义"的原则，每章每节有独立而完整之主题或重点，章节之间，内容资料均不可重复。"相关而不相涉"，在主题之下与全篇相关，在内容上各章各节不相涉及，以免意义上的重复、文句资料上的重复。

（七）注意章节符号之使用：论文范围广、资料多者，应篇下分章，章下分节，节下再分段落。范围狭、资料少的，可分节分段，段下再分小目，其符号往往采下列的竖琴式，以形成层次系统。

1.甲式：

　　一

　　（一）

　　　　1.

　　　　　甲

　　　　　（甲）

2.乙式：

　　1.

　　　A

　　　（A）

　　　　a

　　　　（a）

3.丙式：

　　一

　　　1.

　　　（一）

　　　（1）

　　　　甲

　　　　A

五、融贯资料

资料经过考辨取舍之后，必求理解与融会贯通，进而熟悉资料，其作用如下：

（一）综合资料，确立论点：理论和论点是由资料的综合研究而得，方能客观，方能理由和信证一致。

（二）**熟悉资料，以便引用**：资料愈熟悉，运用愈灵活，为便于记忆，可将资料摘要记录，以便随时阅览，以免遗忘。

（三）**分析资料，整理配置**：将资料照原始资料、间接资料分类，然后按照论文纲要分别整理，按实际需要配置，以待运用。

六、文字表达

文字表达，乃学术论文之最后阶段，关系论文的成败甚大，其原则如下：

（一）**文体一致**：论文为文章之一种，使用文字为工具时，应考虑到使用(1)文言或语体，(2)散文或骈文。文言文有简明典雅的优点，语体文有确实及广泛流行的效果。骈文虽不宜于学术论文，然如刘勰的《文心雕龙》、陆贽的《翰苑集》，因而益增其美，非绝不能用也。然文体决定之后，以纯一为原则，居今之世，在外来语汇影响之下，用语体文时，亦无法不用文言文句，用文言文时，亦绝对无法不用语体词汇。

（二）**表达真美**：学术论文，以表现真实畅达为原则，但非不可求美，惟不能因求美而伤真实。刘勰云："老子疾伪，故称美言不信，而五千精妙则非弃美矣。"（《文心雕龙·情采》）其言诚是，惟学术论文之表达原则，先求"信"，次求"达"，再求"雅"，真而能美，将令全文为之生色增价。

（三）**文句明确**：学术论文之文句力求简明，除已如"表达简明"一小节所论之外，尚宜注意到语意文气，应利用标点符号，使文句意义更确定，每一小节内的段落及每段内的"句意"明白无疑。

七、修改润饰

论文文稿完成,先要进行修改,去其重大疵累与缺失之后,再加润饰,琢磨文句,调整音节,如珠圆玉润,此一功夫诚如袁枚的诗所说:

> 爱好由来落笔难,一诗千改始心安。阿婆还是初笄女,头未梳成不许看。(《小仓山房诗集》卷三十三《遣兴》)

学术论文虽不必如"一诗千改始心安"。然亦不可不一再修改,以求完善也。

(一)删除繁冗:学术论文往往内容繁复,篇什冗长,征引丰富,非资料特别纯熟,研究成果久蕴于心,写作时字斟句酌,自难免于重大缺失。首先求全篇之意气贯通,盖意不贯,则理有窒碍,气不通,则文有芜词,应勇于割断,先去意有重出的,文有重见的,次去与主题无涉的,文意文句可有可无的,再上下章节之间,有无理意自相违反者,而删除剪裁,则芜秽去而菁英露,此即刘勰所云之镕裁功夫:

> 规范本体谓之镕,剪截浮词谓之裁,裁则芜秽不生,镕则纲领昭畅,譬绳墨之审分,斧斤之斫削矣。骈拇枝指,由侈于性,附赘悬疣,实侈于形,一意两出,义之骈枝也,同辞重句,文之疣赘也。(《文心雕龙·镕裁》)

此诚不啻为学术论文的删除繁冗而说,依照全篇的大意,规范全篇的内容,删除与主题不合、与主题无涉者,自然纲领昭畅,去芜词骈义,自然芜秽不生。

(二)弥缝缺漏:学术论文,牵涉愈广,立论立意自然不能全无疵病,全篇之中也自有弱点。于不能删除更改之时,则应弥缝缺漏,首先在全文弱点的地方,加强理证,补充资料,尤其敌对者可能蹈瑕抵隙之处,先作好防御工事,先行解说解答,如刘勰所云"弥缝莫见其隙",而使"敌人不知所乘"。次则文词表现之时,应注意"藏锋不露"、"绵底藏针"之法,去"虚词恫喝"、"大言欺人",求言顺而理强。如此缺漏虽不可免,亦可减低到极少限度。

(三)文字润饰:学术论文尤宜"披文以见情",不宜文外以求意,所谓文字润饰,在求用字确切和典雅。刘勰云:"句之清英,字不妄也。"凡句义不明、用字有误者,宜加改易,又字义有虚实之分、轻重之别,语有雅俗、成语典故之异,不可不加衡量,以求词与义之切合。次则以修辞法求文之典雅,去俚俗,去套语,去熟字熟句,其要在多加"锤炼"。如是则"外文绮交,内义脉注",论文可臻雅驯的地步。

八、调理音节

学术诸文非押韵文,不必过分讲求声律,做到"玲玲如振玉"、"累累如贯珠"。然而亦不能不调理音节,使辞顺气畅,因为自古迄今,为文无不讲气势,而文气固与音节字句关系甚大也。刘大櫆《论文偶记》云:

> 凡行文字句短长,抑扬高下,无一定之律,而有一定之妙,可以意会,而不可以言传。学者求神气而得之音节,求音节而得之字句,思过半矣。

此为桐城派因声以求气之重要主张。又云：

> 予谓论文而至于字句，则文之能事尽矣。盖音节者，神气之叙也；字句者，音节之矩也；神气不可见，于音节见之；音节无可准，以字句准之。……一句之中，或多一字，或少一字，一字之中，或用平声，或用仄声，同一平字仄字，或用阴平、阳平、上声、去声、入声，则音节迥异，故字句为音节之矩。（《文心雕龙·镕裁》）

其论甚得以音节表现文气之要诀，故论文定稿之际，细细读去，高声朗读，或缓或急，如碍于唇吻，不朗畅圆润，可用：(1) 更换同义不同音之字，如刘氏所云之法，加以代换；(2) 或增一字或减一字，以求合律；(3) 移合文句，颠倒文句，以便喉舌；(4) 考虑用虚字加以调节。务使气完音畅，则"无一定之律"而得"一定之妙"矣。

论文定稿以后，如不能自信，出以好纳雅言的心胸，可请朋友指正审定，以求完美，且可免除私爱偏伤的弊病。如能依上述程序及要点而行，则有步骤可循，不致自乱"章法"而轻重不分、缓急无别。

第三节　学术论文体例之决定

学术论文之体例与性质，与一般论说文有重大的不同，故其体例的决定不可不探研。特就所见，举述如下：

一、命意与组织

学术论文特重命意立论,以为全篇之命脉,刘勰云:

> 何谓附会?谓总文理,统首尾,定与夺,合涯际,弥纶一篇,使杂而不越者也。(《文心雕龙·附会》)

彦和的所谓附会,即今所谓命意或立论也。吴曾祺发挥其意云:

> 作文之法,辞句未成,而意已立,既立之后,于是乎始,于是乎终,于是乎前,于是乎后,百变而不离其宗。如贾生作《过秦论》,只重"仁义不施"四字;柳子厚作《梓人传》,只言"体要"二字;韩文公作《平淮西碑》,只主一"断"字;苏长公作《司马温公神道碑》,只用"诚一"二字。虽其一篇之中,波澜起伏,变化不穷,而大意总不出乎此。夫意只一言可尽,而必多为之辞者,盖独干不能成林,独绪不能成帛,独木不能成屋,独腋不能成裘。(《涵芬楼文谈·命意》)

可见命意是论文组织之最高原则,因命意而产生主题,主题确定而选取能表达主题之材料,于是部署材料,分章分段,始终以主题为范围,即使造句遣辞,均以能否表达主题为衡量,故曰"于是乎始,于是乎终,于是乎前,于是乎后,百变而不离其宗"也。主题确立之后,于是可以决定论文的组织,学术论文通常由四大部分组成:

(一)提要:介绍全篇论文的章节要点、主要成效。

(二)导论：提示全篇主题，表明研究动机，阐明全篇不属于各章节之重要问题，以引导全文。导论应总括扼要，不宜多占篇幅：(1)以免头重脚轻，且免于与以后章节之内容相重相犯。(2)使人对全篇之内容，有概略之了解。

(三)正文：正文为学术论文之骨干，全篇之重要内容全部在此：(1)正文之章节无一定的限制，常依导论所显示的论点的多少而决定章节段数，或就全文内容的需要而决定章节，以建立全篇所需之理论或论点。(2)各章各段俱依主题需要而成立，各章各段各自独立，在主题的笼罩下相辅相成，满足主题的需要。(3)章段之间，依发展的层次、程序的演进而安排，应合情合理、言之有序，形成完整的体系。

(四)结论：通常结论在以总结全文，以结论为结束，其要旨在：(1)总结论点。(2)照应前文。(3)补叙特殊意见。亦以简明扼要为原则。

鲁实先尝以元曲之作法——凤头、猪腹、豹尾作为论说文组织之说明。导论如凤头，简短雅丽，而为全文之关键所在；正文如猪腹，内容能包罗所需之一切；结论如豹尾，简洁有力，以收束全文，诚系"罕譬而喻"。足以说明论说文组织的要诀。

二、章法与章段

文必有义法，此论文者之常言，而方苞论之尤简切：

> 义以为经，而法纬之，然后为成体之文。(《书〈史记·货殖列传〉后》)

姚永朴发挥望溪之意云：

记载之文全以义法为主。所谓义者,有归宿之谓;所谓法者,有起、有结、有呼、有应、有提缀、有过脉、有顿挫、有钩勒之谓。(《文学研究法·记载》)

非只是记载之文要有义法,学术论文亦不可无义法,学术论文经立意——确定主题之后,主题归宿之所即在章段,此方、姚二人所谓"义"的意思,是为文之经,而章法亦由章段之结构来表现。学术论文之章法见于章段组织的是:

(一)有统摄:如主将之于三军,有主有从。每章每段必有主题,有附属之子题,于是主从方显露,主题方明白。

(二)有布置:如构房屋,如建国都。每章每段主题既定,子题若干应先确立。资料如何配合主题与子题,全章全段之重心何在,如何起,如何应,如何说理议论,如何举证,如何结束,均须布置,方不致杂乱。

(三)有条理、有附丽:如木之根而干,干而枝,枝而叶,叶而葩。章下有节,节下有目,目下有大段,大段之下有小段小结,一方面层层推进,而条理井然,一方面千门万户,而各有附丽。

(四)有支分脉别而相流通:如手足之十二脉,各有起、有出、有循、有注、有会。学术论文,千支万脉,非各自发展,而系各有作用,以相通贯。每立一说,发一议论,必有起源,有流变,有主从,有偏正,有一语带过者,有委委细说者,虽支脉四布,而皆可指寻覆案,虽作用各殊,而指归则一,必以环绕主题、表达主题为依归。姚永朴云:

故虽长篇钜制,其精神意气之所在,必有所谓鼻端之一笔者,譬若水之有干流,山之有主峰,画龙者之有睛。物不

能两大，人不能两首，文之主意亦不能两重，专重一处，而四
体停匀，乃始成章耳。学者合观之，亦可以知章法之宜求
矣。(《文学研究法·格律》)

一篇之主题不能太多，一章一段只宜有一主题，以形成重
心，如人之首、龙之睛、山之主峰，由首而心腹四肢，由主峰而千
岩万壑，如此方通贯而不失主题，故虽繁复而不杂乱，学术论文
章法之要，大概如此。

由上所述，可见学术论文之章法与组织，其重心在章段，分
章立段决不是一种装饰点缀，更非如切豆腐之求大小匀称。分
段的原则在"章总一义"之下，每章每段各有独立的意义或精神，
段落分明，在使体系完整，因而万言一体，脉络一贯。故章段成
立之时，应注意下列原则：

(一)本章本段之主题如何？如同时牵涉至其他章段之主
题，或牵涉之问题过多，未形成重心，则体系紊乱，组织不严密，
甚至张冠李戴，将不应列入本章本段之内容误列其中，非重分章
段不可。

(二)本章本段在全文中之地位如何？与全文之关系如何？
是否已将本章之要点论述明白？内容是否充足？依此检讨，自
可发现缺点及需改进之处。

(三)本章本段之各小节小段是否脉络一贯？各句与各句群
之间是否前后意义相衔接，及各小节与文句是否结构紧密，无懈
可击。否则予以调整修改润饰，期臻完善。

章法能由章段显露，则积句成章、积章成篇之时，能如刘勰
所云"篇之彪炳，章无疵也，章之明靡，句无玷也"之境界。姚永
朴论义法之言，不可或忽：

> 夫离娄之明，公输子之巧，不以规矩，不能成方圆；师旷之聪，不以六律，不能正五音；使为文而不讲义法，则虽千言立就，而散漫无纪，曷足贵哉！（《文学研究法·纲领》）

学术论文的义法不同于一般论说文者，在不强调奇正变化，而以组织严密，系统完整，层次井然为着眼。

三、立论与论式

学术论文系以理论为主，杨文翼云："文以理为主，不根于理，非文也。"（《滏水文集》引）其言诚不啻为学术论文而发。夫理寓于事者为事理，在于物者为物理，在于诸子百家骚人辩士的论述者为学理，是皆学术论文立论与议论之本。学术论文首在立己之理论主张，次在评论事理、事物，批评他人的意见，要皆以理为主，所有主要之内容，亦主于理，表达时，亦主于理，诚如刘勰所云："理发而文见。"（《文心雕龙·体性》）理论之获得：(1)系由于思想上之彻悟；(2)根据事物证据综合而得；(3)根据前人之论述。理论和论点能否成立，取决于下列因素：

（一）理论坚强周延：学术论文所立之论点，能否成立，首在理论是否坚强周延，所持之理，比之于古，验之于今，皆牢不可破，是为理论坚强；通贯全篇，毫无违戾矛盾，是为周延；能如此则所言之理，方可以自信，不背于理。

（二）证据坚强确实：理论能否成立，需视证据之强弱为决断，所谓证强，在于证据与理由(1)有因果关系；(2)是基于实际事实；(3)合乎论证之法则；(4)有多重证据。证据能证信，则能证明所言之理，而论点才能成立。

（三）考辨解释明白：理论与证据之间常有距离，因古人的言论、事实的存在、往哲今贤所立之理，皆非针对学术论文的作者所立的理论而发，故难期其如符节般相合。常仅部分相合，或经解释后方能证明；或有前人之误解误用，经考辨辨正而后能证明。故引证的时候，需考辨无误，需解释清楚，使理论与证据能密合，方能使人明白，而产生证明的力量。

理论坚强，证据确凿，则合乎荀子所云"持之有故，言之成理"的原则，能够创说立论。然而天下的事物、事理异常复杂，古往今来，常有"蔽于一曲而闇于大理"的一偏之见，又"人心不同，各如其面"，而有"仁者见之谓之仁，智者见之谓之智"的不同意见，是以各家有各家的议论。所以学术论文撰作的时候，必涉及立论的方式——立破问题，"立"在以立我之理，破在以破人之论，批驳他人之见解。其方式如下：

（一）立式：印度因明学有能立一词，谓宗因喻三支俱无过失，而成立宗法，名为能立，窥基大师《因明大疏》上云：

> 因喻具正，宗义圆成，显以悟他，故名能立。（《卐续藏经》第八十六册）

此乃印度因明学上推理无过失的"立"。凡学术论文，理论圆成，证据确实，系统完密，能立说悟人者，亦合因明学上能立之义，然本节所谓"立式"，乃论文撰作的时候，不涉及往哲时贤之理论是非，不驳倒昔言成说，完全以立己之议论为主，如论说文中之贾谊《过秦论》是。在现代之学术论文中，除科学论文之外，很少能纯用"立式"，因为不能不涉及前贤往哲的意见和议论，往往是"半肯半不肯"——仅能接受其部分之理论，故不能驳倒其另一部分，是以往往不能不"破"。

(二)破式:因明学又有能破一词,《因明大疏》云:

> 敌申过量,善斥其非,或妙征宗,故名能破。(《卐续藏经》第八十六册)

原注云:

> 此有二义,一显他过,他立不成。二立量非他,他宗不立。

盖敌所立宗因喻有过失,因而破之,使不能成立。仅举下列因明常举之例,以见能立与能破的分别:

声是无常	声是有常
所作性故	所量性故
犹如瓶等。	犹如空虚等。

"声是无常"宗因喻俱无过失,故名能立;"声是有常",宗因喻俱有过失。以实质言,声音有消失之时,非是永存不灭的"有常"物;以推理言,声系所作性,不能因其"所量性"而证明其为"常",故为"声是无常"所破。因"敌申过量",得以"善斥其非"也。本节所谓的"破式",乃指学术论文纯为驳斥虚妄的邪说而发,驳倒其理证,使其无法存在。以论说文为例,王安石之《读孟尝君传》,即在以破"世皆称孟尝君能得士,士以故归之"(《王安石文集》卷四十六)。在学术论文上出以破式者,应推毛奇龄之《古文尚书冤词》,其书乃针对阎若璩之《古文尚书疏证》而发,然

而并无价值,乃信伪迷真之故,其所举之理证,不能驳倒若璩,故学术论文以"破式"进行时,在破对方之理,破对方之证,理证俱被驳倒,其论点即告破灭。

(三)立破兼用式:学术论文除科学论文及题目范围特别狭小者,可纯用立式或破式外,大多是"立""破"兼用,用立式以立我真实不妄之理,用破式以破乖谬偏邪的论点,因为在"理不两立"、"义无并存"之情况下,非用"破"不可,如孙中山先生主张革命,康有为、梁启超主张"保皇",二者无调和之可能,故孙中山先生初期宣传革命之时,于"保皇"之论,驳斥不遗余地,即此之故。立破兼用之时,亦有三种方式:

1.先立后破:先立我之理,后破有碍我理论建立之曲说谬论。

2.先破后立:先破与我立论有关之曲说谬论,然后再立所立之论点。

3.立破同时运用:以立为主,在立我真实不妄之理时,连带驳斥不平正、不周延的理论。

此三种形式,乃学术论文所常见常用的,无论"立"与"破",俱在从理证着手,然应注意者,破人之论时,不可断章取义,不可误解其文意,不可歪曲其事理,不宜作无证据之臆断推测,不应作超出学术以外的人身攻击,在态度上不宜崇己抑人,而应出以服善求真之心,方不致枉诬他人,而暴露自己之过失,如是则真理可明而是非可见。

四、单式论述与复式论述

论文学术,虽性质各殊,门类繁多,尤以国学研究论文为甚,然以内容的丰约而论,则可区分为繁与简,简谓主题单纯,限于

一人、一事、一问题,故以单式论述即可满足;若是主题在两个以上,牵涉多方,就不能不以复式出之,其情况有如朱庭珍所论:

> 包罗万有,众妙毕臻,如岱宗之长五岳,以大山包小山,中包无数峰峦溪涧;如武侯之列八阵,以大阵藏小阵,中变无数门户方圆,任登峰造极,钩深致远,终不能穷其曲折义蕴。(《筱园诗话·在云南丛书中》)

朱氏所论,乃为文学作品而发,屈原之《离骚》即系如此。然学术著作亦有内容繁复如此者,如太史公之《史记》、江藩之《国朝汉学师承记》,无不包罗万有,江氏之作虽已简易,然论人、论书、论学亦可谓端绪繁多,则非用复式论述不可。罗锦堂博士的《现存元人杂剧本事考》,于现存元人杂剧的作品,每一剧考其本事,则一文之中端绪极多,不可不用复式论述;又如徐芹庭博士之《汉易阐微》、张仁青博士之《魏晋南北朝文学思想史论》,繁复之性质相同。又如王熙元博士之《穀梁范注发微》、黄永武博士之《许慎之经学》、娄良乐博士之《管子评议》、左松超博士之《说苑集证》,虽内容繁复,牵涉多方,但主题仅限于一人、一书,叙论之时,自以单式论述为宜,考其生平,论其思想,述其学术成就,明其影响,论述以此一人、一书为主,不越出此一人、一书范围之外。而主题在二个以上之论文则不然,笔者之博士论文《禅学与唐宋诗学》则有双主题,一为禅学,自然不能不述及禅学之起源及发展,不能不论南北二宗,及五宗二派;一为诗学,自然要论及唐宋二代之诗及诗学;再论及诗与禅之融合,禅学与诗学理论之融合,而结以禅学对诗学之影响,此则运用复式论述的例子。

单式论述之论文,依一人、一书、一事构成主题,分系分段论述即可;而复式论述之论文,首先要确立体例以统率所涉及的事物,如《史记》之体例有五:一曰本纪,以叙帝王;二曰世家,以纪侯国;三曰列传,以纪人物;四曰表,以系时事;五曰书,以详制度。而各代之君臣政事贤否得失,得以总汇于一编之内。设无此体例,则上起唐虞,下讫武帝的史事,将何以统属呢? 可见主题端绪甚多的学术论文,不能不妥定体例以为论述进行的准据。复式论述之论文,有以下二式:

(一)并列式:所论述的众多事理,无隶属关系,无主从关系,往往以并列之方式,相提并论,各为起讫,如《宋元学案》、《明儒学案》,均系以人为主,因人而成立的学派,并列论述,而以时代先后定其先后顺序。又如王引之《经传释词》,以各虚字并列,虽每字的简繁不同,而无主从之分,考其内容,非并列论述不可。

(二)交互式:主题在二个以上,而在全篇论文之中,互为因果,需同为起讫时,则需出以交互论述之方式,或于一章之内,分节交互论述,或分章分段交互论述,如此则主题虽多而不乱、繁而不杂,当掌握此原则加以运用。

经以上之述说,学术论文体例之决定,当可得一明确的轮廓,由找资料,出心得,而撰作论文,当成竹在胸而知着手之道。为便利厘定论文纲要及确定论述方式之便,特附录娄良乐学长博士论文《管子评议》之纲要、笔者博士论文《禅学与唐宋诗学》之章节于本章之后,以便参考。娄博士之纲要系分段式,而笔者则采章节式,娄博士采单式论述,而拙作则采复式,亦可由纲要上加以比较。

第四节　征引与附注附录

一、征引

文贵己出，古人于征书引典以成文者，名之为獭祭，盖讥其堆砌故实也。然征书引典，作用甚大，刘勰云："事类者，盖文章之外，据事以类义，援古以证今者也。"（《文心雕龙·事类》）古人为文，征书引典偏重文章之助，今之学术论文的征书引文，偏重"援古证今"，因学术论文除言必有物、言必有序之外，尤注重言必有据，章学诚云：

> 在官修书，惟冀塞责；私门著述，苟饰浮名。或剽窃成书，或因陋就简，使其术稍黠，皆可愚一时之耳目，而著作之道益衰。诚得自注，以标所去取，则闻见之广狭，功力之疏密，心术之诚伪，灼然可见于开卷之顷，而风气可以渐复于质古，是又为益之尤大者也。（《文史通义·史注》）

是主张征书引文必注明出处，凡引用书籍注明原篇卷，乃清乾嘉以来的遗法，惟征书引文之法，关系论文甚大，故举要述略于后：

（一）**征引的原则**：学术论文的重征引，在"援古以证今"，在"明义引乎成辞，征义举乎人事"，所以以真实为首要原则，故于原文不可改易一字一句，如因版本不同，文句有异，亦应加以考证而加以注明。即使标点符号，亦不能改易，如原书无标点符号,于援引虽可加以标点分段,亦必求其与原作之文意相符,如此则庶乎不失本真。其次征引贵陶镕,不贵割裂。引文的目的,以为吾文之用,非以杂凑成篇,盖割取他人的文绣缯帛,缝成百衲衣,纵非乞丐之服,亦不足贵,所以征引贵精简,最好纳入正文中,或与论文融成一体,如镶嵌金玉,方能增辉。杜维运论引文尽量减短云:

> 逐字逐句引用原文,往往为引一字一语,而连带征引不已,有时不如此不能看出一完整意思,而引文亦由是繁冗驳杂。将引文尽量减短,是项极重要的原则,在欧美有些出版商,准许其出版物不经允许而被引用二百五十字到五百字。所有美国大学的出版物,准许其他作者引用一千字,多引必须先写信向出版部要求,引文长度,开首与结尾的字句、页数,皆须开明,有时须写信给原作者,此可为引书而不知节制者戒。(《史学方法论》第十五章)

征引过多,一则繁芜冗长,如果无当事理,则更有损真美。

(二)征引之方式:征书引文,其方式有二,(1)为撮引,以原文过长,叙事繁复,不便全文纳入正文,乃撮述其意,节缩其文句,此之谓撮引,如陆贽《奉天请数对群臣兼许令论事状》云:

> 一不诚则心莫之保,一不信则言莫之行,故圣人重焉,以为食可去而信不可失也。(《翰苑集》卷十三)

"故圣人重焉,以为食可去而信不可失也。"乃撮引子贡问政之文意节缩而成:

子贡问政。子曰:"足食,足兵,民信之矣。"子贡曰:"必不得已而去,于斯三者何先?"曰:"去兵。"子贡曰:"必不得已而去,于斯二者何先?"曰:"去食。自古皆有死,民无信不立!"(《论语·颜渊》)

如果不加撮引,而全部引用原文,则不成章句。撮引的方法,不必加引号,学术论文亦可使用,惟应注明出处。(1)为原文征引,不但应注明出处,而且要忠实征引,不可错误,不可改易。可征引原文入正文,也可将征引的原文比正文低二格另行书写。一般引文用双引号,引文之中又有引文,则用单引号以为分别。笔者以为另行低二格书写的引文方式,不必加引号,盖已明确表示系引文,自不必另加识别。在原文征引的时候,如中有节删,可用删节号"……"表明。此征引之人略也。

二、附注

古人为文,多不注明出处,故无论经史子集,多劳后人笺注疏解,然乾嘉以来,自注之例方行,章学诚云:

文史之籍,日以繁滋,一编刊定,则征材所取之书,不数十年,尝失亡其十之五六,宋元修史之成规,可覆按焉。使自注之例得行,则因援引所及,而得存先世藏书之大概,因以校正艺文著录之得失,是亦史法之一助也。(《文史通义·史注》)

此为章氏提出的自注理论,乃在保存"先世藏书",以"校正艺文著录之得失"。而学术论文的注释,乃注明资料来历,以资证信，附注有二种方式，一用括号夹注，将自注夹于正文之中，随文出现，省翻阅每章每段后附注的烦劳；另一种方式是将附注附于每章每段之后，而于正文中按附注之先后及多少，由（注一）开始，往下编号，而将自注之资料，与正文同一编号者，附于章段之后，横排之书，多附于每页之下。附注的种类，大约有三：

（一）引用他书的篇页。

（二）引用史料的原文。

（三）根据考辨的结果。

（陆懋德《史学方法大纲》，引美人 M. Fling 所著 *The Writing of History* 之说）

我国传统注明资料来源时，仅注明书名、篇卷。西方学者则以详尽为原则，凡作者、书名、出版年月、出版处所、页数，皆行注出。笔者以为注明作者、书名、篇目、卷数即可，盖出版年月、出版处所，可于参考书目中列明；注明页数，亦可不必，盖卷数篇名既明，翻索即得，不必过分详细，反形疣赘。又世人共知共晓的书，论文之基本资料，有主张不必注明出处者，亦甚合情理，可以采用。又原书亡佚，而为其他书所引，则应注明引自某书或见某书引，不可直接注明出自亡佚之原书。章学诚论其理云：

考据之体，一字片言，必标所出；所出之书，或不一二而足，则必标最初者，最初之书既亡，则必标所引者，乃是慎言其余之定法也。（《文史通义·说林》）

可见古人已注意及此矣。

三、附录

学术论文除附注之外，又有附录，亦系最重要的部分，而常被忽略。郑樵《通志·总序》云："古之学者，左图右书，不可偏废。"是图与书并存也。又曰："即图而求易，即书而求难。"是附图更较文字解说易于明了。陆懋德论西方学者之附录云：

> 西方史书之编制，多附着名人古物之画片，至于疆域形势，战争策略，多附着详细地图，而尤以美国之印刷品为不惜工本。此不但取便研究，且可引起兴趣。（《史学方法大纲》第五编《论著作》）

其实刘向《列女传》亦有图像，曾国藩之《圣哲画像记》，更以像为主，均系附录。宋人著录，多附考异于书后，如司马光《资治通鉴》、李焘《续通鉴长编》、李心传《建炎以来系年要录》均系如此。学术论文之附录，包括尤多，凡不便出现正文之中，多可以附录出之，其种类如下：

（一）参考书目。

（二）关系文件。

（三）重要考辨。

（四）图片表格。

（五）勘误表。

（六）论文内容索引。

（七）作业及习题。

其中参考书目、关系文件尤为重要，参考书可细列全部之论文参考书目，亦可开列主要参考书目，但应分类，按时代顺序编列，注明作者、出版书局，如系缩微胶卷，亦应注明，如系孤本，应注明藏书地点，如在丛书，则应注明在某某丛书内。勘误表在改正论文印成后的错误，论文内容索引在以方便读者之查索。均关系论文内容之明确与详实，故不可忽略。

以上所述，为学术论文写作之大要，至于临文之际"随手之变"，则无法论述了。此外学术论文之撰作，亦应由读书心得、报告始，循此而了解论文之组织、章法、资料之获得及运用、文字之表达，非亲身体验不可，"道听涂说"均不能得其门径也。

附录一　《〈管子〉评议》目录

甲、绪论

乙、管子评传

丙、管学书考评议

　壹、关于一般辨伪考证之评议

　　一、自历史故实以论之者

　　二、自引书时代以论之者

　　三、自文字用语以论之者

　　四、自学说思想以论之者

　　五、自政治制度以论之者

　　　　　——包含富民、治道、制币、度量、农政、官制、征籍、地方八目

　　六、自社会制度以论之者

　　七、自地理区域以论之者

　　八、综论

　贰、关于罗著《〈管子〉探源》之评议

　　一、政治思想家

　　　（一）论其（指罗著《〈管子〉探源》，下同）考订为"战国政治思想家所作"者

　　　　　——牧民、形势、权修、五辅、问五篇

（二）论其考订为"战国中世后家政治思想家所作"者

  ——王言（亡）、霸言、霸形三篇

（三）论其考订为"战国末政治思想家所作"者

  ——立政、乘马、君臣上下、七臣七主五篇

（四）论其考订为"秦汉间政治思想家所作"者

  ——重令一篇

（五）论其考订为"西汉文景后政治思想家所作"者

  ——八观、正世、治国三篇

二、道家：论其考订为"战国中世以后道家所作"者

  ——心术上下、白心三篇

三、法家缘道家：论其考订为"战国末法家缘道家为之"者

  ——枢言一篇

四、法家

（一）论其考订为"战国时法家所作"者

  ——法禁、法法二篇

（二）论其考订为"战国中世以后法家所作"者

  ——任法、明法二篇

五、阴阳家

（一）论其考订为"战国末阴阳家所作"者

  ——宙合、侈靡、四时、五行四篇

（二）论其考订为"汉代阴阳家所作"者

  ——轻重己一篇

六、兵阴阳家

（一）论其考订为"战国末兵阴阳家所作"者

  ——势一篇

（二）论其考订为"秦汉间兵阴阳家所作"者

  ——幼官、幼官图二篇

七、兵家

（一）论其考订疑为"战国兵家所作"者

  ——制分一篇

（二）论其考订疑为"秦汉间兵法家所作"者

　　　——兵法二篇

八、兵家与法家

（一）论其考订为"战国末孙吴申韩学者所作"者

　　　——七法一篇

九、儒家

（一）论其考订为"战国儒家所作"者

　　　——小称一篇

（二）论其考订疑为"汉儒家所作"者

　　　——弟子职一篇

十、儒家与道家

（一）论其考订疑为"战国中世以后混合儒道者之所作"者

　　　——内业一篇

（二）论其考订为"战国末调和儒道者之所作"者

　　　——戒篇

十一、杂家

（一）论其考订为"战国末杂家所作"者

　　　——正篇

（二）论其考订为"战国末秦未统一前杂家所作"者

　　　——牧民解、形势解、立政九败解、版法解、明法解五篇

（三）论其考订为"战国末至汉初杂家所作"者

　　　——禁藏一篇

十二、医家：论其考订为"汉初医家所作"者

　　　——水地篇

十三、理财学家：论其考订为"汉武昭时理财学家所作"者

　　　——轻重十九篇

十四、战国或汉代人作（不著家数）

（一）论其考订疑为"战国时人所作"者

　　　——版法、大匡、中匡、四称、小问五篇

（二）刑赏之要

（三）为政之道

（四）经济之计

二、比较研究

——与法家商鞅、申不害、慎到、韩非诸子之比较

三、综论

叁、管子之阴阳家学说思想

一、学说体系

（一）玄宫之象

（二）四时之政

（三）五行之作

（四）岁时之祭

二、比较研究

——与阴阳家邹子学说之比较

（一）梁吕之辩

（二）诸家之论

1.关于(《易传》中)阴阳说之比论

2.关于五行说之比论

(1)关于《尚书》者

(2)关于《墨子》者

(3)关于《荀子》者

(4)关于《左传》者

（三）管邹之异

三、综论

肆、管子之兵家学说思想

一、学说体系

（一）七法之要

（二）为兵之数

（三）至善不战

（四）军旅之制

二、比较研究

——与兵家孙武学说之比较

三、综论

戊、结论

附录二 《禅学与唐宋诗学》目录

第一章 禅学之兴盛及其特性

第一节 达摩禅学之建立及弘传

第二节 六祖及五宗之禅学

第三节 两宋禅学述略

第四节 泛论禅学之根本思想

第五节 禅学之特性及影响

第二章 唐宋诗学述要

第一节 唐诗兴盛之原因

第二节 唐诗之特性及地位

第三节 宋诗之特性及地位

第四节 唐宋诗学述要

第三章 以诗寓禅

第一节 禅与诗融合之经过

第二节 示法诗

第三节 开悟诗

第四节 颂古诗

第五节 禅机诗

第四章 以禅入诗

第一节 禅理诗

第二节 禅典诗

第三节 禅叙诗

第四节 禅趣诗

第七章　工具书的分类介绍

孔子云："工欲善其事，必先利其器。"孔子虽未撰作工具书，似已具有这种意念。工具书乃读书时的座上常师、治学时的索途手杖，不可离此利器，尤不可不知道此利器的运用方法。

第一节　工具书概说

一、工具书的起源及发展

吾国之有工具书，当以《尔雅》为最早，其书有：（1）周公所制，后人所补说；（2）孔子门徒所作说；（3）子夏所作说；（4）秦汉之间学者所纂说；（5）汉人所作说。据高仲华先生的考证，定为"先秦之著述"（见《高明文辑》中册《尔雅之作者及其撰作之时代》），而其书固乃言文字音义为主之书。此后刘向校录群书而有《别录》，刘歆承父之业而有《七略》，系读书校雠和学术分类的工具书；班固的《汉书·艺文志》，是书目的工具书；许慎的《说文解字》,是最早查字的工具书。自此以后制作日繁,而以西方学术思想方法传入之后益为重视,民国以后增加不知凡几,于是分门别类介绍工具书之用法的书乘时而起,高仲华先生称此类书为"工具书的工具书",并论述此类书籍之起源云:

> 汪师辟疆是最早撰写这种书的人。他在民国二十三年四月正中书局出版的《读书顾问》季刊的创刊号,发表一篇《工具书的类别及其解题》,是这种书的开路先锋。民国二十五年九月,何多源出版了一部《中文参考书指南》,列为岭南大学图书馆丛书之一,共收有中文参考书一千三百种,由商务印书馆发行;民国二十八年四月又加以增订,收书至二千零八十一种,连附见的书共二千三百五十种,可以说是继辟疆师以后的一部钜著了。(《高明文辑》中册《中文工具书指引序》)

可见工具书的发展,可分为各种用途不同的工具书和工具书中的工具书,这二大类工具书,近数年来均有长足之发展,以适应不同的需要。

二、工具书的重要和应用

学海无涯,人生有限,而人的记忆力亦更有限,故博极群书,此一功夫虽不可少,而把全部的典籍熟读强记,实力有未逮,因此读书为学,必待工具书。小而言之,假设无《说文解字》、《康熙字典》、《辞源》、《辞海》、《经籍纂诂》及人名、地名大辞典之书,对读书和研究的不便与困扰将会至何程度呢? 大而言之,若无"三通"、《图书集成》,则研究时所虚费的光阴更不知凡几。所以工具书可解决这些不便和困扰，不必以腹为笥。以腹为笥，自治学之立场而言，实太困难了。因为(1)记忆力太不够了，(2)记忆又常有错误而不足恃。而工具书则无此缺点，可为研究学问之大臂助，高仲华先生云：

> 我教导学生，固然教他们熟读一些基本书籍，来奠定研究学术的基础；但也教他们运用一些工具书籍，来认识研究学术的途径。在指导学生做论文时，我更教他们运用工具书，去搜集写作的资料。我自己研究问题、从事写作，也渐渐养成了运用工具书的习惯，现在工具书和我竟结成了不解之缘了。（同上）

工具书于治学研究的重要性，仲华先生已现身说法，极为详明，不用任何补充或解说。但应注意到工具书也有重大的缺点，工具书只能供给资料，不能提供思想和智能，工具书如点菜时的菜谱，但不是做菜时的厨司。

运用工具书，亦非易事，(1)要知道那一门类有哪些工具书；(2)每一工具书的用法如何；(3)同性质的工具书中，哪一种较佳胜；(4)工具书在随时添增，要予以密切的注意，方不致失之交臂；(5)切实依照研究和工作所需，充分购置所需的工具书。如此方能达到治学上善其事而利其器的目的。欲达成知工具书的目的，则非借工具书指引不可。1936年6月，邓衍林之《中文参考书举要》，虽仅列每一工具书的书名、编者、书局、出版年月等，但已有开创之功，为工具书的如何应用而指路。同年9月，何多源的《中文参考书指南》，则继邓氏的体例而做简明提要，说明书之内容、用法，并间出以批评及比较同类书之得失，有转精之特点。何多源论工具书指引的用途云：

（一）供给图书馆学学校作课本之用。

（二）可作各大学书目学教本。

（三）可用作指导大学生作毕业论文时参考。

（四）为图书馆采访订购各种参考书之指南。

（五）指导研究学术者以找寻材料之途径。

（六）可供出版家编印各种参考书时之参考。（《中文参考书指南》序）

于工具书的作用，介绍已极为详尽，凡工具书指引的编纂者，都已为此尽了心力，加惠后学甚多。笔者为使工具书与治学融合为一，故特定体例类别，为之介绍。

三、工具书的分类介绍

关于工具书著录介绍的原则是，著录欲其多，介绍欲其详。笔者系为便利从事国学的研究，所以在著录方面，不求其多，而求其精；在介绍方面，不求其详，而求其有效。特分下列各大类介绍：

（一）查书的工具书。

（二）查文字、辞语的工具书。

（三）查人名、地理、年历的工具书。

（四）查名物制度的工具书。

每一本工具书就下列体例加以介绍：（一）作者；（二）出版；

（三）内容。以上三项的介绍，系以内容为主，至于使用方法则以数语说明，盖不亲自使用其书，任何再详细的介绍，不过是"纸上谈兵"而已。

第二节　查书的工具书

工具书的目的，以知书为主，故首列本类，分为查书目的工具书、查丛书的工具书、查论文期刊的工具书、查文句的工具书、查工具书的工具书，逐一介绍。

一、查书目的工具书

书目系治学的门径，前人无不注重。自往代而言，由《汉书·艺文志》始，各代史志，甚多不具有书目，史志有付阙如的，后人均多加以补苴。而私人藏书之家，亦有书目，好书读书的人，亦有所记，并有特地为引导后学而立书目者，如张之洞的《书目答问》。本节介绍查书目的工具书，始自《汉书·艺文志》，止于张心澂编撰之《伪书通考》。其中不介绍严灵峰之《老子知见书目》、《庄子知见书目》，以其已为《周秦汉魏诸子知见书目》所涵盖；不介绍张之洞之《书目答问》，而介绍范希曾之《书目答问补正》，以后者足以代表前者。

《史记》没有《艺文志》。金德建著《司马迁所见书考》（1963年，上海人民出版社），包括六十四篇文章，从不同角度考订司马迁所见图书的情况。作者称，"无疑就是替《史记》补充了一篇《艺文志》。"它既可以当作著录西汉时期图籍的目录，又可以体现当时官私目录、书志解注。

（一）汉书·艺文志

（汉）班固撰，（唐）颜师古注。

1962年，北京，商务印书馆，《汉书》卷三十。

本书为我国现存最早之一部目录学文献，共收书六略三十八种，五百九十六家，一万三千两百六十九卷。全书依刘氏《七略》之例，分为六艺、诸子、诗赋、兵书、数术、方技六略。

（二）隋书·经籍志

（唐）魏徵等撰。

1973年，北京，中华书局，《隋书》卷三二至三五。

本书系收录梁、陈、齐、周、隋五代官私书目所载现存典籍，分为经、史、子、集四部，四十类，著录存书一百二十七部三万六千七百零八卷，佚书一千零六十四部一万两千七百五十九卷。

（三）旧唐书·经籍志

（后晋）刘昫等撰。

1975年，北京，中华书局，《旧唐书》卷四六至四八。

五代刘昫等修撰《旧唐书·经籍志》，系据毋煚《古今书录》节略成编，惟述至开元时止，各类小序，尽皆删去。

（四）新唐书·艺文志

（宋）欧阳修撰。

1975年，北京，中华书局，《新唐书》卷五七至六〇。

补《旧唐书·经籍志》未收之开元后唐人著作，著录三千八百二十八家七万九千一百二十一卷。

（五）宋史·艺文志

（元）脱脱等撰。

1976年，北京，中华书局，《宋史》卷二〇二至二〇九。

共记宋代藏书九千八百一十九部十一万九千九百七十

二卷。

宋史艺文志·补·附编(1957年,商务印书馆),包括:

1. 宋史艺文志 (元)脱脱等奉敕撰。

2. 宋史艺文志补 (清)黄虞稷、倪灿等撰,(清)卢文弨订正。

附编:(1)**四库阙目** (宋)绍兴中官撰,(清)徐松辑。

(2)**秘书省续编到四库阙书目** (宋)绍兴中改定,(清)叶德辉考证。

(3)**中兴馆阁续书目** (宋)陈骙等撰,赵士炜辑。

(4)**中兴馆阁续书目** (宋)张攀等撰,赵士炜辑。

(5)**宋国史艺文志** (宋)官修,赵士炜辑。

(六)明史艺文志·补·附编

(清)张廷玉等撰。

1974年,北京,中华书局,《明史》卷七二至七五。

《明史·艺文志》所著录之书,限于有明二百七十年各家之著述。本书系将有关明代艺文志之著作汇聚编成。全书分为三编:

正编:

明史艺文志序 (清)倪灿撰。

明史艺文志 (清)黄虞稷原编。 (清)王鸿绪、张廷玉等删定。

补编:

明书经籍志 (清)傅维麟据《文渊阁书目》、《南雍志·经籍考》等改编。

明书经籍志拾补 据文渊阁书目补编。

续文献通考经籍考 (明)王圻撰。

钦定续文献通考经籍考录目　（清）乾隆间官修。

附补：

国史经籍志（明）焦竑编。

国史经籍志补　（清）宋学国、谢星缠编。

（七）清史·艺文志

1.《清史稿》（1942 年，上海，联合书店；1977 年，北京，中华书局）卷一四五至一四八。

著录九千六百三十三种，十三万八千零七十八卷。

2.**清史稿艺文志及补编**，北京，中华书局，1982 年。

补收一万零八百四十八种，九万三千七百七十二卷。

3.**重订清史稿艺文志**，彭国栋纂修。

1968 年，台北，商务印书馆。

著录一万八千零五十九种，十六万七千零五十卷。

（八）二十五史补编（艺文志部分）

1935—1936 年，上海，开明书局初版。1955—1956 年，北京，中华书局。

二十五史补编之艺文志部分，系为补残掇拾二十五史正编阙失之作。计收三十二种，所补诸史如：《汉书》、《后汉书》、《三国志》、《晋书》、《宋书》、《南齐书》、《隋书》、《五代史》、《宋史》、《金史》、《辽史》、《元史》等，兹列举其书名、卷数、作者如下：

（1）**汉书艺文志考证**　（宋）王应麟撰。

（2）**汉书艺文志拾补**　（清）姚振宗撰。

（3）**汉书艺文志条理**　（清）姚振宗撰。

（4）**汉书艺文志举例**　（清）孙德谦撰。

（5）**汉书艺文志注**　（清）孙光賨撰。

（6）**续汉书志补**　（清）卢文弨撰。

（7）补续汉书艺文志　　（清）钱大昭撰。

（8）补后汉书艺文志　　（清）侯康撰。

（9）补后汉书艺文志　　（清）顾櫰三撰。

（10）后汉书艺文志　　（清）姚振宗撰。

（11）补后汉书艺文志　（清）曾朴撰。

（12）补三国艺文志　　（清）侯康撰。

（13）三国艺文志　　　（清）姚振宗撰。

（14）补晋书艺文志　　（清）丁国钧撰。

（15）补晋书艺文志　　（清）文廷式撰。

（16）补晋书艺文志　　（清）秦荣光撰。

（17）补晋书经籍志　　（清）吴士鉴撰。

（18）补晋书艺文志　　（清）黄逢元撰。

（19）补宋书艺文志　　（清）聂崇岐撰。

（20）补南齐书艺文志　（清）陈述撰。

（21）隋书经籍志补　　（清）张鹏一撰。

（22）隋书经籍志考证　（清）章宗源撰。

（23）隋书经籍志考证　（清）姚振宗撰。

（24）补五代史艺文志　（清）顾櫰三撰。

（25）宋史艺文志补　　（清）倪灿撰。

（26）西夏艺文志　　　（清）王仁俊撰。

（27）辽艺文志　　　　（清）缪荃荪撰。

（28）辽史艺文志补　　（清）王仁俊撰。

（29）补辽史经籍志　　（清）黄仁恒撰。

（30）补元史艺文志　　（清）钱大昕撰。

（31）补辽金元艺文志　（清）倪灿撰。

（32）补三史艺文志　　（清）金门诏撰。

附:台湾师范大学国文研究所集刊创刊号　1957年,收有:

补梁书艺文志　　　李云光撰。

补陈书艺文志　　　杨寿彭撰。

补北齐书艺文志　蒙传铭撰。

补魏书艺文志　　　赖炎元撰。

补周书艺文志　　　王忠林撰。

(九)艺文志二十种综合引得

哈佛燕京学社引得编纂处编。

1933年,北平,哈佛燕京学社初版;1960年,北京,中华书局影印。

本书系收录自先秦以至清末,凡四万余种图书之书目,编纂而成之索引。所谓"艺文志二十种",是指《汉书艺文志》、《后汉书艺文志》、《三国艺文志》、《补晋书艺文志》、《隋书经籍志》、《旧唐书经籍志》、《新唐书艺文志》、《补五代史艺文志》、《宋史艺文志》、《宋史艺文志补》、《补辽金元艺文志》、《补三史艺文志》、《补元史艺文志》、《明史艺文志》、《清史稿艺文志》等十五种艺文志,以及禁书总目、全毁书目、抽毁书目、违碍书目、征访明季书目等五种书目,共计二十种,为查检书目极重要之工具书。

(十)哈佛燕京学社引得(查书名、篇名、类名之部分)

北平,哈佛燕京学社引得编纂处编。

1932—1940年陆续刊行。

此类引得,系将卷帙浩繁,不便查检之书,将其书名、篇名、类名依中国字庋撷法排列,编成引得。其功用相当于图书馆中之书名目录、著者目录、标题目录、分类目录等。此外尚有:

(1)四库全书总目及未收书目引得　(哈佛燕京学社引得第七号)。

（2）**佛藏子目引得**　（哈佛燕京学社引得第十一号）。

（3）**道藏子目引得**　（哈佛燕京学社引得第二十五号）。

（4）**明代敕撰书考附引得**　（哈佛燕京学社引得特刊第三号）。

（5）**六艺之一录目录附引得**　（哈佛燕京学社引得特刊第十五号）。

(十一)哈佛燕京学社引得（引书引得部分）

北平,哈佛燕京学社引得编纂处编。

1932—1941 年陆续出版。

此类引得,系将下列诸古籍中凡征引有关资料之书名,依中国字庋撷法排列,借以考知图书存佚之情形,并供辑佚、校勘、考据之用。此类性质之引得,计有十种:

（1）**毛诗注疏引书引得**　（哈佛燕京学社引得第三十一号）。

（2）**周礼引得附引书引得**　（哈佛燕京学社引得第三十七号）。

（3）**仪礼引得附引书引得**　（哈佛燕京学社引得第七号）。

（4）**礼记注疏引书引得**　（哈佛燕京学社引得第三十号）。

（5）**春秋经传注疏引书引得**　（哈佛燕京学社引得第二十九号）。

（6）**尔雅注疏引书引得**　（哈佛燕京学社引得第三十八号）。

（7）**太平御览引得**　（哈佛燕京学社引得第二十三号）。

（8）**世说新语引得附刘注引书引得**　（哈佛燕京学社引得第十二号）。

（9）**太平广记编目及引书引得**　（哈佛燕京学社引得第十五号）。

（10）**文选注引书引得**　（哈佛燕京学社引得第二十六号）。

(十二)郡斋读书志

(宋)晁公武撰。

1990年,上海古籍出版社出版孙猛校正本。

本书传本有二:衢本收一千四百六十一种,为广文版所据;袁本收一千四百六十八种,为商务版所据。本书为今传最早最完备之私家藏书志。全书依经史子集四部分类,并酌分子目排列,为查检宋朝及其以前书籍内容极重要之工具书。

(十三)直斋书录解题

(宋)陈振孙撰。

1987年,上海古籍出版社。

今本从《永乐大典》辑出。本书系收录宋朝及其以前之历代典籍而成。计分五十三类,三千零九十六目。每一目下,各详其书名、卷数、著者、内容,并略评其优劣、得失、真伪等,足资参考之用,本书为查检宋及其以前古书内容之重要工具书。

(十四)千顷堂书目

(清)黄虞稷撰,杭世骏补。

2001年,上海古籍出版社。

本书收录有明一代之图书书目颇为完备,可补《明史·艺文志》之不足。全书依四部分类排列,每类之后并各附宋金元人之著述,为查检明代出版书籍最重要之工具书。

(十五)经义考

(清)朱彝尊撰。

1987年,北京,文物出版社影印。

本书系收录历代有关经学之著作而成,为研究中国历代经学书目之提要。本书初名《经义存亡考》,后以分别注明所收书籍之存、阙、佚、未见等,因改今名,故本书为查检经学书目之重要工具书。

1992 年,台北,汉学研究中心印行吴政上编《经义考索引》。

(十六)小学考

(清)谢启昆撰。

清嘉庆二十一年(1816 年),谢氏树经堂初刻。1987 年,南京,江苏广陵古籍刻印社据光绪十五年上海鸿文书局本影印。

本书系收录从古至清光绪初年有关文字学之著作而成,为研究中国文字学之书目提要,可补朱氏《经义考》不收"小学类"之缺,为查检文字学书目之重要工具书。

附罗福颐《小学考补目》。

(十七)四库大辞典

杨家骆编撰。

1931 年南京初版。1935 年再版。1987 年,北京,中国书店以《四库本书大辞典》名重印。

本书系以《四库全书总目》著录存目之书及其著者为范围,书名、人名各立一条,凡一万七千余条。全书依王云五四角号码检字法排列。本书为查检《四库全书》所收书籍及作者极为方便而实用之工具书。

(十八)四库大辞典

李学勤、吕文郁主编。

1996 年,长春,吉林大学出版社。

本书收录范围很广,不限于《四库全书》所收书,也包括 20 世纪 30 年代以前存世的古籍。是目前收录较完备的大型古籍辞典。

(十九)四库全书总目提要

(清)纪昀等撰。

1933 年，上海，商务印书馆印行；1965 年，北京，中华书局；2000 年，河北人民出版社。

本书系收录历代图书而成之总目。《四库全书》计收存书三千四百六十一种七万九千三百零九卷，及存目六千七百九十三种九万三千五百五十一卷，为近世所编最巨大之丛书。本书系依经史子集四部顺序排列，四部之首各冠以总序，撮述其源流演变；每部之下酌予分类，计分经部十类、史部十五类、子部十四类、集部五类，每类之前各冠以小序，详述其分并改隶之旨趣。本书不啻为吾国古书书名大辞典，亦且为吾国有史以来最大且最重要之一部书目解题，为查检历代图书极重要之工具书。

四库全书目录索引　1989 年，上海古籍出版社。为影印本《文渊阁四库全书》所收书的书名、作者索引。

(二十)贩书偶记

孙殿起编。

1936 年初版。1959 年，中华书局上海编辑所重排铅印。1982 年，上海古籍出版社重印，附有雷梦水整理的校补。1980 年上海古籍出版社出版雷梦水汇集整理的《贩书偶记续编》。

本书为清代以来迄至 1935 年的著述总目，其作用相当于"四库全书目录"之续编。本书著录图书以清代著述为主，兼及民国以后、抗战以前有关古代文化之著作，间亦著录少数四库所失收之明人著作。共收作者经眼书籍一万一千二百四十种。续编收书六千余种。

(二十一)续修四库全书提要

〔日〕东方文化事业委员会编，王云五主持。

1960，台北，商务印书馆。

收录《四库全书》以后，有关解禁、新发现、新著图书之提要，共收一万零七百种。

(二十二)续修四库全书总目录提要

复旦大学图书馆古籍部编。

2003 年,上海古籍出版社出版。

《续修四库全书》(1995—2002 年,上海古籍出版社)收录《四库全书》漏收、未收、禁收及《四库全书》成书后的清人著作五千二百一十三种。提要仿《四库全书总目提要》,分别介绍源流、主旨。

(二十三)四库禁毁书丛刊索引

2000 年,北京出版社。

收书六百三十四种,分装三百一十册,其中经部十六种、十册;史部一百五十七种、七十五册;子部五十九种、三十八册;集部四百零二种、一百八十七册。该书纠正《四库全书》存目及《四库全书存目丛书》误收若干条。《索引》包括总目录,分经史子集四部,各部独立排出序号;分类目录,经部分易、四书、群经总义、小学,史部分编年、纪事本末、杂史、诏令奏议、传记、政书、地理、史评,子部分儒家、兵书、医家、天文、术数、艺术、杂家、类书、释家,集部分总集、别集、诗文评、词类。书名索引、著者索引,书名、著者后注部别、册次、序号。

(二十四)四库未收书辑刊目录索引

2000 年,北京出版社。

以 20 世纪 20 年代末三十多位国学大师编订的《四库未收书分类目录》中开列的书为主,酌收辑刊顾问、编委拟添之书,征访善本秘籍汇编而成。共收典籍近两千种,分十辑,每辑三十册。不与《四库全书存目丛书》、《续修四库全书》、《四库禁毁书丛刊》所收书重复,而且保留了国学大师们的按语、整理笔记中对典籍精确的论述及其演化的学术思想。辑刊所附目录索引一册,包括分类目录、书名索引、著者索引三部分。分类目录,按经史子集四部排列。书名索引著录书名、卷数、著者及其朝代、版本。

(二十五)四库全书存目丛书目录索引

1997 年,济南,齐鲁书社出版。

《四库全书存目丛书》(1995 年,齐鲁书社)影印《四库全书》所列六千七百九十三种存目书中的四千五百零八种。本书在编目之外并编索引。2001 年又出版《四库全书存目丛书补编目录索引》。

(二十六)民国以来出版新书总目提要初编

杨家骆编撰。

1933 年初版。

本书系收录 1932 年以前所出版之新书凡八千余种而成。上册为中国图书业志,分为四编详述;下册为新书总目提要。

(二十七)书目答问补正

(清)张之洞撰,范希曾补正。

1931 年初版,1963 年北京中华书局重印。1983 年,上海古籍出版社出版瞿凤起校本。

本书原为张氏督学四川时应答诸生之问而编成者。编选之体例,经部举学有家法、实事求是者;史部举义例雅饬、考证详核者;子部举近古及有实用者;集部举其最著者。凡收图书二千二百种。然自光绪以来,古书善本影印者甚多,丛书之宏备者出版亦复不少,此皆张氏所未及见者,范氏乃为之补正,计补列一千二百余种,均分条系录于各书之下。本书为近代介绍相当详备而又切于实用之国学书目,为查检书目之重要工具书。

书目答问补正索引　王绵编,1969 年,香港,崇基书店出版,同年由台北文海出版社影印。

(二十八)同书异名通检

杜信孚编。

1962 年,南京,江苏人民出版社出版。1982 年,江苏人民出版社出版增订本。

本书所收限于同一内容而有数名之书,凡无异名之书,概不收入。截至 1949 年止,约收异名同实之书六千余种。仅查一名,即可同时得知其他异名。本书一检数得,查阅方便,为查检书目之重要工具书。

同类书还有杜信孚、赵敏元、毛俊仪编《同名异书通检》,1982 年,江苏人民出版社出版,收书三千五百余种。

(二十九)周秦汉魏诸子知见书目

严灵峰编著。

1975 年,台北,正中书局印行。

本书系以老列庄三子、墨子、管子、晏子三种"知见书目"为底本,加以补充修正而成。全书收编我国旧籍四千四百余种,日本及东方各国文字一千一百余种,欧美各国三百一十余种,附目一百四十余种,共分六卷八部,为目六十二,凡六千条。为查检诸子学书目之重要工具书。

书后附有重要诸子版本目录等附录六种。

(三十)普林斯顿大学葛思德东方图书馆中文善本书志

屈万里编撰。

1984 年,台北,艺文印书馆。

本书系将美国普林斯顿大学葛思德东方图书馆所藏之中文善本图书,一一加以著录评断而成。所收编之图书凡一千一百四十八种三万零三百六十九册,本书为查检善本书目之重要工具书。

普林斯顿大学葛斯德东方收藏

胡适撰,陈纪滢译。1965年,台北,文友出版社。

(三十一)美国国会图书馆藏中国善本书目

王重民辑录,袁同礼重校。

1957年,华盛顿,美国国会图书馆印行。又:1972年,文海出版社影印。

本书原名"国会图书馆藏中国善本书录"。全书收录之善本书目,凡一千七百七十七种,其中以明刊本为最多,约一千五百余种,本书为查检善本书目之重要工具书。

按:美国学术研究机构所藏有关汉籍图书,已编成目录者,除上述外,依出版先后略举简目如下:

(1)**美国哈佛大学哈佛燕京学社和图书馆汉籍分类目录**
裘开明编,1939年,哈佛燕京学社出版。

(2)**加州大学东亚图书馆藏书目录**,美国加州大学东亚图书馆编,1968年,该馆出版。

(3)**The Library Catalogs of the Hoover Institution on War, Revolution, and Peace**, Stanford University, Catalog of the Chinese Collection,美国,胡佛研究所图书馆编,1969年,该馆出版。

(4)**柏克莱加州大学东亚图书馆中文古籍善本书志**
柏克莱加州大学东亚图书馆编。

2005年,上海古籍出版社。

按照乾隆六十年(1795年)以前出版的图书为善本的标准,著录善本书八百零二种,附图四十六幅。收录最早者为宋神宗元丰八年(1085年)福州东禅等觉院刻隋释达摩笈多译《缘生初生分法本经》,存卷上。

(三十二)京都大学人文科学研究所汉籍分类目录

京都大学人文科学研究所编。

1963 年,日本,同朋会初版。1981 年改订版。

本书系据京都大学人文科学研究所收藏之汉籍,分类编成目录。所收图书,凡四万余种三万余部。全书分为六部,即经部、史部、子部、集部、丛书部、新学部等,本书为查检京都大学汉籍藏书之重要工具书。

按:日本学术研究机构藏有关汉籍图书已编成目录者,依出版先后略举简目如下:

(1)**明治大学和汉图书分类** 〔日〕明治大学图书馆编印,1930 年,日本东京出版。

(2)**图书寮汉籍善本书目** 〔日〕宫内省图书寮编,1931 年,日本东京,文求堂出版。

(3)**岩崎文库和汉书目录** 〔日〕东洋文库编,1934 年,日本,东京出版。

(4)**早稻田大学图书馆和汉图书分类目录** 〔日〕早稻田大学图书馆编印,1936 年。

(5)**东方文化研究所汉籍分类目录** 〔日〕东方文化研究所井上以智编,1945 年,日本,京都印书馆出版。

(6)**京都大学文学部汉籍分类目录** 〔日〕京都大学文学部编印,1959 年,日本京都出版。

(7)**东洋文库所藏近百年来中国名人关系图书目录** 〔日〕市古宙三、国冈妙子合编,1960 年,日本东京,东洋文库出版。

(8)**和汉图书分类目录**(帝国图书馆、国立图书馆、国立国会图书馆藏书目录)〔日〕国立国会图书馆编,1964 年,日本东京出版。

（9）**东京大学文学部中国哲学中国文学研究室藏书目录**（附书名人名通检）〔日〕东京大学中国哲学中国文学研究室编，1965年，日本，东京大学文学部出版。

（10）**东洋文库近代中国研究室中文图书目录**　〔日〕东洋文库近代中国研究中心编，1965年，日本东京出版。

（11）**静嘉堂文库汉籍分类目录**　〔日〕静嘉堂文库编，1969年，台北，古亭书屋印行。

（12）**内阁文库汉籍分类目录**　〔日〕内阁文库编，1970年，台北，古亭书屋印行。

（13）**东京大学东洋文化研究所汉籍分类目录**　〔日〕东京大学东洋文化研究所编，1973年，日本东京出版。

（14）**东北大学所藏和汉书古典分类目录**　〔日〕东北大学附属图书馆编，1975年，日本仙台出版。

（15）**东洋文库所藏近代中国关系图书分类目录**　〔日〕近代中国研究委员会编，1975年，日本东京，东洋文库出版。

（16）**神户大学附属图书馆汉籍分类目录**　〔日〕神户大学附属图书馆编，1975年，日本神户出版。

（三十三）古今伪书考

姚际恒撰。

1980年，济南，齐鲁书社新一版。

分经史子三类考辨伪书九十一种，并将伪书类型分为真中有伪、伪托撰人、撰人混淆、书不伪而书名伪、不能定作者等五类。每书先列前人考辨之说，后列己说。1929年，上海，朴社出版顾颉刚校点本，附有姚名达撰**《宋胡姚三家所论列古书对照表》**、顾实因撰**《重考古今伪书考》**、黄云眉**《古今伪书考补正》**，并附原著、补证异同时对照表。

(三十四)伪书通考

张心澂编撰。

1939 年初版。1957 年,北京,商务印书馆修订本;1998 年,上海古籍出版社。

本书系集历代辨伪大成之作。原书所辨及之伪书共一千零五十九种,增订本多出四十五种。本书为查检历代伪书书目及辨伪意见必备之重要工具书。

续伪书通考 郑良树编,1984 年,台北,学生书局。收书125 种。

(三十五)中国历代书目总录

梁子涵编。

1953 年,台北,"中华文化出版事业委员会"印行。

本书为现存目录书籍之总录。所收以中文为主,日文附之,凡知见所及之书目,均加收入。本书包罗广泛,体例完备,实为查检书目极佳之工具书。

(三十六)中国历代图书大辞典

远东图书公司编辑部编。

1936—1937 年出版。

本书依据《中国历代艺文志》,系收录历代史书中艺文志、经籍志所载之书目辑印而成,为查检书目重要之工具书。

(三十七)民国以来出版新书总目提要初编

杨家骆编撰。

1933 年初版。

本书系收录 1932 年以前所出版之新书凡八千余种而成。上册为中国图书业志,分为四编详述;下册为新书总目提要。

(三十八)中国图书大辞典

宋木文、刘杲主编。

1998 年,武汉,湖北人民出版社。

收录全国五百四十家出版社从 1949—1992 年间出版的八十余万种图书中选出十万种加以介绍。按学科分为十四卷,共十九册。

二、查丛书的工具书

吾国丛书多达六千种,内容包罗万有,而有关查丛书之工具书,则不过数种,按图索骥,当不致有遗漏。可惜历来丛书亡佚甚多,往往徒存其目而不见其书。

(一)丛书大辞典

杨家骆编撰。

1936 年,南京,辞典馆。

本书乃就《四库全书》外其他丛书书目编成,共收丛书约六千种,子目十七万余条,为查检丛书所收书目之重要工具书。

(二)中国丛书综录

上海图书馆编。

中华书局上海编辑所 1959—1962 年初版。上海古籍出版社 1982—1983 年再版。

收北京图书馆等四十一家图书馆所藏古籍丛书二千七百九十七种,包括子目三万八千八百九十一种。分三册。第一册《丛书总目》,分汇编和类编两类。汇编又分杂纂、辑佚、郡邑、氏族、独撰五类;类编分经史子集。每种丛书著录书名、编辑者、版本,并详列子目。后附《全国主要图书馆收藏情况表》与丛书书名索引。第二册《子目分类目录》,按四部分类法著录所收古籍,详注卷数、著者及所属丛书。第三册《子目书名索引》和《子目著者索引》。

1999 年，湖北人民出版社出版了阴海清编撰《中国丛书广录》，收录包括台湾地区出版的新编丛书共三千二百零七种。

(三)中国丛书综录续编

施廷镛编。

2003 年，北京图书馆出版社。

补充《中国丛书综录》之外的丛书一千一百零二种。

(四)中国丛书目录及子目索引汇编

施廷镛主编，严仲仪、倪友春分编。

南京大学图书馆、历史系 1982 年印行。

著录《中国丛书综录》未收丛书九百七十七种。分为丛书目录与子目索引两部分。前者又分综合汇刻与分类汇刻两类，又各分小类，著录丛书名、编者时代、姓名和版本，子目依照原序排列；后者分丛书书名索引与子目书名索引，著录书名、卷数及页码。

(五)有关查检丛书索引简目(依出版先后排列)：

(1)**丛书中关于词学书目录索引**　陈德芸编，1934 年，广州出版，(广州大学"图书馆季刊"一卷三至四期)。

(2)**丛书子目索引**(增订本)　金步瀛编，1936 年，上海，开明书店印行。

(3)**丛书目录索引**，施廷镛编　1936 年，北平，清华大学图书馆印行。又：1971 年，台北，文海出版社影印，易名为《丛书子目书名索引》。

(4)**东洋文库汉籍丛书分类目录**　〔日〕东洋文库编，1966 年，日本东京出版。

（5）**百部丛书集成初编——四部分类目录、书名人名索引**
艺文印书馆编，1971 年，台北，该馆印行。

（6）**丛书集成续编目录索引** 艺文印书馆，1991 年，台北，该馆印行。

（7）**丛书集成三编目录索引** 艺文印书馆编，1973 年，台北该馆印行。

（8）**丛书索引宋文子目** 麦克奈编，1977 年，台北，成文出版社印行。

三、查论文期刊的工具书

晚清以后，学术论文极盛，自有报章杂志以后，发表园地日多，流传日远，如果撰作论文的人没有专集行世，其单篇遗文并未亡佚，实赖报章杂志的保存，然这些精论名篇，散在各种刊物里，如果没有查索的工具书，实在无法求遗珠于沧海。所以王重民等的开创之功令人怀念不已。尤其是距今最近的期刊论文，更是近人学术研究的成果显示、学术风潮的趋向指针，或仍因前人研究的成果而发扬光大，或避免与前人的研究相重相犯而自辟蹊径，或因前人的启示而自立户牖，均要由前人的学术论文得其方向。有关这一方面的工具书不能忽略。

（一）清代文集篇目分类索引

王重民等编。

1935 年北平图书馆初版。1965 年，北京，中华书局影印。

本书系收录近三百年来清代学者所撰别集四百二十八种、总集十二种，并附收近人如章太炎等所作文集数种之论文篇目而成，本书为查检清代学者学术论文之必要工具书。

(二)国学论文索引(五编)

王重民、徐绪昌、刘修业、侯植忠编。

1929—1937 年印,中华图书馆协会、北平图书馆陆续出版。

原书分五编,初编收清末至 1928 年八十二种刊物上国学论文三千余条,续编续收三千条,四编收四千余条,五编收 1937 年 6 月前三百六十余种刊物。为查检抗战前国内期刊论文最方便之工具书。

(三)文学论文索引(三编)

陈璧如、张陈卿、刘修业等编。

1932—1936 年,北平,中华图书馆协会陆续印行。

本书收录自清光续三十一年起至 1935 年止各种报纸及期刊有关文学方面之论文篇目而成,凡一万二千余篇,本书为查检抗战前国内期刊、报纸上文学论文资料之重要工具书。

(四)中国史学论文索引

第一编:中国科学院历史研究所资料室、北京大学历史系合编。

1957 年,北京,中华书局初版,1980 年新 1 版。

收录 1900—1937 年 7 月出版的 1300 余种刊物的论文三万余条。

第二编:中国社会科学院历史研究所编。

1979 年,北京,中华书局出版。

收录 1937 年 7 月至 1949 年 9 月出版的九百六十余种报刊的论文篇目三万余条。

(五)战国秦汉史论文索引

张传玺等编。

1983 年,北京大学出版社。

收录 1900—1980 年国内一千二百四十种中文报刊上的战国秦汉史论文篇目一万余条,并录港台地区报刊上的有关论文篇目,收录范围广,内容涉及考古、文物方面的资料。1992 年又编辑出版**续编**,分上、下两编:上编收录 1981—1990 年的论文篇目;下编收录 1900—1990 年的专著。2002 年出版**三编**,收录1991—2000 年的论著。

(六)魏晋南北朝史论文索引

1982 年,武汉大学图书馆编印。

以收录 1900—1981 年底公开发行或国内刊物上发表的研究魏晋南北朝史的专著及论文为主,酌收内部印行的国外中文报刊上的有关论文,其中有日文资料一千条。

(七)隋唐五代史论著目录

中国社会科学院历史研究所隋唐史研究室编。

1985 年,江苏古籍出版社。

收录中国、日本自 1900—1981 年所发表的隋唐五代史论文与著作。

(八)宋史研究论文与书籍目录(增订本)

宋晞编。

1983 年,台北,"中国"文化大学出版社。

收录 1905—1981 年发表的宋史论文与专著。

(九)辽史研究论文专著索引

辽宁社会科学院历史研究所,1982。该书收录清末至 1981年国内外正式发表的辽史专著与论文,国外论著中有译文的亦予收入。

(十)中国近八十年明史研究论著目录

1981 年,江苏人民出版社。

中国社会科学院历史研究所明史研究室编。

收录 1900—1978 年国内所发表的有关明史的论文与著作，全书收论文九千四百篇，著作六百部。

(十一)清史论文索引

中国社会科学院清史研究室、中国人民大学清史研究所合编。

1984 年，中华书局。

收录 1903—1981 年 6 月报刊、论文集中发表的有关鸦片战争前的清史论文、史料篇目二万四千条左右，包括 1949 年 10 月以后港台地区发表的论文篇目。

(十二)中国史学论文引得续编——欧美所见中文期刊文史哲论文综录(一九〇五——一九六四)

余秉权编。

1970 年，美国哈佛大学哈佛燕京图书馆印行。

本书系据余氏 1964 年及 1965 年分别在欧美汉学图书馆手录卡片编成。收录自公元 1905 年起至 1964 年止出版之期刊，共五百九十九种，论文凡二万五千篇。所收论文已非纯粹史学，举凡有关语言、文学、历史、哲学等以及关涉现代学术史、当前学术动态者，均一并收录，故其书名另标"欧美所见中文期刊文史哲论文综录"为副题。本编搜罗宏富，为查检学术论文之重要工具书。

(十三)八十年来史学书目

中国社会科学院历史研究所编。

1984 年，北京，中国社会科学出版社版。

收集 1900—1980 年中国人著译的史学著作一万二千四百余种。上编分史学理论和历史研究法、中国史、政治史、军事史等各种学科史十七类。所收中国人物传记数量较大。

(十四)中国历史地理学论著索引

杜瑜、朱玲玲编。

1986 年,北京,书目文献出版社版。

收录 1900—1982 年间我国以及日本发表的有关中国历史地理学论文一万五千余篇,论著二千六百多种。分:通论,历史政治地理,历史经济地理,历史自然地理,历史民族、人口地理,历代中外关系,考古遗址与名胜古迹,历史地图学与地图学史,历史地名学,历史地理著作研究及地理学家传略,历代地理沿革与位置考释等十一大类。

(十五)敦煌遗书总目索引新编

敦煌研究院编。

2000 年,北京,中华书局。

本书继《敦煌遗书总目索引》(王重民等编,1962 年,北京,商务印书馆)、《敦煌遗书最新目录》(1986 年,台北,新文丰出版公司)等之后,收录敦煌文献最全。

(十六)日本期刊三十八种中东方学论文篇目附引得

于式玉编。

1933 年初版。哈佛燕京学社引得特刊第六号。

本书系收录日本三十八种重要期刊中有关中国经学、语言学、史地、哲学、文学等方面研究之论文编辑而成之篇目索引,为查检论文篇目之重要工具书。

(十七)一百七十五种日本期刊中东方学论文篇目附引得

于式玉、刘选民合编。

1940 年初版。哈佛燕京学社引得特刊第十三号。

本书系收录一百七十五种日本期刊中有关中国各方面研究

之论文篇目编辑而成之索引,为增补"日本期刊三十八种中东方学论文篇目附引得"之作,为查检期刊论文之重要工具书。

(十八)东洋学文献类目

京都大学人文科学研究所附属东洋学文献中心编。

1934 年创刊,日本京都,该中心印行。年刊。

本书原名《东洋史研究文献类目》,1961 年改名《东洋学研究文献类目》,1963 年改现名。系收录中国、日本、韩国及西方各国出版的有关东洋学研究之专书、论文集及期刊论文之总目录。每期约收期刊二百八十种,中、日、韩论文三千篇,西文(含俄文)论文七百余篇,中、日、韩文专书六百多种,西文专书近千种,所收资料大部分是有关中国研究之作品,为查检中外有关中国学术研究论文之重要工具书。

四、查文句的工具书

昔顾炎武于十三经皆略能背诵,时人已服其功夫,观其《日知录》之广博,又非全靠记忆和背诵功夫所可成,必待札记和索引方能完成。叶绍钧所编之《十三经索引》,一书在手,于索查资料、征引文句之时,不知省却了多少繁劳。此后编著者遂多,而哈佛燕京学社所编尤多,最为完善。以索引文句一类工具书,性质多相同,为省篇幅,附简明书目于后,以便需用时的查索。

(一)十三经索引

叶绍钧编。

1934 年,上海,开明书店初版。1983 年,北京,中华书局出版社重订本。

本索引系以句为单位,将十三经全文逐句分割,按句首笔画多寡排列,下注该句出自何经、何篇、何章,其首字相同之句,又以第二字、第三字……笔画多寡次序排列，为查检十三经文句之重要工具书。重订本标注中华书局 1980 年影印阮刻《十三经注疏》的页码和栏次。

(二)十三经引得

哈佛燕京学社引得编纂处编。

1932—1941 年陆续出版。

本引得系据十三经经文编辑而成。《毛诗》、《周易》、《尔雅》、《礼记》、《仪礼》、《春秋经传》、《论语》、《孟子》等悉以民国十五年上海锦章书局影印之清嘉庆二十年南昌府学重刊《十三经注疏》附校勘记为准，《尚书》乃据江南书局翻刻相台本之《尚书》孔传，《周礼》系据《四部丛刊》本，《孝经》正文则以渭南严氏重刊唐玄宗御注宋相台岳氏本为准。故仅查一字，而凡用此一字之辞句，均可检得，实为查检十三经文句最便利实用之工具书。

毛诗引得（附标校经文） 哈佛燕京学社引得特刊第九号。

周易引得（附标校经文） 哈佛燕京学社引得特刊第十号。

孝经引得（附孝经正文） 哈佛燕京学社引得特刊第二十三号。

尔雅引得（附标校经文） 哈佛燕京学社引得特刊第十八号。

礼记引得 哈佛燕京学社引得第二十七号。书前附有《礼记》篇次节数表及开明版《礼记》节数与他版《礼记》页数互推法。

周礼引得（附注疏引书引得） 哈佛燕京学社引得第三十七号。书前附有各版《周礼》卷页数推算法。

仪礼引得（附郑注及贾疏引书引得） 哈佛燕京学社引得第六号。书前附有各版《仪礼》页数推算表。

尚书引得（附标校经传全文） 顾颉刚编，书前附有相台本异体字表、《尚书》孔传蔡传异文异读表,书后附有四角号码检字及分韵检字等。

春秋经传引得(附标校经传全文)　哈佛燕京学社引得特刊第十一号。

论语引得(附标校经文)　哈佛燕京学社引得特刊第十六号。

孟子引得(附标校经文)　哈佛燕京学社引得特刊第十七号。

(三)文选索引

〔日〕斯波六郎主编。

1959年,日本京都大学人文科学研究所初版,1971年,日本京都出版社重印。1999年,上海古籍出版社。

本索引系编者据浔阳万氏胡刻本李善注编成。采逐字索引编法,类聚同字之辞句,依序排列,仅查一字,全句都可检得,为查检《昭明文选》文句所在之重要工具书。

(四)哈佛燕京学社引得(逐字索引与重要词汇索引部分)

哈佛燕京学社引得编纂处编。

1931—1952年陆续刊行。

哈佛燕京学社所编查检文句方面之引得,按其内容及功用,可分为两类:

(1)逐字索引部分　此类引得,系依中国字庋撷法,逐字为目排列,计有十二种,除《周易》、《尚书》、《毛诗》、《春秋经传》、《论语》、《孟子》、《尔雅》、《孝经》诸引得外,尚有下列四种:

①**庄子引得**(附标校全文)　哈佛燕京学社引得特刊第二十号。

②**墨子引得**(附标校全文)　哈佛燕京学社引得特刊第二十

一号。

③**荀子引得**（附标校全文）　哈佛燕京学社引得特刊第二十二号。

④**杜诗引得**（附宋郭知达九家集注杜诗及各本编次表）　哈佛燕京学社引得特刊第十四号。

（2）重要词汇索引部分　此类引得依编者主观意识，将书中重要之词汇选择为目，再依中国字庋撷法按目编制。计有二十一种，除《周礼》、《仪礼》、《礼记》诸引得外，尚有下列十八种：

①**白虎通引得**　哈佛燕京学社引得第二号。

②**史记及注释综合引得**　哈佛燕京学社引得第四十号。

③**汉书及补注综合引得**　哈佛燕京学社引得第三十六号。

④**后汉书及注释综合引得**　哈佛燕京学社引得第四十一号。

⑤**三国志及裴注综合引得**　哈佛燕京学社引得第三十三号。

⑥**诸史然疑校订附引得**　哈佛燕京学社引得特刊第二号。

⑦**食货志十五种综合引得**　哈佛燕京学社引得第三十二号。

⑧**水经注引得**　哈佛燕京学社引得第十七号。

⑨**说苑引得**　哈佛燕京学社引得第一号。

⑩**刊误引得**　哈佛燕京学社引得第二十二号。

⑪**考古质疑引得**　哈佛燕京学社引得第三号。

⑫**容斋随笔五集综合引得**　哈佛燕京学社引得第十三号。

⑬**勺园图录考附引得**　哈佛燕京学社引得特刊第五号。

⑭**封氏闻见记校证附引得**　哈佛燕京学社引得特刊第七号。

⑮**世说新语引得附刘注引书引得**　哈佛燕京学社引得第十二号。

⑯**苏氏演义引得**　哈佛燕京学社引得第十四号。

⑰**杜诗引得附宋郭知达九家集注杜诗及各本编次表**　哈佛燕京学社引得特刊第十四号。

⑱**崔东璧遗书引得**　哈佛燕京学社引得第五号。

(五)中法汉学研究所通检丛刊

中法汉学研究所编。

1943—1951 年陆续出版。

本通检丛刊就其内容及功用,约可分为三类:

(1)逐句索引部分　此类只有一种,即《论衡通检》,(通检丛刊第一种)1943 年出版。

(2)重要词汇索引部分　此类通检,系将书中重要词汇依首字笔画多寡为序排列,计有十三种:

①**吕氏春秋通检**　(通检丛刊第二种)　1943 年出版。

②**风俗通义附通检**　(通检丛刊第三种)　1943 年出版。

③**春秋繁露通检**　(通检丛刊第四种)　1944 年出版。

④**淮南子通检**　(通检丛刊第五种)　1944 年出版。

⑤**潜夫论通检**　(通检丛刊第六种)　1945 年出版。

⑥**新序通检**　(通检丛刊第七种)　1946 年出版。

⑦**申鉴通检**　(通检丛刊第八种)　1947 年出版。

⑧**山海经通检**　(通检丛刊第九种)　1948 年出版。

⑨**战国策通检**　(通检丛刊第十种)　1948 年出版。

⑩**大金国志通检**(通检丛刊第十一种)　1949 年出版。

⑪**契丹国志通检**　(通检丛刊第十二种)　1949 年出版。

⑫**辍耕录通检**　(通检丛刊第十三种)　1950 年出版。

⑬**方言校笺附通检**　（通检丛刊第十四种）　1951 年出版。

（3）逐字索引部分　此类通检，只有《**文心雕龙新书附通检**》（通检丛刊第十五种）　1951—1952 年出版。

(六)汉学通检提要文献丛刊（逐字索引与重要词汇索引部分）

巴黎大学（法兰西学院）汉学研究所编。

1962—1977 年陆续出版　法国该所印行。

本丛刊系继前通检丛刊之作，列举如下：

（1）**汉官七种通检**　陈祚龙编　（汉学通检提要文献丛刊之一）　1962 年出版。

（2）**抱朴子内篇通检**　施博尔等编　（汉学通检提要文献丛刊之二）　1965 年出版。

（3）**抱朴子外篇通检**　（汉学通检提要文献丛刊之三）1969 年出版。

（4）**史通与史通削繁通检**　（汉学通检提要文献丛刊之五）　1977 年出版。

（5）**曹植文集通检**　（汉学通检提要文献丛刊之六）　1977 年出版。

(七)有关查检文句索引简目（依四部分类排列）：

（1）**五经索引**　〔日〕森木角藏编，1935 年，日本东京，目黑书局印行。

（2）**学庸章句引得**　孔孟学会编，1970 年，台北，该会印行。

（3）**四书索引**　蒋致远主编，1989 年，台北，宗青图书公司印行。

（4）**四书纂疏附索引**　黄丽华等编，1977 年，台北，学海出版社印行。

(5)**诗集传事类索引** 〔日〕后藤俊瑞编,1960 年,日本武库川,女子大学中国文学研究室印行。

(6)**韩诗外传索引** 〔日〕丰岛睦编,1972 年,日本东京比治山女子短期大学印行。

(7)**Index to the Tso Chuan**(左传索引) Fraser, E. D. H. 与 Lockhart, J. H. S. 合编,1930 年,英国牛津大学印行。

(8)**综合春秋左氏传索引** 〔日〕大东文化学院志道会研究部编,1935 年,日本,东京大东文化协会印行。

(9)**皇清经解编目** (清)陶治元编,鸿宝斋石印本。

(10)**式古堂目录** (清)尤莹编,光绪十八年石印本。

(11)**广雅索引** 周法高主编,1977 年,香港中文大学印行。

(12)**国语索引** 〔日〕铃木隆一编,1933 年,日本京都东方文化学研究所印行。又:1967 年,日本东京,大安株式会社影印。

(13)**国语引得** 包吾刚编,1973 年,台北,成文出版社影印(美国中文资料中心出版品)。

(14)**国语引得** 张以仁编,1976 年,台北,"中研院"历史语言研究所印行。

(15)**史记索引** 黄福銮编,1973 年,台北,大通书局。又:李晓光、李波主编,2001 年,北京,中国广播电视出版社。

(16)**汉书索引** 黄福銮编,1966 年,香港中文大学崇基书院远东学术研究所印行。又:1973 年,台北,大通书局影印。又:李波、李晓光、越惜微主编,2001 年,北京,中国广播出版社。

(17)**后汉书索引** 黄福銮编,1986 年,台北,大通书局影印。又:李波、赵惜微、李晓光主编,2002 年,北京,中国广播出版社。

(18)**后汉书语汇集成** (日)藤田至善编,1962 年,日本京都大学人文科学研究所印行。

（19）**三国志索引**　黄福銮编，1973 年，台北，大通书局影印。又：李波、宋培学、李晓光主编，2002 年，北京，中国广播出版社。

（20）**贞观政要语汇索引**　〔日〕原田种成编，1975 年，日本东京汲古书院印行。

（21）**唐律疏议引得**　庄为斯编，1964 年，台北，文海出版社印行。又：台北成文出版社亦有影印本刊行（美国中文资料中心出版品）。

（22）**资治通鉴索引**　〔日〕佐伯富编，1961 年，日本京都大学东洋史研究会印行。

（23）**宋史刑法志索引**　〔日〕佐伯富编，1976 年，台北，学生书局印行。

（24）**辽史索引**　〔日〕岩城久次郎编，1936 年，日本京都东方文化学院京都研究所印行。又：1971 年，台北，大华印书馆影印。

（25）**金史语汇集成**　〔日〕小野川秀美编，1960 年，日本，京都大学人文科学研究所印行。

（26）**元史语汇集成**　1963 年，日本，京都大学人文科学研究所印行。

（27）**老子引得**　蔡信发编，1978 年，台北，南岳出版社印行。

（28）**管子引得**　庄为斯编，1970 年，台北，成文出版社印行（美国中文资料中心出版品）。

（29）**韩非子引得**　庄为斯编，1975 年，台北，成文出版社印行（美国中文资料中心出版品）。又：周钟灵主编，1982 年，北京，中华书局。

(30)**淮南子索引** 〔日〕铃木隆一编,1975 年,日本,京都大学人文科学研究所印行。

(31)**二程遗书索引** 〔日〕九州大学中国哲学研究室编,1973 年,日本福冈,该室印行。

(32)**二程外书粹言索引** 〔日〕九州大学中国哲学研究室编,1974 年,日本福冈,该室印行。

(33)**传习录索引** 〔日〕九州大学中国哲学研究室编,1977 年,日本福冈,该室印行。

(34)**楚辞索引** 〔日〕竹治贞夫编,1964 年,日本,德岛大学中文系油印本。

(35)**陶渊明诗文综合索引** 〔日〕堀江忠道编,1976 年,日本京都,汇文堂书店印行。

(36)**世说新语索引** 〔日〕高桥清编,1972 年,台北,学生书局印行。

(37)**李白诗歌索引** 〔日〕花房英树编,1957 年,日本,京都大学人文科学研究所印行。

(38)**杜诗索引** 〔日〕饭岛忠夫、山福田福一郎编,1935 年,日本东京,松云堂印行。

(39)**李贺诗引得** 艾文博编,1969 年,台北,成文出版社印行(美国中文资料中心出版品)。

(40)**韦应物诗注引得** 汤姆斯编,1976 年,台北,成文出版社印行(美国中文资料中心出版品)。

(41)**宋代文集索引** 〔日〕佐伯富编,1970 年,日本京都大学文学部东洋史研究会印行。

(42)**元杂剧韵检** 丁原基编,1976 年,台北,文史哲出版社印行。

(43)**文苑英华索引** 华文书局编辑部编,1967 年,台北,该书局印行。

(44)**水浒全传语汇索引** 〔日〕香坂顺一编,1973 年,日本名古屋,采华书林印行。

(45)**儒林外史语汇索引** 〔日〕香坂顺一编,1971 年,日本大阪,采华书局印行。

(46)**红楼梦语汇索引** 〔日〕宫田一郎编,1973 年,日本名古屋,采华书林印行。

(47)**法苑珠林志怪小说引得** 培勃编,台北,成文出版社印行(美国中文资料中心出版品)。

(48)**索引本何氏历代诗话**(附标点本何氏历代诗话) 马汉茂编,1973 年,台北,成文出版社印行(美国中文资料中心出版品)。

(49)**中国随笔索引** 〔日〕京都大学东洋史研究会编,1954 年,日本,学术振兴会印行。

(50)**中国随笔杂著索引** 〔日〕佐伯富编,1960 年,日本,京都大学东洋史研究会印行。

(八)论衡索引

程湘清等编。

1994 年,北京,中华书局出版。

逐字索引。按汉语拼音排列。

(九)汉诗大观索引

〔日〕佐久节编。

1936 年,日本,井田书店版,1943 年再版。1974 年,凤出版社版。

《汉诗大观》共八册,前六册是十五种诗歌总集和别集的白文,最后两册是诗句索引(1974 年版共分五册,前三册是诗歌白文,后两册是索引)。十五种诗集是:《古诗源》(清沈德潜编)、《古诗赏析》(清张玉毂编)、《陶渊明诗集》、《玉台新咏》(陈徐陵编)、《唐诗选》(明李攀龙编)、《三体诗》(宋周弼编的唐诗选集)、《李太白诗集》、《杜少陵诗集》、《王右丞诗集》、《韩昌黎诗集》、《白乐天诗集》、《苏东坡集》、《黄山谷诗集》、《陆放翁诗钞》(清周雪苍等编的陆游诗选本)、《宋诗别裁集》(清张景星等编)。索引部分把十五部诗集中所有诗句按首字的笔画排列。

五、查工具书的工具书

工具书既繁,查工具书的工具书乃继之而起,通过这类典籍,由知书而知其使用方法、主要内容、此优彼劣,是亦不可缺者。汪氏辟疆,具创造之功,惟其书不存,今由邓衍林始,而何多源之作,以数月之差,故列于其后。

(一)中文参考书举要

邓衍林编。

1936年,北平图书馆初版。

本书所收录之参考书悉以中文为限,以中西文字对照者亦择要收入,凡收一千五百余种。全书依刘国钧之分类法排列,即:书目、类书、字典、期刊、普通年鉴、会社、经学、哲学、宗教、自然科学、应用科学、社会科学、历史、地理、传记、古物学、语言学、文学、艺术等项,每种书仅著录书名、卷数、编撰人、出版时期、版本及出版者,并及将其他有关事项列为附注等,而不作任何内容介绍。

(二)中文参考书指南

何多源编。

1936年,广州,岭南大学图书馆初版;1939年,长沙,商务印书馆增订版。1970 年,台北,进学书局影印。

本书收录范围,以字典、辞典、百科全书、类书、书目、年鉴、年表、索引、舆图、指南、法规、统计、一览、传记、史料及二十五史、十三经、佛藏、道藏等为主,收书至二千零八十一种,连附见之参考书,凡收二千三百五十种,1938 年 10 月以前出版有价值之工具参考书,大致收罗在内,为中国目前介绍参考书最大之巨著。

书后附有中文参考书百种选、英文关于中国之参考书举要、全国出版家指南(附日本出版家)以及书名、著者类目索引。

(三)中国工具书大辞典

徐祖友、沈益编。

1990 年,福州,福建人民出版社。

收录古代至 1986 年出版的工具书一万余种,按学科分类编排。此书《续编》(1996)收录 1987—1994 年间出版的工具书一万三千余种。

(四)文史工具书词典

祝鸿熹、洪湛侯主编

1990 年,杭州,浙江古籍出版社。

收书三千多种,包括工具书和资料书,注重介绍每部书的内容要点及功用。

(五)文献学辞典

赵国璋、潘树广主编

1991 年,南昌,江西教育出版社。

收录古典文献学和现代文献学有关词目四千四百余条,附目一千六百余条。

图书、文献类词典中以书名词典居多,以提要形式介绍各类图书或某一类图书,有些也涉及有关知识性内容。这类词典相当于提要书目,起到文献指南的作用。

(六)八千种中文辞书类编提要

曹先擢、陈秉才主编。

1992 年,北京大学出版社。

收录北京大学图书馆所藏古今中文辞书八千种,著录书名、著者、出版者、版次,并有内容介绍。

(七)中国历史工具书指南

林铁森主编。

1992 年,北京出版社。

收录有关中国历史中外文工具书二千五百种,著录版本诸项,并有内容介绍。

第三节　查文字、辞语的工具书

知书以后,贵能了解其内容,而研究之时,一字之音声意义,均关系甚大。故查检文字的形音义,查明词语辞藻,检查虚字的用法,索解专门用语的含义,以得读书之乐,有助于研究和为文,自然关系甚大。

一、查检文字形音义的工具书

我国的字书,当自许慎的《说文解字》始,昔人推许其功劳"不在禹下",及段玉裁作注,其学术价值益高,自许慎以后,字书日多,于字音字义各有偏重,在如林之作中,择特别重要而常用的加以介绍,余则从略。

（一）说文解字注

（汉）许慎撰 （清）段玉裁注。

1981年，上海古籍出版社影印。

全书凡十四篇，合前后叙及目录则为十五卷。每篇分上下，凡三十卷。说文一书共立部首五百四十个，收录单字九千三百五十三个，重文一千一百六十三个，解说形义之文字凡十三万三千四百四十一个，为查检中国古代文字意义之重要工具书。

书后并附笔画索引、检字表等。

（二）说文解字诂林

丁福保编。

1928年，上海，医学书局初版。1959年，台北，商务印书馆影印。1988年，北京，中华书局亦有影印。

本书系编者据南唐徐铉、徐锴以下至民国章太炎等近三百家研究说文有关著作类聚而成。其中全录者凡一百八十二种，都一千余卷。凡检一字而各家之说皆在焉，为研究文字学最重要之工具书。

（三）康熙字典

（清）张玉书、陈廷敬等奉敕撰。

多有影印本。

本书共收单字四万九千零三十字。仿梅膺祚《字汇》，依部首排列，计分二百一十四部，同部首者，以字之笔画多寡定其先后次第，每字之下，先列《唐韵》、《广韵》、《集韵》、《韵会》、《（洪武）正韵》等反切，间加直音，为查检文字形音义之重要工具书。

书前有凡例、字母切韵要法、总目、检字、辨似等。书后有补遗、备考、考证等。

(四)经籍纂诂

(清)阮元等撰。

1936年,上海,世界书局新印本;1982年,北京,中华书局据1812年阮刻本影印。

内容:本书系汇集唐以前经传子史及诸家文集之训释而成,为集古代训诂大成之作。全书依通行诗韵一百零六韵为序编次,每韵一卷,每卷之下,将声母相同者,类列一处。本书体例严谨、系统分明、取材广博、搜罗齐全,展一韵而众字毕备,检一字而诸训皆存,为研读古籍必备之重要工具书。

(五)中华大字典

徐元浩、欧阳溥存等编。

1915年,上海,中华书局初版,1958年出版合订本,1979年重印。

本书以康熙字典为本,并酌加订正,凡收四万八千九百零八字。依部首笔画排列,每字之下先注字音,次解字义,分条列举。字形方面,除正文本字外,其籀、古、省或俗、籀诸文悉加甄录。同一个字,古音不同,分列字头。本书是吾国目前颇为完备之字典,为查检文字形音义重要之工具书。

(六)汉语大字典

徐中舒主编。四川、湖北两省有关专家合作编纂。

1986—1990年四川辞书出版社、湖北辞书出版社出版。

共八卷。各卷附该卷部首检字表,末卷附总检字表。共收单字五万六千个,按二百个部首编排。字头之下,收录能反映汉字形体演变关系的甲骨文、金文、篆书、隶书等形体,并简要说明其结构演变。编者注意融汇古今汉语研究的成果,着重阐述汉字形、音、义之间的有机联系,并力求揭示其发展演变的过程。

1992 年出版一卷缩印本。

(七)正中形音义综合大字典

高树藩编撰。

1971 年初版,1974 年,台北,正中书局增订本。

本书共收单字九千余,每字依形、音、义分别阐释之,并列辨正一项,以利辨识运用。字形方面,每字列举甲文、金文、小篆、隶书、草书、行书、楷书七种,缺者略之,故本书实为查检文字形音义最便捷之重要工具书。

(八)王力古汉语字典

王力主编。

2000 年,北京,中华书局出版。

参照《辞源》,收古籍中通用汉字一万二千五百余个。以单字立条,酌收复字条(以联绵字为主)。注现代音、中古音、上古音。对字义加以分析,分立义项。另设部首总论、备考、辨、同源字和按五种栏目,是本书特色。多人分别撰稿,释文繁简不一。

(九)甲骨文字集释

李孝定编。

1965 年,台北,历史语言研究所影印。

本书系编者据孙海波《甲骨文编》及金祥恒《续甲骨文编》辑录而成。计收正文一千零六十二字,重文七十五字,《说文》所无者五百六十七字,存疑者一百三十六字。全书依许氏《说文》次第编列,每字于眉端首列篆文,次举甲骨文之诸种异体,再次列诸家考释,并注明出处,以备查考,复加按语,定以己意。实为研究甲骨文字重要之工具书。

(十)金文编

容庚编。

1925 年贻安堂初版,1939 年,上海,商务印书馆出版修订本;1959 年,科学出版社又出三版增订版;1985 年,北京,中华书局出版张振林完成的修订四版。

本书收录殷、周、秦、汉四朝所制钟鼎彝器上之各字字形共二千四百二十个,重文一万九千三百五十七个,附录一千三百五十二个,重文一千一百三十二个,为研究金文之重要工具书。

(十一)金文诂林

周法高编。

1974—1975 年,香港中文大学印行。

本书系编者据容庚三订《金文编》编成。收录清代及近代学者论着凡数百种,益以编者所加按语,全书约三百余万言。计收单字一千八百九十四字,重文约一万八千字,殷周彝器三千余件,一一注明铭文原句者约四万条,为研究金文之重要工具书。

李孝定等**《金文诂林附录》**,1977 年,香港,中文大学出版。

周法高**《金文诂林补》**,1982 年,台北,历史语言研究所出版。

《金文引得》(殷商西周卷)

华东师范大学中国文字研究与应用中心编。

2001 年,广西教育出版社。

分释文、引得、检字三部分。收录 2001 年以前所见九千九百一十六器五千七百五十八篇铭文,予以断句。引得以字为单位,列出释文中出现的所有句子。

(十二)古文字诂林

李圃主编。

1999 年,上海教育出版社出版第一卷。

本书汇录历代学者关于古文字形音义的考释成果。古文字包括甲骨文、金文、古陶文、货币文、简牍文、帛书、玺印文和石刻文八种,时代起自殷商迄于秦汉。字头参照《说文》部首排列(第一卷收"一"至"告"部)。首列隶定楷书字头,加注篆书,以下依次收录字形和考释文字。

另有《尔雅诂林》,1996 年,武汉,湖北教育出版社。**《广雅诂林》**,1998 年,南京,江苏教育出版社。

(十三)经典释文

(唐)陆德明撰。

《四部丛刊》据清初通志堂本印。1983 年,北京,中华书局出版黄焯《经典释文汇校》。

本书系将《周易》、《古文尚书》、《毛诗》、《三礼》、《春秋》、《孝经》、《论语》、《老子》、《庄子》、《尔雅》诸书之文字,分别摘出注音,间加解义而成,本书为查检文字形音义之重要工具书。

(十四)一切经音义

(唐)释玄应撰。

1962 年,台北,历史语言研究所印。又:1973 年,台北,新文丰出版公司影印。

本书一名"大唐众经音义",所释经论始于《华严经》,终于《阿毗达磨顺正理论》,凡经律论四百四十二部。全书约六十万言,其体将经文应释之字录出,注音训于下,并广引字书及传说以证之,为查检文字形音义之重要工具书。

(十五)一切经音义

(唐)释慧琳撰。

1987 年,上海古籍出版社合印为《正续一切经音义》。

本书系合唐释慧琳撰《一切经音义》(一名大藏音义)一百卷及辽释希麟撰**《续一切经音义》**(一名《希麟音义》)十卷,以及国立北京大学研究院文史部编《一切经音义引用书索引》为一书。

慧琳原作，凡开元录入《佛藏》之经典两千余部，皆一一遍释，其于所训之字词下，首列切语或直音，次引古书以证成其义，其所引书几达七百种，举凡隋唐志著录久佚不传之作及隋唐志所未著录诸书，固皆赖其征引，此外佚文秘籍尤不可胜记。尔后辽释希麟又撰续书十卷，以补苴其说；是本书诚为小学之渊薮、辑佚之鸿宝、校雠之津梁，为查检文字形音义之重要工具书。

　　按：慧琳《一切经音义》有两种本子，本书久在异域，清儒诸大师如段玉裁、王念孙者，均未获目睹，甚至不知是书尚在人间也。逮光绪初，中日通使，始舶载返国，是时乾嘉学风已渐销歇，故治此书者，反不若当年于玄应书之盛，今持列举是书，盖其可资补苴清儒诸大家之说者，殆难一一数也。

（十六）广韵

丘雍、陈彭年等奉敕撰。

1960 年，北京，中华书局重印周祖谟《广韵校本》；1982 年，北京，中国书店影印泽存堂本；1982 年，上海古籍出版社影印南宋《钜宋广韵》。

　　本书系据《说文解字》、《字林》、《玉篇》等编辑而成之韵书。全书收录凡二万六千一百九十四单字，注文十九万一千六百九十二言。依四声分卷，平声以其字多，又分上下，故为五卷，凡二百零六韵，本书实为查检文字音韵最重要之工具书。

（十七）中华字海

冷玉龙、韦一心主编

1994 年，北京，中华书局、中国友谊出版公司出版。

收字八万五千多个，是目前收字最多的字典。按汉语拼音排列。

(十八)增注中华新韵

中国大辞典编纂处,黎锦熙主编。

1950年,上海,商务印书馆。

在1941年版本上增字加注。按麻、波、歌、皆、支、儿、齐、微、开、模、鱼、侯、豪、寒、痕、唐、庚、东十八韵排列,属北京音系。以注音字母和北方话拉丁字母为序排列。可供写作新旧各体韵文押韵之参考,为查检文字音韵之重要工具书。

(十九)古今字音对照手册

丁声树编录,李荣参订。

1958年,北京,科学出版社出版;1981年,北京,中华书局新一版。

收常用字六千左右,以收单音字为主,按现代普通话韵母分部,同韵字再按声母次序排列,声韵相同字复按声调排列。声韵调全同者,若古音相同,则列为一条;古音不同者,分开排列。古音注法:先列《广韵》反切,后列摄、开合、等、声调、韵部、声母。

(二十)上古音手册

唐作藩编著。

1982年,南京,江苏人民出版社印本。

这是一部单字索引。收先秦两汉古籍常用字约八千个,依现代汉语音序排列,上古音相同的合为一组,注明其韵部、声类、声调。本书上古韵部分三十部,声类分三十二类,声调四个(平上去入)。

(二十一)汉字古音手册

郭锡良编著

1986年,北京大学出版社。

逐字注明上古、中古音韵地位,并附上古音拟音。

二、查辞语辞藻的工具书

连字成辞,两个不同的字联合在一起使用以后,往往约定俗成,产生特殊的或固定的意义,不能不查明;又作文之时,征引故实,修饰文句,均不能凭空臆想,而必待工具书为之解决,特介绍最重要的几种工具书如下。

(一)辞源

陆尔奎、方毅、傅运森等编。1915 年,上海,商务印书馆出正编上下册,分甲乙丙丁戊五种版式;1931 年出续编一册,并对正编作了一些增补;1939 年出正续编合订本,又作修订;1949 年出简编本,篇幅仅有原书的四分之一。全书收单字一万一千二百零四个,按二百一十四个部首编排。收古今复词八万七千七百九十条。根据 1958 年分工,确定将《辞源》修订为阅读古籍用的工具书和古典文史研究工作者的参考书。1976 年由广东、广西、河南、湖南四省(区)协作担任修订工作,和商务印书馆共同编辑、审定。1979—1983 年,北京,商务印书馆出版修订本一至四册。1988 年出版合订本一册。修订后的《辞源》,充实了古汉语和文史方面的内容。全书收单字一万二千八百九十个,复词八万四千一百三十四条。收词一般止于鸦片战争(1940 年)。第四册附汉语拼音总索引和繁简字对照表。

(二)辞通

朱起凤编。

1934 年,上海,开明书局初版。1982 年,上海古籍出版社。

本书为一部连语辞典,收录辞类约四万条,三百余万言。全书系整齐所收辞类之最下一字,依韵排列,检索颇感不便,为查检辞语重要之工具书。

书后有《辞通》附录,凡字同而义异音异者均隶此编。

(三)辞海

陆费逵、舒新城等编。1936—1937 年,上海,中华书局初版,上下册。1947 年出版合订本。收单字一万三千九百五十五个,语词二万一千七百二十四条,百科词目五万零一百二十四条。1958 年起根据分工修订,先后由舒新城、陈望道、夏征农担任主编。1979 年上海辞书出版社正式出版。根据国际上大型辞书十年左右修订一次的惯例,1999 年出第三版。第三版收单字一万七千六百七十四个,复词十二万二千八百三十五个。

(四)大汉和辞典

(日)诸桥辙次编。

初版于 1955—1960 年,日本东京,大修馆书店印行,1974 年修订。

本书约收单字四万九千七百个,词汇五十二万六千五百条,插图二千八百幅。全书依《康熙字典》部首次序排列,每一单字于字音方面,分别注明其日本各种音读、训读及反切、注音符号、威妥玛罗马字等。所收汉语词汇以普通成语、故事熟语、格言俚语、诗句以及官职名称、人名、地名、书名等为主,凡有图表可资参证者,一并收录。所有出典引例,亦详载出处,著录其书名、篇名、题目、卷数等,以便检核原文。本书资料丰富,注解详尽,为查检文字形音义之重要工具书。附有总画索引、字音索引、字训索引、四角号码索引等四种,及补遗、常用汉字表。

(五)中文大辞典

张其昀监修,高仲华、林景伊主纂,《中文大辞典》编纂委员会编。

1962—1968 年陆续刊行,台北,"国防研究院"与"中国文化研究所"合作出版。又:1973年,台北,"中华学术院"印行,第一次修订版普及本。

本书系据《大汉和辞典》改编、充实、修订而成。共收单字四万九千八百八十八字,词汇三十七万一千二百三十一条,八千万言。用注音符号和国语罗马字注音。本书资料丰富、体例完善、典据精赅,惟以书出众手,虽偶有错误,然实瑕不掩瑜,为查检文字形音义及辞语典故最为详备之工具书。

(六)国语辞典

中国大辞典编纂处编,汪怡主编。

1937年,上海,商务印书馆初版。1953年,台北,商务印书馆。

本书所收词汇,以见于古籍而尚流行于现代语文中,及通俗口语中所常用之辞为主。共收单字一万多个,辞语十万余条,全书依注音、四声顺序排列。本书实为一部查检口语用辞、正确读音之重要工具书。1981年,台北,商务印书馆出版修订本,何容主编,收一万一千四百一十二字,十万一千九百九十四词条,篇幅增加百分之五十。《汉语词典》(1957年,北京,商务印书馆),是其简编本。

(七)汉语大词典

罗竹风主编。山东、江苏、安徽、浙江、福建、上海五省一市有关单位合作编纂。

上海辞书出版社、汉语大词典出版社出版,1994年出齐。

全书收词目约三十七万条,五千余万字。编辑方针是"古今兼收,源流并重",尽可能收录古今汉语著作中的一般词语,着重从语词的历史演变过程加以全面阐述。单字以有文献例证者为限。单字按二百部首排列,字头下标注现代读音及古音。末卷附音序、笔画索引。本书是目前收录汉语词汇最多的大型词典，释义完备、书证丰富，且注意吸收汉语研究的最新成果，集历代汉语字词研究之大成。

（八）渊鉴类函

（清）张英、王士祯等撰。

1967 年，台北，新兴书局影印；1985 年，北京，中国书店影印。

本书取材以明人俞安期所纂之《唐类函》为本，又参用《北堂书钞》《太平御览》等十余部类书及二十一史、子集稗编等资料予以增补而成。全书广征唐宋元明之文章故实，依类编排，凡分四十五部。书中所引文词诗句，皆注明出处，可供词章检索与考据之用，为查检文章故实重要之工具书。

（九）骈字类编

（清）张廷玉、何焯等撰。

1963 年，台北，学生书局影印；1984 年，北京，中国书店影印。

本书系收录古籍中二字相联之复词而成。所隶标首之字凡一千六百零四字。全书将首字相同者，类聚条列，各依类分编，共分十二门，如天地、时令、山水、居处、珍宝、数目、方隅、采色、器物、草木、鸟兽、虫鱼之类，又补遗人事一门，每条所引，以经史子集为次，凡所引书必注明篇名，所引诗文亦必著其原题，于考索旧文、引用故籍，随举一字，应手可检，为查检文章词藻及出处之重要工具书。

骈字类编引得 庄为斯编，1966 年，台北，四库书局印行。

（十）佩文韵府

（清）张玉书等撰。

1937 年，上海，商务印书馆影印；1983 年，上海古籍书店缩印。

本书系据元阴时夫之《韵府群玉》及明凌稚隆之《五车韵瑞》增补而成。所收单字约一万多个,文辞典故一百四十万余条,为依韵排列规模最大之辞典。本书蕴藏极富,出处详明,实为查检辞语典故极重要之工具书。

(十一)敦煌文献语言辞典

蒋礼鸿主编。

1994 年,杭州大学出版社。

本书是在《敦煌变文字义通释》(上海古籍出版社 1988 年增订本)的基础上对变文、诗词、券契等敦煌通俗文书的俗语词加以系统辑录和考释。共收一千五百二十六个条目。

(十二)汉语方言大词典

中国复旦大学、日本京都外国语大学合作编纂,许宝华、宫田一郎主编。

1999 年,北京,中华书局。

兼收古今文献著作和现代汉语口语中的各类方言语三十多万条,归纳为二十一万个词条,引用古今语言文字类文献达一千二百多种。但不收纯属古代通语和现代汉语普通话的条目。全书采用简化字编排。

(十三)现代汉语方言大词典

李荣主编。

1993—1998 年,南京,江苏教育出版社。

此书是一部以实地调查为基础的大型汉语方言词典。选择有代表性的四十一个方言点编辑出版分地方言词典:哈尔滨、太原、忻州、万荣、西安、银川、西宁、乌鲁木齐、济南、牟平、徐州、扬州、南京、丹阳、苏州、上海、崇明、杭州、金华、宁波、温州、福州、建瓯、厦门、南昌、萍乡、于都、黎川、洛阳、武汉、长沙、娄底、广州、梅县、东莞、雷州、海口、成都、贵阳、柳州方言词典和南宁平话词典。待补充一些其他方言资料后，再编综合本。每个分卷都包括三部分：引论、正文、义类索引与条目首字笔画索引。每卷正文一般收七八千个条目，能充分反映当地方言特色。词典采用国际音标注音，用繁体字排印，词目下有释义，有的有用例。

(十四) 台湾语典

连横著。

1957年，台北，"中华丛书编审委员会"印行。

本书系将台湾方言加以整理、考诠、训释而成。全书凡收一千一百八十二条，共分四卷。大抵卷一收录单字，卷二至卷四则收录复词，每条字词皆先释其义，次引古籍以为例证，举凡台湾方言之含义为昔所难晓者，无不博引旁征，穷其源流，以明其高尚幽雅之古义，本书为查检台湾方言语义重要之工具书。

(十五) 近现代汉语新词词源词典

香港中国语文学会编

2001年，上海，汉语大词典出版社。

收录近现代汉语中出现的新词五千二百五十七条，尽可能给出比《汉语大词典》早的首见例证。书后附有引用文献和按笔画排列的《词目总表》。

三、查虚字的工具书

读书当先求字音字义，然后求文句的了解，古人文章，除用字古奥，引用故实之外，最使人认为变化莫测、无规则可循的，就是所谓虚字了。刘淇的《助字辨略》，已为难得，自王引之的《经传释词》出，更疑难冰释，以后作者不过补苴缺失，或以广博见长,或以简明切用而已。

(一)助字辨略

(清)刘淇撰。

1940 年,上海,开明书店出版章锡琛校注本;1954 年,北京,中华书局据以重印。

本书系收录经传子史、诗词文集等古书中之助字而成,为中国最早之助字字典。全书凡收助字四百七十六字,分列四声,依韵排列,凡属于副词、介词、连词、助动词、助词、感叹词者以及动词、形容词一部分之词,概分为重言、省文、助语、断辞、疑辞、咏叹辞、急辞、缓辞、发语辞、语已辞等三十类详加诠释。本书条分缕析,引据该洽,为查检虚字用法之重要工具书。

(二)经传释词

(清)王引之撰,孙经世补、再补。

1931 年,上海,商务印书馆出版;1954 年,北京,中华书局点校重印;1982 年岳麓书社校点本。

本书系收录九经三传及周秦两汉古书中之虚字而成,凡收一百六十字。其释词之法,先解词义,次举例证,分条训解,明畅精确,为查检虚字必备之工具书。

(三)词诠

杨树达撰。

1928 年,上海,商务印书馆初版;1954 年,北京,中华书局重印。

本书系取古书中常用之介词、连词、助词、叹词及部分代词、内动词、副词之用法,加以说明而成。全书凡收虚字五百三十七字,依注音字母为序排列,为查检虚字用法之重要工具书。

（四）古书虚字集释

裴学海撰。

1934年，上海，商务印书馆初版。1954年以后，北京，中华书局多次重印。

本书所收虚字凡二百九十字，计分十卷，各字之排列依守温三十六字母为次，如一至四卷为喉音字，五卷为牙音字，六卷为舌音字，七至九卷为齿音字，十卷为唇音字。解释以《经传释词》为主，并酌采《助字辨略》、《古书疑义举例》、《词诠》、《高等国文法》、《新方言》、《经传释词补》等书之资料，复加己意，以求贯通。本书引证详博，解释正确，条理清晰，检阅极便，为查检古书虚字之重要工具书。

（五）虚词诂林

谢纪锋编纂。

1993年，北京，工人出版社。

辑录《助字辨略》、《经传释词》、《经词衍释》、《词诠》和《古书虚字集释》五书的全部虚词，《经籍纂诂》、《说文解字注》、《广雅疏证》、《尔雅义疏》和《马氏文通》五书中的虚词。编者不加评说。按笔画排列。

（六）古代汉语虚词词典

中国社会科学院语言研究所古代汉语研究室编。

1999年，北京，商务印书馆版。

本书共收虚词一千八百五十五条（包括单音虚词、复合虚词、惯用词组和固定格式，酌收部分近代汉语虚词）。每个虚词注明所属词类，广举例证说明其用法和意义，并力求反映虚词的历史变化。多加按语说明，并设"辨分"一栏。作者多为**《古代汉语虚词通释》**（何乐士等著，北京出版社，1985）的作者。

虚词词典尚有多种,如《**文言文虚词大词典**》(高树藩编著,台湾东欣文化图书公司,1988;武汉,湖北教育出版社 1991 年影印)、《**古汉语虚词语典**》(王海棻等编,北京大学出版社,1996)、《**现代汉语虚词词典**》(侯学超编,北京大学出版社,1998)等。

四、查专门用语的工具书

学术积累愈多,分类日密,日趋专门,各种专门词汇逐渐形成,无法求解释于普通字书,于是专门用语的辞典乃告产生,特择其于国学有密切关系的加以介绍。

(一)中华成语辞海

1994 年,长春,吉林大学出版社。

收录成语三万五千余条。按汉语拼音排列。

(二)联绵字典

符定一编。

1943 年自刊本(京华印书局印)。1946 年,上海,中华书局初版。1960 年,台北,中华书局影印。1983 年,北京,中华书局重印。

本书为专取复词编成辞典之首创者,收录自三代以迄六朝经史子集作品中之复合词而成,约四百余万言。全书依《康熙字典》二百一十四部首之例,分部收字,以字统义。对于每一联绵字之来历及其演变,穷源竟委,叙述详尽,且直从古书中取材引证,详实精审,义证博洽,转语罗列,声韵兼赅,为查检复词之重要工具书。

(三)诗词曲语辞汇释

张相撰。

1945 年,上海,中华书局出版。1953 年以后多次重印。

本书汇集唐、宋、金、元、明人诗、词、曲中之特殊语辞、通俗口语等,详引例证,解释其意义与用法而成。所收单字语辞,计标目五百三十七,附目六百有余,分条八百有余。凡所引证,又依作者时代为次排列。为研究古典文学,查检诗、词、曲用语颇具参考价值之工具书。

(四)戏曲词语汇释

陆澹安编著。

1981 年,上海古籍出版社。

本书收录有关元、明、清三代戏曲之专门知识,如人名、曲名、戏名、书名、牌名、方言、术语等五千余条。仿《辞海》体例,依笔画及字数多寡综合编排。本书内容丰富,诠释精当,为查检戏曲专门用语之重要工具书。

(五)小说词语汇释

陆澹安编著。

1964 年,中华书局上海编辑所。

本书系汇集宋、元、明、清通俗小说中之难解词语,各加以注释、引例而成。此外又收不必注释之常用成语凡两千余条,编为"小说成语汇纂"一卷,附录于后,以便参考之用,为查检小说用语之重要工具书。

(六)佛学大辞典

丁福保编。

1920 年,上海,医学书局初版。1956 年,台北,华严莲社影印。1984 年,北京,文物出版社影印。

本书系采辑佛书中之专门名词、人名、书名等加以诠释,并参考日本织田氏、望月氏之《佛教大辞典》,若原氏之《佛教辞典》,藤井氏之《佛教辞林》补充之。全书共收佛学辞语三万余条,约三百万言。举凡东西两方与佛教有关系之学说术语,悉汇于斯,为目前吾国所编最大之佛学辞书,为查检佛学辞语最重要之工具书。

(七)佛光大辞典

慈怡法师主编。

1988年,高雄,佛光出版社。

共收二千二百六十条独立条目,十万余项附见词目,图片二千七百余帧,为最重要而详备之佛学辞典。

(八)禅学大辞典

〔日〕驹泽大学内禅学大辞典编纂所编。

1977年,日本,大修馆书店印行。

本书系采辑有关禅门之用语以及与禅有关之人名、地名、书名、寺院名、公案等,加以诠释而成,本书为查检禅学资料之重要工具书。

卷首附出典略称一览,又第三册别卷为附录、索引。共附收搭袈裟等九种图录,禅宗史迹地图等八种附录,以及附录索引、本文索引二种。

(九)图书学大辞典

卢震京主编。

1940年初版。1971年,台北,商务印书馆影印。

本书系收录有关图书学之资料及专门术语而成。本书搜罗极为宏富,内容充实,材料精确,为查检图书资料之重要工具书。

(十)增补中华谚海

史襄哉编　朱介凡校订。

1927年,上海中华书局初版。1975年,台北,天一出版社印行。

本书系收录有关全国各地之谚语而成。凡谚语旨意相同而说法有异者,俱兼收录,故实得谚语约二万六千余条。全书类聚首字相同之各条谚语,依四角号码顺序排列,并在有些谚语下间作简单译注以说明之。本书乃六十多年来中国谚语工作之重要文献,亦为查检谚语资料极丰富之工具书。

(十一)中国风土谚志

武占坤主编。

1997 年,北京,中国经济出版社。

六十余人参加编写,收录全国各地风土谚语两千余条,分神州风采、物华天宝、炎黄风情、乡土风韵四编,每编内又分若干小类。每条谚语之下,指明流行地区及基本含义,继而阐述其历史文化意义。

第四节　查人名、地理、年历的工具书

每一本书均涉及人名、地名、年代等问题,不知其人,往往不知其事,不知其学术思想;不知地理,则不知史事演出的场所;不知年代,则不能知其人其事所发生的时代,而有展卷茫然之感。故分成三类,加以介绍。

一、查人名传记的工具书

孟子知人论世的主张,自系读书研究的重要途径之一,我国历史的悠远、人物的众多,以一人而言,又有字号的不同,后人或称其官爵,或称其谥号,甚或称其里籍以为代表,有待查人名传记的工具书为之解决。

(一)二十五史人名索引

二十五史刊行委员会编。

1935 年初版。1956 年,北京,中华书局重印。1961 年,台北,开明书店影印。

本书收录以《二十五史》之本纪、世家、列传及载记中之人物为主,其他虽无专传而附见者,亦皆收入。全书首列人名,依四角号码排列,再依朝代先后为序,次标各史之简称、卷数及开明版《二十五史》之页数栏数,为查检正史人物最重要之工具书。

(二)二十四史纪传人名索引

张忱石、吴树平编。

1980 年,北京,中华书局。

本索引根据中华书局出版的《二十四史》点校本编制,收录有纪传(包括附传及有完整事迹的附见人物)的人名。对于《史记》中的"世家",收录其有专载的人名。诸史中的"四夷传"、"吐蕃传"、"外国传"等,则收录其首领及主要臣属的人名。本索引在各人名之下,依次列出史书名(全称或简称),点校本的册次、卷次、页码。

又,各史书人名索引:

史记人名索引　钟华编,1977 年,北京,中华书局。

汉书人名索引　魏连科编,1979 年,北京,中华书局。

后汉书人名索引　李裕民编,1979 年,北京,中华书局。

三国志人名索引　高秀芳、杨济安编,1980 年,北京,中华书局。

晋书人名索引　张忱石编,1977 年,北京,中华书局。

南朝五史人名索引　张忱石编,1977 年,北京,中华书局。

北朝四史人名索引　陈仲安、谭两宣编,1988 年,北京,中华书局。

隋书人名索引　邓经元编,1979 年,北京,中华书局。

新旧唐书人名索引　张万起编,1986 年,上海古籍出版社。

新旧五代史人名索引　张万起编,1986 年,上海古籍出版社。

辽史人名索引　曾贻芬、崔文印编,1982 年,北京,中华书局。

金史人名索引　崔文印编,1980 年,北京,中华书局。

元史人名索引　姚景安编,1982 年,北京,中华书局。

明史人名索引　李裕民编,1985 年,北京,中华书局。

(三)四十七种宋代传记综合引得

聂崇岐编。

1939 年,北平,哈佛燕京学社引得编纂处出版,1955 年,北京,中华书局影印。

本书系据四十七种有关宋代传记资料,如《宋史》列传、《宋史新编列传》、《东都事略》等之人物编成之综合引得。全书依中国字庋撷法排列,一人一目,所收人物,分别著录其姓名、字号、爵、谥及引书之号码代号、卷数、页数等项,为查检宋代人物之重要工具书。

宋人传记索引　〔日〕青山高雄编,1968 年,日本,东洋文库出版,增收八千人。

(四)宋人传记资料索引

昌彼得等编。

1974 年,台北,鼎文书局印行。

本书系据宋元文集、总集、史传典籍、宋元地方志、金石文等约四百九十种资料汇编而成，收录人物凡一万五千人。全书依姓名笔画为序排列，单名居前，复名殿后，各系以小传，注明其生卒年、字号、籍贯、亲属、科第、事功、封赠、著作等项目，并载明资料出处，如书名、页码等，颇便查考，为目前查检宋人传记资料最完备之工具书。

（五）宋元方志传记索引

朱士嘉编。

1963年，中华书局上海编辑所初版；1987年，上海古籍出版社重印。

本书系据三十三种宋元方志人物传记资料编辑而成，收录人物三千九百四十九人。每一条目分别著录其姓名、别姓、别名、字号及引用方志简称、卷数、页数等项，为查检宋元方志所载人物传记最便捷之工具书。

（六）辽金元传记三十种综合引得

哈佛燕京学社引得编纂处编。

1940年初版，1955年，北京，中华书局影印。

本书系据三十种有关辽金元传记资料，如《辽史》列传、《金史》列传、《元史》列传书人物编成之综合引得。全书依中国字庋撷法排列，一人一目，所收人物，分别著录其姓名、别名、字号、谥号、绰号及引书之号码代号、卷数、页数等，为查检辽金元三代人物之重要工具书。

辽金元人传记索引　〔日〕梅原郁、衣川强编。1972年，日本，京都大学人文科学研究所版。从一百三十种辽金元人的文集中录收了大约三千二百人的传记资料。

元人传记资料索引　王德毅等编。1979—1982年，台北，新文丰出版公司版。中华书局1987年影印。引书约八百种，编录元代人物一万六千余人。

(七)八十九种明代传记综合引得

田继宗等编。

1935 年燕京大学引得编纂处初版；1959 年，北京，中华书局重印。

本书系据八十九种有关明代传记资料，如《明史列传》、《皇明通纪直解》、《国朝名世类苑》等之人物编成之综合引得。全书分为姓名引得、字号引得二部，皆依中国字庋撷法排列，一人一目，分别著录其姓名、别字、字号、小名、小字、别号、绰号、谥号、私谥等项，为查检明代人物之重要工具书。

(八)日本现存明代地方志传记索引稿

〔日〕山根幸夫主编。

1964 年，日本，东洋文库明代史研究室刊行。

本书系收录日本现存明代地方志传记资料而成。全书依 26 字母顺序排列，每一条目，均首列译音，次注人名、科举、本贯、出典等，为查检明代地方志传记资料之工具书。

古今图书集成中明人传记索引　章群编。1963 年，香港中文大学新亚书院明人传记编纂委员会印行。录收两万条明人传记资料。

(九)明人传记资料索引

昌彼得等编。

1965—1966 年，台北版。1978 年再版。1987 年中华书局据再版本影印。

采录明清人文集五百二十八种，史传及笔记类典籍六十五种，单行的年谱、事状、别传或期刊论文若干。除列举资料出处外，还附有小传。

(十)明代传记丛刊索引

周骏富编。

1991 年,台北,明文书局版。

这是为明文书局《明代传记丛刊》编纂的索引。《明代传记丛刊》收传记类书籍一百四十七种,精装一百六十册。

(十一)三十三种清代传记综合引得

杜连喆、房兆楹合编。

1932 年,北平,燕京大学引得编纂处初版。1959 年,北京,中华书局影印。

本书系据三十三种有关清代传记资料,如《清史稿》、《清史列传》、《国朝耆献类征》等之人物编成之综合引得。全书依中国字庋撷法排列,一人一目,所收人物,只列姓名,注明引书之号码、卷数、页数等,一人有数名或更易其名者,则以其通行之名为主,同姓名者,则标注籍贯以别之,复有同者,则又以年代官爵区别之,惟不加列字号、生卒年月、著述等项,本书编制虽未为完善,然不失为目前查检清代人物传记极重要之工具书。

(十二)清代传记丛刊索引

周骏富编。

1986 年,台北,明文书局版。

这是为明文书局《清代传记丛刊》编纂的索引。《清代传记丛刊》收传记类书籍一百五十种,精装二百零二册。

(十三)清代碑传文通检

陈乃乾编。

1959 年,北京,中华书局。

本书把一千零二十五种清人文集中的碑传文(兼及哀辞、祭文、记、序等可供参考者)一一揭示,按传主姓名笔画排列。在传主名下列出字号、籍贯、生卒年、碑传文作者及所载书名、卷数。

(十四)哈佛燕京学社引得(传记资料部分)

哈佛燕京学社引得编纂处编。

1932—1941 年陆续出版。

本引得传记资料部分,除四十七种宋代传记综合引得、辽金元传记三十种综合引得、八十九种明代传记综合引得及三十三种清代传记综合引得四种之外,尚有:

(1)**全上古三代秦汉三国六朝文作者引得**。又:**全上古三代秦汉三国六朝文篇及作者索引**,1965 年,北京,中华书局。

(2)**全汉三国晋南北朝诗作者引得**　(哈佛燕京学社引得第三十九号)。

(3)**新唐书宰相世系表引得**　(哈佛燕京学社引得第十六号)。

(4)**唐诗纪事著者引得**　(哈佛燕京学社引得第十八号)。

(5)**宋诗纪事著者引得**　(哈佛燕京学社引得第十九号)。

(6)**元诗纪事著者引得**　(哈佛燕京学社引得第二十号)。

(7)**增校清朝进士题名碑录附引得**　(哈佛燕京学社引得特刊第十九号)。

(8)**清画传辑佚三种附引得**　(哈佛燕京学社引得特刊第八号)。

(9)**清代书画字家号引得**　(哈佛燕京学社引得第二十一号)。

(10)**琬琰集删存附引得**　(哈佛燕京学社引得特刊第十二号)。

(11)**历代同姓名录**　(哈佛燕京学社引得第四号)。

(12)**藏书记事诗引得**　(哈佛燕京学社引得第二十八号)。

此十二种引得之体例,全部依中国字庋撷法排列,为查检人物传记之重要工具书。

(十五)室名别号索引(增订本)

陈乃乾编。

1957 年,北京,中华书局出版,1982 年出版丁宁、何文广、雷梦水的增补本。

本书系将《室名索引》与《别号索引》二书合编而成。别署限收三字以上者,示与字、号有别;居处名则自二字至二十余字悉行收入。全书依笔画为序排列,每一条目皆首列室名别号,次为时代、姓名、籍贯等,为查检人物传记之重要工具书。增订本由一万七千余条增至三万四千余条。

(十六)古今人物别名索引

陈德芸编。

1937 年,广州,岭南大学图书馆初版;1982 年,上海书店影印。

本书系编者收录古今人物四万余人之别名、字号而成之索引,凡四万余条。全书依陈氏所编之笔顺检字法排列,凡属别字、别号、原名、谥号、斋舍自署、疑误名、尊称名号、帝王庙号、书画家题识、文学家笔名等,均逐一表列,故本书实为查检人物传记之重要工具书。

(十七)唐五代人物传记资料综合索引

傅璇琮、张忱石、许逸民编。

1982 年,北京,中华书局版。

收录八十三种书籍中唐五代各类人物近三万人。分字号索引和人名索引两部分。以姓名或常用称谓立目,其他称谓如别号、字、号、小字、别号、绰号、谥号等括附于后。此书与燕京大学引得编纂处所编宋、辽金元、明、清等四种断代人物传记索引相衔接，可配套使用。

(十八)中国人名大辞典

臧励龢等编。

1921年，上海，商务印书馆初版，1934年增加四角号码人名索引，以后多次影印。

本书收录原为上古至清末人物，凡四万余人。凡经史志书所载之人名，不论贤奸，悉为甄录，其他如匈奴、渤海、回纥、吐蕃、南诏诸国及经史所不载之书画名家、工商医卜、著名妇女、佣贩屠沽等轶事足资流传者，亦予采录。每一人名，各依姓氏及名字笔画为序排列，注明其朝代及其字号籍贯等，并略述其生平事迹，为查检人物重要之工具书。

(十九)古今同姓名大辞典

彭作桢辑著。

1936年，好望书店版；1983年，上海书店影印。

在梁元帝《古今同姓名录》、余寅《同姓名录》、陈士庄《同姓名谱》、刘长华《历代同姓名录》、汪辉祖《九史同姓名略》五部书的基础上，参考经史百家、清代传记、二十二种通志及报刊资料等增订而成。收上古至1936年间同姓名者四百零三姓、一万六千人名、五万六千七百余条。按姓氏笔画排列。每个姓名前冠以数字，表示同姓名者人数。

(二十)历代人物年里碑传综表

姜亮夫编。

1937年，上海，中华书局初版，1959年，中华书局上海编辑所重印。

原名《历代名人年里碑传总综表》，系以钱大昕等诸家所作之《疑年录》及吴荣光之《历代名人年谱》、梁廷灿之《历代名人生卒年表》等为底本，并辅以历代文集、史籍、碑传以及报章杂志有关之资料，考订编辑而成。收录自周代孔子起至 1919 年，收上古至 1919 年以前一万两千余人，著录姓名、字号、籍贯、岁数、生年、卒年、备考项、所出文献。本书为目前查检人物生卒年岁最完备之重要工具书。

（二十一）中国历史人物生卒年表

吴海林等编。

1981 年，黑龙江人民出版社。

本年表上起西周共和行政，下迄清末，共收录中国历史人物六千六百人。编录项目有：姓名、别名（字或号）、籍贯、生年、卒年。按生卒年先后编排。

（二十二）中国文学家大辞典

谭正璧编。

1934 年，上海，光明书局初版。1982 年，上海书店重印。

本书收录自李耳起至民国之文学家，凡六千八百余人。全书依其生卒或在世年代先后条列，并著录其姓名、字号、籍贯、生卒或在世年代、岁数、性情、事迹、著作等项，为查检人物传记重要之工具书。

（二十三）近代现代外国哲学社会科学人名资料汇编

商务印书馆编辑。

1965 年，北京，商务印书馆初版，1978 年重印。

本书共收人名资料七千五百条，收录范围以近代现代外国哲学、社会科学方面的思想家和学者为主，同时酌收政治人物和社会活动家，以及少数我国近代、现代史有关的资本主义国家的军人、外交人员和传教士等。条目按人物姓名的拉丁字母次序排列。资料全部译自苏联、英国、美国、日本的百科全书或传记性工具书。所收人物以卒于 1870 年及以后者为限,大体上上及整个 19 世纪,下迄当代。

(二十四)近代来华外国人名辞典

中国社会科学院近代史研究所编。

1982 年,北京,中国社会科学出版社。

本书收入 1840—1949 年间来华的外国人名两千余条,每条均列出来华人士的原名、国别、生卒年、汉名、官方译名或习惯译名、规范译名,以及在华的主要活动和所编著有关中国的书籍等。

(二十五)中国佛教人名大辞典

震华法师遗稿,王新等补。

1999 年,上海辞书出版社。收录词目一万六千九百七十三条,以中国汉传佛教人物为主,兼及藏传、南传佛教人物。书后附有方广锠编《中国佛教大事年表》。

二、查地理方志的工具书

我国幅员广博,随着朝代的变更,行政地区的划分不同,地名时有更改,地域时有变易,不能不赖工具书以解决问题。

(一)中国古今地名大辞典

臧励龢等编。

1931 年,上海,商务印书馆初版,1935 年再版,以后数次影印。

本书收录古今地名、州郡县邑、乡镇村落、名城要塞、山川道路、铁路商港、名胜寺观、园亭台榭等,凡四万余条。于古代地名详其因革。每一地名各依首字笔画为序条列,检索甚便。书中所列"今地",系指编纂时的"今"。

(二)读史方舆纪要

(清)顾祖禹撰。

1937年,上海,商务印书馆列入万有文库;1955年,北京,中华书局重印。

本书取材,远溯《禹贡》、《职方》,近采历代史志,旁及稗官野乘,为我国第一部最具系统、最为详实之沿革地理、国防地理名著。全书所录地名三万余条,一一叙述其沿革:举凡州邑形势、疆域分合、形势轻重、分省纪要、河渠水利、天文分野等,均加条分缕析,随处贯通,并综括大义,可与史传参稽,深具卓见远识,为研究吾国史地必备之工具书。

(三)读史方舆纪要索引

〔日〕本青山定雄编。

1932年,日本东京,东方文化学院出版,1939年增订版;1974年,东京,直心书房重版;1973年,台北,乐天出版社影印。

依日本五十音读顺序条列,每条注明今地之地名、现在位置及顾书中之卷数、行政区划等,以便对照参考。

附《读史方舆纪要版本补阙》、《中国历代地名要览增补》。

(四)嘉庆重修一统志

1944年,上海,商务印书馆出版;1966年,台北,商务印书馆影印;1986年,北京,中华书局影印。

本书系清嘉庆二十五年据康熙、乾隆二朝所纂修之《大清一统志》重修而成。收录当时全国之地名、人物名、制度名等约十四万余条,共分五百六十卷,为有清一代全国地志与人物志之总汇。全书依行政区域划分,悉照各省体例排列,自京师以下,每省设有统部,总叙一省大要;各府和直隶州及蒙古各藩部并列有分卷,举凡疆域、形势、风俗、户口、田赋、职官、祠庙、人物、土产等,无不著录,为查检地理方志之重要工具书。

(五)历代地理沿革表

(清)陈芳绩编。

道光十三年(1833 年)张氏万卷楼刊本,从书集成本。1965年,台北,商务印书馆影印。

本书系将历代地理之沿革表列而成。编于康熙六年。全书分为三部分,一曰部表,以虞时十二州为纲;二曰郡表,以秦代四十郡为纲;三曰县表,以汉之一千四百五十县为纲。郡县之次序,依班固《汉书·地理志》之先后排列。各表之内,每页分为十二横格,著录自虞至明之朝代,对于一郡一县之沿革,如废置、分并、迁徙、升降等,借此一编,皆清晰可考,故为查检历代地理沿革之重要工具书。

(六)历代舆地沿革图

(清)杨守敬编。

1904—1911 年朱墨套印。1975 年,台北,联经出版事业公司印行。

首为历代舆地沿革险要图七十一幅,次为春秋至明代图四十幅。均视各代疆域之大小,酌为绘制,除秦代外,均用同一比例尺,并各有纵横坐标,每代可并成一幅。图外尚有文字说明一代疆域区划之分合。

(七)中国历史地图集

中国历史地图集编辑组编辑。

1974 年起中华地图学社陆续出版。

分八册:原始社会、商、周、春秋战国;秦、西汉、东汉;三国、西晋;东晋、十六国、南北朝;隋、唐五代十国;宋、辽、金;元、明;

清。反映 1840 年以前我国各历史时期的政区设置和部族分布的基本面貌。重要地名采用古今对照的表示法。索引列出地名、页码及在图中的坐标。1982 年起增订,改署谭其骧主编,北京,地图出版社陆续出版。

(八)中国历史地图

(日)箭内亘编著,和田清增补,李毓树编译。

1912 年初版,1940 年增补。1977 年,台北,九思出版社影印。

本图系以日本箭内亘编撰之《东洋读史地图》第四次修订本为主,兼采和田氏增补之解说部分予以编译影印而成。全书依时代先后排列图次,自《禹贡》九州图起,至清末中国全图止,凡二十六张图,另附图二十四幅,均以彩色印制。图内日文地名及战前日人习用之地名,均经汉译及改正。本图绘制精当,为查检当时中国地理形势之重要工具书。

(九)春秋左氏传地名图考

程旨云编。

1967 年,台北,广文书局印行。

本书系收录见于春秋左氏传之地名而成。全书共分四篇:第一篇为春秋地名考要,内收有关春秋地名考证之论文凡十六篇。第二篇为春秋地名今释,将春秋经传中所见之地名,依春秋十二公年次及经传序次,分别考证,并以今地注释。第三篇为春秋地名检查表,依地名笔画为序排列,汇编简表,以便查检。第四篇为春秋列国地图,计列总图五,分图十二,并附载禹贡九州图一幅,本书为查检古代地理尚革实况之重要工具书。

(十)美国国会图书馆藏中文古地图叙录

李孝聪编著。

2004 年,文物出版社。

著录古地图二百二十二种,其中附图一百一十七幅。收录最早者为南怀仁(V. Ferdinand[1623—1688])1674 年编制的《坤舆全图》。

(十一)欧洲收藏部分中文古地图叙录

李孝聪编著。

1996 年,国际文化出版公司。

著录古地图三百零二幅,其中附图三十二幅。收录最早者为阳玛诺、龙华民编制的中文地球仪。

(十二)中国地方志综录

朱士嘉编。

1935 年,上海,商务印书馆出版;1958 年,北京,商务印书馆出版重版增订本;同年,台北,商务印书馆出增订本。

本书系据全国四十一家图书馆收藏的中国地方志目汇编而成。增订本著录现存方志七千四百一十三种十万九千一百四十三卷。

国会图书馆或中国方志目录　朱士嘉编,1942 年,美国华盛顿国会图书馆出版。

日本主要图书馆研究所藏中国地方志总合目录　日本国会图书馆参考书志部编,1969 年,日本东京该部出版。

(十三)中国地方志联合目录

中国科学院北京天文台主编,庄威凤、朱士嘉、冯宝琳总编。

1985 年,北京,中华书局版。

著录全国三十个省、市、自治区一百九十个公共、科研、大专院校图书馆、博物馆、文史馆、档案馆等所收藏的地方志及现存于国外的地方志八千二百六十四种。包括通志、府志、州志、厅志、县志、乡土志、里镇志、卫志、所志、关志、岛屿志等。著录书名、卷数、纂修者、版本、藏收单位和备注诸项。

1996年、2002年，台北汉美图书有限公司先后出版金恩辉、胡述光主编《中国地方志总目提要》旧志部分和1949—1999年新编地方志部分，收录旧志八千五百七十七种，新志三千四百零二种；2002年，吉林文史出版社出版中国社会科学院图书馆地方志收藏中心编《新方志总目》，收录1949—2000年间编县市以上地方志五千余种。

（十四）三国志地名索引

王天良编。

1980年，北京，中华书局。

根据中华书局1959年出版的《三国志》校点本编制。收录范围除属于政区的州、郡、郡国、属国、县、城邑、乡、里、亭等外，对于山川陂泽、津渡关隘、地区道路，以至宫、台、门、馆、陵、苑、桥、仓一概收录，裴松之注中的地名亦予收入。

（十五）水经注通检今释

赵永复编。

1985年，复旦大学出版社。

本书将《水经注》所述及的水道，不论大小，一一按书中次序排列，注明见于科学出版社出版的杨守敬《水经注疏》和中华书局四部备要本王先谦《王氏合校水经注》二书中的卷、页数；又根据古今人研究的成果，将其中一部分水道地望明确者一一予以今释。书末附以水名的笔画笔顺索引。

（十六）资治通鉴胡注地名索引

〔日〕荒木敏一、米田贤次郎编。

1967年，京都人文科学研究所版。

以中华书局1956年版《资治通鉴》为底本等。

(十七)中国历史地名大辞典

魏嵩山编。

1995 年,广州,广东教育出版社。

收录历史地名九万余条,上自远古,下迄 1949 年,凡历史文献所涉县级以上政区以及方镇、关津、寺观等,均予收列。注明方位,简叙沿革、兴废、改制时代。释文中今地名以 1990 年行政区划为准。

三、查年历纪元的工具书

我国以甲子纪元,相传起自西周共和时代,于是纪元的年岁不乱。自汉武帝太初以后,历法修明,历史年历的记载,更为准确。惟武帝以后,改元之风气极为流行,故年号屡更,形成了研读史书的困难。加以近代与西方文化相接触,世界已成为一整体,中西年历的比较等问题,均待工具书的利用,方能顺利解决。

(一)长术辑要

(清)汪曰桢撰。

1966 年,台北,中华书局影印。又:四部备要本。

本书收录年代,上自周共和元年起,下迄清康熙九年止,凡收二千五百一十一年。原书凡分五十三卷,逐年各就当时所用之历术依法推算,详列朔闰、月建大小、二十四气,略如万年书之式。后以其卷帙过繁,因而删繁就简,仿《通鉴纲目》目录之例,专载朔闰,其后朔与前朔天干相同则亦不记,改日乃记之,成书十卷。又取群书数百种,就其所见朔闰不合者,备载于每年之末,本书为查检年历纪元之重要工具书。

(二)二十史朔闰表

陈垣编。

1925 年，北京，励耘书屋初版；1962 年，北京，中华书局修订版。

本书原收自汉至清二十史之朔闰，至公元 2000 年止。各依本历，著其朔闰，自汉平帝元始年起，加入公历纪元；自唐高祖武德五年起，又加入回历纪元。本书可据已知之中历年月日，推算公历之年月日及星期，反之亦然，为查检年历纪元重要之工具书。

(三)两千年中西历对照表

薛仲三、欧阳颐合编。

1940 年，上海，商务印书馆初版；1956 年，北京，三联书店版。

本书收录年代，自公元元年(汉平帝元始元年)至公元 2000 年止。每表分为五栏，由左至右，依次为阳历年序、阴历月序、阴历日序、星期、干支。年序栏中每格著录其国号、帝号、年号、年数、干支及阳历年数等项。阴历日序栏下，则上列阴历日数，而下列阳历日数。故利用本表，关于阳历、阴历之年月日及干支、星期、年号等之对照，皆可准确迅速，一检即得，诚为查检年历纪元最重要之工具书。

(四)中国史历日和中西历日对照表

方诗铭、方小芬编。

1987 年，上海辞书出版社版。

上编起西周共和元年(前 841 年)迄汉哀帝元寿二年(前 1 年)，下编起汉平帝元始元年(公元 1 年)迄公元 1949 年，附编为殷盘庚十五年(前 1384 年)至周厉王三十七年(前 842 年)历日表及 1949—2000 年历日表。编纂所据为宋刘羲叟《长历》、清汪曰桢《历代长术辑要》、罗振玉《纪元以来朔闰考》、陈垣《中西回史日历》及《二十史朔闰表》、薛仲三和欧阳颐《两千年中西历对照表》、董作宾《中国年历总谱》、法国黄伯禄《中西年月通考》。

(五)近世中西史日对照表

郑鹤声编。

1936 年,上海,商务印书馆出版;1966 年,台北,商务印书馆影印;1980 年,北京,中华书局重印。

本书收录年代起自明武宗正德十一年(1516 年),止于民国三十年(1941 年),凡四百二十六年。每年二页,页分六格,每格著录阳历、阴历、星期、干支附岁时节气等四项,凡检一日,则阴历、星期、节气等均一目了然,无前后翻检推算之烦,用法简单而用途甚广,为查检近世中西年历纪元重要之工具书。

(六)中国日本朝鲜越南四国历史年代时照表

山西省图书馆 1979 年编印。

本书从日本神武天皇元年(公元前 660 年)开始,逐年对照列出中、日、朝、越四国的历史纪年以及相应的公元和干支纪年,至 1919 年止。所附年号索引,注明了年号的国别。

(七)中西文学年表

西谛编。

1925 年,上海,商务印书馆初版。1963 年,台北,广文书局。

本书系将中西文学作家,取其最著名者或影响于后世最大者,表列而成。全书始自纪元前四千年凯尔地亚产生起,至公元1924 年,凡五千九百二十四年,为查检中西文学年历纪元重要之工具书。

(八)历代帝王年表

(清)齐召南编撰。

1855 年,上海,扫叶山房刊本;又:四部备要本。

本书系收录自三皇五帝起至明太祖洪武年间止之大事,表列而成。全书依朝代及各朝帝王之先后为序排列,三代以上,但列世次,秦帝以下,则以年纪之,凡十三表。每一条目不但注明干支、国号、帝号、年号、年数及兴亡重要大事等,并眉列公元纪元,可互相参酌,凡历代帝王在位情形无不清晰可晓,为查检年历纪元之重要工具书。

(九)中国大事年表

陈庆麒编。

1934 年出版。1963 年,台北,商务印书馆影印。

本书收录自黄帝元年起,至 1932 年止中国历年发生之大事。全书共分四编,依序为上古、中古、近古、近世及现代四期,为查检中国历代大事重要之工具书。书后附有民元以来大事补遗。

(十)增补历代纪事年表

(清)龚士炯、王之枢等同撰　华国出版社补编。

1959 年,台北,华国出版社影印　四十册。

本书系据历代纪事年表、续历代纪事年表及历代统纪表中之明统纪,并增辑清宣统一朝史事,汇编而成。收录年代自公元前 2357 年起,至公元 1911 年止,凡四千二百六十八年。全书仿《史记》年表《通鉴》目录之体例,编年系月,条列其大事,今本并于每年干支之上,附注公元纪年及其相当于民元前之年数,为查检年历纪元之重要工具书。

(十一)八十年来中国大事简志

郭廷以编著。

1944 年,说文月刊社印行。

本书系收录自清同治四年(1865 年)始,至 1944 年止,凡八十年间中国发生之大事而成。其中 1925—1944 年此二十年间，记载较为详细。

第五节　查名物制度的工具书

一书之中，往往涉及名物制度，以时代不同，有名异实同，有名同实异者。《辞源》、《辞海》等书，虽亦涉及名物制度，然多以形成语词成语为范围，且不能得制度变化的全貌，此《北堂书钞》、"会要"等作有不可少之处，故择要加以介绍。

一、查典故的工具书

典故一类的工具书，大多为作文"獭祭"之便而作，一以备遗忘，一以便寻检，然在书籍散亡之后，这类工具书保存了遗文坠事，进而具备了资料性，使价值益增，例如具备了图书集成这一巨典，无异有了一小型图书馆。

(一)北堂书钞

(唐)虞世南撰　(清)孔广陶校注。

1888 年校印。1971 年，台北，新兴书局影印。1988 年，天津古籍出版社影印。

本书系收录隋代以前旧籍群书中之掌故事实而成。北堂者，隋秘书省之后堂也。当时虞氏方任秘书郎之职，故名。全书依类汇编，共分十九部，每部并酌分子目条列。其所引诸书，今多亡佚，是本书不仅可供临文獭祭之用，亦为辑佚隋唐以前古籍之最佳资料，并为查检事物掌故之重要工具书。

北堂书钞引书索引　〔日〕山田英雄编，1973 年，日本名古屋,采华书林出版。

(二)艺文类聚

(唐)欧阳询等撰。

1959 年,中华书局编辑所影印,1965 年,排印本。1982 年上海古籍出版社重印。

本书系据隋唐以前遗文秘籍中所载有关自然知识、社会情况、学术论著、文艺创作等资料摘录汇编而成。全书以类相从,凡分四十六部,每部之下再酌分小类,共七百二十七子目,事居其前,文列于后,于诸类书中体例最善,所引古籍凡一千四百三十一种,迄今十九不存,得此一书,可供辑佚、校勘、獭祭之用,故本书为查检分类记事之重要工具书。附人名索引和书名索引。

(三)初学记

(唐)徐坚等撰　(明)锡山安国校。

1962 年,北京,中华书局排印本。1972 年,台北,新兴书局影印。

本书系纂辑隋唐以前经史诸子文章等书中之要点精华而成。原为方便玄宗诸皇子作文时检查事类参考之用,故以《初学记》为名。全书以类相从,分门别类,共分二十三部,三百一十三子目,编纂体例系以叙事在前,事对次之,诗文在后;本书采摭虽不及《艺文类聚》之广博,然去取谨严,于唐人类书中最称精当,为查检词藻典故之重要工具书。

初学记索引　许逸民编,1980 年,北京,中华书局。

(四)白孔六帖

(唐)白居易撰　(宋)孔传续撰。

1969 年,台北,新兴书局影印。1997 年,上海古籍出版社影印。

本书系杂糅成语故实而成。六帖本为唐白居易所纂,全本三十卷,至宋代孔传续撰六帖,亦为三十卷,合称为白孔六帖。今本百卷,不知出自谁手。两书均仿"北堂书钞"体例排列,可备辞藻及诗文獭祭之用,为查检事物掌故之重要工具书。

白氏六帖事类集　(唐)白居易撰,1969 年,台北,新兴书局影印。

(五)太平御览

(宋)李昉等奉敕撰。

1935 年,上海,商务印书馆。1959 年,台北,新兴书局影印。1960 年,北京,中华书局据四部丛刊本缩印。

本书初名为《太平总类》,宋太宗于全书将成之际,命史馆日进三卷,以备一夜之览,阅览月余,全书告成,赐名为《太平御览》。本书所引上古至唐之经史图书,凡一千六百九十种,此外尚有古律诗、古赋、铭、箴、杂书等不及具录,为宋代修纂最大类书之一。而搜罗浩博,征引详赅,除供检查事物典故外,亦足资考证、校勘、辑佚等之所需,故本书实为查检分类记事相当重要之工具书。

太平御览索引　钱亚新编,1934 年,上海,商务印书馆出版,据原书目录依四角号码排列,并注明卷数、页数等。

太平御览引得　洪业等编,1935 年,燕京大学引得编纂处。

(六)册府元龟

(宋)王钦若、杨亿等撰。

1960 年,北京,中华书局影印。1967 年,台北,中华书局影印。

本书系据明崇祯黄国琦校刊本影印而成。收录自上古至五代,将历代君臣事迹、治乱兴衰汇为一编,取材以正史为主,间及经子,不收野史小说,为宋代修纂最大类书之一。各门小序之后,即列各门事迹,为查检分类记事之重要工具书。后附类目索引。

册府元龟引得 陈鸿飞编,见文华图书馆学专科学校季刊五卷一期,1933年,武昌初版。

册府元龟奉使部外臣部索引 〔日〕宇都宫清吉等编,1938年,日本,京都大学印行。

册府元龟所载唐代传记索引 〔日〕山内正博编,《宫琦大学教育学部纪要》二十四。

册府元龟索引 于震寰、吕绍虞编,《中华图书馆协会会报》8卷6期。

(七)玉海

(宋)王应麟撰。

1883年,浙江书局据文澜阁四库全书重刊。1978年,台北,大化书局据台湾藏本和日本藏本影印。1987年,南京,江苏古籍出版社,上海,上海书店联合出版影印本。

本书系采录宋代以前经史子集之故实及宋代实录、国史、日历等之掌故而成。原为应考博学宏词科而作,故其胪列之条目,既是巨典鸿章,而所采录之故实亦属吉祥善事,与其他类书不同。为查检历史典章及临文獭祭之重要工具书。1987年,上海书店和江苏古籍出版社联合缩印,附张大昌《校补玉海琐记》。

(八)永乐大典

(明)姚广孝等修。

1960年,北京,中华书局影印,1985年补印续征到的六十五卷。

本书系辑录上古迄明初图书七八千种而成,举凡经、史、子、集、释藏、道经、戏剧、平话、医卜、工技、农艺等，无不旁搜博求，汇聚群分，著录成书。永乐六年，全书告成，共二万二千八百七十七卷，凡例并目录六十卷，装潢成一万一千零九十五册，成祖赐名为《永乐大典》，为古今最大之一部类书，惜因迭经战乱，至今所存者不过八百余卷耳。依次将有关天文、地理、人事、名物、政治，以至奇文异见、诗文词曲等资料，悉照原著整部、整编或整段一字不易分别编入，宋元以前之佚文秘典，借此得以保存流传。是本书不仅可供考据、辑佚之用，亦为临文獭祭及查检事物掌故之重要工具书。

永乐大典索引　栾贵明编，1997 年，北京，作家出版社。

(九) 古今图书集成

(清) 陈梦雷等撰，蒋廷锡等编校。

1934 年，上海，中华书局初版。1963 年，台北，文星书局影印。1986 年，北京，中华书局与巴蜀书社联合影印 1934 年本，附新编索引。又：鼎文书局 1977 年出版**《古今图书集成续编初稿》**。

本书原名《古今图书汇编》，书成进呈康熙，以其集古今经史诸子百家之大成，故赐名为《古今图书集成》。全书根据天文、地理、人事、博物、理学、经济等分为六项，汇编三十二典，典下分部，计分六千一百六十七部，著录其汇考、总论、艺文、记事、杂录等，并间附列传、选句、外编、图表、地图、考证等项，其内容之丰富，搜集之渊博，出处之详明，用途之繁多，自永乐大典之后，堪称为我国类书之冠，为查检分类纪事极重要之工具书。

二、查事物起源的工具书

孔子论诗，认为《诗经》的另一作用，可以"多识草木鸟兽之名"，顾炎武的《日知录》，在考先王制作之源，故考事物的起源虽不如考重大制度之有价值，然穷源溯本，自有其需要，这一类的类书不多，然不可不加利用。

（一）释名

（汉）刘熙撰。

1919 年，四部丛刊本。1959 年，台北，国民出版社影印。

本书系训释古来事物命名用意而成。全书共分八卷，各依名物性质归属排列，如释天、释地、释州国、释衣服、释用器等，凡二十七篇，计一千五百零二事，对于当时之名物典礼大致略备，本书为查检事物起源之重要工具书。

王先谦《释名疏证补》，1984 年，上海古籍出版社影印。

（二）事物纪原

（宋）高承撰　（明）李果订。

1971 年，商务印书馆。1989 年，北京，中华书局出版标点本。

本书系考究事物缘起及意义之作。收录天地山川、草木鱼兽、礼乐刑考、博弈嬉戏等，凡一千七百六十四事，计分十卷。凡古今事物之变，无不原其始，推其所自，而详考其实，为查检事物起源之重要工具书。

（三）古今事物考

（明）王三聘编。

1937 年初版。1971 年，台北，商务印书馆。1987 年，上海书店影印。

本书系考究事物缘起及意义之作。全书共分八卷，将古来事物分门别类，每类以二字标明，如天文、地理、时序、人事、冠服、器用等，凡三十类、一千二百零六条；每条之下，分别征引故籍载记,以溯其原始,为查检事物起源之重要工具书。

(四)格致镜原

(清)陈元龙撰。

1971年,台北,商务印书馆影印雍正十三年(1735年)重印本。

本书系收录经史、丛书、稗官、野乘等书中所载有关日常器具、鸟兽虫鱼等类,溯其原始演变而成之类书。全书共分三十类,叙述事物达一千三百余种,均注明其出处,资料采撷极博,编次颇具条理,为查检事物原始流变之重要工具书。

三、查典章制度的工具书

有关历代的典章制度,自《史记》、《汉书》以后,有书有志,以为纪录,然如曾国藩所云,"断代为书,无以观其会通"(《圣哲画像记》),故杜佑之《通典》出,而有十通之书;又各代之会要,多使政治活动与政治制度相关连,如以《历代职官表》为纲要,合以《十通》及《会要》,大致各代的典章制度可以考知矣。

(一)历代职官表

(清)纪昀等奉敕撰,黄本骥重编。

1965年,中华书局上海编辑所标点出版;1980年,上海古籍出版社重印。1971年,台北,乐天出版社影印清道光本。

本书系据纪昀等奉敕撰之"历代职官表"删除其释文而成,书名仍旧。每种职官各编为一表,悉以清代官制为纲,将历代沿革分列于下,自三代以迄明朝,凡十八代,益以有清,则为十九代,表列简明,查检颇便,对于历代各种职官之名称、建置、职掌、品级、员额等之因革,均可借此一目了然,本书实为查检历代官制之重要工具书。

（二）十通索引

1937 年，上海，商务印书馆编辑出版。

唐杜佑《通典》、南宋郑樵《通志》、元马端临《文献通考》合称"三通"，清乾隆年间官修《续通典》、《续通志》、《续文献通考》，又将清初至乾隆年间材料编成《清通典》、《清通志》、《清文献通考》，合称"九通"。清光绪中，刘锦藻纂成《清朝续文献通考》，起乾隆五十一年迄光绪三十年，增外交、邮传、实业、宪政四考。《十通索引》分两部分：一为四角号码检字索引，将《十通》所载制度名物，篇章节目，凡成一名词或可立一条目者，概于其初见之处、论列最详之处、兴废沿革必须参考之处，并详注其所隶之书、所见之卷页数。后附单字笔画检查表。二为分类索引，将《十通》原有之目录，分为通典、通志、通考三编，每编各按原书之门类节目，将从书中所摘出之详目分别排次。

（三）春秋会要

（清）姚彦渠撰。

1955 年，北京，中华书局校点出版。

本书系据唐宋时代纂修"会要"之体例，参考《春秋》经传、《国语》、《礼记》等书之资料修成。全书共分四卷，卷一为世系及后妃夫人；卷二至卷四为吉、凶、军、宾、嘉五礼。各以事迹相从，并注明出处，为查检春秋时代典章制度之重要工具书。

（四）秦会要订补

（清）孙楷撰，施之勉、徐复同补订。

1959 年，北京，中华书局。

本书系仿"唐会要"、"五代会要"之体例，参考《左传》、《吕氏春秋》、《战国策》、《史记》、《汉书》、《盐铁论》、《论衡》、《说文解字》等书之资料构成。全书共分总目十四,并酌分子目,引证诸书皆注明出处,为查检秦代典章制度之重要工具书。

(五)西汉会要

(宋)徐天麟撰。

1937年,上海,商务印书馆初版。1977年,上海人民出版社。

本书系仿《唐会要》之体例,参考《汉书》所载之典章制度撰成。全书以类相从,分门编载,共分总目十五门,三百六十七子目,引证诸书均注明出处,为查检西汉一代典章制度之重要工具书。

(六)东汉会要

(宋)徐天麟撰。

1955年,北京,中华书局。1978年,上海古籍出版社据江苏书局刻本点校出版。

本书体例与《西汉会要》相同,惟文学、历数、封建三门名称不同耳。全书共分总目十五门,三百八十四子目,引证诸书皆注明出处,并间附案语及引证他人论说,为查检东汉一代典章制度之重要工具书。

(七)三国会要

(清)杨晨撰。

1956年,北京,中华书局出版点校本。

本书系仿两汉会要之体例,参考一百五十五种书籍资料,将三国时代之典章史事类编而成。全书亦分十五门归属,为查检三国时代典章制度之重要工具书。

(八)晋会要

林瑞翰、逯耀东合撰。

1979 年,台北,台湾大学历史学系印行。

共分四册,第一册为帝系、后妃、礼乐、运历、舆服;第二册为政事、崇儒、选举、职官、食货;第三册为刑法、兵略、瑞异、门阀、识鉴;第四册为艺文、道释、方域、蕃夷、偏霸。为查检晋代典章制度之重要工具书。

(九)唐会要

(宋)王溥撰。

1955 年,北京,中华书局排印出版。

本书系据唐人苏冕所编《唐代会要》四十卷及杨绍复所撰《续会要》四十卷,归纳唐代典章史事类编而成,为吾国第一部纂修之"会要"。全书共一百卷,以五百一十四个题目分列于各卷之下,所记内容,如帝号、明堂制度、学校、经籍、租税、泉货等,对于有唐一代之经济、政治、社会等史料,包罗宏富,巨细靡遗,为查检唐代典章制度之重要工具书。

(十)五代会要

(宋)王溥撰。

1978 年,上海古籍出版社点校出版。

本书体例与《唐会要》同,系归纳五代典章史事类编而成,为吾国第二部纂修之"会要"。全书共三十卷,以二百七十余个题目分列于各卷之下。本书所载详赅精审,间有部分材料可订正新旧《五代史》之谬误,为查检五代典章制度之重要工具书。

(十一)宋会要辑稿

(宋)宋缓等撰 (清)徐松辑。

1936 年,北平图书馆影印;1957 年,北京,中华书局缩印;1978 年,台北,新文丰出版公司出版。1986 年,上海古籍出版社出版王云海《宋会要辑稿考校》。

本书系清嘉庆年间徐松从永乐大典中将宋代所作各种会要辑出二百册而成。世界书局据以影印，易名为《宋会要辑本》。全书卷首列有总目，总目之下不列子目，惟在每册正文中标出子目，如帝系、舆服、选举、食货等，本书为查检宋代典章制度之重要工具书。1982 年，北京图书馆发现该稿遗文一千七百页。

宋会要辑稿人名索引　王德毅编，1978 年，台北，新文丰出版公司。

宋会要辑稿食货索引人名书名篇、宋会要辑稿食货志索引年月日诏敕篇　日本宋代史研究委员会编，1983 年、1985 年，日本，东洋文库出版。

(十二)明会要

(清)龙文彬撰。

1965 年，北京，中华书局标点出版。

本书系因袭两汉《会要》，并参考唐、五代《会要》之体例，将明代典制史实类编而成。全书共八十卷，分为十五类，每类并酌分子目，引证诸书均注明出处，为查检明代典章制度之重要工具书。

工具书在贵得其用法，非面对其书，翻阅检查，不能得其效用。虽近年来日有发展，其书日多，大抵加密加甚，更形专门而已。就此分类搜求即能满足其所需，而其大者要者则已具备。另附干支表及使用法，使读古史时能查明真实的时日，且以为研究之助。

附录一 干支表

甲子	乙丑	丙寅	丁卯	戊辰	己巳	庚午	辛未	壬申	癸酉
甲戌	乙亥	丙子	丁丑	戊寅	己卯	庚辰	辛巳	壬午	癸未
甲申	乙酉	丙戌	丁亥	戊子	己丑	庚寅	辛卯	壬辰	癸巳
甲午	乙未	丙申	丁酉	戊戌	己亥	庚子	辛丑	壬寅	癸卯
甲辰	乙巳	丙午	丁未	戊申	己酉	庚戌	辛亥	壬子	癸丑
甲寅	乙卯	丙辰	丁巳	戊午	己未	庚申	辛酉	壬戌	癸亥

附记:古人以干支纪年纪日,均系照此表之顺序,如今年为庚申,则明年为辛酉,依此类推,至于癸亥,则又由甲子开始,纪日之法亦然。如十二月丙申朔(初一)则乙巳初十,乙卯二十,甲子二十九。

二十四气表

冬至(中) 小寒 大寒(中) 立春 雨水(中) 惊蛰 春分(中) 清明

谷雨(中) 立夏 小满(中) 芒种 夏至(中) 小暑 大暑(中) 立秋

处暑(中) 白露 秋分(中) 寒露 霜降(中) 立冬 小雪(中) 大雪

附记:二十四气与十二月相配,平均一月二气,有中字者,为中气,"无中为闰",如果这一月只有一个气,而且是小寒、立春、惊蛰等不是中气的气,则这一月是闰月。

附录二　岁阴岁阳表

岁　阳　表

	尔　雅	史　记
甲	阏　逢	焉　逢
乙	旃　蒙	端　蒙
丙	柔　兆	游　兆
丁	强　围	疆　梧
戊	著　雍	徒　维
己	屠　维	祝　犁
庚	上　章	商　横
辛	重　光	昭　阳
壬	玄　默	横　艾
癸	昭　阳	尚　章

岁　阴　表

	尔　雅	史　记
子	困　敦	同
丑	赤奋若	同
寅	摄提格	同
卯	单　阏	同
辰	执　徐	同
巳	大荒落	同
午	敦　牂	同
未	协　洽	同
申	涒　滩	同
酉	作　噩	同
戌	阉　茂	淹　茂
亥	大渊献	同

主要参考书目

一、经学类

毛诗正义	汉·毛公传　郑玄笺
	唐·孔颖达正义
春秋公羊传注疏	汉·何休注　唐·徐彦疏注
周易正义	魏·王弼　晋·韩康伯注
	唐·孔颖达等正义
春秋左传正义	晋·杜预注
考经注疏	唐·玄宗注　宋·邢昺疏
经典释文	唐·陆德明
四书集注	宋·朱熹
古文尚书疏证	清·阎若璩
大戴礼记解诂	清·王聘珍
经义述闻	清·王引之
白虎通疏证	清·陈立
中国经学史	马宗霍
尚书释义	屈翼鹏
诗经释义	屈翼鹏

二、语言文字学类

说文解字注	清·段玉裁注
经传释词	清·王引之
说文解字诂林	清·丁福保
语意学	戴华山

三、史学类

汉　书	汉·班固

魏　书	北齐·魏收
梁　书	唐·姚思廉
隋　书	唐·魏徵等
南　史	唐·李延寿
北　史	唐·李延寿
史　通	唐·刘知幾
新唐书	宋·欧阳修等
资治通鉴	宋·司马光等
唐会要	宋·王溥
通　志	宋·郑樵
明　史	清·张廷玉等
文史通义	清·章学诚
十七史商榷	清·王鸣盛
读史方舆纪要	清·顾祖禹
史学纂要	蒋祖怡
中国历史研究法	梁启超
史学方法	余鹤清
史学方法大纲	陆懋德
史学方法论	杜维运
中国史学论文选集	杜维运等
改变历史的书	彭歌
史学方法论	伯伦汉著　陈韬译
史记会注考证	〔日〕泷川龟太郎

四、哲学类

帛书老子	
庄子	
荀子	
吕氏春秋	
韩非子	
春秋繁露	汉·董仲舒
淮南子	汉·刘安
颜氏家训	北齐·颜之推
景德传灯录	宋·释道原

五灯会元	宋·释普济
朱子语类	宋·朱熹
宋元学案	明·黄宗羲
明儒学案	明·黄宗羲
因明大疏删注	熊十力
新唯识论	熊十力
中国哲学史	冯友兰
中国文化史	柳诒徵
中国学术通义	钱穆
中国学术思想大纲	林景伊
实用理则学	陈大齐
印度理则学	陈大齐
老庄哲学	吴康
管子评议	娄良乐
近代中国思想史	郭湛波
逻　辑	金溆
康德学述	郑昕
思想方法论	任卓宣
心理学	张春兴、杨国枢
思想及方法	洪镰德
论理学纲要	林仲达
新工具	培根著　沈因明译
思想的方法	华勒士著　胡贻谷译
思维术	杜威著　刘伯明译
我思故我在	笛卡儿著　钱志纯译
十九世纪欧洲思想史	梅尔茨著　伍光建译
工作成效学	彼德·F·曲拉克尔著　李约翰译
第六感	中山正和著　余阿勤、左秀灵合译
卍续藏经	

五、文学类

文心雕龙	梁·刘勰
昭明文选	梁·萧统编
诗　品	梁·钟嵘

翰苑集	唐·陆贽
韩昌黎集	唐·韩愈
欧阳修全集	宋·欧阳修
王安石全集	宋·王安石
苏洵集（嘉祐集）	宋·苏洵
苏东坡集	宋·苏轼
王阳明全集	明·王阳明
文体明辨	明·徐师曾
指月录	明·瞿汝稷编
全唐诗	清·圣祖御制
楚辞通释	清·王夫之
筱园诗话	清·朱庭珍
随园五种	清·袁枚
幽梦影	清·张潮
经史百家杂钞	清·曾国藩纂
涵芬楼文谈	清·吴曾祺
词馀讲义	吴梅
屈原赋校注	姜亮夫
屈赋通笺	刘永济
国文学	姚永朴
文学研究法	姚永朴
中华艺林丛论	沈尹默等
文心雕龙札记	黄侃
谈艺录	钱默存
中国诗学	黄永武
文心雕龙导读	王更生
禅学与唐宋诗学	杜松柏
袁枚	杜松柏
古典文学	中国古典文学研究会主编

六、辨伪类

朱熹辨伪书语	宋·朱熹
诗　疑	宋·王柏
考古质疑	宋·叶大庆

古书辨伪四种	明·宋濂等
四部正伪	明·胡应麟
古今伪书考	清·姚际恒
论语辨	清·崔述
考信录	清·崔述
古学考	清·廖平
古书真伪及其年代	梁启超
古史辨	顾颉刚等
伪书通考	张心澂

七、图书学类

四库全书总目	清·纪昀
书目答问补正	清·张之洞　范希曾补正
四库全书纂修考	郭伯恭
中国典籍史	陈登原
版本学	陈国庆、刘国钧
古书版本学	
图书版本学要略	屈翼鹏、昌彼得
校雠学	胡朴安、胡道静
校雠学史	蒋元卿
校雠目录学纂要	蒋伯潜
中国目录学史	许世瑛

八、读书法类

古书疑义举例五种	清·俞樾等
古书读法略例	清·孙德谦
国学研究法	章太炎等
国学概论	章太炎等
国学研读法三种	梁启超
古书读校法	陈钟凡
中国古籍研究丛刊	
曾国藩治学方法	胡哲敷
古今名人读书法	张明仁编
治学通鉴	周燕谋编

古籍导读　　　　　屈翼鹏
读书指导　　　　　王熙元等
国学方法论要　　　黄章明、王志成
岫庐论学　　　　　王云五
五笔检字法　　　　陈立夫
论文研究方法与写作格式
读书作文研究　　　文经纬等
资料管理学　　　　蒋金龙
大学论文研究报告
写作指导　　　　　马凯南译

九、其他

原抄本日知录　　　　清·顾炎武
十驾斋养新录　　　　清·钱大昕
读书杂志　　　　　　清·王念孙
国朝汉学师承记　　　清·江藩
曾文正公全集　　　　清·曾国藩
海宁王静安先生遗集　王国维
饮冰室文集　　　　　梁启超
梁任公学术演讲集　　梁启超
胡适文存　　　　　　胡适
杜威五大讲演　　　　杜威撰　　胡适译
余嘉锡论学杂著　　　余嘉锡
古器物学　　　　　　卫聚贤
历史的认识　　　　　罗香林
"国立"历史博物馆藏品举隅　　包遵彭等
故宫文物　　　　　　　蒋复璁
高明文辑　　　　　　　高仲华
鲁实先先生逝世百日哀思录
中国古今地名大辞典　　臧励龢等
社会学丛书　　　　　　萨孟武等

（有关工具书之参考书，已详见工具书篇，此从略）